# 세라피나와 검은망토

SERAFINA and the BLACK CLOAK

로버트 비티 지음 / 김지연 옮김

# 세라피나와 검은망토

SERAFINA and the BLACK CLOAK

# 현실을 배경으로
# 생생하고 짜릿하게 펼쳐지는
# 미스터리 판타지

모두가 잠든 깜깜한 밤, 거대한 저택 지하실을 그림자처럼 소리 없이 돌아다니는 소녀가 있다. 유난히 툭 튀어나온 광대뼈, 황금빛이 감도는 호박색 눈동자, 노란색과 진갈색을 넘나드는 다채로운 머리칼, 마르고 날렵한 몸, 양발에 네 개씩 여덟 개뿐인 발가락. 예쁜 드레스 대신 아빠의 낡은 티셔츠를 달랑 걸치고 노끈으로 허리를 단단히 졸라맨 뒤 밤마다 맨손으로 쥐를 사냥하는 열두 살 소녀.

어디 하나 평범한 구석이라곤 없어 보이는 이 소녀는 로버트 비티의 첫 소설 《세라피나와 검은 망토》의 주인공 세라피나다. 작가 로버트 비티의 이력은 세라피나 못지않게 남다르다. 원래 클라우드 컴퓨팅 벤처 기업의 창업자이자 대표였던 비티는 일주일에 90시간 넘게 업무에 매달리던 지독한 일벌레였다고 한다. 그러던 어느 날 비티는 아내가 비호지킨 림프종 진단을 받으면서 가족과 함께 더 많은 시간을 보내겠다고 결심한 뒤, 과감히 회사를 정리하고 어린 시절 꿈이던 작가의 길로 들어선다. 그렇게 나이 오십이 넘어 출간한 첫 소설 《세라피나와 검은 망토》는 60주가 넘도록 뉴욕타임스 베스트셀러 1위에 이름을 올린다.

소설의 공간적 배경이 된 빌트모어 대저택은 미국 노스캐롤라이나주 애쉬빌이라는 도시에 실제로 존재하는 곳이다. 블루리지산맥에 둘러싸여 프렌치브로드강을 끼고 자리 잡은 빌트모어 대저택은 애쉬빌에 들렀다가 그 아름다움에 반한 조지 밴더빌트가 1899년에 지은 개인 주택이다. 소설 속에서 브레이든의 삼촌으로 등장하는 조지 밴더빌트와 아내 이디스 밴더빌트는 실제로 존재했던 인물이었다.

밴더빌트 가문은 한때 미국의 철도 산업을 주름잡던 대부호였다. 소설의 시대적 배경이 된 1899년은 남북 전쟁이 끝나고 미국 경제가 막 팽창하기 시작하던 때였다. 이때 전기가 보급되고 철도가 대중화되고 자동차가 등장했다. 발명왕 에디슨, 철강왕 카네기, 석유왕 록펠러 모두 이 시대에 활동했다. 작가는 소설 속에 이러한 역사적 사실과 실존 인물을 자연스럽게, 하지만 정확하게 녹여 내려고 노력했다. 사실과 허구가 절묘하게 뒤엉킨 이야기는 독자의 상상력을 극도로 자극한다.

개인 주택으로는 미국에서 가장 큰 규모를 자랑하는 빌트모어 대저택은 주변에 조성한 정원과 농장과 숲까지 합치면 그 면적이 여의도의 네 배에 달한다. 대중에게 개방된 이래로 해마다 백만 명이 넘는 방문객이 빌트모어 대저택을 찾는다. 애쉬빌에서 나고 자란 작가 역시 딸들을 데리고 수시로 이 빌트모어 대저택과 주변 숲을 탐험하다가 영감을 얻어 세라피나를 탄생시켰다고 한다.

세라피나가 검은 망토를 입은 남자를 처음 맞닥뜨린 어두컴컴하고 으스스한 지하실, 세라피나가 몸을 숨겼던 장소인 거대한 파이프 오르간이 있는 대연회장, 세라피나와 브레이든이 검은 망토를 입은 남자에 대한 단서를 찾던 사방이 책으로 둘러싸인 도서관, 세라피나가 검은 망토를 입은 남자를 유인해 달아나던 미로 정원이 모두 현실 속에 고스란히 존재하는 장소들이다. 현실 공간에서 펼쳐지는 세라피나의 이야기는 그래서 더 생생하고 짜릿하게 다가온다. 미국에서는 세라피나 시리즈를 읽고 실제로 빌트모어 대저택을 찾는 독자가 많다고 한다. 아쉬운 대로 인터넷에서 사진을 찾아 책에 나오는 묘사와 비교하는 재미만 해도 쏠쏠하다.

사랑하는 세 딸이 의자 끄트머리에 걸터앉아 엉덩이를 들썩일 정도로 무섭고 재미난 이야기를 쓰고 싶었다는 작가의 말처럼 세라피나 시리즈는 남녀노소 독자 모두를 사로잡을 정도로 흥미진진하다. 총 3부작으로 기획된 세라피나 시리즈의 첫 권《세라피나와 검은 망토》의 백미는 세라피나의 정체와 검은 망토를 입은 남자의 정체를 추리하는 데 있다. 장담컨대 초반부터 작가가 곳곳에 깔아 놓은 단서와 복선을 따라가다 보면 단 한순간도 책에서 눈을 뗄 수 없을 것이다.

세라피나를 딱 한 단어로 정의하라면 나는 주저 없이 '용기'라고 대답하겠다. 고작 열두 살밖에 되지 않았지만 세라피나는 입이 쩍 벌어질 정도로 용기 있는 소녀다. 아무리 힘들어도 진실을 마주하는 용기, 아무리 무서워도 선하고 옳은 길을 따라가는 용기, 아무리 두려워도 주어진 현실 속에서 스스로를 바꿔 나가는 용기는 개인적으로 세라피나에게서 배우고 싶고 닮고 싶은 부분이다. 세라피나의 이야기를 되도록이면 많은 사람과 나누고 싶은 이유기도 하다.

우리 인격을 결정짓는 것은 전투의 승패가 아니라
우리가 용감히 맞서 싸운 전투 그 자체이다.

두려움 때문에 검은 망토를 입은 남자를 그냥 외면하고 달아나고 싶을 때마다 세라피나는 깊은 숲속에 있는 천사 조각상의 발치에 새겨진 이 글귀를 떠올리며 마음을 다잡는다. 그리고 용기를 내서 사랑하는 사람들을 위해 싸운다. 부디 이 책을 펼친 독자 여러분도 세라피나처럼 용기를 내야 할 때 용기를 내는 삶을 살아갈 수 있길 진심으로 응원한다.

2018년 8월  김지연

## 등장인물 소개

**세라피나**    빌트모어 저택의 지하실에 아버지와 함께 숨어 사는 소녀. 금색과 밝은 갈색을 넘나드는 다채로운 빛깔의 머리카락을 가졌다. 광대뼈는 도드라졌고, 두 눈은 호박색이다. 눈이 밝아 어두운 곳에서도 잘 보고, 쥐 잡는 기술이 뛰어나다. 우연히 검은 망토의 사내가 한 여자아이를 집어삼키는 모습을 목격하고, 그의 정체를 밝히기 위해 노력한다.

**검은 망토**    검은 망토를 걸친 정체불명의 사내. 빌트모어 저택의 아이들에게 검은 그림자를 드리우는 어둠의 존재로 그에 대해서는 아무도 아는 사람이 없다. 하지만 그가 매우 위험한 존재라는 것만은 확실하다.

## 빌트모어 가족

**브레이든 밴더빌트**    밴더빌트 가문의 도련님. 어릴 때 부모님을 잃고 삼촌인 조지 밴더빌트의 집에서 함께 산다. 사람들과 어울리는 것보다 말, 강아지 같은 동물들과 함께 있는 시간을 좋아한다.

**기디언**    커다란 도베르만. 브레이든의 충견이자 든든한 친구이다.

**조지 밴더빌트**    브레이든 밴더빌트의 삼촌. 미국 최고의 부호이자 빌트모어 대저택의 주인. 물려받은 유산으로 노스캐롤라이나주 서쪽 깊은 숲속에 대저택을 지었다. 미국에서 가장 크고 웅장한 저택을 말이다. 각계각층의 사람들을 초대하여 저택은 항상 손님들로 붐빈다.

**세라피나 아버지**　빌트모어의 수리공. 빌트모어 대저택 공사에 참여했으며, 저택에 있는 모든 기계 장치를 수리하는 일을 맡았다. 무뚝뚝하고 투박한 성격이라 잘 표현하지 못하지만, 사실 그 누구보다도 세라피나를 사랑하고 있다.

**놀란**　곱슬거리는 더벅머리의 깡마른 남자아이. 빌트모어에서 마차를 제일 잘 다루기로 유명하다.

**프랫**　빌트모어의 남자 하인. 매사에 아는 척을 하며 참견하기를 좋아한다.

**크랭쇼드**　밴더빌트 씨에게 신뢰받는 하인 중 한 명. 험상궂게 생긴 데다 거칠고 난폭하다.

**브람스**　빌트모어에서 실종된 여자아이 '클라라 브람스'의 아버지.

**로스토노브**　빌트모어에서 실종된 여자아이 '아나스타시야 로스토노바'의 아버지.

**토른**　다양한 방면에 재주가 많은 손님. 신사적이고 예의 바르다.

이 이야기를 처음부터 만들 수 있게 도와준
나의 아내 제니퍼를 위해
그리고 늘 첫 번째 독자가 되어 줄 소중한 내 딸들
카밀, 제네비브, 엘리자베스를 위해

**빌트모어 대저택**

노스캐롤라이나주 애쉬빌

**1899년**

세라피나는 눈을 뜨자마자 어둠이 내려앉은 작업실부터 훑어보았다. 잠든 사이 감히 겁도 없이 자기 영역에 발을 들여놓을 만큼 무모한 쥐가 있나 없나 확인하기 위해서였다. 세라피나는 작업실 너머 어둠 속 어딘가에 쥐들이 있다는 사실을 알고 있었다. 이 거대한 저택의 미로 같은 지하실에서 쥐들은 틈새와 그림자만 골라 다니며 부엌이나 창고에서 무엇이든 훔쳐 낼 기회만 호시탐탐 노렸다. 세라피나는 대체로 낮에는 가장 좋아하는 은신처에 혼자 웅크리고 누워 낮잠을 잤다. 바로 여기 작업실 안, 녹슨 보일러 뒤편에 놓인 낡은 매트리스가 세라피나에게는 세상에서 가장 아늑한 보금자리였다. 머리 위로 가로놓인 투박한 대들보에는 망치, 렌치, 기어 등이 거꾸로 매달려 있었다. 방 안은 온통 기계에서 나는 익숙한 기름 냄새로 진동했다. 세라피나는 잠에서 깨자마자 주변을 둘러본 뒤 점점 짙어지는 어둠 속에서 들려오는 소리에 귀를 기울였다. 눈을 뜨자마자 가장 먼저 든 생각은 '사냥하기 딱 좋은 밤이네.'였다.

공구 선반 뒤에 비밀스럽게 만들어 놓은 간이침대 위에는 아빠가 곤히 잠들어 있었다. 아빠는 수년 전 이 빌트모어 대저택을 처음 지을 때부터 공사 현장에 참여했다고 한다. 저택이 다 지어진 뒤에도 아빠와 세라피나는 쭉 집주인 밴더빌트 부부 몰래 여기 지하실에 숨어 살았다. 방 안에 놓인 오래된 금속 통 안에는 저녁을 해 먹고 타다 남은 장작불이 일렁였다. 몇 시간 전에 세라피나와 아빠는 통 밖으로 새어 나오는 온기를 쬐며 무릎을 맞대고 앉아 굵게 빻은 옥수숫가루와 닭고기를 먹었다. 세라피나는 늘 그랬듯 닭고기만 먹고 옥수숫가루에는 손도 대지 않았다.

"밥 먹어라." 아빠가 잔소리를 했다.

"먹었잖아요." 세라피나가 반만 비운 양철 접시를 내려놓으며 대꾸했다.

"남기지 말고 다 먹어라. 그러다 나중에 새끼 돼지만큼도 키가 안 크면 어쩌려고 그러냐." 세라피나 쪽으로 접시를 도로 밀며 아빠가 말했다.

아빠는 툭하면 세라피나를 비쩍 마른 새끼 돼지에 비유해 약을 올리곤 했다. 그러면 자존심이 상한 세라피나가 옥수숫가루를 꾸역꾸역 다 먹어 치우리라는 계산에서였다.

"그래도 전 옥수숫가루는 안 먹어요." 아빠 속셈이 훤히 들여다보인다는 듯 세라피나는 싱긋 웃었다.

"도대체 왜 안 먹겠다는 거냐? 세상에 옥수수 싫다는 사람은 너 말곤 아무도 없을 거다." 아빠가 장작개비 하나를 불쏘시개 삼아 화로 속을 뒤적거리며 말했다.

"아빠도 내가 초록색이나 노란색 음식은 구역질 나서 입에도 못 대는 거 아시잖아요. 그러니까 제발 잔소리 좀 그만하세요."

"네가 아직 진짜 잔소리를 못 들어 봐서 그러지." 불쏘시개로 쓰던 장작마저 불 속으로 밀어 넣으며 아빠가 협박 아닌 협박을 했다.

두 사람은 편식하는 습관을 두고 티격태격하다가 어느새 옥수숫가루는 까맣게 잊어버리고 두런두런 이야기꽃을 피우기 시작했다.

어제저녁 아빠와 함께 보낸 시간을 떠올리자 세라피나의 입가에 절로 미소가 번졌다. 세상에 그보다 더 행복한 일이 있을까 싶었다. 설령 있다고 해도 지하실에 난 조그만 창가에 누워 햇빛을 쬐며 낮잠을 자는 일 정도일 것이다. 아무래도 낮잠 쪽이 아빠와 농담을 주고받는 것보다 조금 더 좋기는 했다.

세라피나는 잠든 아빠를 깨울까 봐 살며시 침대를 빠져나왔다. 그리고 돌로 된 거친 작업실 바닥을 가만히 가로질러 구불구불한 복도를 향해 걸었다. 아직 잠이 채 가시지 않은 두 눈을 비비며 기지개를 켰다. 슬슬 신이 나기 시작했다. 또 다시 새로운 밤이 시작되려 한다는 생각에 온몸이 짜릿해졌다. 밤 사냥에 나서는 올빼미가 하늘로 날아오르기 직전, 날개를 퍼덕이며 발톱을 우그렸다 폈다 할 때처럼 온몸에 근육과 감각이 되살아났다.

세라피나는 세탁실과 식료품 저장실과 부엌을 지나 소리 없이 어둠 속을 가로질러 나아갔다. 지하실은 낮에는 온종일 일하는 사람들로 부산스러웠지만 밤이 되면 지금처럼 어둠만이 텅 빈 자리를 메웠다. 세라피나는 깜깜하고 적막한 밤의 지하실이 좋았다. 2층과 3층에는 밴더빌트 가문 사람들과 빌트모어 대저택을 방문한 손님들이 묵고 있었다. 하지만 여기 지하실만큼은 한없이 조용했다. 세라피나는 끝이 보이지 않는 복도와 그림자가 진 창고 사이사이로 돌아다니기를 좋아했다. 지하실이라면 촉감과 질감, 빛과 어둠, 모든 구석구석과 틈새 하나하나까지 모르는 곳이 없었다. 밤이면 지하실은 오롯이 *세라피나* 차지였다.

앞쪽에서 무언가 미끄러져 지나가는 소리가 희미하게 들려왔다. 밤이 빠르게 시작되려 하고 있었다.

세라피나는 멈춰 서서 귀를 기울였다.

문 두 개 정도 떨어진 거리에서 조그마한 발이 맨바닥을 긁는 소리가 들려왔다.

세라피나는 벽에 몸을 바짝 붙이고 살금살금 앞으로 나아갔다.

소리가 멈추면 세라피나도 따라서 멈추었다. 소리가 다시 들리기 시작하면 세라피나도 다시 움직였다. 상대가 움직일 때 움직이고 상대가 멈추면 따라서 멈추는 것, 세라피나가 일곱 살 때 홀로 터득한 사냥의 기술이었다.

이제 목표물이 숨 쉬는 소리, 발톱으로 돌 긁는 소리, 꼬리를 바닥에 끄는 소리가 들릴 만큼 가까워졌다. 세라피나는 손가락이 떨려 오고 두 다리에 힘이 들어가는 걸 느꼈다. 이제는 익숙해진 감각이었다.

반쯤 열린 창고 문으로 미끄러져 들어가자 어둠 속에서 목표물이 시야에 들어왔다. 윤기가 반지르르 흐르는 커다란 갈색 쥐 두 마리가 바닥에 깔린 배수관을 미끄러지듯 차례로 지나갔다. 복도를 조금만 더 내려가면 갓 구운 빵에서 흘러내린 커스터드 크림을 맛볼 수 있을 텐데 여기서 멍청하게 바퀴벌레나 쫓고 있다니. 이번 침입자들은 신출내기가 틀림없었다.

세라피나는 아무런 소리도 내지 않고 공기를 가르며 천천히, 은밀하게 다가갔다. 세라피나의 눈은 쥐들에게 고정돼 있었다. 세라피나의 귀는 쥐들이 내는 모든 소리를 감지하고 있었다. 심지어 세라피나는 쥐들한테서 나는 하수구 악취까지도 맡을 수 있었다. 쥐 두 마리는 세라피나가 가까이 다가오는 줄은 꿈에도 모르고 저 할 일을 하느라 정신이 없었다.

세라피나는 불과 몇 발자국을 남기고 멈춰 섰다. 그리고 그림자 속에 몸을 숨긴 채 뛰어오를 준비를 했다. 세라피나는 사냥감을 덮치기 바로 직전의 이 순간을 사랑했다. 몸을 앞뒤로 슬쩍슬쩍 흔들며 공격하기 좋은 자세를 가다듬다가 전광석화처럼 몸을 날렸다. 단 한 번 움직였을 뿐인데 눈 깜짝할 새에 세라피나의 맨손에는 쥐 두 마리가 붙들려 있었다. 큰 쥐 하나와 작은 쥐 하나가 온몸을 버둥거리며 요란하게 찍찍거렸다.

"잡았다! 요 더러운 놈들!"

작은 쥐가 겁에 질려 필사적으로 몸부림쳤다. 그때 큰 쥐가 몸을 비틀어 세라피나의 손등을 콱 물었다.

"한 번만 더 그랬단 봐라!" 세라피나는 으르렁거리면서 집게손가락과 엄지손가락으로 큰 쥐의 목을 더 세게 움켜쥐었다.

쥐들이 이리 비틀고 저리 비틀며 거칠게 저항할수록 세라피나는 더욱더 손아귀에 힘을 주었다. 세라피나가 어린 시절 힘들게 터득한 교훈이 있었다. 한번 잡은 쥐를 놓치지 않으려면 무슨 일이 있어도 절대 손아귀에 힘을 풀어서는 안 된다는 것이었다. 설사 쥐가 손등을 발톱으로 할퀴고 뾰족한 꼬리로 손목을 뱀처럼 휘감더라도 말이다.

쥐들은 몇 초간 필사적으로 탈출을 시도했다. 그러나 마침내 절대로 빠져나갈 수 없음을 깨닫고 제 풀에 지쳐 몸부림을 그쳤다. 구슬처럼 까만 눈 네 개가 세라피나를 못 미더운 듯 노려보았다. 씰룩거리는 작은 코와 소름 끼치게 긴 수염이 두려움으로 파르르 떨렸다. 큰 쥐가 길고 뾰족뾰족한 꼬리를 느릿느릿 은밀하게 움직여 세라피나의 손목을 두어 차례 휘감았다. 다시 도망갈 궁리를 하는 모양이었다.

"꿈도 꾸지 마." 세라피나가 경고했다. 물린 상처에서 아직도 피가 나는 탓에 영 기분이 좋지 않았다. 이렇게 심하게 물린 건 이번이 처음이었다.

징그러운 쥐 두 마리를 양손에 하나씩 움켜잡고 복도를 걸어 내려갔다. 열두 시가 되기도 전에 두 마리나 잡다니 오늘 밤은 성과가 꽤 쏠쏠했다. 보아하니 요놈들은 특히나 더 천방지축이라, 가만히 내버려 뒀으면 앞뒤 안 재고 곡식 자루로 돌진해 구멍을 내거나 선반에 놓인 달걀을 깨뜨려 부엌을 난장판으로 만들었을 게 뻔했다.

세라피나는 바깥으로 통하는 오래된 돌계단을 올라가 은은한 달빛이 내리쬐는 빌트모어 대저택의 영지를 가로질러 걸어갔다. 숲 언저리에 다다라서야 세라피나는 비로소 손에 힘을 풀었다.

"자, 놓아줄 테니까 가! 다신 돌아오지 말고! 다음번에 마주치면 그때는 정말 안 봐줄 거야!"

갑작스레 풀려나 풀숲 바닥에 나동그라진 쥐들은 마지막 일격을 예상했는지 부르르 떨며 몸을 움츠렸다. 그러나 예상과 달리 아무 일도 일어나지 않았다. 큰 쥐와 작은 쥐가 뒤돌아서서 놀란 눈으로 세라피나를 올려다보았다.

"맘 바뀌기 전에 얼른 가." 세라피나가 말했다.

말이 떨어지기가 무섭게 두 쥐는 덤불 속으로 황급히 사라졌다.

예전 같으면 상상도 할 수 없는 일이었다. 한때 세라피나는 간밤의 성과를 자랑하고 싶어서 사냥한 쥐 시체를 아빠 침대 옆에 놓아두곤 했다. 그것도 이제는 옛날이야기가 된 지 오래였다.

세라피나는 말을 알아듣기 시작한 뒤로 지하에서 일하는 모든 사람을 주의 깊게 관찰했다. 그 결과 모두 저마다 맡은 역할이 있다는 사실을 알아차렸다. 아빠는 이백오십 개에 이르는 방을 갖춘 빌트모어 대저택의 모든 기계 장치를 수리하고 정비하는 일을 담당했다. 직원 전용 엘리베이터와 음식 및 식기 운반용 엘리베이터, 창문 기어, 증기난방 장치, 심지어 호화로운 연회가 열리는 대연회장 안에 있는 파이프 오르간도 아빠 담당이었다. 아빠 말고도 요리사, 주방 보조, 석탄 노동자, 굴뚝 청소부, 빨래 담당 아주머니, 빵 굽는 사람, 실내 청소부, 문지기 등 셀 수 없이 많은 사람이 빌트모어 대저택에서 일했다.

열 살 무렵에 세라피나는 아빠에게 이렇게 물어본 적이 있었다.

"아빠, 나도 다른 사람들처럼 여기서 맡은 일이 있나요?"

"당연하지!" 질문이 떨어지기가 무섭게 아빠가 대답했다. 그러나 세라피나는 아빠 말을 곧이곧대로 믿지 않았다. 그저 자신이 상처받을까 봐 그렇게 말해 주는 것이라 생각했다.

"그게 뭔데요? 나는 뭘 맡고 있는데요?" 세라피나는 아빠를 다그쳤다.

"세라(아빠가 세라피나를 부르는 애칭_옮긴이)야, 사실 여기서 네가 맡은 일은 아주아주 중요한 일이야. 그 일을 너보다 잘할 수 있는 사람은 없단다."

"그래서 그게 뭔데요? 빨리 말해 줘요, 아빠."

"너는 빌트모어 대저택의 C.R.C.야!"

"그게 뭐예요?" 흥분한 세라피나가 되물었다.

"너는 최고 쥐잡이 책임자(Chief Rat Catcher)란다!"

뜻이야 어찌 됐건 그때 이후로 'C.R.C.'라는 세 글자는 세라피나의 마음속에 깊이 들어와 박혔다. 이 년이 지난 지금도 처음 그 단어를 들었던 순간이 생생하게 기억났다. 왠지 모를 뿌듯함으로 가슴이 부풀어 오르고 자기도 모르게 얼굴에 미소가 번졌더랬다. 세라피나는 C.R.C.라고 소리 내어 발음할 때 그 어감이 굉장히 마음에 들었다. 빌트모어처럼 곳간과 선반과 헛간이 수없이 많은 대저택에서 쥐가 커다란 골칫거리라는 사실을 모르는 사람은 없었다. 이 네발 달린 짐승은 교활하기 그지없고 음식을 훔쳐 여기저기 흘리고 다니며 병까지 옮겼다. 어른들은 쥐덫을 설치하고 독이 든 음식을 미끼로 올려놓았지만 아무 소용이 없었다. 그런데 세라피나는 쥐 잡는 데에 천부적인 재능을 보였다. 생쥐 잡기는 그야말로 식은 죽 먹기였다. 생쥐는 겁이 많아서 공포에 질리면 절체절명의 순간에 실수를 저질렀기 때문이다. 문제는 생쥐가 아니라 집쥐였다. 집쥐를 잡으려면 기술이 필요했다.

다시 말해 세라피나는 집쥐를 잡으면서 사냥 기술을 갈고닦았다. 올해 열두 살이 된 세라피나는 그런 아이였다. 빌트모어 대저택의 C.R.C. 또는 최고 쥐잡이 책임자.

숲속으로 사라지는 쥐들의 뒷모습을 바라보며 세라피나는 문득 그 뒤를 따라 숲속으로 들어가고 싶다는 이상하고 강렬한 충동에 사로잡혔다. 나뭇잎과 나뭇가지 아래에 무엇이 있나 헤집어 보고 싶었다. 바위와 나무 사이로 숨은 계곡을 찾아 쏘다니고 싶었다. 강가와 숲속 곳곳에 숨겨진 아름다움을 탐험해 보고 싶었다. 하지만 아빠는 세라피나가 숲속으로는 단 한 발자국도 들여놓지 못하게 했다.

"숲 근처에는 얼씬도 하지 말아라." 아빠는 수십 번 당부했다. "숲속에는 우리가 모르는 초자연적인 어둠의 힘이 있을지도 몰라. 잘못하면 큰코다친다."

세라피나는 숲 가장자리에 우두커니 서서 나무 사이로 아스라이 보이는 숲길을 최대한 멀리까지 바라보았다. 지금껏 숲속에서 길을 잃고 끝내 집으로 돌아오지 못한 사람들의 이야기를 수도 없이 들었다. 세라피나는 도대체 저 숲속에 어떤 위험이 도사리고 있는지 궁금했다. 흑마술? 악마? 아니면 무시무시한 산짐승? 아빠는 도대체 무엇이 그토록 두려운 걸까?

옥수숫가루를 편식하고, 낮에 자고 밤에 일어나 사냥을 하고, 밴더빌트 가문 사람들과 손님들을 몰래 훔쳐보는 습관을 두고 아빠가 잔소리를 하면 얼마든지 말대꾸할 자신이 있었다. 그러나 숲속 접근 금지령에 대해서는 단 한 번도 반항한 적이 없었다. 숲속에 들어가면 안 된다고 말할 때 아빠는 엄격하고 단호했기 때문이다. 아빠는 분명 무언가를 숨기고 있었다. 머리로는 전혀 납득이 되지 않았지만 때로는 그저 입 다물고 시키는 대로 하는 게 상책일 때도 있는 법이다.

원인 모를 외로움에 사로잡힌 세라피나는 숲 반대쪽으로 몸을 돌려 빌트모어 대저택을 바라보았다. 뾰족하게 솟은 지붕 위로 휘영청 달이 떠 있었다. 겨울 정원이라 불리는 유리 온실 위로 달빛이 반사되어 부서졌다. 산 위에 걸린 하늘에서는 별이 반짝였다. 아름답게 손질된 잔디와 정원수와 꽃이 달빛과 별빛 아래서 은은하게 흔들렸다. 세라피나의 눈에는 잔디에 앉은 두꺼비며 달팽이며 모든 어둠의 존재가 하나하나 다 보였다. 목련 위에서 홀로 밤 노래를 부르는 앵무새도 보였다. 하늘로 뻗어 올라가는 등나무 가지 사이에 조그맣게 자리 잡은 둥지 안에서 부스럭거리는 아기 벌새도 보였다.

고개를 들어 빌트모어 대저택을 바라보고 있노라니 새삼 이 거대한 건축물을 짓는 데 아빠도 힘을 보탰구나 하는 생각이 들었다. 아빠 말고도 석수와 목수 등 근처 산간 지역에 사는 기술자 수백 명이 애쉬빌에 모여들어 빌트모어 대저택을 짓는 일에 참여했다고 한다. 그때도 아빠는 기계를 보수하는 일을 맡았다고 했다. 그러나 공사가 끝나고 지하실에서 함께 일했던 사람들이 하나둘 가족이 기다리는 집으로 돌아갈 때도 아빠와 세라피나는 여기 남았다. 거대한 배의 엔진실에 숨어든 밀항자처럼 두 사람은 지하실에 남아, 난방 파이프와 공구 틈바구니에서 숨어 살았다. 사실 아빠와 세라피나에게는 돌아갈 곳도, 기다리는 가족도 없었다. 세라피나가 엄마에 대해 물어볼 때마다 아빠는 묵묵부답이었다. 아빠에게는 세라피나가 전부였고 세라피나에게는 아빠가 전부였다. 세라피나가 기억하는 한 처음부터 여기 지하실이 두 사람의 집이었다.

"아빠, 우리는 왜 다른 하인들이나 일하러 오는 사람들처럼 저택 위층이나 마을에 살지 않는 거예요?" 세라피나는 아빠에게 묻고 또 물었다.

"네가 신경 쓸 일이 아니다." 그때마다 돌아오는 아빠의 대답은 한결같았다.

아빠는 세라피나에게 읽기와 쓰기를 제법 잘 가르쳐 주었고 세상 돌아가는 이야기도 많이 들려주었다. 하지만 정작 세라피나가 듣고 싶어 하는 이야기는 혼자만 가슴 깊이 묻어 둔 채 단 한 번도 들려주지 않았다. 세라피나는 엄마에게 무슨 일이 있었는지, 왜 자신은 형제자매가 없는지, 왜 아빠와 자신에게는 찾아가거나 찾아올 친구 하나 없는지 너무나 궁금했다. 가끔 세라피나는 아빠와 속 깊은 대화를 나누며 궁금한 이야기를 캐묻고 싶었다. 하지만 아빠는 그저 낮이면 일하고, 해가 지면 저녁밥을 차리고 나서 이야기를 들려주고, 밤이면 잠자리에 들었다. 세라피나는 아빠와 함께하는 하루하루가 좋았다. 아빠가 지금 같은 평화로운 일상이 깨지

길 원치 않는다는 것도 알았다. 그래서 마음속에서 일어나는 수많은 궁금증은 일단 묻어 두기로 했다.

빌트모어 대저택의 모든 사람이 잠든 밤이면 세라피나는 달빛에 의지해 위층에서 몰래 가져온 책을 읽곤 했다. 하루는 집사 아저씨가 빌트모어를 찾은 어떤 작가 손님에게 '이 저택에는 책이 이만 이천 권이나 있다'라고 자랑하는 것을 엿들은 적이 있었다. 도서관을 꽉 채우고도 모자라 남는 책은 저택 여기저기 탁자에 올려 두거나 책장에 꽂아 두었다고 했다. 그렇게 흩어진 책을 찾아서 읽는 것은 잘 익은 산딸기를 찾아서 따 먹는 것만큼이나 거부하기 힘든 유혹이었다.

책이 한두 권쯤 사라졌다가 며칠 뒤 다시 제자리에 돌아온다는 사실을 눈치챈 사람은 아무도 없었다.

세라피나는 깃발이 걸레가 될 만큼 치열했던 남북 전쟁에 대해서 읽었다. 미국 전역으로 사람을 실어 나르는 증기 기관차에 대해서도 읽었다. 톰 소여, 허클베리 핀과 함께 포도밭 서리를 하거나 스위스에 사는 로빈슨 가족과 바다 한가운데서 난파하는 상상을 하기도 했다. 《작은 아씨들》에 나오는 네 자매 중 하나가 되어 사랑하는 엄마와 함께 시간을 보내는 상상을 하기도 했다. 《슬리피 할로우》에 나오는 유령과 마주치는 상상이나 에드거 앨런 포의 소설에 나오는 까마귀랑 함께 문을 두드리는 상상도 했다. 세라피나는 아빠에게 자신이 읽은 책의 내용을 들려주기를 좋아했다. 때로는 상상 속의 친구나 괴짜 가족이나 밤의 유령을 주인공으로 하는 이야기를 지어내 들려준 적도 있었다. 그러나 아빠는 세라피나의 상상력과 공포가 만들어 낸 이야기에는 전혀 관심이 없었다. 아빠는 지나치게 현실적인 사람이었다. 벽돌과 볼트처럼 눈에 보이고 손으로 만질 수 있는 것 말고는 잘 믿지 않았다.

날이 갈수록 세라피나는 아빠도 모르는 친구가 있다면, 함께 이야기를 나눌 수 있는 또래 친구가 있다면 어떤 기분일까 궁금해졌다. 하지만 한밤중에 지하실을 몰래 돌아다니는 또래 친구를 만나기란 하늘의 별 따기였다.

밤늦게까지 지하 주방에서 일하는 하인이나 보일러 관리인은 세라피나의 존재를 어렴풋이나마 알고 있었다. 그러나 위층에서 일하는 하인이나 하녀는 세라피나를 알 턱이 없었다. 대저택의 주인인 밴더빌트 씨와 밴더빌트 부인은 말할 것도 없었다.

"세라야, 밴더빌트 내외는 좋은 사람들이란다." 아빠는 세라피나에게 그렇게 말했다. "하지만 우리와는 신분이 다른 사람들이야. 되도록이면 네 모습을 드러내지 말아야 한다. 아무에게도 네 존재를 들켜선 안 돼. 어떤 일이 있어도, 절대 그 누구에게도 네 이름이 뭔지, 네가 누군지 알려 주어서는 안 된다. 알아들었지?"

세라피나는 아빠 말을 알아들었다. 그것도 아주 잘 알아들었다. 쥐가 마음을 바꾸는 소리도 알아들을 만한 청력을 지닌 마당에 아빠 말을 못 알아들을 리 없었다. 그러나 세라피나는 왜 지금처럼 살아야 하는지는 정확히 알지 못했다. 아빠가 왜 세상 사람들에게 자신의 존재를 숨기려 하는지, 왜 자신을 부끄러워하는지는 알지 못했다. 한 가지 분명한 사실은 세라피나는 아빠를 이 세상 누구보다 사랑한다는 사실이었다. 그래서 아빠를 곤란하게 만드는 일은 되도록이면 하고 싶지 않았다.

덕분에 세라피나는 다른 사람 눈에 띄지 않고 다니는 데 선수가 됐다. 단지 쥐를 잡기 위해서뿐만 아니라 다른 사람과 마주치지 않기 위해서였다. 다만 특별히 용기가 솟아오르거나 외로움이 솟구치는 날이면 위층으로 뛰어 올라가 눈부시게 차려입은 사람들을 구경하곤 했다. 세라피나는 항상 눈에 띄지 않도록 살금살금 숨어 다녔다. 세라피나는 또래보다 덩치가 작고 발도 가벼웠다. 그림자가 곧 세라피나의 친구였다. 세라피나는 아름다운 드레스를 차려입은 손님들이 화려한 마차에서 내리는 모습을 몰래 구경하곤 했다. 위층 사람들 중에 침대 밑이나 문 뒤에 숨은 세라피나를 본 사람은 아무도 없었다. 코트를 걸면서도 옷장 뒤에 숨은 세라피나를 본 사람은 아무도 없었다. 신사 숙녀들이 정원을 산책할 때면 세라피나는 몰래 뒤따라 다니며 대화를 엿듣곤 했다. 세라피나는 파란색이나 노란색 드레스를 입은 어린 소녀들이 머리에 단 리본을 나풀거리며 정원을 뛰노는 모습을 구경하기를 좋아했다. 숨어서 함께 뛰논 적도 많았다. 아이들이 숨바꼭질할 때면 세라피나도 함께 숨바꼭질을 했다. 다만 찾아야 할 사람이 한 명 더 있다는 사실을 눈치챈 사람은 아무도 없었다. 가끔이지만 밴더빌트 부부가 팔짱을 끼고 산책하는 모습도 보았다. 밴더빌트 부부의 열두 살 난 조카가 말을 타고 털에 윤기가 흐르는 새카만 강아지와 달리기 시합을 하는 모습도 보았다.

세라피나는 모든 사람을 보았지만 세라피나를 본 사람은 아무도 없었다. 심지어 밴더빌트가 도련님을 따라다니는 강아지조차도 세라피나를 보지 못했다. 요즘 세라피나는 만약 사람들이 자기를 보면 어떤 일이 벌어질까 상상하곤 했다. '말을 타던 도련님과 눈이 마주치면 어떻게 해야 할까? 도련님 옆에 붙어 있는 강아지가 나를 쫓아오기라도 한다면? 물리기 전에 나무 위로 재빨리 도망갈 수 있으려나?' 때때로 세라피나는 밴더빌트 부인을 코앞에서 마주치는 장면도 상상하곤 했다. *안녕하세요, 밴더빌트 부인. 저는 부인의 저택에서 쥐 잡는 일을 하고 있어요. 쥐를 잡으면 죽이길 원하세요, 아니면 그냥 겁만 주고 쫓아내길 원하세요? 말씀만 하세요!* 세라피나는 가끔 예쁜 드레스를 입고 귀여운 리본을 달고 반짝이는 구두를 신은 자신의 모습을 상상하곤 했다. 가끔, 아주 가끔이지만 세라피나는 대화를 엿듣기만 하는 게 아니라 직접 대화를 나누고 싶었다. 보기만 하는 것이 아니라 *보이고* 싶었다.

달빛이 흐르는 탁 트인 정원을 지나 저택으로 돌아오는 길에 생각했다. 밴더빌트가를 방문한 손님이나 밴더빌트가 도련님이 우연히 잠에서 깬 2층 침실에서 창밖을 바라보다가 한밤중에 홀로 정원을 걷고 있는 정체불명의 소녀를 발견한다면 어떻게 될까.

아빠는 절대 아니라고 했지만 세라피나는 자신의 외모가 평범하지 않다는 것쯤은 알고 있었다. 세라피나의 작고 마른 몸에는 군살이라곤 하나 없었고 근육과 뼈와 힘줄이 대부분이었다.

세라피나는 변변한 드레스도 한 벌 없었다. 아빠의 낡은 작업 셔츠 위에 작업실 구석에서 굴러다니던 노끈을 허리띠처럼 졸라매어 입고 다녔다. 아빠는 세라피나에게 옷을 사주지 않았다. 여자아이 옷을 사러 나갔다가 괜히 마을 사람들의 이목을 끌고 참견받는 게 싫었기 때문이다. 아빠는 남의 간섭이라면 질색인 사람이었다.

세라피나의 긴 머리카락은 보통 사람들처럼 단색이 아니라 금색과 밝은 갈색을 넘나드는 다채로운 빛깔이었다. 광대뼈는 유난히 도드라져 보였고 커다란 두 눈은 호박색으로 빛났다. 세라피나는 밤이나 낮이나 똑같이 잘 볼 수 있었다. 소리 없이 다가가 상대를 제압하는 사냥 기술도 결코 평범하다고는 할 수 없었다. 아빠를 비롯해 세라피나가 아는 사람들은 전부 세라피나처럼 조용히 다니지 못했다. 세라피나가 듣기에 그들의 걸음은 농기구를 매달고 밴더빌트 소유지를 경작하는 커다란 벨기에 말이 내는 소리처럼 시끄러웠다.

대저택에 난 수많은 창문을 올려다보며 세라피나는 생각에 잠겼다. 저 방 안에 누워서 자고 있는 사람들은 어떤 꿈을 꿀까? 자신과 달리 하나같이 단색의 머리카락에 길고 뾰족한 코에 덩치도 커다란 저 사람들은 이토록 아름다운 밤에 푹신한 침대에 누워 어떤 꿈을 꿀까? 어떤 소원을 빌까? 언제 웃고 언제 기뻐할까? 저 안에서 사는 건 어떤 기분일까? 저들은 언제 저녁을 먹을까? 닭고기와 옥수숫가루 둘 다 먹을까 아니면 나처럼 닭고기만 먹을까?

세라피나는 아까 올라왔던 돌계단을 다시 내려가 지하실로 돌아왔다. 그런데 그때 저 멀리 복도에서 어떤 소리가 들렸다. 세라피나는 멈춰 서서 귀를 기울였지만 무슨 소리인지 정확히 분간할 수 없었다. 쥐가 아니라는 것만큼은 분명했다. 쥐보다는 훨씬 큰 무언가였다. 이 밤중에 뭐지?

세라피나는 호기심에 이끌려 소리가 나는 쪽으로 몸을 움직였다.

세라피나는 아빠가 잠들어 있는 작업실을 지나 너무나 익숙한 부엌과 방을 지나 평소에는 별로 갈 일이 없는 지하실 깊숙한 곳으로 들어섰다. 문이 닫히는 소리가 나더니 발자국 소리가 들렸다. 상대는 최대한 소리를 내지 않으려 애쓰는 듯했다. 세라피나의 심장이 가볍게 두근거리기 시작했다. 누군가 지하실 복도를 걸어가고 있었다. 세라피나의 지하실 복도를!

세라피나는 좀 더 가까이 다가갔다.

밤마다 쓰레기를 수거하러 오는 하인이 내는 소리가 아니었다. 손님들이 먹을 야식을 챙기러 내려오는 하인이 내는 소리도 아니었다. 세라피나가 한 번도 들어 본 적이 없는 발소리였다. 가끔 집사의 심부름을 하는 열한 살짜리 소년이 쿠키 심부름을 받고 지하실에 내려왔다. 그럴 때마다 소년은 은쟁반 앞에 선 채로 쿠키를 몇 개 몰래 먹어 치우곤 했다. 그러면 세라피나는 벽 뒤 어둠 속에 몸을 숨긴 채 소년과 친구라도 되는 척 혼잣말로 대화를 하곤 했다. 소년이 입에 묻은 설탕 가루를 털고 쿠키를 훔쳐 먹느라 지체한 시간을 메꾸려고 서둘러 자리를 뜨면 대화도 끝이 났다. 그러나 지금이 발소리는 그 소년의 발소리도 아니었다.

발자국 소리의 주인은 밑창이 두꺼운 신발을 신고 있었다. 밑창이 두껍다는 건 비싼 신발이라는 뜻이었다. 하지만 그런 값비싼 신발을 신을 만한 신사가 여기 지하실에 볼일이 있을 리 없었다. 도대체 누구길래 한밤중에 어두운 지하실을 돌아다니는 걸까?

세라피나의 호기심이 점점 더 발동했다. 들키지 않게 조심하면서 발자국 소리를 쫓아갔다. 정체 모를 남자의 얼굴이 보일락 말락 했다. 하지만 번번이 랜턴을 든 크고 검은 그림자를 보는 데에 그쳤다. 그런데 그림자가 하나 더 있었다. 사람인지 아닌지는 확실치 않았지만 어쨌든 그림자가 하나 더 있었다. 세라피나는 자세히 보고 싶었지만 차마 더 가까이 다가갈 엄두를 못 냈다. 언덕의 경사면에 층층이 지어진 이 거대한 지하실에는 방과 복도가 수없이 많았다. 그중 부엌이나 세탁실 같은 곳은 별다른 장식 없이 새하얀 석고 벽에 위쪽으로 창문도 나 있어서 깨끗하고 보송보송했다. 그래서 낮동안 하인들이 일하기에 좋은 환경이었다. 그러나 지하로 더 내려가면 저택이 올라선 지반 아래 축축한 땅굴이 모습을 드러냈다. 대충 다듬은 돌덩이로 쌓아 올린 벽과 천장에서는 시멘트 냄새가 풍겼다. 너무 음습한 곳이라 세라피나조차도 평소에는 거의 가지 않았다.

그때 발자국 소리의 주인이 갑자기 방향을 틀더니 세라피나 쪽으로 다가오기 시작했다. 쥐 다섯 마리가 비명을 지르며 복도 중앙을 가로질러 도망갔다. 그토록 겁에 질려 도망가는 쥐는 처음 보았다. 벽의 갈라진 틈새로 거미들이 황급히 기어 나왔다. 흙바닥에서는 바퀴벌레와 지네들이 다급히 튀어나왔다. 세라피나는 생전 처음 보는 광경에 겁을 집어먹었다. 세라피나는 크게 심호흡을 한 뒤 벽에 몸을 더 바싹 붙였다. 머리 위로 날아가는 매 그림자에 겁먹은 새끼 토끼처럼 점차 세라피나의 몸이 공포로 얼어붙었다.

남자가 세라피나 쪽으로 가까워졌을 때 또 다른 소리가 들렸다. 작은 사람이 발을 동동 구르는 듯한 소리였다. 어쩔 줄 몰라 하는 듯한 작은 발자국 소리의 주인은 어린아이 같기도 했다. 그런데 무언가 이상했다. 작은 발자국 소리의 주인은 다리를 돌바닥에 긁다가 끌다가 했다. 아마도 다리를 절뚝거리는 듯했다. 아니다, 작은 발소리의 주인은 큰 그림자의 주인에게 질질 끌려가고 있었다!

"제발요, 제발 이러지 마세요!" 어린 소녀가 흐느끼는 소리가 들려왔다. 목소리가 절박함으로 떨리고 있었다. "여기는 출입이 금지된 구역인 것 같은데요." 소녀의 예의 바른 말투만 들어도 좋은 집에서 좋은 교육을 받고 자란 게 분명했다.

"걱정 말아라. 거의 다 왔으니까……." 남자가 어떤 문 앞에 멈춰 서더니 말했다. 그 문 바로 옆 모퉁이 뒤에는 세라피나가 숨어 있었다. 남자의 숨소리, 손을 움직이는 소리, 옷자락 소리까지 들리는 거리였다. 온몸의 피가 거꾸로 솟는 듯했다. 세라피나는 달아나고 싶은 마음이 굴뚝같았다. 하지만 다리가 얼어붙어 생각대로 움직이지 않았다.

"얘야, 무서워할 필요 없다. 난 널 해치지 않아." 남자가 소녀에게 말했다.

목 뒤로 오스스 소름이 돋았다. *따라가면 안 돼!* 세라피나는 마음속으로 소리쳤다. *따라가지 마!*

목소리로 미루어 짐작하건대 소녀는 세라피나보다 조금 더 어린 것 같았다. 도와주고 싶었지만 차마 용기가 나지 않았다. 세라피나는 들킬까 봐 벽에 몸을 한껏 밀착시켰다. 마치 발밑의 땅이 흔들리고 있는 것처럼 다리가 후들거렸다. 그때 갑자기 소녀가 끔찍한 비명을 내지르기 시작했다. 세라피나는 고막이 찢어질 듯한 비명 소리에 놀라 펄쩍 뛰어올랐다가 황급히 입을 막았다. 하마터면 저도 모르게 비명을 지를 뻔했다. 소녀가 남자에게서 벗어나려고 발버둥을 치더니 복도로 달아나는 소리가 들렸다. *도망가! 더 빨리!* 세라피나는 속으로 소녀를 응원했다.

남자의 발자국 소리가 소녀를 쫓아 멀어졌다. 세라피나는 남자가 전속력으로 뛰지 않고 있다는 것을 느낄 수 있었다. 남자는 소녀가 아무리 도망쳐도 자신의 손아귀를 절대 벗어날 수 없다는 듯이 그저 일정한 속도로 하지만 무자비하게 움직이고 있었다. 아빠가 들려준 붉은 늑대 이야기가 떠올랐다. 붉은 늑대 무리는 사슴을 사냥할 때 폭발적인 속도가 아니라 끈질긴 지구력으로 사냥감을 궁지에 몰아 결국 죽음에 이르게 한다고 했다.

세라피나는 어찌할 바를 모르고 망설였다. 들키지 않게 계속 그림자 속에 몸을 숨기고 있어야 하나? 겁에 질려 줄행랑을 치던 쥐와 거미처럼, 기회가 있을 때 한시라도 빨리 도망가야 하나? 세라피나는 당장이라도 아빠 품으로 돌아가고 싶었다. 하지만 그러면 저 소녀는 어떻게 되는 거지? 소녀는 너무 느렸고 약했고 겁에 질려 있었다. 그리고 무엇보다 지금 이 순간 함께 맞서 싸워 줄 친구가 필요했다. 세라피나는 자신이 바로 그 친구가 되어 주고 싶었다. 도와주고 싶었다. 하지만 차마 발길이 떨어지지 않았다.

그때 또다시 비명 소리가 들려왔다. *저 나쁜 쥐새끼 같은 놈이 소녀를 죽이려는 거야! 죽이려는 거라고!*

그러자 갑자기 분노와 함께 용기가 솟구쳤다. 세라피나는 비명이 들린 쪽을 향해 폭발적인 속도로 달려 나갔다. 다리에 힘이 들어가는 게 느껴졌다. 마음에는 두려움과 알 수 없는 힘이 동시에 솟구쳤다. 세라피나는 모퉁이를 돌고 돌아

달리고 또 달렸다. 그러다 지하실 아래 또 다른 지하실로 이어지는 이끼 낀 돌계단 앞에서 잠시 멈춰 서서 호흡을 가다듬으며 머리를 흔들었다. 저택 가장 깊숙한 곳에 위치한 지하 2층은 춥고 축축하고 미끈거렸다. 세라피나도 웬만해선 내려가지 않는 곳이었다. 특히 겨울철에 땅이 꽁꽁 얼어서 시체를 묻지 못하면 날이 풀릴 때까지 여기에 잠시 보관해 둔다는 소문을 들은 적이 있었다. 도대체 왜 저 남자는 어린 소녀를 *저기*까지 끌고 내려간 걸까?

축축하고 끈적끈적한 돌계단을 한 칸 한 칸 내려갈 때마다 발바닥이 쩍 하고 달라붙었다. 마침내 지하실 바닥에 다다르자 길고 경사진 통로가 나타났다. 통로를 따라 걸어 들어가는 동안 천장에서는 갈색 액체가 떨어져 내렸다. 너무 음습해서 소름이 돋았지만 세라피나는 꾹 참고 앞으로 나아갔다. *소녀를 도와주어야만 해. 여기서 되돌아갈 순 없어.* 세라피나는 다시 한 번 마음을 다잡았다. 미로 같은 통로가 끝없이 이어졌다. 오른쪽으로 꺾고 왼쪽으로 꺾고 다시 왼쪽으로 꺾고 오른쪽으로 꺾기를 거듭하다가 이제는 어느 쪽으로 몇 번 꺾었는지 기억하기를 포기했을 때쯤이었다. 모퉁이 너머에서 또다시 소녀의 비명 소리가 들려왔다. 소녀는 매우 가까이 있었다.

세라피나는 망설였다. 너무 무서워서 심장이 금방이라도 튀어나올 듯이 두방망이질 쳤다. 온몸이 사시나무 떨리듯 떨렸다. 한 발짝도 더 내딛고 싶지 않았다. 하지만 어려움에 빠진 사람을 그냥 지나칠 순 없었다. 세라피나는 인생이 무엇인지는 아직 잘 알지 못했다. 하지만 도움이 절실히 필요한 사람을 눈앞에 두고 겁먹은 다람쥐처럼 꽁무니가 빠지게 달아나서는 안 된다는 것만큼은 잘 알고 있었다. 온몸이 떨렸다. 세라피나는 떨리는 가슴을 최대한 진정시키고 숨을 크게 들이쉰 다음 모퉁이를 돌았다.

깨진 랜턴이 돌바닥 위에 기우뚱 서 있었다. 랜턴 유리는 산산조각 나 있었지만 불빛은 아직 꺼지지 않고 타고 있었다. 흔들리는 랜턴 불빛이 만들어 내는 동그란 빛 속에서 노란색 드레스를 입은 소녀가 죽기 살기로 발버둥 치고 있었다. 검은 망토를 뒤집어쓴 키가 큰 남자가 피 묻은 두 손으로 소녀의 손목을 부여잡고 있었다. 그 손을 뿌리치려 안간힘을 쓰면서 소녀는 소리를 질렀다. "안 돼요! 제발 놔주세요!"

"조용." 남자가 이 세상 사람이 아닌 듯한 음침한 목소리로 말했다. "애야, 난 널 해치지 않아." 남자는 아까 했던 말을 되풀이했다.

곱슬거리는 금발에 피부가 하얗고 창백한 소녀가 젖 먹던 힘을 다해 빠져나가려고 몸부림쳤다. 하지만 역부족이었다. 검은 망토를 입은 남자는 소녀를 자기 쪽으로 더 세게 끌어당겨 양팔로 단단히 옭아맸다. 소녀가 팔을 휘둘러 조그마한 주먹으로 남자의 얼굴을 때렸다.

"가만있으면 금방 끝날 거야." 검은 망토를 입은 남자가 양팔에 더 힘을 주며 말했다.

그 순간 세라피나는 자신이 얼마나 치명적인 실수를 저질렀는가를 깨달았다. 세라피나 혼자 힘으로 감당할 수 있는 상황이 아니었다. 어린 소녀를 도와주어야 했지만 너무 무서운 나머지 바닥에 붙은 발이 떨어지지 않았다. 소녀를 구하기는커녕 숨조차 쉴 수 없었다.

*소녀를 도와줘!* 세라피나의 마음이 계속 소리를 질렀다. *소녀를 도와줘! 나쁜 놈을 공격해! 나쁜 놈을 공격해!*

마침내 세라피나가 용기를 쥐어짜 소녀를 구하러 뛰쳐나가려고 할 때였다. 바로 그 순간 남자가 입고 있던 검은 망토가 마치 악령에 씐 듯 공중으로 떠올랐다. 소녀의 비명 소리가 지하에 울려 퍼졌다. 굶주린 뱀이 똬리를 틀듯 검은 망토가 소녀의 몸을 휘감았다. 방울뱀 수백 마리가 공격 직전에 내는 듯한 불쾌한 방울 소리가 사방을 가득 메웠다. 검은 망토는 마치 살아 있는 것 같았다. 세라피나는 망토 자락에 휩싸인 채 공포에 질린 소녀와 눈이 마주쳤다. 소녀의 두 눈은 공포로 휘둥그레져 있었다. *도와주세요! 도와주세요!* 소녀가 눈으로 애원했다. 그 순간 검은 망토 자락이 소녀를 통째로 집어삼켰다. 비명 소리와 함께 소녀는 온데간데없이 사라졌다.

세라피나는 충격으로 숨이 턱 막혔다. 방금 전까지만 해도 달아나려고 필사적으로 몸부림치던 소녀가 순식간에 감쪽같이 사라져 버렸다. 저 검은 망토가 소녀를 집어삼킨 것이다. 세라피나는 혼란과 슬픔과 공포로 얼이 빠져서 그 자리에 얼어붙었다.

검은 망토를 입은 남자는 소녀를 집어삼킨 뒤 잠시 격렬한 발작을 일으켰다. 섬뜩한 빛과 음산한 안개가 남자의 주위를 둘러쌌다. 시체 썩는 듯한 끔찍한 악취가 코를 찔렀다. 세라피나는 반사적으로 고개를 돌리고 냄새를 맡지 않으려고 콧잔등에 잔뜩 힘을 주고 입을 꾹 다물었다.

바로 그때 검은 망토를 입은 남자가 휙 몸을 돌려 세라피나를 보았다. 세라피나가 숨을 참느라 공기를 들이마실 때 자기도 모르게 소리를 낸 모양이었다. 거대한 발톱이 심장을 움켜쥔 듯한 느낌이 온몸을 엄습했다. 망토 자락이 남자의 얼굴을 덮고 있었지만 세라피나는 섬뜩한 빛이 감도는 그 두 눈을 똑똑히 보았다.

세라피나는 극심한 공포에 질려 옴짝달싹할 수 없었다.

검은 망토를 입은 남자가 세라피나를 보며 갈라진 목소리로 말했다.

*"얘야, 난 널 해치지 않아."*

그 소름 끼치는 말이 떨어지기가 무섭게 세라피나의 몸이 반사적으로 움직였다. 방금 그 말이 무슨 뜻인지 눈앞에서 똑똑히 보고 난 뒤였다. *나쁜 놈! 이번에는 마음대로 안 될걸!* 세라피나는 몸을 돌려 달아나기 시작했다. 어디선가 새로운 힘이 솟아났다.

구불구불 미로 같은 지하 통로를 달리고 또 달렸다. 얼마나 달렸을까, 세라피나는 검은 망토를 따돌렸다고 확신하고 어깨너머로 뒤를 보았다. 그런데 검은 망토를 입은 남자가 공기를 가르며 뒤를 바짝 쫓아오고 있었다. 펄럭이는 검은 망토 아래로 두 발이 낮게 공중에 떠 있었다. 피 묻은 손이 세라피나 몸에 닿을락 말락 했다.

세라피나는 더 빨리 달렸다. 가까스로 지하 1층으로 올라가는 계단에 다다른 순간 검은 망토를 입은 남자에게 그만 뒷덜미를 붙잡히고 말았다. 검은 망토를 입은 남자가 한 손으로는 세라피나의 어깨를, 다른 한 손으로는 목덜미를 움켜 잡았다. 세라피나는 덫에 걸린 동물처럼 거칠게 숨을 몰아쉬며 몸부림을 쳤다. 몸을 이리 비틀고 저리 비틀며 손톱으로 검은 망토를 입은 남자를 마구 할퀴었다.

세라피나는 겨우 그 손아귀에서 벗어난 뒤 계단을 한 번에 세 칸씩 뛰어 올라갔다. 검은 망토를 입은 남자가 곧바로 다시 뒤쫓아오더니, 손을 뻗어 세라피나의 머리채를 잡았다. 세라피나는 아파서 비명을 질렀다.

"애야, 이제 그만 포기해라." 검은 망토를 입은 남자의 목소리는 차분했다. 그러나 세라피나의 머리카락을 움켜쥔 주먹은 점점 더 단단해졌다. 머리카락이 몇 가닥 뽑혀 나갔다.

"나는 절대 포기하지 않아!" 세라피나가 으르렁거리며 검은 망토를 입은 남자의 팔을 물었다. 세라피나는 있는 힘껏 저항했다. 손톱을 세워 닥치는 대로 할퀴었다. 하지만 소용없었다. 상대는 너무 강했다. 검은 망토를 입은 남자가 세라피나를 품속으로 당기더니 양팔로 옭아매기 시작했다.

검은 망토 자락이 두둥실 떠올라 세라피나 주위를 감쌌다. 망토에서 회색 연기가 피어올랐다. 끔찍한 악취 때문에 숨이 막혔다. 이제 들리는 소리라곤 그 끔찍한 방울 소리밖에 없었다. 검은 망토가 슬금슬금 다가와 세라피나의 몸을 휘감았다. 거대한 보아 뱀에게 칭칭 감긴 듯 숨이 막혔다.

"얘야, 난 널 해치지 않아……." 또다시 소름 끼치는 쉰 목소리가 들려왔다. 검은 망토를 입은 남자는 제정신이 아닌 것 같았다. 광기와 탐욕으로 가득한 악마에게 영혼을 빼앗긴 것 같았다.

망토 자락이 뿜어내는 음산한 연기 때문에 숨이 막혔다. 세라피나는 몸에서 영혼이 빠져나가는 듯한 느낌을 받았다. 서서히 빠져나가는 게 아니라 누가 잡아당기기라도 하는 것처럼 완전히 뽑혀 나가는 느낌이었다. 죽음이 코앞으로 다가왔다. 눈앞은 온통 깜깜했고 방금 전 사라진 소녀의 비명 소리가 귓전을 울렸다.

"싫어! 싫어! 싫어!" 그 순간 세라피나가 소리를 지르며 저항했다. 죽고 싶지 않았다. 세라피나는 거칠게 숨을 몰아쉬며 손을 뻗어 검은 망토의 얼굴을 움켜잡은 뒤 손가락을 세워 눈을 찔렀다. 발로는 검은 망토의 가슴팍을 있는 힘껏 걸어찼다. 이빨을 드러내며 덤비는 사나운 야생 동물처럼 닥치는 대로 검은 망토를 물어뜯었다. 입안에서 피 맛이 났다. 노란 드레스를 입었던 소녀도 검은 망토에게 잡아먹히기 직전에 필사적으로 싸웠지만 세라피나만큼은 아니었다. 마침내 검은 망토의 손아귀에서 벗어난 세라피나가 바닥에 나동그라졌다. 세라피나는 숨 돌릴 틈도 없이 벌떡 일어나 다시 달리기 시작했다.

당장이라도 아빠에게로 돌아가고 싶었지만 아빠가 있는 곳은 너무 멀었다. 세라피나는 복도를 따라 제일 큰 부엌까지

달음박질쳐 내려갔다. 부엌에는 숨을 곳이 많았다. 검은 주철로 된 오븐 뒤에 숨어야 하나? 아니면 천장 선반으로 기어 올라 양철 냄비 사이에 몸을 숨겨야 하나? 둘 다 아니었다. 세라피나는 더 좋은 장소를 알고 있었다.

지하 1층은 세라피나가 누구보다 잘 안다고 자부할 수 있는 자신의 영역이었다. 밤에도 익숙하고 낮에도 익숙한 곳, 왼쪽과 오른쪽에 무엇이 있는지 훤히 꿰고 있는 곳이었다.

이 부엌 곳곳에서 쥐를 사냥했다. 세라피나는 자신에게 잡혀 죽었던 쥐와 똑같은 운명을 맞이할 생각은 추호도 없었다. 세라피나는 이곳 빌트모어 대저택의 C.R.C.였다. 어떤 악당도 덫이나 무기 따위로 세라피나를 잡을 순 없을 것이다. 한 마리 야생 동물처럼 세라피나는 끊임없이 달리고 뛰어오르고 또 기었다.

세라피나는 옷감을 보관해 두는 창고에 다다랐다. 벽면을 가득 채운 나무 선반마다 잘 개인 하얀색 천과 이불이 켜켜이 쌓여 있었다.

세라피나는 벽에 난 틈을 밟고 올라가 가장 낮은 선반 뒤쪽 구석에 난 구멍으로 비집고 들어갔다. 설사 검은 망토가 이 구멍을 발견하더라도 사람이 통과하기엔 너무 작아서 별다른 의심을 하지 않을 것이다. 세라피나는 이 구멍이 세탁실로 통하는 지름길과 연결되어 있다는 사실을 알고 있었다.

구멍을 기어서 세탁실로 나왔다. 화려한 위층 사람들이 쓰는 침대보가 빨랫줄에 빼곡히 걸려 있었다. 밖에는 어느덧

달이 휘영청 떠올라 있었다. 지하실에 난 창문으로 달빛이 쏟아져 들어왔다. 천장에는 새하얀 침대보 수백 장이 유령처럼 걸려 있었다. 은색 달빛이 침대보를 통과하면서 으스스한 그림자를 만들어 냈다. 세라피나는 침대보 사이로 천천히 미끄러지듯 지나가면서 숨기에 마땅한 곳을 생각했다. 그때 세탁실보다 더 좋은 곳이 떠올랐다. 세라피나는 계속 앞으로 나아갔다.

들키지 않으리라는 보장은 없었지만 아무래도 거기가 딱일 것 같았다. 밴더빌트 씨는 빌트모어 대저택에 갖추어진 최신 설비를 자랑스러워했다. 아빠가 제작한 이 특수 빨래 건조실도 그중 하나였다.

특수 빨래 건조실은 침대보나 옷이 걸린 막대가 천장에 있는 홈을 따라 좁다란 공간으로 들어갔다 나오도록 설계되었다. 이 좁다란 공간 안에는 열을 내는 증기 파이프가 설치되어 있어서 빨래가 금방 말랐다. 세라피나는 최대한 몸을 가늘게 만든 다음 증기 파이프가 설치된 좁다란 틈으로 비집고 들어갔다.

태어날 때부터 세라피나는 남들과 다른 몇 가지 신체 조건을 타고났다. 우선 발가락이 다섯 개씩 열 개가 아니라, 네 개씩 여덟 개였다. 게다가 눈에 잘 띄지는 않았지만 사실 쇄골도 기형이었다. 쇄골이 다른 뼈와 제대로 연결되어 있지 않았다. 하지만 그 덕분에 세라피나는 꽤 좁은 공간도 잘 비집고 들어갈 수 있었다.

빨래 건조기에 난 틈은 끽해야 10센티미터 정도밖에 되지 않았다. 하지만 세라피나는 머리를 집어넣을 공간만 있다면 몸은 어떻게든 구겨 넣을 수 있었다. 세라피나는 어둡고 좁은 틈으로 몸을 밀어 넣었다. 검은 망토를 입은 남자에게 들키지 않길 기도하면서.

그리고 아무 소리도 내지 않고 몸을 움직이지 않으려고 온 신경을 집중했다. 그런데 자꾸만 새끼 동물처럼 숨소리가 쌕쌕 새어 나왔다. 도망다니느라 기진맥진해서 숨이 가빴고 두려움에 머리도 멍했다.

바로 눈앞에서 으스스한 검은 망토 자락이 노란 드레스를 입은 소녀를 집어삼켰다. 그 검은 망토 자락이 노란 드레스를 입은 소녀를 집어삼키는 광경을 눈앞에서 목격했다. 그리고 지금 그 검은 망토를 입은 남자가 자신을 찾아다니고 있었다. 세라피나는 그저 이 미칠 듯이 쿵쾅거리는 심장 소리가 새어 나가지 않길 바랄 뿐이었다.

부엌 너머 복도를 따라 검은 망토를 입은 남자가 천천히 다가오는 소리가 들렸다. 어둠 속에서 세라피나를 놓친 뒤 지하실에 있는 모든 방을 하나하나 차근차근 수색하고 있는 듯했다.

제일 큰 부엌에서 오븐을 여는 소리가 들렸다. *저기에 숨었다면 지금쯤 죽은 목숨이었겠지.* 세라피나는 생각했다.

곧이어 천장 선반에 놓인 양철 냄비 사이를 뒤지는 소리가 들렸다. *저기에 숨었어도 지금쯤 죽은 목숨이었겠지.* 세라피나는 생각했다.

"애야, 아무것도 무서워하지 않아도 돼." 세라피나를 밖으로 유인하려고 검은 망토가 속삭였다.

갑작스런 속삭임에 세라피나는 생쥐처럼 온몸을 떨었다. 하지만 잠자코 기다렸다.

마침내 검은 망토를 입은 남자가 세탁실로 들어왔다.

*생쥐는 겁이 많고 소심해서 절체절명의 순간에 실수를 저지르지.*

검은 망토를 입은 남자가 왔다 갔다 하며 개수대 아래를 뒤졌다. 찬장도 열었다 닫았다 했다.

*그냥 가만히 있어, 겁쟁이 생쥐야. 제발 그냥 가만히.* 세라피나는 스스로에게 되뇌었다. 당장이라도 뛰쳐나가 달아나고 싶은 마음이 굴뚝같았지만 세라피나는 알고 있었다. 겁에 질려 도망가는 쥐가 결국에는 잡혀 죽는 멍청한 쥐라는 것을. 세라피나는 스스로에게 계속 되뇌었다. *멍청한 쥐가 되지 말자. 멍청한 쥐가 되지 말자.*

그때 검은 망토가 세라피나가 숨은 빨래 건조실로 들어왔다. 검은 망토는 새하얀 천을 손으로 쓸며 천천히 방 안을 돌아다녔다.

*저기에 숨었다면…….*

검은 망토는 이제 불과 한두 발자국 떨어진 곳에서 세라피나와 숨바꼭질을 하고 있었다. 술래는 눈에 보이진 않지만 세라피나가 여기에 숨어 있다는 사실을 본능적으로 아는 듯했다.

　세라피나는 숨을 멈추고 가만히 있었다. 가만히, 정말로
아무런 움직임도 없이 가만히.

3

세라피나는 천천히 눈을 떴다.

얼마나 잔 거지, 여기는 어디지. 잠에서 깬 세라피나는 어리둥절했다. 눈을 떠 보니 좁고 어두운 공간에 몸을 웅크리고 있었다. 뺨에 닿은 쇠붙이가 차가웠다.

이쪽으로 다가오는 발자국 소리가 들렸다. 세라피나는 숨을 죽이고 귀를 기울였다.

작업용 장화 소리였다. 댕그랑거리는 연장 소리도 들렸다. 그제야 살았다는 행복감이 밀려왔다. 세라피나는 꿈틀거리며 기계 밖으로 나왔다. 세탁실 창문으로 아침 햇살이 쏟아져 들어오고 있었다.

"아빠, 저 왔어요!" 세라피나가 소리를 질렀다. 목이 멨다.

"세라, 얼마나 찾아다녔는 줄 아니? 아침에 보니까 침대에도 없더구나." 아빠가 꾸짖었다.

세라피나는 달려가 아빠 품에 얼굴을 묻었다. 아빠는 크고 단단한 사람이었다. 아빠 팔은 굵었고 손은 굳은살로 거칠었다. 연장이 주렁주렁 달린 가죽 앞치마를 입은 아빠에게서는 쇠 냄새, 기름 냄새, 가죽끈 냄새가 났다.

멀리서 직원들이 출근하는 소리, 부엌에서 냄비가 쨍그랑거리는 소리, 이야기하는 소리가 들려왔다. 세라피나는 이 모든 게 너무나 반가웠다. 간밤에 겪었던 위험은 이제 지나갔다. 세라피나는 살아남았다!

아빠 품에 안기자 비로소 집에 돌아왔다는 안도감이 밀려왔다. 아빠는 다정한 말보다는 망치와 못이 더 익숙한 사람이었지만 그래도 언제나 세라피나를 살뜰히 보살폈다. 언제나 세라피나를 사랑해 주었고 보호해 주었다. 세라피나는 눈물이 핑 돌았다.

"세라, 밤새 어디 있었던 게냐?" 아빠가 물었다.

"그 사람이 날 쫓아왔어요, 아빠! 날 죽이려 했어요!"

"도대체 무슨 말을 하는 거냐?" 아빠는 커다란 두 손으로 세라피나의 어깨를 잡은 채 미심쩍은 눈초리로 물었다. 아빠가 세라피나의 얼굴을 뚫어져라 쳐다보았다.

"이것도 지어낸 이야기냐?"

"아니에요." 세라피나가 고개를 저었다.

"난 지금 네가 지어낸 이야기를 들어 줄 기분이 아니다."

"검은 망토를 입은 남자가 어떤 여자아이를 잡아먹은 다음에 저를 잡아먹으려고 쫓아왔어요. 난 그 남자랑 싸웠어요, 아빠! 내가 엄청 세게 물었어요! 막 몸부림도 치고 손톱으로도 할퀴었어요! 그리고 겨우 도망쳐서 아빠가 만든 기계 속에 기어 들어가서 숨어 있었어요. 겨우 그 남자를 따돌릴 수 있었어요. 그 기계가 절 살렸어요!"

"도대체 무슨 말이냐, 여자아이를 잡아먹었다니? 무슨 여자아이를?" 아빠가 눈을 가늘게 떴다.

"그 남자가…… 여자아이를 집어삼켰어요……. 분명히 제 앞에 있었는데 눈앞에서 감쪽같이 사라졌어요!"

"세라야, 도대체 무슨 말을 하는 거냐? 귀신 씻나락 까먹는 소리도 아니고." 아빠는 못 믿겠다는 투였다.

"아빠. 제 말 좀 들어 보세요." 세라피나는 침을 한 번 꼴깍 삼킨 뒤 처음부터 이야기를 시작했다. 이야기를 하면 할수록 자신이 얼마나 용감했는지를 깨달았다.

그러나 아빠는 고개를 가로저었다. "악몽을 꾼 게로구나. 허구한 날 유령 이야기만 읽더라니. 내가 포의 공포 소설은 그만 읽으라고 했잖느냐. 지금 네 꼬락서니 좀 봐라. 얼마나 꾀죄죄한지, 지나가던 쥐가 친구 맺자고 하겠다."

세라피나는 심장이 무너지는 것 같았다. 하늘을 우러러 진실만을 얘기했는데 아빠는 하나도 믿어 주지 않았다. 세라피나는 울지 않으려고 안간힘을 썼지만 마음대로 되지 않았다. 이제 곧 열세 살이 되는데 아빠는 자신을 마냥 어린아이 취급했다.

"꿈이 아니라고요, 아빠." 세라피나는 훌쩍거렸다.

"제발 진정해라." 아빠가 낮게 신음했다. 아빠는 세라피나가 우는 것을 싫어했다. 우는 여자아이를 달래느니 차라리 금속판이랑 말싸움을 할 사람이라는 것은 세라피나도 어릴 때부터 익히 알고 있었다.

"나는 그만 일하러 가야겠다." 아빠는 품에서 세라피나를 떼어 내며 무뚝뚝하게 말했다. "어젯밤에 갑자기 발전기가 고장 났다더구나. 너도 이제 그만 작업실로 돌아가서 제대로 한숨 자라."

뜨거운 분노가 솟구쳤다. 세라피나는 화가 나서 주먹을 말아 쥐었다. 하지만 아빠의 목소리는 단호했고 더 이상 이야기해 봤자 소용없을 것 같았다. 고장이 났다는 에디슨 발전기는 구리 코일과 회전 바퀴가 달린 새로운 기계인데 '전기'라는 것을 만들어 냈다. 세라피나는 미국 사람 대부분이 수도도 없고 변기도 없고 냉장고도 없고 심지어 난방 시설도 없는 집에서 살고 있다는 사실을 책에서 읽어서 알고 있었다. 그러나 빌트모어에는 없는 것이 없었다. 미국에서 방 안에 전기 조명을 갖춘 집은 손에 꼽을 정도였는데 그중 하나가 빌트모어였다. 하지만 아빠가 해 지기 전까지 발전기를 고치지 못하면 저택에 있는 모든 사람은 어둠 속에 갇히고 말 것이다. 세라피나는 아빠가 신경 쓸 일이 한두 가지가 아니라는 사실을 알고 있었다. 그렇지만 그중에 세라피나는 없었다.

분노가 밀려왔다. 검은 망토를 입은 악마에게서 어린 소녀를 구하려다 거의 죽을 뻔했는데 세라피나에게 관심조차 없었다. 아빠는 오로지 그 멍청한 기계밖에 몰랐다. 세라피나 말을 곧이곧대로 믿어 준 적이 단 한 번도 없었다. 아빠에게 세라피나는 그냥 어린아이일 뿐이었다. 별로 중요하지도 않고, 별로 귀 기울일 가치도 없고, 별로 의지도 되지 않는 어린아이.

우울해진 세라피나가 터덜터덜 발걸음을 옮겼다. 원래는 아빠 말대로 얌전히 작업실로 돌아갈 생각이었다. 그런데 빌트모어 대저택으로 올라가는 계단 앞에서 문득 발길이 멎었다. 세라피나는 위층을 올려다보았다.

그러면 안 된다는 것을 알고 있었다.

그럴 생각조차 해서는 안 된다는 것을 알고 있었다.

그런데 도저히 참을 수 없었다.

아빠는 수년 동안 세라피나에게 위층으로는 절대 올라가지 말라고 당부했다. 요 며칠 세라피나는 웬만하면 아빠 말을 들으려고 노력했다. 그런데 오늘 아빠가 제 말을 믿어 주지 않은 것 때문에 세라피나는 화가 머리끝까지 났다. *아빠가 내 말을 들어 주지 않는다면 나도 아빠 말을 듣지 않겠어.*

세라피나는 노란 드레스를 입은 소녀를 생각했다. 어젯밤 목격한 장면을 이해해 보려고 했다. 끔찍한 검은 망토와 사라지던 순간 공포로 눈이 휘둥그레졌던 어린 소녀. 그 소녀는 어디로 사라진 걸까? 죽은 걸까 아니면 어딘가에 살아 있는 걸까? 아직 소녀를 구할 수 있는 기회가 남아 있을까?

계단 위에서 대화 소리가 드문드문 들려왔다. 작은 소란이 일어난 것 같았다. 소녀의 시체를 찾았나? 다들 슬픔에 빠져 울고 있을까? 살인자를 찾고 있을까?

용기 있는 행동인지 바보 같은 행동인지는 잘 모르겠지만 세라피나는 누군가에게 어젯밤 자신이 본 것을 말해야 한다고 생각했다. 무슨 일이 일어난 건지 알아야만 했다. 무엇보다 노란 드레스를 입고 있던 소녀를 도와주어야만 했다.

세라피나는 계단을 올라가기 시작했다.

세라피나는 최대한 발소리를 죽이며 계단을 한 칸 한 칸 올라갔다. 위층에서는 사람들이 이야기하는 소리, 옷자락이 바스락거리는 소리, 서로 다른 발자국 소리가 뒤섞여 불협화음을 만들어 내고 있었다. 아무래도 많은 사람이 모여 있는 것 같았다. 무슨 일이 생긴 게 틀림없었다. *우리는 조용히 눈에 띄지 않게 있어야 해, 너랑 나 말이다.* 계단을 한 칸씩 오를 때마다, 아빠가 항상 강조했던 말이 머릿속을 맴돌았다. *다른 사람들이 널 보게 해서도 안 되고 네게 질문을 하게 해서도 안 된다.*

세라피나는 살금살금 계단 끝까지 올라간 다음 커다란 방이 들여다보이는 벽과 벽 사이 오목한 부분에 몸을 숨겼다. 방 안은 화려한 옷을 차려입은 신사 숙녀로 가득했다. 성대한 파티가 열리고 있는 것 같았다.

철제 장식이 달린 정교하고 거대한 유리문을 지나자 현관 로비가 나타났다. 대리석 바닥이 반짝거렸다. 천장을 떠받친 떡갈나무 대들보에서는 장인의 손길이 느껴졌다. 저택 중앙에 있는 석회암으로 만들어진 높다란 아치형 문을 지나면 저택 어디든지 갈 수 있었다. 높이 솟은 천장을 보니 세라피나는 그 위로 기어 올라가 사람들을 구경하고 싶은 마음이 들었다. 예전에도 여기 왔던 적이 있었다. 하지만 세라피나는 사방이 뚫린 로비보다는 방을 더 좋아했다. 특히 환한 대낮에 방 안을 구경해 보는 게 소원이었다. 아름답고 반짝이는 것들이 이렇게 많은 곳은 머리털 나고 처음이었다. 푹신푹신한 소파가 이렇게 많은 곳도 난생처음이었다. 숨바꼭질할 때 숨을 만한 재미난 데가 이렇게 많은 곳도 난생처음이었다. 쿠션 달린 의자를 보니 부드러운 천을 손가락으로 쓸어 보고 싶은 충동이 일었다. 모든 방이 밝은색으로 꾸며져 있었고 바닥은 먼지 한 톨 없이 반짝반짝 빛이 났다. 어디에도 진흙이나 기름때나 먼지라고는 찾아볼 수 없었다. 형형색색 꽃병마다 생화가 꽂혀 있었다. 생각해 보라! 집 안에 살아 있는 꽃이라니! 4층 높이의 나선형 층계 옆으로 난 커다란 반투명 유리창으로 햇살이 한가득 쏟아져 들어왔다. 겨울 정원이라고 부르는 분수대와 열대 식물이 들어앉은 유리온실 안에도 햇살이 가득했다. 모든 것이 너무나 밝았다. 세라피나는 눈이 부셔서 얼굴을 찡그렸다.

현관 로비는 아침 승마를 나가려는 신사 숙녀와 그 옆에서
시중을 드는 하인들로 시끌벅적했다. 하인들은 검은색과 흰
색으로 된 유니폼을 입고 있었고 부인들은 형형색색 아름다
운 승마용 드레스를 입고 있었다. 세라피나는 초록색 벨벳과
산딸기색 모직에 새하얀 줄무늬가 들어간 드레스를 입고 있
는 부인을 보았다. 또 다른 부인은 연보라색 바탕에 짙은 보
라색 장식이 달린 드레스를 입고 세트로 된 모자를 쓰고 있
었다. 어른들만큼이나 아름답게 차려입은 아이들도 보였다.
방 안 풍경을 하나도 놓치지 않고 담으려는 듯 세라피나의
눈이 바삐 움직였다.

세라피나는 초록색 드레스를 입은 부인의 얼굴을 바라보았
다. 연보라색 모자를 쓴 부인의 얼굴도 쳐다보았다. 세라피
나는 엄마가 오래전에 돌아가신 걸로 알고 있었다. 평생 동
안 세라피나 옆에는 엄마라는 존재가 있던 적이 없었다. 그
래도 혹시 모르니 세라피나는 부인들만 보면 자신과 닮았나
안 닮았나 유심히 관찰하는 습관이 있었다. 아이들의 얼굴도
유심히 들여다보았다. 행여나 자신과 닮은 형제자매가 있을
지도 모른다는 생각에서였다. 세라피나는 혼자서 어린 시절
의 이야기를 지어내며 놀곤 했다. 어느날 엄마가 쥐 사냥을
마치고 흙투성이가 되어 집에 돌아온 세라피나를 지하실로
데려가, 벨트로 움직이는 세탁기에 집어넣고 까맣게 잊어버
리는 바람에, 끝없이 돌아가는 세탁기 속에 영영 갇히고 만
다는 이야기였다. 그러나 현관 로비에 있는 부인과 아이들은

하나같이 금발에 눈동자가 파랗거나 아니면 까만 머리에 눈동자는 갈색이었다. 세라피나와 닮은 사람은 아무도 없었다. 아빠는 단 한 번도 엄마가 어떻게 생겼는지 이야기해 준 적이 없었지만, 세라피나는 포기하지 않았다.

세라피나가 여기 위층에 올라온 이유는 사람들에게 검은 망토에 대해 알려 주기 위해서였다. 하지만 막상 너무나도 화려해 보이는 사람들에게 말을 걸 생각을 하니 목구멍에 커다란 바윗덩이가 걸린 것만 같았다. 세라피나는 침을 꼴깍 삼키고 힘겹게 한 발을 내디뎠다. 그러나 목구멍에 걸린 바윗덩이가 너무 커서 한마디나 제대로 할 수 있을는지 의문이었다. 세라피나는 어젯밤 보았던 것을 사람들에게 알려 주고 싶었다. 하지만 갑자기 자기가 바보처럼 느껴졌다. 여기 모인 사람들은 모두 좋은 날 하늘을 나는 종달새 무리처럼 너무나 행복해 보였고 아무런 걱정도 없어 보였다. 세라피나는 이해할 수 없었다. 노란 드레스를 입은 소녀도 분명 이들 중 한 사람일 것이다. 그런데 왜 아무도 소녀를 찾지 않는 걸까? 아무 일도 일어나지 않은 듯했다. 마치 어젯밤 일어난 일은 세라피나 혼자 상상 속에서 지어낸 이야기인 것만 같았다. 뭐라고 말해야 하지? *저기 잠시만요, 여러분…… 실은 어젯밤에 검은 망토를 입은 어떤 끔찍한 남자가 어린 소녀를 허공에서 사라지게 만드는 모습을 제 두 눈으로 똑똑히 보았거든요. 혹시 그 소녀를 보신 분 계신가요?* 이렇게 말했다가는 저기 저 새장에 갇힌 앵무새와 똑같은 신세가 될지도 몰랐다.

그때 검은 정장을 입은 키 큰 신사 한 명이 다가왔다. 문득 여기 모인 신사들 가운데 검은 망토를 입은 남자가 있을지도 모른다는 생각이 들었다. 어젯밤 검은 망토를 뒤집어쓴 남자는 분명 유령 같은 존재였다. 얼굴은 보이지 않고 어둠 속에서 눈만 기괴하게 빛났기 때문이다. 하지만 세라피나가 검은 망토를 물었을 때 분명 입안에서는 피 맛이 났다. 또 하나, 검은 망토는 세라피나가 지금까지 보아 왔던 다른 모든 사람들처럼 어둠 속에서 랜턴을 들고 다녔다. 그 말은 곧 유령 같은 존재이지만 동시에 보통 사람이기도 하다는 뜻이었다. 세라피나는 최대한 침착하게 남자들만 훑어보기 시작했다. 검은 망토가 지금 여기 있지는 않을까?

빌트모어 저택의 안주인인 이디스 밴더빌트 부인이 방 안으로 걸어 들어왔다. 밴더빌트 부인은 눈부시게 아름다운 벨벳 드레스를 입고 챙이 넓은 모자를 쓰고 있었다. 세라피나는 모자에 달린 깃털이 움직일 때마다 눈을 뗄 수가 없었다. 밴더빌트 부인은 세련되고 매력적이었다. 피부는 하얗다 못해 투명했으며 짙은 갈색 머리카락은 풍성했다. 밴더빌트 부인은 파티의 안주인 역할이 익숙한 듯 방 안을 돌아다니며 손님들과 인사를 나누었다.

"여러분, 하인들이 말을 데려오는 동안 태피스트리(알록달록 색실로 그림을 짜 넣은 벽걸이 양탄자_옮긴이) 갤러리로 이동하셔서 잠시나마 음악 감상을 하시면 어떨까요." 밴더빌트 부인이 명랑한 목소리로 말했다.

기분 좋은 웅성거림이 일었다. 음악 감상을 할 생각에 신이 난 신사 숙녀들이 줄지어 태피스트리 갤러리 안으로 들어갔다. 태피스트리 갤러리 천장에는 아름다운 그림이 그려져 있었고 벽에는 세월의 흔적이 느껴지는 섬세한 태피스트리가 걸려 있었다. 방 안에는 여러 가지 악기가 잔뜩 있었다. 세라피나는 밤이면 여기서 태피스트리를 타고 올라가 손끝으로 부드러운 감촉을 즐기며 놀곤 했다.

"다들 여기 계신 몽고메리 토른 씨를 이미 만나 보셨을 거예요. 감사하게도 토른 씨가 오늘 우리를 위해 연주를 해 주겠다고 하시네요." 밴더빌트 부인이 우아한 동작으로 옆에 서 있는 신사 한 명을 가리키며 소개했다.

"감사합니다, 밴더빌트 부인. 정말이지 이렇게 멋진 파티에 초대해 주셔서 영광입니다. 오늘처럼 화창한 아침에 부인의 미모가 더욱 화사하게 빛난다는 말씀을 드리지 않을 수 없군요." 토른 씨가 미소를 띤 채 앞으로 한 걸음 나서며 인사했다.

"과찬이세요." 밴더빌트 부인이 미소로 응답했다.

세라피나는 빌트모어를 방문하는 손님들의 말투를 항상 주의 깊게 들어 왔다. 토른 씨라는 사람은 여기 노스캐롤라이나주 산마을 출신인 것 같진 않았다. 밴더빌트 가문 사람들처럼 뉴욕 출신인 것 같지도 않았다. 억양을 들으니 아마도 조지아주나 사우스캐롤라이나주 같은 남부 출신인 것 같았다. 세라피나는 토른 씨를 더 자세히 보려고 앞으로 기어갔다. 토른 씨는 두꺼운 연미복을 입고 목에는 새틴으로 된 하얀색 넥타이를 두르고 있었으며 손에는 연회색 장갑을 끼고 있었다. 모든 옷차림이 은빛이 도는 까만 머리카락과 완벽하게 다듬어진 구레나룻과 참 잘 어울린다는 생각이 들었다.

곧 토른 씨는 탁자 위에 놓여 있던 바이올린과 활을 집어 들었다.

"바이올린은 언제부터 연주하셨소, 토른 씨?" 뉴욕에서 온 한 신사가 친근한 투로 질문했다.

"아, 시간 날 때마다 틈틈이 켰습니다, 벤델 씨." 토른 씨가 바이올린을 턱에 갖다 대며 대답했다.

"틈틈이라니? 여기로 오는 마차 안에서 말이요?" 벤델 씨가 받아치자 모두 웃음을 터뜨렸다.

세라피나는 갑자기 토른 씨가 안돼 보였다. 벤델 씨와 토른 씨가 농담을 주고받을 만큼 친한 사이인 것은 분명했다. 하지만 벤델 씨라는 신사가 토른 씨의 바이올린 실력을 의심하고 있다는 것도 분명했다.

세라피나는 토른 씨가 연주를 준비하는 모습을 초조하게 지켜보았다. 어쩌면 새 악기로는 오늘 처음 연주해 보는 것일지도 몰랐다. 세라피나는 자신이 저런 악기를 연주하는 모습은 상상할 수조차 없었다. 마침내 토른 씨가 줄 위로 부드럽게 활을 얹었다. 토른 씨는 잠시 마음을 가다듬고 나서 연주를 시작했다.

방 안에는 순식간에 아름다운 바이올린 선율이 흘러넘쳤다. 세라피나는 그토록 사랑스럽고 우아하며 흐르는 강물처럼 유려한 음악은 처음 들었다. 토른 씨의 연주 솜씨는 굉장했다. 방 안에 모인 신사 숙녀뿐만 아니라 지나가던 하인들도 넋을 놓고 연주를 감상했다. 모두 토른 씨가 만들어 내는 소리 하나하나에 흠뻑 빠져들었다.

세라피나도 아름다운 선율에 귀를 기울였다. 하지만 동시에 능수능란하게 움직이는 토른 씨의 손가락에서도 눈을 뗄 수 없었다. 줄 위로 숨가쁘게 움직이는 손가락은 꼭 도망가는 생쥐를 떠올리게 했다. 세라피나는 빠르게 움직이는 손가락을 덮치고 싶다는 충동을 느꼈다.

연주가 끝나자 기립 박수가 터져 나왔다. 여기저기서 찬사가 쏟아졌다. 특히 벤델 씨는 믿을 수 없다는 듯이 웃으며 말했다. "토른, 당신이라는 사람은 나를 끝없이 놀라게 하는구려. 명사수처럼 사격을 하질 않나, 러시아 사람처럼 유창하게 러시아 말을 하질 않나, 이제는 비발디처럼 바이올린 연주까지! 말 좀 해 보시오. 도대체 못하는 게 하나라도 있긴 한 거요?"

"음, 제가 벤델 씨만큼 승마에 능숙하지는 않다는 건 분명하지요. 저는 항상 승마가 제일 어렵습니다." 토른 씨가 바이올린을 내려놓으며 말했다.

"특종이오! 천하의 토른 씨께서도 못하는 게 있으시다는군!" 벤델 씨가 소리 높여 외친 뒤 웃으면서 밴더빌트 부인

쪽으로 고개를 돌려 질문했다. "자, 그럼 우리는 언제 승마를 하러 가면 되오?"

두 신사의 주거니 받거니 하는 대화에 다른 손님들도 웃음을 터뜨렸다. 세라피나도 미소를 지었다. 세라피나는 사람들이 함께 웃고 즐기는 모습을 바라보는 것이 좋았다. 서로 이야기하고 포옹을 하고 악수를 하고 같이 시간을 보내는 모습이 부러웠다. 다들 그림자와 고독뿐인 자신의 삶과는 너무나 다른 삶을 살고 있었다. 세라피나는 어린 숙녀가 미소를 지으며 어린 신사에게 다가가 고개를 까딱하고 신사의 팔 위에 손을 얹는 모습을 바라보았다. 세라피나는 혼자서 그 모습을 흉내 내 보았다.

"길을 잃었니?" 그때 누군가 뒤에서 말을 걸었다.

세라피나는 소스라치게 놀라서 몸을 휙 돌려 으르렁거리다가 곧바로 멈추었다. 눈앞에 어린 소년이 서 있었다. 그 옆에는 귀가 뾰족하게 생긴 커다란 도베르만 한 마리가 세라피나를 쏘아보고 있었다.

소년은 고급스런 승마용 트위드 재킷과 단추가 채워진 조끼와 양털로 짠 승마 바지를 입고 무릎까지 오는 가죽 장화를 신고 있었다. 창백한 안색 탓에 살짝 아파 보였다. 하지만 두 눈은 신중하고 섬세했으며 갈색 곱슬머리는 사랑스러웠다. 소년은 가만히 서서 세라피나를 뚫어져라 쳐다보았다.

세라피나는 도망치지 않으려고 모든 용기를 쥐어 짜냈다. 어떻게 해야 할지 알 수 없었다. 나를 집도 없이 떠돌아다니는 거지라고 생각하면 어쩌지? 아니, 멍청한 하인이라고 생각할지도 몰라. 아니면 굴뚝 청소부나 창문닦이 소녀라고 생각할 수도 있어. 어느 쪽이든 세라피나는 독 안에 든 쥐였다. 현장에서 딱 걸린 것이다.

"길을 잃었니?" 소년이 다시 물었다. 그런데 소년의 목소리에는 이상하게도 친절함이 묻어 있었다. "길을 잃었으면 내가 도와줄까?" 소년은 쑥스러워하지 않았지만 그렇다고 거만하지도 않았다. 여기는 네가 있을 곳이 아니라며 화를 낼 줄 알았는데 그러지 않았다. 소년의 목소리에는 호기심도 묻어 있었다.

"나, 나, 나는 길을 잃은 게 아니라 그, 그냥⋯⋯." 세라피나가 말을 더듬었다.

"괜찮아. 나는 벌써 여기 이 년째 살고 있는데도 아직도 가끔 길을 잃는걸." 소년이 세라피나 쪽으로 한 걸음 다가서며 말했다.

세라피나가 심호흡을 했다. 그러다 갑자기 자기가 지금 밴더빌트 가문의 도련님이자 밴더빌트 씨의 조카와 일대일로 이야기하고 있다는 사실을 깨달았다. 이전에도 여러 번 보았던 소년이었다. 소년이 자기 방 창가에 서서 먼 산을 바라보는 모습도 보았고 말을 타고 달리는 모습도 보았고 도베르만과 오솔길을 산책하는 모습도 보았다. 하지만 수년 동안 먼 발치에서 바라만 보았지 이렇게 가까이에서 이야기한 것은 처음이었다.

소년에 대해 세라피나가 아는 것이라곤 뒤에서 수군거리는 하인들의 이야기를 엿들은 것이 전부였다. 하인들은 어린 도련님에 대해 자기들끼리 마음대로 지껄였다. 열 살 무렵 소년은 화재로 부모님을 모두 여의고 고아가 되었다. 소년의 삼촌인 밴더빌트 씨가 소년을 거두었다. 소년은 밴더빌트 부부의 아들이나 다름없었다.

소년은 혼자 있기를 좋아한다고 했다. 뒤에서 이러쿵저러쿵 남의 말 하기를 좋아하는 사람들은 어린 도련님이 웬만한 사람보다 기르는 강아지와 말을 더 좋아한다고 수군거렸다. 마구간에서 일하는 사람들은 도련님이 승마 경기에서 우승해서 딴 파란 리본이 한두 개가 아니라며 이야기꽃을 피웠다. 승마계에서 손꼽히는 유망주라고도 했다. 요리 실력에 누구보다 자부심을 가지고 있는 빌트모어 저택 요리사들은 도련님이 항상 강아지에게 음식을 나누어 준다고 불평하기도 했다.

"나는 1층과 2층과 3층에 있는 방은 거의 다 들어가 봤어. 물론 마구간도. 하지만 저택의 나머지 부분은 내게도 미지의 땅이나 마찬가지야." 소년이 세라피나에게 말했다.

소년이 예의를 지키려고 애쓰는 것이 느껴졌다. 하지만 소년의 두 눈은 힐끔힐끔 계속해서 세라피나를 관찰하고 있었다. 세라피나는 안절부절못했다. 평생 숨어만 다녔는데 갑자기 누군가와 실제로 마주 보고 있자니 기분이 이상했다. 창자가 배배 꼬이는 것 같았다. 동시에 온몸이 간질간질하기도

했다. 세라피나는 아빠의 오래된 작업복 한 장을 걸치고 있는 자기 모습이 얼마나 우스꽝스러워 보일까 생각했다. 아마도 소년은 세라피나의 손과 얼굴이 온통 얼룩지고 더럽다는 사실도 눈치챘을 것이다. 세라피나의 머리카락은 흡사 이야기책에 나오는 유령 밴시처럼 부스스했고 색깔도 너무 튀었다. 소년이 자꾸 쳐다보는 것도 무리가 아니었다.

소년은 여기 모인 손님과 하인을 거의 전부 알고 있는 것 같았다. 그리고 이제 세라피나가 누구인지도 알아내려고 노력하고 있었다. 소년의 눈에 세라피나는 얼마나 이곳과 어울리지 않아 보일까! 물론 세라피나도 다른 사람들처럼 두 팔과 두 다리를 가지고 있었다. 하지만 유난히 높이 솟은 광대뼈와 황금빛 눈동자 때문에 평범한 소녀처럼 보이진 않았다. 세라피나 스스로도 잘 알고 있었다. 아무리 많이 먹어도 세라피나는 살이 찌지 않았다. 세라피나는 야생 동물처럼 몸에 군살이라고는 없었다. 소년의 눈에 자신이 비쩍 마른 새끼 돼지처럼 보일지, 사나운 새끼 족제비처럼 보일지 알 수 없었다. 분명한 것은 새끼 돼지든 새끼 족제비든 이 저택과는 어울리지 않는다는 사실이었다.

이쯤에서 그만 꼬리를 내리고 도망가고 싶었다. 그 편이 똑똑한 결정일지도 몰랐다. 하지만 다른 한편으로는 노란 드레스를 입은 소녀에게 일어난 일을 말하기에 이 어린 도련님이 가장 적합한 사람일지도 모른다는 생각이 들었다. 비단과 레이스로 치장한 어른들은 다가가기에 너무 어려운 분위기를 풍겼다. 진흙투성이 소녀 따위는 신경조차 쓰지 않을 것 같았다. 하지만 이 소년은 달라 보였다.

"나는 브레이든이야." 소년이 말했다.

"나는 세라피나야." 세라피나가 자기도 모르게 이름을 말해 버렸다. *이 바보야! 이름을 알려 주면 어떡해?* 이미 누군가에게 모습을 들킨 것만으로도 큰일인데 이제는 이름까지 알려 줘 버렸다. 아빠가 알면 가만두지 않을 것이다!

"만나서 반가워, 세라피나." 마치 숙녀를 대하듯 브레이든이 몸을 굽히며 예의를 갖춰 인사했다. "여기는 내 친구 기디언이야." 브레이든이 옆에 있던 강아지를 소개했다. 기디언은 브레이든 옆에 앉아서 줄곧 까만 두 눈으로 세라피나를 노려보고 있었다.

"안녕." 세라피나가 겨우 입을 열었다. 하지만 기디언은 영 마뜩잖은 눈길로 세라피나를 쳐다보았다. 주인 브레이든만 아니라면 당장이라도 새하얀 이를 드러내며 세라피나에게 덤벼들 기세였다.

용기를 그러모아 세라피나는 브레이든 밴더빌트를 쳐다보았다. "브레이든 도련님, 실은 내가 어젯밤 목격한 장면을 이야기해 주려고 여기 올라왔는데……."

"정말? 무엇을 봤는데?" 브레이든의 눈이 호기심으로 빛났다.

"어떤 소녀가, 노란색 드레스를 입은 예쁜 금발 머리 소녀가 어젯밤에 저기 지하실에서 어떤 남자에게……."

그때 신사와 숙녀 한 무리가 태피스트리 갤러리에서 현관 로비로 우르르 쏟아져 나왔다. 무리에 섞여 있던 잘생긴 토른 씨가 갑자기 브레이든에게 다가오는 바람에 세라피나는 미처 말을 끝내지 못했다.

"도련님도 저희와 함께 가실 건가요?" 토른 씨가 특유의 남부 억양으로 같이 가기를 바라는 듯이 말했다. "말이 준비가 됐답니다. 도련님의 승마 실력이 얼마나 늘었는지 보고 싶어 안달이 날 지경입니다. 함께 말을 달려도 좋을 것 같습니다만."

브레이든은 토른 씨의 칭찬에 얼굴이 환해졌다. "물론이죠, 토른 씨. 그러면 정말 좋겠네요." 브레이든이 대답했다.

토른 씨가 어른들 무리로 돌아가자마자 브레이든은 곧바로 세라피나에게로 돌아섰다. "미안, 아까 네가 어젯밤에 무엇을 보았다고…….."

바로 그때 저택 관리인이자 아빠의 상사인 보스먼 씨가 쿵쾅거리며 계단을 올라왔다. 보스먼 씨는 언제나 화를 내는 심술궂은 남자였다. 오늘도 예외는 아니었다. "거기 너! 누구냐, 넌?" 보스먼 씨가 세라피나의 팔을 우악스럽게 낚아채며 소리쳤다. 세라피나는 아파서 얼굴을 찡그렸다. "너, 이름이 뭐야?"

세라피나가 속으로 상황이 이보다 더 나쁠 수 없다고 생각하고 있을 때 로비에서 한바탕 소란이 일었다. 3층에서 어느 뚱뚱한 중년 부인이 잔뜩 헝클어진 잠옷 바람으로 허둥지둥 내려오더니 정신이 반쯤 나간 사람처럼 다른 사람들 사이를 마구 헤집고 다녔다.

"브람스 부인이로군." 보스먼 씨가 소란스러운 쪽으로 고개를 돌리며 중얼거렸다.

"혹시 우리 딸 클라라 보신 분 계신가요?" 브람스 부인이 옆에 있는 사람을 닥치는 대로 붙잡고 울면서 물어보았다. "제발 도와주세요! 우리 클라라가 없어졌어요! 아무 데도 안 보여요!"

밴더빌트 부인이 앞으로 나아가 브람스 부인의 손을 잡으며 진정시켰다. "브람스 부인, 집이 워낙 커서 그럴 거예요. 클라라는 분명히 저택 어딘가에서 놀고 있을 거예요."

걱정스러운 술렁거림이 퍼져 나갔다. 승마를 하려던 신사와 숙녀들은 무슨 일이 벌어지고 있는지 혼란스러운 표정으로 이야기를 나누었다.

*클라라 브람스였구나.* 세라피나는 생각했다. *노란 드레스를 입은 소녀가 바로 클라라였어.*

보스먼 씨는 여전히 세라피나의 팔을 움켜잡고 있었다.

세라피나는 앞으로 나가서 모든 사람들에게 간밤에 보았던 일을 이야기해 주고 싶었다. 하지만 그러면 과연 어떤 상황이 벌어질까? *넌 도대체 누구니?* 사람들은 세라피나를 다그칠 것이다. *너는 한밤중에 지하실에서 도대체 뭘 하고 있었던 거니?* 대답할 수 없는 질문 세례가 쏟아질 것이다.

그때 갑자기 빌트모어 대저택의 주인인 조지 밴더빌트 씨가 중앙으로 걸어 나와 손을 올렸다. "여러분, 잠시 주목해 주시겠습니까." 밴더빌트 씨가 말했다. 모든 손님과 하인이 일제히 하던 이야기를 멈추고 귀를 기울였다. "승마는 잠시 미루고 지금 당장 사라진 클라라를 찾아야 한다는 데 다들 동의하시리라 생각합니다. 일단 클라라를 찾은 뒤에 오늘 일정을 재개하도록 하겠습니다."

조지 밴더빌트 씨는 검은 머리카락에 늘씬하고 지적인 인상을 풍기는 삼십 대 정도 되는 나이의 신사였다. 까맣고 두꺼운 콧수염에, 사물을 꿰뚫어 보는 듯한 날카로운 검은 눈동자를 지녔다. 밴더빌트 씨는 독서광으로 유명했고 실제 나이보다 훨씬 젊어 보였다. 비단 세라피나 눈에만 그렇게 보이는 것은 아니었다. 부엌에서 일하는 하인들은 주인님이 몰래 혼자만 젊음의 묘약을 드시고 있는 것 같다며 수군대곤 했다. 밴더빌트 씨는 멋쟁이기도 했다. 세라피나는 밴더빌트 씨의 위엄 있는 모습에 감탄하는 동시에 그 옷차림에서도 눈을 뗄 수가 없었다. 그중에서도 유독 신발에 눈이 갔다. 다른 신사들처럼 밴더빌트 씨도 승마복을 입고 있었다. 그런데 다른 신사들과 달리 승마용 장화가 아니라 에나멜가죽으로 된 값비싼 검정 구두를 신고 있었다. 밴더빌트 씨가 걸을 때마다 대리석 바닥과 구두 밑창이 부딪치면서 익숙한 마찰음이 났다. 어젯밤 지하실 복도에서 들었던 바로 그 소리였다.

세라피나는 다른 신사들이 신고 있는 신발도 관찰했다. 브레이든과 토른 씨와 벤델 씨는 승마용 장화를 신고 있었다.

구두를 신은 사람은 밴더빌트 씨뿐이었다.

밴더빌트 씨가 브람스 부인에게 다가가 위로를 건넸다. "브람스 부인, 클라라를 찾을 때까지 우리가 이 저택을 꼭대기부터 밑바닥까지 샅샅이 수색할 겁니다." 밴더빌트 씨는 다시 사람들을 향해 몸을 돌린 다음 손짓으로 하인과 하녀까지 모두 불러 모았다. "일단 다섯 조로 흩어져서 1층부터 4층 그리고 지하실까지 저택 전체를 수색하도록 합시다. 누구든 수상한 점을 발견하면 즉시 알리십시오."

밴더빌트 씨의 말이 떨어지기가 무섭게 세라피나의 심장이 두방망이질 치기 시작했다. 지하실이라니! 지하실이라면! 그 말은 곧 작업실에도 수색대가 들이닥친다는 뜻이었다! 세라피나는 있는 힘껏 몸을 비틀어 보스먼 씨를 뿌리친 다음 또다시 잡힐세라 내달리기 시작했다. 세라피나는 한달음에 계단을 내려갔다. 어서 빨리 아빠에게 이 사실을 알려야 했다. 간밤에 저녁으로 먹고 남은 음식이며, 세라피나가 누워 자는 매트리스며…… 모조리 숨겨야만 했다.

4

세라피나는 작업실 문을 벌컥 열고 들어가 아빠 팔을 덥석 잡았다. 숨을 몰아쉬면서 동시에 이야기를 하느라 세라피나는 몹시 헐떡거렸다. "아빠, 내가 말했던 사라진 소녀 있잖아요. 그 소녀를 찾으려고 밴더빌트 씨가 온 저택을 다 뒤질 거래요!" 다급함과 자랑스러움이 뒤범벅된 목소리로 세라피나가 외쳤다. 아빠에게 재빨리 지난밤에 목격한 일을 다시 요약해 주었다. 그러면서 이제는 아빠가 자신이 꿈을 꿨거나 없는 이야기를 지어내는 게 아니라는 사실을 알아주겠지 하고 확신했다.

"지금 저택을 뒤지고 있다고?" 아빠는 다른 말은 들은 체도 하지 않고 물었다. 그러더니 다급하게 선반에서 가재도구며 면도기를 주워 담기 시작했다. 세라피나의 매트리스도 끌어다가 도구장 뒤에 만들어 둔 비밀 공간에 감추었다. 수색대가 들이닥쳤을 때 아빠와 세라피나가 살았던 흔적이 하나도 남아 있어서는 안 되었다.

"그럼 그 사라진 소녀는 어떡해요?" 세라피나는 혼란스러운 표정이었다. 세라피나는 왜 아빠가 자기 말에는 관심을 기울이지 않는지 도무지 이해할 수 없었다.

"세라야, 아이들은 밑도 끝도 없이 사라지지 않아." 아빠는 계속해서 짐을 챙기느라 분주했다.

세라피나는 심장이 쿵 내려앉는 것 같았다. 아빠는 여전히 세라피나의 이야기를 믿지 않고 있었다. 아빠는 빠뜨린 것이 없는지 작업실 안을 마지막으로 둘러보다가 시선을 세라피나에 고정했다. 그 찰나의 순간에 세라피나는 아빠가 마침내 자기 이야기를 들어 주려는 것은 아닐까 기대했다. 하지만 아빠는 세라피나의 머리빗을 가리키며 소리를 질렀다.

"맙소사! 세라야, 뭐 하고 서 있는 게냐! 얼른 네 물건들 챙기지 않고!"

"하지만 검은 망토를 입은 남자는 어쩌고요?" 세라피나가 대들었다.

"제발 그 얘긴 이제 그만해라. 그냥 악몽일 뿐이라고 몇 번을 말하니. 서둘러, 얼른!" 아빠가 화를 냈다.

세라피나는 움찔했다. 아빠가 왜 이렇게 못되게 구는지 도무지 이해할 수 없었다. 하지만 아빠 목소리에는 걱정도 잔뜩 묻어 있었다.

그때 멀리서 수색대가 계단을 내려오는 소리가 들렸다. 세라피나는 그제야 아빠가 단지 지하실에 몰래 숨어 사는 것을 들킬까 봐 저렇게 겁을 내는 것이 아니라는 사실을 깨달았다. 아빠는 초자연적인 이야기라면 질색을 했다. 렌치나 망치나 드라이버로 고칠 수 없는 사악한 어둠의 힘 같은 이야기 말이다.

"하지만 진짜예요! 그 소녀가 진짜로 사라졌단 말이에요, 아빠. 전 거짓말을 하는 게 아니라고요!" 세라피나가 소리를 질렀다.

"그 애는 단지 길을 잃어버린 것뿐이다. 그게 다야. 사람들이 찾고 있으니 곧 어디서든 나타날 게다. 네 걱정이나 해라. 사람들은 사라지지 않아. 어딘가에 있을 거야."

세라피나는 작업실 한가운데에 버티고 섰다. "아뇨, 우리 둘이 지금 밖에 나가서 수색대한테 제가 어젯밤에 무엇을 보았는지 다 이야기하는 게 좋을 것 같아요." 세라피나가 반항적으로 선언했다.

"안 돼, 세라야. 우리가 여기 사는 걸 알면 난리가 날 거다. 난 해고당할 거야. 무슨 말인지 알겠니? 그리고 저 사람들이 널 보면 뭐라고 생각하겠니. 너는 저들한테는 이 세상에 존재하지 않는 사람이야. 우리는 앞으로도 쭉 그렇게 살 거다. 내 말 똑바로 들어라. 무슨 말인지 알아듣겠니?"

수색대 소리가 복도까지 가까워졌다. 수색대가 이쪽으로 오고 있었다.

세라피나는 이를 악물며 좌절감에 고개를 가로저었다. 세라피나는 아빠 앞을 가로막고 섰다. "왜요, 아빠? 도대체 왜요? 왜 사람들이 절 보면 안 되나요?" 밴더빌트가 도련님과 벌써 만났고 서로 인사를 나누었으며 이름까지 교환했다는 사실을 털어놓을 용기는 차마 나지 않았다. "그냥 뭐든 좋으니까 말해 봐요, 아빠. 저도 이제 열두 살이라고요. 저도 이제 다 컸어요. 뭐든 알 권리가 있다고요."

"잘 들어라, 세라야. 어젯밤 누군가 발전기를 일부러 망가뜨렸다. 내가 고칠 수 있을지 장담 못 할 정도로 심각하게 말이다. 오늘 해가 지기 전까지 발전기를 고치지 못하면 보스먼 씨가 노발대발하겠지. 그럴 만도 하지. 전등이며 엘리베이터며 하인들 호출이며 저택 전체가 그 에디슨 발전기 없이는 돌아가지 않을 테니까."

세라피나는 누군가 전기실에 들어가 발전기를 일부러 망가뜨리는 모습을 상상해 보았다. "하지만 도대체 누가, 왜 그런 짓을 해요?"

수색대가 부엌까지 온 것 같았다. 여기 작업실에 들이닥치는 건 시간문제였다.

"그런 것까지 생각할 시간이 없어. 난 그저 발전기를 고쳐서 원래대로 돌아가게 만들면 그만이야. 이제 그만하고 얼른 네 짐이나 챙겨라!" 아빠가 그 커다란 덩치를 세라피나 쪽으로 움직이며 말했다.

아빠는 방을 휘젓고 다니며 손에 잡히는 대로 거칠게 물건을 숨겼다. 그 모습에 겁을 집어먹은 세라피나는 보일러 뒤편에 숨어 아빠를 가만히 지켜보았다. 아빠가 이렇게 나올 때마다 할 수 있는 건 아무것도 없다는 사실을 알고 있었다. 아빠는 아무런 방해도 받지 않고 혼자 있고 싶어 했다. 하지만 생각하면 생각할수록 화가 났다. 지금은 어떤 이야기를 하기에도 좋은 때가 아니었지만 아무래도 상관없었다. 세라피나는 마음속에 있는 생각을 입 밖으로 내뱉었다.

"아빠, 도대체 내가 왜 다른 사람들 눈에 띄지 않았으면 하는지 말해 주세요." 세라피나가 보일러 뒤에서 튀어나와 아빠를 마주 보고 섰다. 세라피나의 목소리가 점점 더 높아졌다. "도대체 나한테 무슨 문제가 있는 건지 알고 싶다고요. 내가 왜 그렇게 부끄러운데요?"

마지막 말은 거의 고함에 가까울 정도로 컸다. 세라피나 목소리가 얼마나 크고 날카로웠던지 작업실 안에 메아리가 칠 정도였다.

아빠는 하던 일을 멈추고 세라피나를 보았다. 아빠의 마음속 깊은 곳에 있는 목석같은 심장을 세라피나가 드디어 건드린 모양이었다. 아빠가 마침내 동요하고 있었다. 세라피나는 불현듯 내뱉은 말을 도로 주워 담고 보일러 뒤편으로 숨고 싶어졌다. 하지만 이미 엎질러진 물이었다. 세라피나는 아빠를 똑바로 쳐다보았다. 눈에 눈물이 고였다.

아빠는 커다란 양손을 말아 쥐고 작업대 옆에 동상처럼 서 있었다. 얼굴 위로 고통과 절망의 빛이 스쳐 지나갔다. 아빠는 한동안 말을 잇지 못했다.

"난 널 부끄러워하지 않는다." 아빠가 불쑥 대답했다. 이상하리만치 갈라진 목소리였다. 이제 수색대와 여기 작업실 사이에는 방 하나만 남아 있었다.

"맞잖아요." 세라피나는 혼날까 봐 무서워 온몸을 바들바들 떨면서도 대들었다. 이번에는 절대 그냥 물러나지 않을 작정이었다. 아빠를 흔들어 놓고 싶었다. 아빠의 진심이 튀어나올 만큼 강하게 흔들어 놓고 싶었다. "아빠는 내가 부끄러운 거잖아요." 세라피나가 다시 한 번 강조했다.

순간 아빠가 등을 돌리는 바람에 아빠 얼굴을 볼 수 없었다. 아빠의 뒤통수와 크고 널따란 등만 보였다. 몇 초간 침묵이 흘렀다. 아빠는 자기 자신과 싸우는 듯이 고개를 흔들었다. 세라피나에게 화가 나서인지도 몰랐다. 아니면 둘 다일지도. 세라피나는 헷갈렸다.

"입 다물고 일단 따라오거라." 아빠가 몸을 돌려 작업실 밖으로 걸어 나갔다.

세라피나가 허둥지둥 복도로 쫓아갔다. 온몸이 떨렸다. 아빠가 자기를 어디로 데려가려는지, 무슨 일이 일어날지 알 수 없어서 불안했다. 아빠가 2층 지하실로 통하는 좁은 돌계단을 내려갈 때는 숨이 멎을 뻔했다. 세라피나는 아빠를 따라 발전기가 있는 전기실로 들어갔다. 전기실 벽에는 온통 검은색 전선이 거미줄처럼 얽혀 있었다. 수색대는 따돌린 것 같았다. 최소한 잠깐 동안은 말이다.

"우린 여기 웅크리고 숨어 있으면 된다." 아빠가 육중한 전기실 문을 닫으면서 말했다. 어둠 속에서 아빠가 랜턴을 켰다. 랜턴 불빛에 드러난 아빠 표정은 너무나 심각해 보였다. 그렇게 창백한 아빠 얼굴은 본 적이 없었다. 세라피나는 덜컥 겁이 났다.

"무슨 일이에요, 아빠?" 세라피나의 목소리가 조금씩 떨리고 있었다.

"앉아라. 이제부터 내가 하는 이야기가 마음에 들진 않겠지만 상황을 이해하는 데 도움은 될 게다."

세라피나는 꼴깍 침을 삼켰다. 구리 전선이 감긴 낡은 나무 상자 위에 걸터앉아 마음을 가다듬고 아빠 이야기를 기다렸다. 아빠는 바닥에 앉아 벽에 등을 기댄 채 세라피나를 바라보았다. 다시 바닥을 쳐다보며 깊은 생각에 잠겨 있다가 마침내 입을 열었다.

"오래전 내가 애쉬빌에 있는 기차역에서 일할 때였다. 공사 감독관과 그 아내가 막 셋째 아이를 낳고 기쁨에 들떠 있었지. 모두 축하해 주느라 떠들썩할 때 나만 따로 떨어져 앉아서 우울해하고 있었어. 자랑할 일은 아니다만 그날 밤 혼자 많이도 울었지. 남들처럼 좋은 사람 만나서 집을 짓고 아이들도 낳고 살고 싶었지만 그게 말처럼 쉽지 않더구나. 세월이 흘러도 나는 여전히 혼자였다. 덩치만 커다랬지 별로 잘난 구석이 없었으니까. 온종일 땀을 뻘뻘 흘리면서 기계 엔진과 씨름하는 게 내 일이었어. 가끔 여자를 만날 기회가 있었지만 말 한 마디 못 붙여 봤다. 너트와 볼트 이야기라면 밤새도록 할 수 있지만 그 외에는 거의 아는 게 없었거든."

세라피나는 질문을 하려다가 관두었다. 아빠가 드디어 입을 열었는데 중간에 이야기를 끊고 싶지 않았다.

"그날 밤 모두 술잔을 기울이고 있을 때 나는 스스로가 한심해져서 밖으로 나왔어. 한참을 정처 없이 걸었다. 세라 네가 생각이 많아서 아무것도 할 수 없을 때 그러는 것처럼 말이다. 협곡을 따라 깊은 숲속까지 들어갔다. 해가 졌는데도 계속해서 걸었지."

세라피나는 아빠가 숲속을 배회하는 모습을 상상해 보려 했지만 쉽지 않았다. 아빠는 언제나 숲속에 발도 들여놓은 적이 없는 사람처럼, 세라피나에게 그곳 근처에는 얼씬도 하지 말라고 으름장을 놓곤 했기 때문이다. 아빠는 숲을 싫어했다. 적어도 지금은 그랬다.

"숲이라니, 무서웠겠네요?"

"아니, 하지만 무서워했어야 했다." 아빠가 계속 바닥에 시선을 둔 채 고개를 가로저으며 말했다.

"왜요? 무슨 일이 있었는데요?" 세라피나는 무슨 일이 일어났는지 감히 짐작조차 할 수 없었다. 랜턴 불빛이 아빠 얼굴에 으스스한 그림자를 드리웠다. 세라피나는 항상 아빠가 해 주는 이야기를 좋아했지만 이번 이야기에는 어느 때보다도 아빠의 진심이 담겨 있는 것 같았다.

"숲속을 걷고 있을 때 이상한 소리를 들었어. 엄청난 고통에 몸부림치는 동물의 울부짖음 같았다. 덤불 속에서 무언가가 격렬하게 움직이고 있었는데 그게 뭔지 잘 보이지는 않았어."

"그게 죽어 가고 있었나 보군요?" 세라피나가 아빠 쪽으로 몸을 기울이며 물었다.

"아니, 그렇지는 않았어." 아빠가 고개를 들어 세라피나를 바라보았다. "그 뭔가가 덤불 속에서 한바탕 난리를 피우더니 갑자기 사방이 조용해졌어. 그러더니 갑자기 초록빛이 감도는 노란색 눈동자 두 개가 어둠 속에서 나타났지. 인간인지 짐승인지 모를 존재가 내 주변을 천천히 한 바퀴 돌면서 나를 유심히 관찰하더구나. 마치 나를 잡아먹을지 살려 줄지 고민하는 것 같았어. 느낌만으로도 그 눈동자의 주인이 엄청난 힘을 가지고 있다는 것을 알 수 있었단다. 그런데 갑자기 그 눈동자가 사라졌어. 어디론가 가 버린 거야. 그러고 나서 아기 울음소리 비슷한 이상한 소리가 들려왔어."

세라피나는 등을 펴고 아빠를 똑바로 쳐다보았다. "아기 울음소리라고요?" 세라피나는 혼란스러웠다. 전혀 예상치 못한 전개였다.

"나는 덤불 속을 뒤졌지. 땅바닥에는 피가 흥건했고 그 피 웅덩이 속에 조그만 동물 여러 마리가 서로 뒤엉켜 누워 있었어. 그중 셋은 이미 죽었고 딱 하나만 겨우 목숨이 붙어 있는 상태였지."

세라피나는 벌떡 일어나 아빠 옆에 쭈그리고 앉았다. 세라피나는 이야기에 빨려 들어갈 듯이 아빠를 뚫어져라 응시했다. 수풀 바닥에 피범벅이 된 채 누워 있는 새끼 동물들의 모습이 머릿속에 선명하게 그려졌다.

"무슨 동물이었는데요?" 세라피나의 눈이 반짝였다.

아빠는 고개를 가로저었다. "이 산마을에 사는 사람치고 흑마술 이야기를 모르는 사람은 없지 않냐. 나도 익히 들어서 잘 알고 있었지. 하지만 흑마술이 실제로 존재한다고는 생각하지 않았단다. 그날 밤까지는 말이다. 어둠 속에서 살아 있는 새끼를 살펴보려고 했지만 도무지 정체를 알 수가 없었단다. 아니, 어쩌면 믿고 싶지 않았던 건지도 모르지. 어쨌든 숨이 붙어 있는 새끼 한 마리를 맨손으로 들어 올렸고 그때야 비로소 그게 공처럼 몸을 동그랗게 말고 있는 아기라는 사실을 깨달았다."

세라피나는 놀라서 눈이 화등잔만 해졌다. "뭐라고요? 아기라고요? 말이 안 되잖아요. 인간 아기가 어떻게 거기에 있었대요?"

"처음엔 나도 똑같이 생각했단다. 믿어 다오. 그 아기가 어떻게 태어났는지는 알 수 없었지만 내 도움을 필요로 하고 있다는 것은 확실했어. 나는 아기를 외투에 싸서 산을 내려왔어. 그리고 마을 수녀원에 있는 산파에게로 데려가 제발 도와 달라고 부탁했지. 하지만 아기를 본 사람들은 하나같이 놀라며 악마의 자식이라고 말을 더듬더구나. 기형아라 오래 못 살 거라면서 아무것도 해 줄 수 없다는 말만 되풀이했지."

"어떻게 그럴 수가 있어요? 끔찍해요! 정말 나빠요!" 화가 난 세라피나가 소리를 질렀다. 다르게 생겼다는 이유만으로 아기를 버리라니, 도대체 저 바깥세상은 어떻게 생겨 먹은 곳인지 세라피나는 경악을 금치 못했다. 세라피나는 어둠 속에 몸을 숨긴 채 노려보는 맹수의 노란 눈동자도 무서울 것 같았지만 그보다 수녀원 산파의 태도가 더 거슬렸다. 하지만 아빠가 크고 따뜻한 손으로 조그만 아기를 감싸 안은 채 살리려고 애쓰는 장면을 상상하자 새삼 존경심이 샘솟았다.

아빠는 그날 밤을 떠올리면 괴롭다는 듯 길고 깊은 한숨을 내쉰 다음 이야기를 이어 갔다. "그 불쌍한 아기는 눈을 감은 채 태어났단다, 세라야. 수녀들은 아기가 평생 앞을 보지 못할 거라고 했지. 귀머거리로 태어났기 때문에 소리를 들을 수 없을 거라고도 했어. 게다가 딱 봐도 발가락이 열 개가 아니라 여덟 개밖에 없었지. 그건 문제도 아니었어. 쇄골이 기형인 데다가 척추는 꽈배기처럼 부자연스럽게 길고 휘어져 있었지. 살아날 가망이 없어 보였어."

세라피나는 망치로 머리를 한 대 얻어맞은 것 같은 충격을 받았다. 세라피나는 믿을 수 없다는 듯이 아빠를 쳐다보았다. "그 아기가 나였군요!" 세라피나가 벌떡 일어서며 소리를 질렀다. 이건 그저 어떤 이야기가 아니었다. 바로 세라피나 *자신의* 이야기였다. 세라피나는 숲속에서 태어났던 것이다. 그 말은 곧 아빠가 세라피나를 찾아서 데려왔다는 뜻이었다. 이를테면 세라피나는 코요테가 데려다 기른 아기 여우 같은 존재였던 것이다. 세라피나는 아빠 앞에 서서 또 한 번 외쳤다. "그 아기가 나였어!"

아빠가 세라피나를 바라보았다. 아빠의 두 눈은 진실을 말하고 있었다. 하지만 가타부타 아무런 말이 없었다. 아빠는 긍정도 부정도 하지 않았다. 칠흑 같은 그날 밤의 기억과 지금 눈앞에 서 있는 딸이 잘 연결되지 않는 것 같았다. 이야기 속 주인공이 세라피나가 아닌 것처럼 말하는 것만이 아빠가 진실을 들려줄 수 있는 유일한 방법인지도 몰랐다.

"정상이라면 서로 이어져 있어야 할 척추뼈가 서로 다 떨어져 있었어." 아빠는 말을 이었다. "수녀들은 아기가 마치 악마의 자식이라도 되는 것처럼 반쯤 이성을 잃고 두려워하더구나. 하지만 내게는 그저 작디작은 아기일 뿐이었어. 그런데 어떻게 버릴 수가 있었겠니. 발가락이 몇 개든 그게 뭐가 그렇게 중요하다고!"

세라피나는 아빠 앞에 무릎을 꿇고 앉아서 이 모든 이야기를 이해하려고 노력했다. 비로소 아빠가 어떤 사람인지 알 것 같았다. 자신의 끈질긴 성격을 누구에게서 물려받았는지도 이해할 수 있었다. 하지만 모든 것이 너무 혼란스러웠다. 친딸도 아닌데 세라피나가 어떻게 아빠의 성격을 물려받을 수 있단 말인가?

"나는 수녀들이 아기를 물에 빠뜨려 죽이기라도 할까 봐 무서워서 도로 데려왔단다." 아빠가 말했다.

"그 수녀들 정말 싫어요. 진짜 나쁜 사람들이에요!" 세라피나가 화를 냈다.

아빠는 고개를 저었다. 세라피나 말이 틀려서가 아니었다. 수녀들은 아빠에게 아무런 의미가 없는 존재였기 때문이었다. 수녀들은 문젯거리조차 되지 않았다. "내게는 아기에게 먹일 만한 음식이 없었어. 얼른 어떤 농부의 헛간에 몰래 숨어 들어가 염소젖을 한 병 짜서 훔쳐 나왔지. 양심의 가책을 느꼈지만 아기에게 뭔가를 먹여야 한다는 생각에 눈이 멀었었다. 난 그날 밤 아기에게 처음으로 우유를 먹였어. 아기는 얼마나 배가 고팠던지 두 눈을 여전히 꼭 감은 채로 허겁지겁 잘도 먹더구나. 지푸라기라도 잡는 심정으로 제발 아기가 살아나길 기도했던 기억이 난다. 내 품속에서 아기가 우유를 먹는 모습을 보면 볼수록 제발 살아 주었으면 하는 마음이 간절해졌어."

"그래서 그다음은요?" 세라피나가 아빠에게로 몸을 바짝 붙이며 물었다. 굳게 잠긴 전기실 문밖에서는 빌트모어 대저택에 머무는 손님들이 방마다 돌아다니며 실종된 소녀를 찾고 있었다. 하지만 세라피나에게는 그 사실이 더 이상 중요하지 않았다. "계속 이야기해 주세요, 아빠." 세라피나가 재촉했다.

"나는 아기에게 엄마 노릇을 제대로 해 줄 수 있는 여자를 찾았지만 모두 거절했어. 다들 아기가 머지않아 죽을 거라고 확신하더구나. 어느덧 이 주가 지났지. 한 손으로는 엔진을 고치면서 다른 한 손으로 아기에게 젖병을 물리고 있었는데, 갑자기 아기가 처음으로 눈을 뜨더니 나를 똑바로 쳐다보았어. 그때 내가 할 수 있는 일이라곤 그저 아기를 마주 보는 것밖에 없었다. 아기는 커다랗고 아름다운 호박색 눈으로 나를 계속 쳐다보더구나. 그때 깨달았어. 내가 이 아기의 아빠고 이 아기가 내 딸이라는 걸. 우리는 이제 누구도 부인할 수 없는 가족이라는 걸."

세라피나는 눈 한 번 깜박이지 않고 아빠 이야기를 들었다. 십이 년 전 그때와 똑같은 호박색 눈동자가 여전히 아빠를 쳐다보고 있었다.

아빠는 손으로 느리게 입가를 문지르고선 발전기를 힐끗 본 뒤 이야기를 이어 나갔다. "그 뒤로도 나는 매일 아침저녁으로 내 품에서 아기를 먹이고 재웠단다. 일할 때는 공구 상자 안에 눕혀서 내 옆에 두었지. 아기가 조금씩 자라기 시작하면서 나는 기어 다니는 법을 가르쳤어. 이제 내 새끼가 되었으니 최선을 다해 돌보았지. 그런데 주변 사람들이 질문을 퍼붓기 시작했단다. 보안관도 주변을 어슬렁거렸어. 가슴팍에는 배지를 달고 허리춤에는 총을 찬 사람들 말이다. 하루는 기차역에서 밤 당번으로 일하고 있을 때였어. 보안관 세 사람이 다가오더니 내 주변에서 꼬물꼬물 기어 다니던 아기를 구석으로 몰아넣고 빠져나가지 못하게 지키고 서 있더라고. 어디론가 데려가려는 낌새였지. 그게 어디인지는 오직

하느님만이 아시겠지. 하지만 더 좋은 곳으로 데려가리라는 보장이 없잖니. 나는 첫 번째 보안관에게 주먹을 날렸어. 피를 흘리며 쓰러지더니 일어나지 못하더군. 두 번째 보안관도 넘어뜨리고 세 번째 보안관의 멱살을 잡았는데 미꾸라지처럼 빠져나가 줄행랑을 치더라고. 감사하게도 아기는 무사했지만 아차 싶었어. 아마도 다음번에는 더 많은 보안관을 끌고 와 나를 체포하고 아기를 데려갈 테니 말이다. 그때 알았어. 떠나야 한다는 사실을. 우리를 쳐다보는 눈과 수군대는 입을 피해 도망가야 한다는 사실을 말이다. 그길로 기차역을 그만두고 도시를 떠나 산간 지역에서 어느 대저택을 짓는 일에 뛰어들었지."

세라피나는 숨이 턱 막혔다. *그래서 우리는 지하실에 숨어 사는 거구나.* 마침내 이유를 알게 되자 안도감이 밀려왔다. 아빠는 세라피나를 보호하고 싶었던 것이다.

"난 좋을 때나 나쁠 때나 내가 할 수 있는 최선을 다해서 아기를 키웠다. 그리고 세월이 흘러 내가 숲속에서 발견했던 작고 이상한 생명체는 어느덧 어엿한 소녀로 성장했지. 나는 이 아이가 어떻게 세상에 태어났는지 그리고 내가 어떻게 이 아이를 얻었는지 잊으려고 부단히 노력했다."

아빠는 말을 멈추고 진심이 담긴 눈으로 세라피나를 바라보았다. "그게 바로 너란다, 세라." 아빠가 말했다. "그 아이가 너야. 너는 다른 소녀들처럼 평범하진 않지만 그렇다고 수녀들이 말했던 것처럼 기형이나 끔찍한 몰골로 자라지도 않았지. 네 몸동작은 누구보다 우아해. 넌 여태까지 내가 봤던 어떤 사람보다도 빠르고 민첩하지. 수녀들이 말했던 것처럼 귀머거리도 아니고 장님도 아니야. 오히려 감각이 매우 예민하게 발달했지. 난 지난 십이 년 동안 매일같이 너를 지키면서 살았다. 하늘에 맹세컨대 지난 십이 년은 내 인생에서 최고의 시간이었단다. 딸아, 너는 내게 이 세상 전부란다. 단 한 번도 널 부끄러워한 적은 없어. 그저 우리 두 사람을 지켜야 한다는 생각뿐이었지."

아빠가 짙은 두 눈동자로 세라피나를 지그시 바라보았다. 그제야 세라피나는 자기 두 뺨에 눈물이 흐르고 있다는 사실을 깨달았다. 아빠에게 운다고 또 혼이 날까 봐 세라피나는 재빨리 손으로 눈물을 훔쳤다. 한편으로는 어느 때보다도 아빠가 가깝게 느껴졌다. 하지만 다른 한편으로는 마음이 복잡했다. 아빠가 친아빠가 아니라는 사실 때문이었다. 아빠는 세라피나를 숲속에서 발견하고 데려왔다. 그리고 지금까지 세라피나와 다른 모든 사람을 속였다. 열두 살이 될 때까지 엄마에 대해서 한마디 언급도 없이 세라피나 혼자서 고민하고 또 고민하게 만들어 놓고선 이제 와 털어놓은 진실이 이런 것이었다니. 눈물이 뺨을 타고 끝없이 흘러내렸다. 귀부인 중에 엄마가 있을지도 모른다고 생각했던 자신이 너무 바보 같았다. 엄마가 세탁기에 세라피나를 넣어 두고 깜박했다는 이야기를 지어냈던 자신이 너무 바보 같았다. 어린 시절 엄마에 대해 상상의 나래를 펴곤 했던 자신이 너무 바보 같았다. 세라피나가 왜 남들과 자신은 다른 모습일까 고민했던 그 무수한 시간 동안 아빠는 이 모든 진실을 감추고 있었던 것이다.

"왜 나한테 말 안 해 줬어요?" 세라피나가 아빠에게 따져 물었다.

아빠는 아무 말이 없었다.

"왜 나한테 말 안 했냐고요, 아빠." 세라피나가 다시 물었다.

땅만 쳐다보던 아빠는 천천히 고개를 가로저었다.

"아빠……."

마침내 아빠가 입을 열었다. "왜냐하면 난 그게 사실이 아니길 바랐으니까."

세라피나는 충격을 받아 할 말을 잃고 아빠를 멍하니 바라보았다. "하지만 그게 사실이잖아요. 사실을 부정할 수는 없어요!"

"미안하다, 세라야. 난 그저 네가 내 딸이길 원했다." 아빠가 말했다.

세라피나는 화가 났다. 정말이지 화가 났다. 그러나 목이 메었다. 아빠가 드디어 마음속 깊은 곳에 묻어 둔 진심을 말하고 있었다. 아빠의 생각과 감정과 두려움과 꿈을 세라피나에게 솔직하게 꺼내 보여 주고 있었다.

무엇보다 아빠의 꿈은 *세라피나*였다.

세라피나는 입을 꾹 다물고 코로만 숨을 쉬면서 아빠를 노려보았다.

세라피나는 분노와 혼란스러움과 놀라움과 흥분과 두려움을 한꺼번에 느꼈다. 마침내 진실과 마주했다. 비록 모든 진실은 아니었지만.

이제 세라피나는 자신이 다른 사람들과 다르다고 느꼈던 것이 그저 느낌이 아니라 사실이라는 것을 깨달았다.

두려움이 엄습했다. 세라피나는 어둠의 존재였던 것이다.

세라피나는 아빠가 평생 동안 들어가선 안 된다고 겁을 주었던 바로 그 숲속에서 태어난 존재였다. 자신이 바로 그 숲속에서 태어났다고 생각하자 몸서리가 날 정도로 무서웠다. 하지만 동시에 안심이 되기도 했다. 이상하게 모순된 감정이었다.

아빠는 벽에 등을 기대고 앉아 있었다. 세라피나는 아빠를 바라보았다. 아빠는 마침내 세라피나에게 진실을 털어놓고서 지친 것 같았다. 마치 이고 있던 커다란 짐을 이제 막 내려놓은 사람 같았다.

아빠는 천천히 바닥에서 몸을 일으킨 뒤, 깊은 생각에 잠긴 듯 손바닥을 비비며 전기실을 거닐었다.

"미안하다, 세라야." 아빠가 말했다. "네가 진실을 알아서 좋을 것이 없다고 생각했다. 하지만 네 말이 맞다. 너도 이제 많이 컸으니 진실을 알 자격이 있다." 아빠가 다가와 무릎을 꿇고 세라피나와 눈높이를 맞추었다. "하지만 네가 진실을 어떻게 받아들이든 이것 하나만큼은 기억해 다오. 세라야,

네게는 아무 문제가 없단다. 아무런 문제도. 알겠니?"

"알겠어요, 아빠." 세라피나가 고개를 끄덕이는 동시에 흐르는 눈물을 닦았다. 심장에는 소용돌이가 일었지만 한 가지는 확신할 수 있었다. 바로 아빠가 자신을 믿는다는 사실이었다. 그러나 아빠를 마주 보며 서 있는 지금 이 순간에도 세라피나의 머릿속에는 온갖 생각과 의문이 맴돌았다.

영원히 이대로 숨어서 지내야 하는 걸까? 빌트모어 사람들과 어울릴 순 없는 걸까? 평생 친구도 사귈 수 없는 걸까? 세라피나는 어둠의 존재였다. 그렇다면 세라피나에겐 어떤 능력이 있는 걸까? 세라피나는 자기 손을 내려다보았다. 내 손톱은 자라면 발톱이 되는 걸까?

멀리서 수색대가 지하실을 돌아다니는 소리가 들렸지만 애써 무시했다. 세라피나는 아빠를 다시 한 번 쳐다보았다. 그렇게 한참을 바라만 보다가 세라피나는 마음속에서 피어오르던 질문을 조용히 입 밖에 꺼냈다.

"엄마는요?"

아빠는 눈을 감고 크게 심호흡을 한 뒤 다시 눈을 뜨고 세라피나를 바라보았다. 평소와는 다른 부드러운 목소리였다. "미안하다, 세라야. 사실은 나도 잘 모른다. 하지만 틀림없이 아름다운 분이실 거야. 사랑스럽고 강한 사람일 게다. 세라야, 엄마는 너를 살리기 위해 힘껏 싸웠단다. 네 곁에 있고 싶지만 그럴 수 없다는 사실을 받아들여야만 했을 거야. 이유는 나도 모른다. 하지만 내게 너를 사랑으로 돌보아 달라고 맡긴 사람이 바로 네 엄마야. 난 감사하게 생각하고 있단다."

"그럼 엄마가 아직도 저기 어딘가에 있을 수도 있다는 말이네요…….." 세라피나의 목소리가 떨렸다. 아빠가 들려준 이야기는 마치 회오리바람처럼 세라피나의 마음속을 휘젓고 지나갔다. 엄마라는 존재를 생각하니 마음속에 한 줄기 햇살이 비치는 것 같았다.

"아마도." 아빠가 부드럽게 목소리를 누그러뜨렸다.

세라피나는 아빠를 쳐다보았다. "아빠, 혹시…… 엄마는 인간인가요 아니면……."

"그 얘기는 더 이상 듣고 싶지 않구나." 아빠가 고개를 저으며 세라피나의 말을 끊었다. 아빠의 입매가 굳어 있었다. "넌 내 딸이다. 누가 뭐래도 넌 내 딸이야." 아빠가 말했다.

"하지만 숲속에……." 세라피나가 다시 말문을 열었다.

"그만." 아빠가 세라피나의 말을 잘랐다. "난 네가 이 일에 대해선 더 이상 생각하지 않았으면 좋겠다. 우리가 사는 곳은 여기야. 여기가 네 집이야. 다시 한 번 말하마. 세라야, 이 세상에는 우리가 이해할 수 없는 일들이 가득하단다. 그러니 깊은 숲속으로는 절대로 들어가지 말거라. 그곳엔 밤낮으로 너무 많은 위험이 도사리고 있어. 네 영혼을 집어삼킬지도 모른다."

세라피나는 아빠가 한 말을 이해하려고 오랫동안 아빠를 응시했다. 아빠의 눈은 심각했다. 그 진지함이 세라피나에게까지 느껴졌다. 세라피나에게 아빠는 이 세상에 단 하나뿐인 소중한 사람이었다.

문밖에서 수색대가 복도를 걸어 내려오는 소리가 들렸다. 2층 지하실에 있는 모든 방을 샅샅이 뒤지고 있었다. 팔에 소름이 돋았다. 도망가야 했다.

세라피나는 아빠를 쳐다보았다. 묻고 싶은 것이 많았지만 힘겹게 진실을 털어놓은 아빠를 화나게 만들고 싶진 않았다. 그래도 마지막으로 반드시 물어야 할 것이 있었다.

"그럼 노란 드레스를 입은 소녀를 데려간 그 남자는요? 그 남자는 어떤 종류의 악마예요, 아빠? 그 사람도 숲속에서 왔을까요? 아니면 저 위층에 사는 화려한 옷차림을 한 사람들 중에 한 명일 수도 있을까요?"

"모르겠다. 나는 그게 제발 네 상상으로 꾸며 낸 일이기를 기도하고 있다."

"하지만 상상이 아니에요, 아빠." 세라피나가 부드럽게 대답했다.

아빠는 더 이상 말싸움을 하고 싶지 않았지만 세라피나를 똑바로 쳐다보며 말했다. "세라야, 여기를 나가는 순간부터 이제 그 일은 그만 머릿속에서 지우거라. 우리가 감당하기에는 너무 위험한 일이야. 너도 이제 이유를 알잖니. 그 소녀를 도와주고 싶은 네 마음은 잘 알겠고 그 마음도 기특하다만, 그 아이 걱정은 그만하거라. 그 아이는 우리와는 다른 부류야. 우리 도움을 필요로 하지 않는 사람들이란다. 저들이 알아서 그 소녀를 찾아낼 테니 너는 빠져 있어도 돼."

바로 그때 누군가가 나무로 된 육중한 전기실 문을 쾅쾅
두드렸다.

"집을 수색 중이오!" 어떤 남자가 외쳤다.

세라피나는 다른 출구가 없다는 사실을 이미 알면서도 전
기실을 한 바퀴 휙 둘러보았다.

"문을 여시오!" 다른 남자가 소리쳤다. "어서 열래도!"

5

아빠가 문을 열자 보스먼 씨와 다른 두 남자가 전기실 안으로 들이닥쳤다. 세라피나는 천장에 있는 쇠로 된 지지대에 매달려 바닥까지 이어진 굵은 구리 전선 수백 가닥 사이에 숨어 있었다.

전기실을 보고 신기해하는 사람들에게 아빠는 전기가 만들어지는 과정을 자세히 설명해 주었다. 그 틈을 타 세라피나는 살금살금 천장을 기어서 사람들 등 뒤로 소리 없이 착지했다. 그리고 열린 문으로 쏜살같이 도망 나왔다.

세라피나는 복도를 내달려 작은 석탄 저장고 안으로 기어 들어갔다. 어둠 속에서 몸을 동그랗게 말고 숨을 죽였다.

평소 세라피나는 좁고 어두운 공간에서 혼자 조용히 있고 싶을 때가 많았다. 석탄 저장고의 철문에 난 작은 구멍으로 바깥 동태를 살폈다. 수색대가 왔다 갔다 하고 있었다. 아빠가 털어놓은 출생의 비밀이 머릿속을 떠나질 않았다. 지금껏 아빠가 이 이야기를 숨겼다는 사실에는 정말이지 화가 치밀었다. 아빠가 들려준 이야기는 전부 사실일까? 세라피나는 정말로 한밤중에 깊은 숲속에서 태어났을까? 어쨌든 누군지는 모르지만 세라피나의 엄마는 아주 용감한 존재임이 틀림없었다.

그러나 곱씹으면 곱씹을수록 엄마가 그날 단지 아기를 낳으려고 숲속을 어슬렁거리지는 않았을 것 같다는 생각이 들었다. 어쩌면 엄마는 이미 거기 살고 있었을지도 모른다. 만약 그렇다면 엄마는 도대체 어떤 존재일까? 세라피나는 어떤 존재에게서 태어났을까? 만약 아빠가 실수로 세라피나를 데려온 것이라면?

모든 게 너무나 혼란스러웠다. 세라피나는 어느 때보다도 불안했고 혼자만 동떨어져 있는 기분이 들었다. 하루아침에 아빠가 친아빠가 아니고 빌트모어가 집이 아니라는 사실을 알게 됐다. 그리고 여전히 엄마라는 존재는 수수께끼였다.

아빠가 세라피나를 숨기려고 했던 이유가 세라피나가 부끄러워서가 아니라는 사실은 이제 확실해졌다. 아빠는 다른 사람들이 세라피나를 해코지할까 봐 걱정스러웠던 것이다. 하지만 여전히 혼란스러웠다. 아빠가 세라피나를 사랑해 주듯이 다른 사람들도 세라피나를 사랑해 줄 수 있지 않을까? 다른 사람들과 어울린다고 해서 낮에 자고 밤에 사냥하는 세라피나의 일상이 크게 달라질까? 그들이라고 햇살이 쏟아지는 창가에 누워 있거나, 하늘을 날아가는 새를 바라보거나, 별이 쏟아질 듯 선선하고 달 밝은 밤에 산책하기를 싫어할 리 없었다. 물론 또래 중에 맨손으로 쥐를 잡아 본 적이 없는 사람은 있을 것도 같았다. 하지만 쥐를 잡아 봤다고 해서 그다지 이상하게 생각할 것 같지도 않았다.

또 다른 수색대가 지나갔다. 세라피나는 고개를 절레절레 저었다. 만약 클라라 브람스가 숨바꼭질 놀이를 하고 있는 거라고 해도 빌트모어 대저택에는 숨을 곳이 너무 많았다. 어른 백 명이 허둥지둥 찾아다녀도 마음먹고 숨은 아이를 찾을 수 있을지 미지수였다. 숨을 곳이 줄잡아 수천 곳은 있었다. 게다가 세라피나는 이미 어젯밤 무슨 일이 일어났는지 두 눈으로 똑똑히 목격한 뒤였다. 아무래도 어려워 보였지만 그래도 수색대가 클라라를 찾아 주길 바랐다. 하지만 그럴 것 같진 않았다. 클라라 브람스는 *사라졌다.*

*다들 너무 시끄럽게, 너무 급하게 돌아다니시네요.* 지나가는 수색대를 지켜보며 세라피나는 생각했다. *그런 식으로는 죽었다 깨어나도 클라라를 찾을 수 없을걸요. 상대는 쥐새끼 같은 놈이라고요.*

아빠는 클라라 실종 사건을 수색대에게 맡겨 두라고 했다. 세라피나가 상관할 일이 아니라고 했다. 저들은 세라피나와 다른 부류라고도 했다. 하지만 아빠가 도대체 무슨 자격으로 부류를 나누고 편을 가른단 말인가? 아빠야말로 숲속에서 아기를 훔친 장본인이 아닌가! 만약 클라라가 어딘가에 살아 있어서 세라피나의 도움을 기다리고 있다면? 그렇다면 어떻게 가만히 앉아서 손 놓고 구경만 하고 있을 수 있겠는가? 만약 검은 망토를 입은 남자가 또 나타나 다른 사람을 공격한다면? 세라피나는 브레이든 밴더빌트를 다시 찾아가야겠다고 결심했다. 모른 척하는 것은 도리가 아닌 것 같았다. 세라피나는 언제나 친구를 사귀는 날을 꿈꾸어 왔다. 하지만 지금 누구보다 도움이 절실히 필요할 클라라 브람스를 외면하는 사람이 과연 누군가에게 좋은 친구가 될 수 있을까?

복도에 아무도 없는 것을 확인한 뒤에 세라피나는 석탄 저장소에서 슬그머니 기어 나왔다. 위층으로 몰래 숨어들 계획이었다. 그런데 지하 2층으로 내려가는 이끼 낀 계단을 지나다가 문득 저 아래에 그날 밤의 흔적이 남아 있는지 궁금해졌다. 무엇이든 눈에 보이는 증거를 가져가면 브레이든이 세라피나의 말을 더 잘 믿어 줄 것 같았다.

세라피나는 지하 2층으로 통하는 축축하고 어두운 계단을 내려갔다. 계단은 끝도 없이 아래로 이어졌다. 마침내 흙탕물이 뚝뚝 떨어지는 비탈진 복도에 발이 닿았다.

숨이 거칠어졌다. 하지만 괜찮다고 스스로를 다독이면서 앞으로 걸어갔다.

어둠 속을 얼마나 걸었을까. 드디어 검은 망토를 보았던 그 장소에 다다랐다. 클라라 브람스의 흔적은 어디에도 없었다. 하지만 벽에는 핏자국이 남아 있었다. 바닥에서 조그마한 유리 조각도 발견했다. *그때 깨진 랜턴 조각이구나.* 세라 피나는 생각했다.

구석구석 살펴보았지만 결국 다른 흔적은 아무것도 발견하지 못했다.

세라피나는 아무런 소득 없이 발길을 돌렸다. 그날 밤 악마인지 뭔지 정체 모를 검은 망토를 피해 달아났던 길을 되짚어 따라가다 보니 세라피나가 목숨을 걸고 싸웠던 장소가 나타났다. 벽면 아래에 무언가 놓여 있었다. 처음에는 썩어가는 쥐 시체인 줄 알았다. 크기로 보나 색깔로 보나 딱 쥐 시체였다. 한 걸음 더 다가가자 지독한 냄새가 코를 찔렀다. 세라피나는 오만상을 찌푸렸다. 구역질이 날 정도로 썩은 냄새가 진동했지만 쥐 시체는 아니었다. 세라피나는 숨을 꾹 참고 엎드려서 자세히 들여다보았다. 잔뜩 구겨진 장갑 한 짝이 바닥에 떨어져 있었다. 검은 망토가 똬리를 틀며 자신을 휘감던 순간이 생생하게 떠올랐다. 하마터면 사랑하는 모든 것들과 영원히 단절될 뻔했던 순간이었다.

*그냥 장갑이잖아, 이 바보야.* 세라피나는 지레 겁을 먹었던 자신이 우스웠다. 그런데 장갑을 주워서 살펴보는 순간 세라피나는 구토를 할 뻔했다. 장갑 안쪽에는 피 묻은 살점이 붙어 있었다.

지금까지 보았던 어떤 쥐 시체보다도 역겨웠다. 그래도 세라피나는 꾹 참고 자세히 살펴보았다. 검은색 장갑은 얇고 고급스러운 새틴 재질로 되어 있었다. 장갑 안쪽에 묻은 살점의 주인이 마지막으로 장갑을 꼈던 사람일 것이다. 떨어져 나온 살점에는 검은 반점과 흰색 털이 나 있었다. 장갑 주인은 그냥 노인이 아니라 피부가 문드러질 만큼 급속도로 늙어 가는 사람인 것 같았다. 목숨을 걸고 싸웠던 어젯밤 기억을 떠올리자 온몸의 근육이 움찔거렸다. 장갑은 세라피나가 검은 망토를 미친 듯이 물고 할퀼 때 그 허리띠나 주머니에서 떨어진 것이 분명했다. 세라피나가 기억하기로 어젯밤 검은 망토는 맨손이었다. 그리고 세라피나에게 물렸을 때 피를 흘렸다.

신사에게 장갑은 모자와 지팡이만큼이나 필수품이었다. 일반적인 소지품이라 브레이든에게 들이밀기에 그다지 좋은 증거는 아니었다. 하지만 한 가지 단서는 얻을 수 있었다. 검은 망토를 입은 남자의 정체가 누구인지, 아니 무엇인지는 몰라도 건강에 문제가 있는 것이 틀림없다는 사실이었다.

세라피나는 한시라도 빨리 이 축축한 지하 2층을 벗어나고 싶었다. 얼른 브레이든을 만나야겠다는 결심이 확고해졌다. 세라피나는 날쌘 몸놀림으로 계단을 뛰어 올라갔다.

지하 1층에 있는 방은 대부분 벽 위쪽으로 창문이 나 있었다. 창 너머로 정원과 미로 정원과 오솔길을 수색하는 하인들과 손님들이 보였다. 세라피나는 자기도 모르게 브레이든 밴더빌트가 있나 없나를 눈으로 살피고 있었다.

세라피나는 브레이든을 이제 친구라고 생각해도 되는 건지 아니면 혼자 김칫국부터 마시고 있는 건지 궁금했다. 솔직히 말하면 세라피나는 친구를 사귄다는 것이 무엇인지 잘 몰랐다. 책에서만 읽었지 실제로 친구를 사귀어 본 적이 없었기 때문이다. 직접 만났을 때 상대가 으르렁거리거나 덤비지 않는다면 그게 친구인 걸까? 하지만 브레이든과 처음 만나던 순간 자신이 거의 으르렁거리다시피 했던 기억이 났다. 어쩌면 두 사람은 친구가 아닐지도 몰랐다. 브레이든에게 세라피나는 그저 지하실에 있는 쓰레받기만도 못한 존재일지도 몰랐다. 세라피나는 이 두 번째 생각이 아예 아닐 거라고 장담할 수 없었다. 첫 만남에 자신이 빌트모어 대저택의 C.R.C.라고 소개했어야 했다는 후회가 밀려왔다. 그 편이 훨씬 인상적이었을 것이다. 지금으로선 브레이든에게 세라피나의 첫인상이 어떨지 짐작조차 할 수 없었다. 더럽고 지저분하고 머리도 엉망이었던 데다가 무례하기까지 했다는 사실만 빼면 말이다.

세라피나는 1층으로 가는 계단을 뛰어 올라갔다. 수색 작업으로 혼란스러운 틈을 타 몸을 숨기며 이동할 계획이었다. 세라피나는 부드러운 발바닥을 소리 없이 잽싸게 놀렸다. 어딜 가나 말소리도 크고 발소리도 요란한 어른들을 피해 다니기란 식은 죽 먹기였다.

세라피나는 순식간에 겨울 정원까지 이동한 뒤 넓적한 열대 식물 잎사귀에 몸을 숨겼다.

밴더빌트 부인과 하인 두 명이 잰걸음으로 복도를 지나갔다. 세라피나는 간발의 차이로 들키지 않고 당구실로 들어갈 수 있었다. 세라피나는 스스로에게 감탄했다. 방금 보였던 자신의 민첩한 몸놀림에는 쥐들마저도 탄복했을 것이다.

벽면을 고급스런 떡갈나무 판자로 이은 당구실에서 은은한 시가 냄새가 풍겼다. 부드러운 가죽 소파가 여기저기 놓여 있었고 색감이 은은한 양탄자가 바닥에 깔려 있었다. 천장에서부터 당구대 바로 위까지 검은색 철제 조명이 드리워져 있었다. 세라피나는 특히 벽면에 줄지어 선 박제 동물과 사냥 트로피가 마음에 들었다. 사냥 트로피를 보니 쥐를 잡아서 아빠 발밑에 놓아 두었던 어린 시절이 떠올랐다. 밴더빌트 가문과 세라피나 사이에 공통점을 하나 찾은 셈이었다. 비록 사냥감을 죽이는 것보다 그냥 잡기만 하는 편이 더 좋다는 사실을 깨달은 뒤로는 아빠 발밑에 죽은 쥐를 가져다 놓는 일은 그만두었지만 말이다.

세라피나가 당구실을 막 나가려던 순간 하인과 하녀 한 쌍이 당구실 안으로 들어왔다. 세라피나는 후다닥 당구대 밑으로 숨었다.

"어쩌면 클라라 아가씨가 지금 우리 모두를 상대로 숨바꼭질을 하고 있는 걸지도 몰라요, 휘트니 양." 남자 하인 프랫이 허리를 숙여 당구대 아래를 훑어보며 말했다. 세라피나는 잽싸게 소파 뒤로 몸을 날렸다.

"그럼 클라라 아가씨가 어디서 튀어나올지는 아무도 모르겠네요, 프랫 씨." 이번에는 휘트니 양이 소파 뒤로 몸을 기울이며 말했다. 세라피나는 또다시 창문에 달린 초록색 벨벳 커튼 뒤로 몸을 날렸다.

"파이프 오르간이 있는 곳도 찾아보았다던가요? 그 뒤에 비밀 공간이 있는데." 프랫 씨가 말했다.

"사라진 클라라 아가씨는 피아니스트라면서요? 그러니 오르간에 관심을 보였을지도 모르겠네요." 휘트니 양이 또 맞장구를 쳤다.

세라피나는 짧게 숨을 들이켜고 나서 커튼으로 몸을 가린 채 창틀을 타고 올라갔다. 그리고 눈 깜짝할 새 창문 꼭대기까지 올라가서는 창틀 맨 끄트머리에 몸을 밀착했다. 그 짧은 틈에 세라피나는 프랫 씨의 옷차림까지 관찰했다. 프랫 씨는 빌트모어에서 일하는 하인들의 복장 규정에 따라 하얀색 장갑을 끼고 까만색 넥타이를 매고 있었다. 그때 유독 프랫 씨가 신고 있던 까만 에나멜가죽 구두가 세라피나의 시선을 사로잡았다.

"피아니스트였다고요?" 프랫 씨가 되물었다.

"3층에서 일하는 틸리가 말해 주었어요. 클라라 아가씨는 음악 영재래요. 전국을 돌면서 피아노 공연도 한다더군요." 휘트니 양이 세라피나가 숨어 있는 바로 그 커튼을 손으로 쓸면서 대답했다.

세라피나는 숨을 멈추고 움직임도 멈추었다. 이제 휘트니 양에게서 나는 라벤더 향과 장미 향이 섞인 달콤한 향수 냄새를 맡을 수 있을 정도로 거리가 가까워졌다. 휘트니 양이 커튼을 제치고 고개만 들면 체셔 고양이처럼 창틀에 매달려

어색한 미소를 짓고 있는 세라피나와 눈이 마주칠 수 있는 상황이었다. 들키기 일보 직전인 긴박한 상황 속에서도 세라피나는 휘트니 양이 입은 하녀복에서 눈을 뗄 수가 없었다. 하녀들은 오전에는 소매와 깃 부분만 새하얀 분홍색 하녀복을 입었다. 오후에는 더 격식을 갖추기 위해 분홍색 대신 검은색 하녀복으로 갈아입었다.

"자, 이제 나갑시다. 여기엔 아무도 없는 것 같군요. 파이프 오르간이 있는 곳으로 가 봅시다." 프랫 씨가 앞장서며 말했다.

휘트니 양이 당구실 반대편으로 걸음을 옮겼다. 그제야 세라피나는 안도의 숨을 내쉬었다.

그때 프랫 씨가 벽난로 바로 오른편 떡갈나무 벽을 손으로 밀었다.

"세상에나!" 휘트니 양이 소스라치게 놀라며 실성한 사람처럼 웃었다. 숨겨져 있던 비밀 문이 열렸다. "여태까지 이 방을 수도 없이 청소했지만 이런 문이 있는 줄은 꿈에도 몰랐네요. 항상 느끼는 거지만 프랫 씨는 정말 똑똑하세요."

세라피나는 휘트니 양이 한심해서 데굴데굴 눈을 굴렸다. 아무래도 휘트니 양은 만물박사 프랫 씨에게 흠뻑 빠진 것 같았다. 휘트니 양은 좋은 사람처럼 보였지만 쥐새끼를 가려내는 안목은 좀 더 길러야 할 것 같다는 생각이 들었다. 그랬다. 지금 이 순간 세라피나는 반짝거리는 구두를 신은 프랫 씨를 의심하고 있었다.

프랫 씨가 휘트니 양의 칭찬에 기분이 좋은 듯 웃었다.

"도대체 이런 비밀 문이 있는 건 어떻게 아셨어요? 혹시 모두 잠든 한밤중에 몰래 혼자 저택을 돌아다니고 그러시는 거 아녜요?" 휘트니 양이 프랫 씨에게 농담조로 물었다.

"전 알면 알수록 놀라운 사람이랍니다, 휘트니 양. 노란 드레스를 입은 소녀와 관련된 일이 아니더라도 앞으로 놀랄 일이 참 많을 테니 기대하시죠. 자, 얼른 갑시다." 프랫 씨가 말했다.

*노란 드레스라고?* 클라라가 실종되던 날 노란 드레스를 입고 있었다는 사실을 저 사람이 어떻게 알고 있는 거지? 세라피나는 프랫 씨라는 남자가 왠지 마음에 들지 않았다. 그 작자는 지나치게 말솜씨가 좋았고 지나치게 다정했고 지나치게 영리했다. 빵 만드는 주방에 들어간 쥐만큼이나 믿을 수 없는 사람이었다.

*나라면 저 사람을 절대로 따라가지 않겠어요!* 세라피나는 휘트니 양의 뒤통수에다 이렇게 외치고 싶었다. 하지만 세라피나의 존재를 알 리 없는 휘트니 양은 쥐새끼 같은 프랫 씨를 따라 비밀 문 너머로 사라져 버렸다. 프랫 씨의 구두 소리는 전날 밤 지하실에서 들었던 발자국 소리와 비슷한 것 같기도 했다. 그러나 기억을 더듬을 새도 없이 두 사람은 순식간에 벽 너머로 자취를 감추었다.

두 사람이 사라지자마자 세라피나는 커튼을 타고 바닥으로 내려와 비밀 문이 있던 자리를 살펴보았다. 혹시 필요할 때를 대비해 비밀 문의 위치를 확인해 두기 위해서였다. 세라피나 같은 직업을 가진 소녀에게 그런 건 나중에 아주 유용하게 쓰일지도 몰랐다. 나무판자 세 개 높이에 나무판자 두 개 너비인 비밀 문은 벽과 구분이 안 될 정도로 감쪽같았다. 심지어 비밀 문 위에는 흑백 사진도 걸려 있었다. 사진 속 머리가 하얗게 센 노인은 이상하게도 꼭 살아 있는 것만 같았다. 세라피나는 사진 속 인물이 오래전에 돌아가셨다던 밴더빌트 씨의 할아버지 코닐리어스 밴더빌트 씨가 아닐까 추측했다.

세라피나는 자신에게는 옛날이야기를 들려줄 할아버지도 없다는 생각이 들어 가슴 한 켠이 찌릿했다. 이제는 아빠도 없는 거나 마찬가지였다. 지금 아빠는 그저 피 웅덩이에서 우연히 세라피나를 주워서 염소젖을 먹여 키운 사람일 뿐, 그 이상도 그 이하도 아니었다. 누구라도 세라피나의 아빠가 될 수 있었다. 세라피나는 아직도 아빠가 조금 더 일찍 진실을 말해 주지 않은 일로 화가 단단히 나 있었다.

사냥 트로피가 늘어선 벽 아래로는 엄마, 아빠, 할머니, 할아버지, 형제자매, 사촌들까지 밴더빌트 가문 사람들의 초상화가 줄줄이 걸려 있었다. 세라피나는 무의식중에 본능적으로 자신과 닮은 사람을 찾고 있었다. 세라피나는 갑자기 이런 생각이 들었다. 만에 하나 클라라 브람스가 아직 살아 있다면 그 아이의 엄마가 혹시라도 자신을 잊어버렸을까 봐 걱정하며 발을 동동 구르고 있진 않을까? 세라피나가 가끔 그러듯이 말이다. 다른 점이 있다면 브람스 부인은 클라라를 잊지 않았고 앞으로도 절대 잊지 않으리라는 사실이었다. 클라라 브람스의 엄마는 여전히 클라라를 찾아 헤매고 있었다.

세라피나는 벽에 걸린 초상화에 더 가까이 다가섰다. 마지막 초상화의 주인공은 아까 사진에서 봤던 코닐리어스 할아버지였다. 위대한 밴더빌트 가문의 조상인 코닐리어스는 사진 속에서 증기 기관차 옆을 자랑스럽게 거닐고 있었다. 그 주변으로만 빛이 번져 유령처럼 보이기도 했다. 세라피나는 순간 등골이 서늘해졌다. 프랫 씨와 휘트니 양이 한바탕 방을 헤집고 나간 탓에 사진이 조금 비뚤어져 있었다. 액자를 똑바로 매만진 뒤 비밀 문에 손을 대자 마치 기름칠이라도 해 둔 것처럼 스르르 벽이 밀렸다. 세라피나는 숨을 깊이 한 번 들이마시고 비밀 문 안으로 발을 디뎠다.

놀랍게도 비밀 문은 흡연실과 연결되어 있었다. 흡연실 안에서 세라피나는 총기실로 통하는 또 다른 비밀 통로를 찾아냈다. 총기실 안에는 유리 장마다 소총과 엽총이 빼곡히 진열되어 있었다. 세라피나는 유리에 비친 자기 얼굴을 보고 손등에 침을 뱉어 턱과 볼에 묻은 땟자국을 문질러 닦았다. 드문드문 갈색이 섞인 긴 머리카락도 손으로 빗어 귀 뒤로 단정하게 넘겼다. 세라피나는 한참을 우두커니 서서 유리에 비친 자기 모습을 바라보았다.

만약 지금 엄마를 우연히 마주친다면 엄마는 세라피나가 자기 딸인 줄 바로 알아볼까? 세라피나를 안고 뽀뽀를 해 줄까 아니면 그냥 고개를 돌리고 지나쳐 버릴까? 만약 낯선 사람이 세라피나를 본다면 뭐라고 생각할까? 여자아이라고 생각할까 아니면 동물이라고 생각할까?

그때 손님 한 무리가 총기실을 지나며 속닥거리는 소리가 세라피나의 귀에 날아들었다.

"이건 거짓말이 아니라고요!" 한 청년이 속삭였다.

"저도 들었어요." 또 다른 목소리가 속삭였다.

"저희 외할머니가 말씀하시길 저 멀리 어딘가에 묘비만 수백 개가 넘는 아주아주 오래된 공동묘지가 있대요. 그런데 거기서 시체가 계속 없어진대요!"

"제가 듣기로는 아주 오래된 마을이 하나 있었는데, 지금은 폐허가 되어 잡초만 무성하다던데요. 옛날에 살던 사람들은 전부 집을 버리고 떠났다더군요." 세 번째 목소리가 이야기했다.

세라피나는 밤에 부엌에서 일하는 사람들이 비슷한 이야기를 하는 걸 들은 적이 있었다. 그때 그 이야기를 믿어야 하나 말아야 하나 헷갈렸던 기억도 났다.

오늘 아침부터 세라피나는 가는 곳마다 온갖 이야기를 주워들었다. 신사들은 실종된 아이를 찾으려면 탐정을 불러야 하는지를 두고 열띤 토론을 벌였다. 하인들은 손님 중에 수상쩍은 사람이 있는지 없는지 서로 의견을 주고받았다. 부모들은 밴더빌트 부부에게 실례를 저지르지 않으면서 이 큰 저택에서 아이들이 길을 잃지 않도록 보호하는 가장 좋은 방법이 무엇일까를 의논했다. 그리고 이제 사람들은 숲속에 있는 오래된 공동묘지에 대해 이야기하고 있었다.

세라피나는 계속해서 검은 망토를 입은 남자를 생각했다. 만약 검은 망토가 여기 있는 사람 중에 한 명이라면 지금쯤 어느 복도나 방을 돌아다니고 있을지도 모른다는 뜻이었다. 겉모습만으로 친구와 적을 구별할 수 있는 방법이 있을까?

생각하면 할수록 더 많은 의문이 생겼다. 확실한 사실은 하나밖에 없었다. 수색대가 아직도 클라라 브람스를 찾지 못했다는 것이었다. 아무도 그녀의 생사조차 몰랐다.

그때 세라피나에게 좋은 생각이 떠올랐다. 만약 검은 망토를 입은 남자가 밤중에 숲속을 떠돌아다니는 유령 같은 존재거나 지하실 허공에서 스스로를 소환해 낼 수 있는 존재라면 여기 저택 위층에서는 별다른 증거를 찾을 수 없을 것이다. 하지만 검은 망토를 입은 남자가 적어도 불멸의 존재가 아닌, 빌트모어 대저택에 머물고 있는 사람 중 한 명이라면 이 저택 어딘가에 검은 망토를 숨겨 놓았을 가능성이 높았다. 그 숨겨 둔 검은 망토를 찾기만 한다면 어쩌면 망토의 주인을 찾을 수 있을지도 몰랐다.

빌트모어 대저택 곳곳에는 옷장과 창고 등 세라피나가 좋아하는 은신처가 많았다. 세라피나는 누구보다 검은 망토를 숨기기에 좋은 곳을 많이 알고 있었다. 빌트모어를 방문하는 손님들은 보통 마차를 타고 와 현관문 앞에서 내렸다. 하지만 날씨가 나쁠 때는 마구간과 가까운 대저택 북쪽 끝 지붕이 있는 마차 출입구를 이용하곤 했다. 세라피나는 언제나 그랬던 것처럼 남들 눈에 띄지 않게 살금살금 이동했다. 걷다가 기다가 뛰다가 숨기를 반복하며 북쪽 마차 출입구로 이동했다.

저택에 도착한 손님들이 외투를 걸어 두는 옷장은 어둡고 비좁아서 세라피나에게는 안성맞춤이었다. 세라피나는 옷장을 좋아했다. 빽빽하게 걸린 외투와 망토와 숄 사이를 헤집고 나아가면서 옷걸이를 하나하나 꼼꼼하게 살펴보았다. 어느새 옷장 맨 끝에 다다랐지만 새틴으로 된 검은 망토는 어디에도 보이지 않았다. 세라피나는 실망감을 감추지 못했다.

옷장을 빠져나오면서 세라피나는 브레이든에게 가져갈 증거를 아무것도 찾지 못했다는 사실을 깨달았다. 하지만 솔직히 말하면 증거뿐만이 아니라 브레이든도 찾지 못한 상태였다. 그때 일이 잘 안 풀릴 때마다 아빠가 해 주던 말이 생각났다.

*딸아, 머리를 써야지. 네가 알고 있는 것을 이용해 봐. 거기서부터 차근차근 풀어 나가면 돼.*

그러자 좋은 생각이 떠올랐다. 세라피나가 아는 브레이든 밴더빌트라면 지금쯤 강아지와 함께 있거나 말과 함께 있거나 아니면 둘 다와 함께 있거나 셋 중 하나였다. 브레이든은 말을 좋아했다. 아마도 브레이든이라면 수색 작업을 시작할 때 가장 먼저 마구간으로 달려가 마부들과 함께 클라라를 찾아 나섰을 것이다. 아니면 말을 타고 밴더빌트 가문 영지를 수색했을 수도 있다. 어느 쪽이든 마구간에 가면 브레이든을 만날 수 있을 것 같았다.

마구간으로 가는 가장 빠른 지름길은 마차를 세워 두는 곳을 가로지르는 것이었다. 항상 마차가 드나드는 곳이라 사람도 꽤 있었다. 하지만 누군가 세라피나를 보더라도 부엌데기나 장작 때는 소녀라고 생각하고 말 것이다.

세라피나는 크게 심호흡을 하고 마차 출입구를 따라 전속력으로 내달렸다. 이대로라면 아무에게도 들키지 않고 마구간까지 갈 수 있을 것 같았다. 그런데 따라오는 사람이 있나 없나 확인하려고 뒤를 돌아보는 순간 어떤 덩치 큰 남자와 정면으로 부딪치고 말았다. 숨이 턱 막혔다. 커다란 남자가 세라피나의 어깨를 무자비하게 낚아챘다.

그 남자는 비가 오지 않는데도 비가 올 때 입는 기다란 검은색 망토를 두르고 있었다. 수염은 유난히 뾰족했고 못생긴 얼굴에는 곰보 자국이 가득했다. 검은 망토의 얼굴을 보진 못했지만 꼭 이렇게 생겼을 것만 같았다.

"뭘 찾고 있었던 게냐? 그나저나 누구냐, 넌?" 남자가 추궁했다.

"아무도 아니에요!" 세라피나가 외마디 소리와 함께 남자의 손을 뿌리치고 달아나려 했다. 하지만 실패했다. 남자는 세라피나가 빠져나가지 못하게 단단히 붙잡고 있었다. 세라피나는 자신의 손아귀에서 필사적으로 탈출을 시도하던 쥐가 떠올랐다. 이제 세라피나가 딱 그 꼴이었다. 남자 뒤로 문이 열린 채 대기하고 있는 마차가 보였다.

"돼지우리에서 일하는 아이냐? 그런 애가 여기서 왜 알짱거리고 있는 게냐?" 남자는 계속해서 추궁했다. 그러면서 더욱 우악스럽게 어깨를 움켜쥐었다. 세라피나의 입에서 새된 비명이 새어 나왔다. "이름이 뭐냐고 물었다, 요 쥐새끼 같은 꼬맹아!"

"그쪽이 알 바 아니잖아요!" 세라피나가 온 힘을 다해 발버둥을 치며 말했다.

남자에게서는 지독한 악취가 났다. 오랫동안 목욕을 하지 않은 것 같았다. 입안 가득 썩은 담뱃잎을 물고 있는 것처럼 입냄새도 지독했다.

"좋은 말로 할 때 이름을 대라. 아니면 가만두지 않을 테니까." 남자가 세라피나를 더욱 거칠게 쥐고 흔들었다. 너무 심하게 흔들어 대는 통에 숨조차 제대로 쉴 수 없었다. 발도 땅에 닿지 않았다. 남자는 이름을 말하기 전까진 세라피나를 놓아줄 생각이 전혀 없어 보였다.

"크랭쇼드 씨." 바로 그때 세라피나의 등 뒤에서 단호하고 위엄 있는 목소리가 들려왔다. 단순히 이름을 부른 것이 아니었다. 그건 일종의 명령이었다.

크랭쇼드 씨라고 불린 못생긴 남자가 깜짝 놀라 세라피나를 쥐고 흔들던 손을 멈추었다. 그러고 나선 갑자기 세라피나를 바닥에 내려놓더니 마치 처음부터 그랬던 것처럼 머리를 쓰다듬어 주기 시작했다.

세라피나는 겨우 숨을 고른 다음 목소리의 주인공을 찾아 고개를 돌렸다.

거기에 브레이든 밴더빌트가 서 있었다.

6

세라피나의 심장이 덜컹 내려앉았다. 비록 상황은 끔찍했고 브레이든은 화가 난 것 같았지만 그래도 세라피나는 브레이든을 다시 만나 기뻤다.

하지만 심술 사나운 크랭쇼드 씨는 별로 기쁘지 않은 것 같았다. "밴더빌트 도련님." 놀란 크랭쇼드는 몸을 굽히며 신음하듯 내뱉었다. 이윽고 몸을 일으키더니 입가에서 스윽 게거품을 닦아 내며 차렷 자세로 말했다. "실례했습니다, 도련님. 거기 계신 줄 미처 몰랐습니다. 도련님이 타실 마차는 준비가 다 되었습니다."

브레이든은 말없이 크랭쇼드와 세라피나를 번갈아 바라보았다. 방금 목격한 장면이 마음에 들지 않은 것이 분명했다. 브레이든 옆에 있던 도베르만이 어느 쪽이든 명령만 내리라는 듯이 공격 태세를 갖추었다. 세라피나는 그 대상이 자신이 아니라 막 뱉은 가래침처럼 생긴 크랭쇼드 씨이길 마음속으로 간절히 바랐다.

브레이든은 크랭쇼드를 뚫어져라 쳐다보다가 세라피나 쪽으로 눈길을 돌렸다. 세라피나가 빠르게 머리를 굴렸다. 저 덩치가 산만 한 크랭쇼드가 세라피나를 쥐고 흔들어 초주검이 될 뻔한 사태를 브레이든이 막아 주긴 했다. 하지만 이제 세라피나는 자신이 여기 있는 이유를 뭐라고 설명해야 할까?

"전 새로 온 구두닦이 소녀예요." 세라피나가 먼저 선수를 쳤다. "숙모님께서 도련님이 여행을 떠나시기 전에 장화를 광이 나도록 잘 닦아 놓으라고 하셨어요. 침을 뱉어서 광이 나게 잘 닦아 놓으라고요. 숙모님이 분명히 그렇게 말씀하셨어요."

"거짓말, 거짓말입니다! 새빨간 거짓말이에요!" 세라피나의 거짓말을 눈치챈 크랭쇼드 씨가 고래고래 소리를 질렀다. "이 거지새끼가 지금 뭐 하는 수작이야? 구두닦이 소녀 같은 소리 하고 있네! 너 도대체 누구야? 어디서 굴러먹다 온 개뼈다귀야?"

재밌는 놀잇감을 발견했다는 듯 브레이든의 입꼬리가 슬그머니 올라갔다. "참, 그러고 보니 이디스 숙모님께서 내 장화와 관련해서 뭐라고 말씀하셨던 것 같기도 하네요. 까맣게 잊어버리고 있었지 뭡니까." 브레이든이 일부러 과장되게 귀족 흉내를 내며 말했다. 그러고 나서 브레이든은 세라피나를 날카롭게 주시했다. 브레이든의 미간이 좁아졌다. "난 지금 밴스가로 떠나려던 참이에요. 예정보다 늦어져서 여기서 더 지체할 시간이 없어요. 그러니 같이 마차를 타고 가면서 구두를 닦아 주었으면 합니다."

세라피나는 얼굴이 붉게 달아오르는 것을 느꼈다. 지금 진심으로 하는 말인가? 브레이든과 함께 마차를 탈 수는 없었다! 아빠가 알면 세라피나를 가만두지 않을 것이다. 게다가 검은 말발굽을 가진 네발 달린 짐승이 끄는 네모난 상자 안에 꼼짝없이 갇혀서 실려 가야 한다니! 그동안 도대체 뭘 해야 한단 말인가?

"자, 따라와요. 시간이 없어요." 브레이든이 손짓으로 마차를 가리키며 시간에 쫓기는 점잖은 신사처럼 말했다.

세라피나는 지금껏 단 한 번도 마차를 타 본 적이 없었다. 심지어 어떻게 타는지도 몰랐고 타고 나서 어떻게 해야 하는지도 몰랐다.

얼굴에 심술이 덕지덕지 붙은 크랭쇼드 씨는 상황이 마음에 들지 않았지만 어린 도련님의 명령을 따르는 수밖에 별도리가 없었다. 크랭쇼드 씨가 세라피나를 마차 안으로 밀쳤다. 정신을 차리고 보니 세라피나는 어느새 밴더빌트 가문의 마차 안이었다. 세라피나는 어찌할 바를 모르고 일단 마차 바닥에 쭈그리고 앉았다. 마차 안에는 은은한 조명이 켜져 있었다. 호화로운 마차 내부에 눈이 가는 것은 어쩔 수 없었다. 손으로 세공한 나무 장식과 황동 조명과 비스듬한 유리 창과 푹신푹신한 물방울무늬 좌석을 세라피나는 넋 놓고 구경했다.

브레이든은 몸에 밴 우아한 동작으로 마차에 올라타 자리에 앉았다. 기디언은 바닥에 엎드려 세라피나를 잡아먹을 듯이 노려보았다.

*멍멍아, 나한테 신경 끄시지.* 세라피나도 이에 질세라 기디언을 쏘아보았다.

크랭쇼드 씨는 마차 문을 닫고 다른 마부 한 명과 함께 마부석에 올라탔다.

*와, 하다 하다 이제는 저 쥐새끼같이 생긴 놈이 우리 마차를 몰다니.* 세라피나는 속으로 생각했다. 이 여행이 얼마나 걸릴지, 아빠에게 어떻게 연락해야 할지 막막했다. 아빠는 세라피나에게 지하실에 숨어 있으라고 했지 밴더빌트 도련님과 그 입냄새 지독한 부하에게 납치당하라고 한 적은 없었다. 하지만 어찌 됐든 마침내 브레이든에게 어젯밤 일을 이야기할 수 있는 기회가 생겼다.

마차 안 의자는 너무 깨끗해서 지하실에서 뒹굴던 옷을 입고 앉기가 망설여졌다. 어쨌든 장화를 닦는다는 구실로 마차에 합승했기에 세라피나는 일단 바닥에 무릎을 꿇고 앉았다. 그러나 구둣솔도 없고 구두약도 없는데 어떻게 장화 닦는 척을 해야 하나, 고민에 빠졌다. 침을 뱉어서 광을 내는 것과 침만 뱉는 것은 엄연히 다른 일이었다.

"진짜로 내 장화를 닦을 필요는 없어. 난 그냥 네 이야기가 듣고 싶었을 뿐이야." 브레이든의 목소리는 부드러웠다.

세라피나가 천천히 고개를 들었다. 두 사람의 눈이 마주치려던 찰나 말들이 갑자기 히힝 울며 급정거를 했다. 마차가 덜커덩 앞으로 쏠렸다. 세라피나는 평소답지 않게 균형을 잃고 앞으로 쓰러졌다. "미안." 넘어지면서 브레이든의 다리에 부딪친 세라피나가 재빨리 몸을 일으키며 미안하다고 웅얼거렸다.

세라피나는 자신이 앉아야 하는 곳으로 추정되는 의자를 가만히 쳐다보았다. 하지만 기디언이 매서운 눈으로 세라피나를 감시하고 있었다. 세라피나가 의자 쪽으로 다가가자 기디언이 이빨을 드러내며 위협적으로 으르렁거렸다. 마치 '내가 의자에 앉을 수 없다면 너도 앉을 수 없다.'라고 말하는 것 같았다.

"기디언, 안 돼." 브레이든이 기디언을 혼냈다. 세라피나는 브레이든이 기디언을 말린 이유가 세라피나를 보호하기 위해서인지 아니면 마차 안을 피바다로 만들기 싫어서인지 헷갈렸다. 어느 쪽이든 기디언은 주인의 명령에 쫑긋 서 있던 귀를 접고 머리를 숙였다.

세라피나는 기회를 엿보다가 슬그머니 브레이든과 대각선 방향으로 반대편 좌석에 앉았다. 기디언에게서 최대한 멀리 떨어져 앉기 위해서였다.

그래도 기디언은 계속 세라피나를 노려보았다. 세라피나

는 으르렁 큰 소리로 기디언의 기를 죽여 놓고 싶은 강렬한 충동을 느꼈다. 하지만 꾹 참았다. 그랬다가는 브레이든에게 미움을 살 것 같았다.

옛날부터 세라피나와 개는 앙숙이었다. 모든 개가 세라피나를 볼 때마다 짖어 댔다. 하루는 세라피나를 향해 미친 듯이 짖어 대는 사냥개 한 마리를 피해 나무 위로 줄행랑을 놓은 적도 있었다. 결국 아빠가 사다리를 가져와 세라피나를 구해 주었다.

마차가 방향을 바꾸느라 덜커덩거렸다. 창밖을 내다보니 정면에 웅장한 자태를 뽐내는 빌트모어 대저택이 세라피나 눈에 보였다. 4층짜리 빌트모어 대저택은 섬세하게 다듬은 화산암으로 지어졌다. 저택 전체를 두른 짙은 황동 테두리에는 괴물 석상과 고대 전사 문양이 장식되어 있었다. 뾰족하게 솟은 굴뚝과 크고 작은 탑은 고딕 양식을 많이 닮아 있었다. 으리으리한 떡갈나무 대문 양옆으로 떡하니 버티고 선 거대한 사자상은 마치 악령에게서 저택을 지키고 있는 것 같았다. 한밤중에 홀로 빌트모어를 돌아다닐 때마다 세라피나는 사자상을 보면서 수도 없이 감탄하곤 했다. 사자상은 늘 근사했다. 거대한 고양이를 닮은 사자상은 세라피나의 상상 속에서 빌트모어를 지키는 호위 무사이자 수호신이었다. 세라피나가 보기에 그보다 더 중요한 일은 없었다.

황금빛 석양 아래서 빌트모어 대저택은 눈부시게 아름다웠다. 그러나 태양이 밝음을 거두어 산 너머로 사라지자 빌트모어 대저택 위로 불길한 그림자가 드리워졌다. 그리핀(사자 몸통에 독수리 머리와 날개를 단 괴물_옮긴이)이나 키메라(사자 머리에 양 몸통에 뱀 꼬리를 한 괴물_옮긴이) 같은 무시무시한 밤의 괴물이 떠올랐다. 생각만으로도 등골이 오싹했다. 해가 지기 전까지는 세상 어느 곳보다 아름다운 집이던 빌트모어가 해가 지자 한순간에 어둡고 불길한 유령의 집으로 돌변했다.

"엎드려. 얌전히 있어." 브레이든이 말했다.

세라피나는 자기에게 한 말인 줄 알고 깜짝 놀라 브레이든을 쳐다보았다. 알고 보니 기디언에게 한 말이었다.

기디언은 주인의 명령대로 얌전히 브레이든 발밑에 배를 깔고 엎드렸다. 기디언은 이제 조금 마음을 놓은 것 같았다. 하지만 여전히 세라피나를 쳐다보는 눈초리가 곱지 않았다. 꼭 이렇게 말하는 것 같았다. 내가 지금 엎드려 있다고 해서 우리 주인님에게 허튼짓이라도 해 봐. 그랬다간 그 순간 넌 끝이야…….

세라피나는 저도 모르게 혼자 웃었다. 기디언이 점점 좋아질 것만 같았다. 세라피나는 기디언을 이해할 수 있었다. 기디언의 용맹함과 충성심을 존중했다.

끊임없이 흔들리는 마차에 적응하려고 애쓰다가 문득 세라피나는 브레이든이 자신을 관찰하고 있다는 사실을 눈치챘다.

"널 계속 찾아다녔어." 브레이든이 말했다.

세라피나는 브레이든을 흘깃 보고선 재빨리 눈을 돌렸다.

브레이든의 눈을 들여다보고 있노라면 자신이 무슨 생각을 하고 있는지 뻔히 읽히는 것 같아서 긴장이 됐다.

세라피나는 무언가 말을 하고 싶었지만 막상 입을 열려니 숨조차 쉬기 힘들었다. 지금까지 세라피나는 몰래 숨어 다니며 사람들이 나누는 온갖 대화를 엿들었다. 따라서 이론적으로는 세라피나도 대화하는 법을 알고 있었다. 그동안 다양한 손님과 하인이 빌트모어를 다녀갔다. 그래서 세라피나는 부잣집 숙녀의 말투나 산마을 아낙네의 콧소리나 뉴욕 억양까지도 흉내 낼 수 있었다. 하지만 어찌 된 영문인지 브레이든 앞에서는 말 한마디 꺼내기가 너무 힘이 들었다.

"미, 미안해." 드디어 말문이 트였다. 한 단어 한 단어 뱉을 때마다 심장이 쪼그라드는 것 같았다. 세라피나는 자신이 보통 사람들의 절반만큼이라도 정상적으로 말하고 있는 건지 알 수 없었다. "그러니까 내 말은 지붕에 실을 수 없는 짐짝처럼 마차 안에 내던져진 게 미안하다는 뜻이야. 그리고 네 강아지가 왜 날 싫어하는지는 나도 잘 모르겠어."

브레이든이 기디언을 한 번 보았다가 다시 세라피나를 보았다. "보통 기디언은 사람을, 특히 여자아이를 좋아하는데. 그것 참 이상하네."

"오늘은 이상한 일이 참 많았어." 세라피나가 말했다. 브레이든과 대화를 나누다 보니 쪼그라들었던 심장이 조금씩 제자리로 되돌아왔다.

"너도 그렇게 생각하니?" 브레이든이 세라피나 쪽으로 몸을 기울이며 말했다.

실제로 만나 보니 브레이든은 세라피나가 머릿속으로 상상했던 밴더빌트가 도련님의 모습과는 완전히 달랐다. 무엇보다 브레이든은 잘생겼고 예의가 바른 소년이었다. 세라피나는 막연히 밴더빌트가 도련님이라면 거만하고 잘난 척이 심하고 마음이 차가울 것이라고 생각했었다. 하지만 전혀 그렇지 않았다.

"나는 클라라 브람스가 숨바꼭질을 하고 있는 중이라고 생각하지 않아. 너는?" 브레이든이 은밀한 목소리로 물었다.

"나도 마찬가지야. 절대 그렇게 생각하지 않아." 세라피나가 눈을 들어 브레이든을 마주 보며 대답했다. 세라피나는 자신이 알고 있는 모든 정보를 털어놓고 싶었다. 줄곧 그럴 계획이었다. 하지만 아빠의 말이 계속 마음에 걸렸다. *세라야, 저들은 우리와는 다른 부류야.*

다른 부류든 아니든 브레이든은 좋은 사람 같았다. 대화하는 내내 브레이든은 단 한 번도 세라피나를 제멋대로 판단하거나 무시하지 않았다. 오히려 브레이든은 세라피나에게 호감을 갖고 있는 것 같았다. 아니면 난생처음 보는 특이한 곤충을 발견했을 때처럼 단순한 호기심일지도 몰랐다. 어느 쪽이든 브레이든은 대화를 이어 나갔다.

"실종 사건이 일어난 게 이번이 처음도 아니잖아, 너도 알겠지만." 브레이든이 속삭였다.

"그게 무슨 말이야?" 세라피나가 브레이든 쪽으로 더 가까이 다가앉으며 물었다.

"이 주 전에도 아나스타시야 로스토노바라는 열다섯 살짜리 소녀가 저녁에 미로 정원으로 산책을 나갔다가 돌아오지 않았거든."

"그게 정말이야?" 세라피나는 브레이든의 입에서 나오는 단어 하나하나를 집중해서 듣다가 놀라서 되물었다. 세라피나는 자신만 브레이든에게 할 이야기가 있다고 생각했었다. 하지만 알고 보니 브레이든도 세라피나만큼 할 이야기가 많았던 모양이었다. 납치와 속임수에 대해 속삭이는 소년이야말로 세라피나가 꿈에서 그리던 친구였다. 세라피나도 미로 정원이 어떤 곳인지는 잘 알고 있었다. 잘 다듬은 떨기나무 사이로 얽히고설킨 미로에 멋모르고 들어갔다가 당황하는 사람이 수두룩했다.

"다들 아나스타시야가 숲속에서 길을 잃고 헤매고 있을 거라고 하더라. 아니면 스스로 집을 나간 거라고. 하지만 내 생각엔 그런 것 같지 않아."

"왜?" 세라피나가 브레이든의 말을 한 마디도 놓치지 않겠다는 듯이 물었다.

"다음 날 미로 정원에서 아나스타시야가 데리고 나갔던 하얀 강아지가 발견됐거든. 불쌍한 강아지가 반쯤 미쳐서는 홀로 주인을 찾아다니고 있었어." 브레이든이 기디언을 바라보며 말했다. "아나스타시야는 자기 아버지와 함께 빌트모어에 온 지 며칠 되지도 않아서 실종됐어. 그래서 잘 아는 사이는 아니지만 그래도 가출을 하거나 기르는 강아지를 버려두고 갈 사람으로 보이진 않았어."

세라피나는 브레이든 말이 맞다고 생각했다. 기디언과 브레이든 사이만 봐도 그랬다. 기디언이 브레이든에게 충성스러운 강아지인 것만큼이나 브레이든도 기디언에게 충성스러운 주인인 것 같았다. 브레이든과 기디언은 친구였다. 세라피나는 그 점이 마음에 들었다. 그러다 다시 검은 망토에게 당한 불쌍한 클라라가 떠올랐다.

"아나스타시야 로스토노바라……." 세라피나는 조용히 익숙지 않은 그 이름을 되뇌었다.

"러시아 대사인 로스토노브 씨의 딸이야. 나한테 러시아에서는 여자아이의 성 끝에 항상 알파벳 'A'를 붙인다고 말해준 사람도 아나스타시야였어." 브레이든이 설명했다.

"아나스타시야는 어떻게 생겼는데?" 납치된 두 부잣집 소녀를 헷갈리지 않으려고 세라피나가 질문했다.

"키가 크고 예뻐. 검은색 긴 곱슬머리를 하고 있고, 실종된 날에는 저걸 입고 어떻게 걸어 다니지 싶을 만큼 장식이 많은 빨간색 드레스를 입고 있었어."

"아나스타시야 로스토노바도 클라라 브람스처럼 사라졌다고 생각해?" 세라피나가 물었다.

브레이든이 미처 대답하기 전에 창밖의 무언가가 세라피나의 시선을 사로잡았다. 마차 양쪽으로는 숲이 울창하게 우거져 있었다. 브레이든과 세라피나를 실은 마차는 빽빽하고 어두운 숲속으로 난 좁은 흙길을 달리고 있었다. 아빠가 세라피나에게 절대로 들어가선 안 된다고 경고했던 바로 그 숲속이었다. 극심한 공포가 세라피나를 덮쳤다. "우린 정확히 어디로 가고 있는 거야?"

"삼촌과 숙모가 나한테도 무슨 일이 생길까 봐 걱정이 되셨는지 애쉬빌에 있는 밴스가에 가서 오늘 하룻밤만 자고 오라셨어. 크랭쇼드 씨에게 나를 안전하게 데려다 달라고 부탁하셨고."

"그다지 좋은 생각은 아니었던 것 같네." 세라피나는 자기도 모르게 불쑥 속엣말을 내뱉었다. 이 말도 썩 공손하다고 할 수는 없었지만 어쩐지 세라피나는 브레이든에게 진실을 털어놓기가 힘들었다.

"나도 크랭쇼드 씨라면 질색이야. 하지만 삼촌이 믿고 의지하는 사람이니까." 브레이든이 세라피나 말에 동의했다.

어둠이 진 숲속에서는 이제 지평선도 태양도 보이지 않았다. 눈에 보이는 것이라곤 나이를 가늠할 수 없을 만큼 오래된 거대한 나무들뿐이었다. 나무 수백 그루가 너무 빽빽하게 들어서 있어서 한 그루 한 그루를 따로 분간하기가 어려울 정도였다. 여기서 살기는 고사하고 방문하기도 꺼려질 정도로 어둡고 불길하게 느껴졌다. 하지만 동시에 이 깊은 숲속에는 세라피나를 흥분하게 만드는 무언가가 있었다.

바로 그 순간 심장이 철렁했다. 빌트모어가 벌써 저만치 멀어졌다. 지금쯤 아빠는 저녁때가 지났는데 왜 세라피나가

돌아오지 않는지 걱정하고 있을 것이다. 오늘은 *닭고기도 옥*
*수숫가루도 못 먹겠네요, 아빠. 미안해요.* 세라피나는 마음
속으로 생각했다. *내 걱정은 하지 마세요.* 어제까지만 해도
세라피나는 지하실에서 쥐를 잡으며 더할 나위 없이 평범한
하루를 보내고 있었다. 그런데 지금은 모든 것이 너무나도
이상하게 돌아가고 있었다.

세라피나는 마침내 숲에서 눈길을 거두고 브레이든을 돌
아보았다. 세라피나는 힘겹게 마른침을 삼킨 뒤 드디어 입을
열었다. "내가 꼭 해야 할 이야기가 있는데."

"내가 왜 지금껏 너를 못 봤지?" 그때 브레이든이 불쑥 말
을 잘랐다.

"뭐?" 세라피나가 움찔했다.

"넌 어디서 왔어?"

"음, 좋은 질문이야." 무의식중에 튀어나온 대답이었다. 머
릿속에서는 피 웅덩이에서 자신을 집어 드는 아빠의 모습이
그려졌다.

"난 지금 진지해." 브레이든이 세라피나를 똑바로 쳐다보
며 다시 물었다. "내가 왜 지금껏 너를 못 봤을까?"

"네가 엉뚱한 곳을 보고 있었나 보지." 궁지에 몰린 세라피
나가 쏘아붙였다.

그러나 브레이든과 눈이 마주쳤을 때 세라피나는 깨달았
다. 브레이든은 대답을 들을 때까지 결코 포기하지 않을 기
세였다. 관자놀이가 콩닥콩닥 뛰기 시작했다. 세라피나는 곧

란해졌다. 브레이든은 왜 이렇게 곤란한 질문만 하는 걸까?

"그러는 너는 어디서 왔는데?" 세라피나가 은근슬쩍 말머리를 돌렸다.

"내가 빌트모어에 산다는 건 너도 알잖아. 나는 지금 너한테 묻고 있는 거야." 브레이든이 상냥하게 대답했다.

"나, 나는……." 세라피나는 시선을 땅에 떨군 채 말을 더듬었다. "어쩌면 네가 예전에 나를 본 적이 있지만 그냥 까먹은 것일 수도 있어." 세라피나가 말했다.

"널 봤다면 나는 너를 기억하고 있었을걸." 브레이든이 차분하게 대답했다.

"음, 어쩌면 난 그냥 이번 주말에만 잠깐 빌트모어에 왔는지도 몰라." 세라피나의 목소리가 작아졌다. 시선은 여전히 바닥을 향하고 있었다.

브레이든이 세라피나 말을 곧이곧대로 믿을 것 같지 않다. "그냥 나한테 어디 사는지 사실대로 말해 주면 안 되겠니, 세라피나." 브레이든이 단호하게 말했다.

세라피나는 브레이든 입에서 자신의 이름이 나오자 화들짝 놀랐다. 세라피나는 최면에 걸린 듯 고개를 들어 브레이든의 눈을 마주 보았다. 그게 결정적인 실수였다. 브레이든은 진실을 말하게 하는 주문이라도 외고 있는 것처럼 세라피나의 눈을 똑바로 쳐다보았다.

"난 너네 집 지하실에 살아!" 세라피나는 무심결에 큰 소리로 대답해 버리고선 스스로 화들짝 놀랐다. 브레이든에게는 세라피나가 알 수 없는 어떤 힘이 있었다.

세라피나의 입에서 나온 말이 허공에 걸려 있기라도 한 듯 브레이든이 세라피나를 바라보았다. 브레이든의 얼굴에 혼란스러움과 함께 수많은 질문들이 가득한 것이 세라피나의 눈에도 보였다. 어쩌다 사실대로 고백해 버린 건지 스스로 어안이 벙벙할 따름이었다. 그냥 자기도 모르게 대답이 입에서 튀어나와 버렸다.

하지만 엎질러진 물이었다. 이미 브레이든의 면전에서 큰 소리로 실토해 버린 뒤였다. *용서해 주세요, 아빠.* 모든 것이 엉망이 되었다. 세라피나가 아빠와 자신의 삶을 망쳐 버렸다. 이제 아빠는 해고당할 것이다. 이제 아빠와 세라피나는 빌트모어에서 쫓겨날 것이다. 이제 갈 곳 없는 두 사람은 애쉬빌 길거리를 돌아다니며 다른 사람이 먹고 남은 음식 찌꺼기를 구걸할 것이다. 아무도 고용주에게 거짓말을 하고 몰래 지하실에 숨어 살며 발가락이 여덟 개뿐인 딸에게 음식을 훔쳐다 먹인 사람에게 일자리를 주려고 하지 않을 것이다. 아무도.

세라피나는 브레이든을 바라보았다. "제발 아무에게도 말하지 말아 줘······." 작은 목소리로 말했지만 이미 가지고 있는 패를 모두 꺼내 보인 뒤였다. 브레이든은 마음만 먹으면 누구에게라도 말할 수 있었다. 크랭쇼드 씨, 보스먼 씨, 심지어 밴더빌트 부부 귀에 들어가는 것도 시간문제였다. 빌트모어에서 세라피나와 아빠가 누렸던 생활은 이제 끝이었다. 지난 세월 음식을 훔친 죄로 감옥에 가야 할지도 몰랐다.

브레이든이 무언가 말을 하려고 할 때였다. 말들이 비명을 지르더니 마차가 쿵 하고 멈추어 섰다. 세라피나가 앞쪽으로 나동그라지며 브레이든에게로 날아가 부딪쳤다. 기디언이 벌떡 일어서더니 사납게 짖어 대기 시작했다.

"뭔가 일이 생겼나 봐." 브레이든이 재빨리 세라피나를 떼어 내고 마차 문을 열었다.

바깥은 칠흑같이 깜깜했다.

세라피나는 어둠 속에서 들려오는 소리에 귀를 기울여 보려 했지만 심장 소리가 너무 커서 다른 소리는 하나도 들리지 않았다. 세라피나는 마음을 진정하고 다시 집중했다. 하지만 숲속은 쥐 죽은 듯이 조용했다. 그 흔한 부엉이 우는 소리도, 개구리 울음소리도, 곤충의 날갯짓 소리도, 새가 지저귀는 소리도 들려오지 않았다. 밤마다 들려오던 그 어떤 소리도 들리지 않았다. 오로지 정적만이 감돌았다. 숲에 사는 생물이란 생물은 목숨을 빼앗길까 두려워 어디론가 숨어 버린 것 같았다. 아니면 이미 목숨을 빼앗긴 건지도 몰랐다.

"크랭쇼드 씨?" 브레이든이 어둠에 대고 크랭쇼드 씨를 불렀다.

아무런 대답이 없었다.

세라피나는 목덜미에 난 솜털이 쭈뼛 일어서는 것을 느꼈다.

브레이든은 마차 밖으로 몸을 반쯤 내밀고 마부가 있던 자리를 살펴보았다. "아무도 없어! 두 사람 다 사라졌어!" 브레이든이 깜짝 놀라서 소리를 질렀다.

　말 네 마리는 여전히 마차에 매여 있었다. 하지만 마차는 길 한가운데에 꼼짝없이 멈추어 서 있었다. 어두운 숲속 한복판에.

7

세라피나는 천천히 마차에서 내려 브레이든 옆에 섰다. 주
위는 온통 숲이었다. 깜깜해서 아무것도 보이지 않았다. 껍
질이 울퉁불퉁한 나무만 촘촘하게 늘어서 있었다. 세라피나
는 다리가 후들거리고 신경이 바짝 곤두섰다. 숨을 가다듬으
려고 노력했다. 온몸이 도망가야 한다고 아우성이었지만 꾹
참고 브레이든과 기디언 옆에 가만히 서 있었다.

숲속은 부자연스럽게 조용했다. 세라피나는 모든 감각을
총동원해 어둠 속을 주시했다. 두꺼비 한 마리 울지 않고
쏙독새 한 마리 울지 않았다. 하지만 분명히 저 너머에 무언
가가 도사리고 있다는 느낌이 들었다. 거대한 무언가가 아무
런 소리도 내지 않고서. 세라피나는 그게 가능한 일인지조차
알 수 없었다.

기디언은 완전히 경계 태세를 갖추고 숲속을 응시하면서 세라피나 옆에 붙어 서 있었다. 그게 무엇이든 기디언도 느끼고 있는 것이 분명했다.

브레이든도 경계를 늦추지 않고 깜깜한 주변을 살피면서 마차 머리 쪽으로 몇 발자국 내디뎠다.

"랜턴이 있으면 좋았을 텐데. 아무것도 안 보여." 브레이든이 말했다.

고삐에 묶인 말들이 불안한 듯 말발굽을 한시도 가만히 두지 못하고 움직였다.

"말은 겁먹으면 발을 움직여." 브레이든이 안쓰럽다는 듯이 말했다. "발톱도 없고 송곳니도 없고 아무런 무기가 없으니까, 말에게는 빠른 발이 곧 주요 방어 수단이야."

세라피나는 단순히 말을 동물로만 바라보지 않고 그 생각까지 이해하려고 하는 브레이든에게 감탄했다.

가벼운 바람이 숲속을 훑고 지나갔다. 나뭇가지가 바람에 흔들리며 내는 소리에 겁을 집어먹고 말 네 마리가 동시에 날뛰기 시작했다. 마치 난폭한 포식자에게 공격을 당한 듯한 모양새였다. 앞쪽에 있던 말 두 마리가 뒷다리를 딛고 일어서서 허공에다 앞발을 휘둘렀다.

세라피나는 그 위협적인 몸짓에 놀라 뒷걸음질 쳤다. 브레이든이 재빨리 달려와 세라피나 앞을 막아섰다. 브레이든이 공중에 빈손을 들어 보이며 말들을 진정시키려고 했다. 공포로 눈이 휘둥그래진 말들이 브레이든 앞에 두 발로 우뚝 서서 앞발을 마구 휘저으며 머리를 흔들었다. 세라피나가 보기에 말들은 말발굽으로 브레이든의 머리를 갈기거나 어깨로 밀치거나 아니면 밟아 죽일 것만 같았다. 하지만 브레이든은 여전히 머리 위로 손을 올린 채 부드럽고 상냥한 말투로 말들을 달랬다. "괜찮아. 우리 모두 여기 있잖아." 브레이든이 말들을 어르고 달랬다. "우리 모두 함께 있잖아."

놀랍게도 말들은 브레이든의 손짓과 말에 다시 유순해졌다. 브레이든이 손을 뻗어 말들의 어깨를 어루만지자 뒷발로 서 있던 말들이 앞발을 도로 땅으로 내려놓았다. 그런 다음 브레이든은 대장 말에게 다가가 그 머리를 손으로 붙잡고 이마를 맞댄 채 눈을 마주 보았다. 브레이든이 조용한 목소리로 달래듯이 말했다. "친구야, 우리는 함께잖아. 다 괜찮을 거야. 도망갈 필요 없어. 싸울 필요도 없고……."

대장 말은 코로 거칠게 숨을 내뿜다가 브레이든의 말을 들으며 점차 안정을 되찾았다. 다른 말들도 브레이든 덕분에 마음을 놓은 듯 뒤따라 조용해졌다.

"어, 어떻게 한 거야……?" 세라피나가 말을 더듬었다.

"얘들이랑 나는 오랜 친구 사이야." 브레이든은 그냥 그렇게만 대답했다.

여전히 놀라움이 가시지 않은 채로 세라피나는 주위를 둘러보았다. "무엇 때문에 그렇게 겁을 먹었을까?"

"모르겠어. 저렇게 겁먹은 모습은 처음 봐." 브레이든이 대답했다.

브레이든은 몸을 돌려 앞에 놓인 길을 물끄러미 바라보았다. 브레이든은 눈을 가늘게 뜨고 어둠 속에 묻힌 길을 바라보다가 무언가를 가리켰다. "저게 뭐지? 잘 보이진 않는데, 저기서 길이 꺾이는 건가?"

세라피나는 브레이든이 가리키는 방향을 바라보았다. 길이 꺾이는 것이 아니었다. 두꺼운 나뭇가지로 뒤덮인 거대한 나무가 쓰러져 길을 완전히 가로막고 있었다. 피처럼 붉은 잎사귀가 여기저기 흩어져 있었다.

그때 갑자기 어둠 속에서 크랭쇼드 씨가 불쑥 튀어나와 마차를 향해 터덜터덜 걸어왔다. "도끼가 필요해." 크랭쇼드 씨가 화를 내며 투덜거렸다.

세라피나와 브레이든이 놀라서 눈짓을 주고받은 뒤 크랭쇼드 씨를 쳐다보았다.

"어디 갔다 온 거예요?" 브레이든이 물었다.

"도끼가 필요해." 크랭쇼드 씨는 브레이든의 질문에는 대답도 하지 않고 도끼가 필요하단 말만 되풀이했다.

"제가 가져올게요." 마부 조수가 크랭쇼드 씨 뒤에서 쪼르르 달려 나오며 말했다.

세라피나는 처음 보는 얼굴이었다. 곱슬거리는 더벅머리를 한 깡마른 남자아이였다. 대장 말의 어깨에 닿을까 말까 한 작은 키에 팔다리는 가늘었고 무릎과 팔꿈치는 앙상했으며 망아지처럼 활달한 소년이었다. 마부들이 입는 겉옷을 입고 있었는데 도대체 몇 치수가 큰 건지 어깨는 남아돌았고 소매는 너무 길었다. 까만색 마부 모자는 작은 머리에 어울리지 않게 우스꽝스러울 정도로 높았다. 소년은 끽해야 열 살쯤 되어 보였다. 소년은 마차 뒤로 쪼르르 달려가서 짐을 보관하는 나무 궤짝을 열더니 몸집에 비해 상당히 커 보이는 도끼를 집어 들었다.

"저 아이는 놀란이야." 브레이든이 세라피나 쪽으로 몸을 숙이며 말했다. "빌트모어에서 마차를 가장 잘 몰기로 유명한 아이야. 말 다루는 솜씨도 보통이 아니야."

"이리 내놔." 크랭쇼드 씨가 놀란의 손에서 도끼를 낚아채며 성난 목소리로 말했다. 그러더니 쓰러진 나무 쪽으로 쿵쾅쿵쾅 걸어갔다.

"저도 도울게요, 저도 할 수 있어요." 놀란이 작은 손도끼를 쥐고 크랭쇼드 씨 뒤를 쫓아가며 말했다.

"아니, 넌 못 해. 꼬맹아, 넌 좀 빠져 있어." 크랭쇼드 씨가 고함을 질렀다. 놀란의 존재조차 거슬리는 듯했다.

크랭쇼드 씨가 머리 뒤로 도끼를 들어 올려 있는 힘껏 휘둘렀다. 도끼날이 나무 몸통 정중앙을 강타했다. 그 힘에 나무 잎사귀가 허공으로 산산이 흩날렸다. 그러나 두꺼운 나무껍질에는 작은 흠집조차 거의 나지 않았다.

크랭쇼드 씨는 도끼를 휘두르고 또 휘둘렀다. 마침내 나무에 균열이 생기고, 나뭇조각이 날리기 시작했다. 세라피나는 크랭쇼드 씨의 괴력을 눈여겨보았다. 하지만 검은 망토를 입은 남자가 지녔던 힘과 같은 종류의 힘인지는 확신할 수 없었다.

"이런 속도라면 날밤을 꼬박 새우게 생겼군." 크랭쇼드 씨가 기계적으로 도끼질을 하면서 투덜거렸다.

"제가 도울 수 있을 것 같은데요. 저도 할 수 있어요." 손도끼를 손에 꼭 쥔 채 옆에 서서 구경만 하던 놀란이 열정적으로 말했다.

"아니, 넌 못 한다니까! 뒤로 가서 좀 빠져 있으래도!" 크랭쇼드 씨가 고함을 질렀다. "넌 여기선 아무런 도움이 안 돼, 꼬맹아!"

성질 더러운 크랭쇼드 씨가 나무와 씨름하는 동안 브레이든은 마차가 빙 둘러 지나갈 수 있는 길이 있는지 주변을 살펴보았다. 그러나 이 음산한 숲속에는 마차는 고사하고 사람한 명도 지나가기 힘들 만큼 나무가 빽빽이 들어서 있었다.

"여기가 어디야?" 세라피나가 물었다.

"내 생각엔 빌트모어에서 20킬로미터 정도 떨어진 다르딘 숲이라고 부르는 곳인 것 같아. 옛날에는 이 근처에 마을이 있었대." 브레이든이 말했다. "그런데 사람이 살지 않은지 오래되었다더라. 지금 이 숲속에는 유령이랑 악마만 남았대."

크랭쇼드 씨가 나무를 자르면서 짜증을 냈다. 세라피나는 불길한 기운이 가득한 숲속을 훑어보았다. 누군가 지켜보고 있는 것 같은 느낌이 들었다. 하지만 어째서인지 저 숲속에 몸을 숨긴 상대가 누구인지 혹은 무엇인지 전혀 감을 잡을

세라피나와 검은 망토

132

수가 없었다. 초조함으로 세라피나의 귀가 쫑긋거렸다. 바람결에 나무들이 느리게 흔들렸다. 이상하게 나무마다 회색빛 이끼가 앉아 있었다. 군데군데 희끗희끗한 잿빛 이끼도 섞여 있었다. 마치 죽은 노인네의 머리카락 같았다. 나뭇가지가 병에 걸려 고통스러운 듯이 삐걱거렸다. 수많은 나무가 죽어 가고 있는 것 같았다.

세라피나는 쓰러져 있는 거대한 나무를 천천히 관찰했다. 이 겨울에 아직까지 붉은색 단풍잎이 남아 있다는 점이 희한했다. 그러나 정말로 소름 끼치는 무언가를 목격한 시점은 세라피나가 나무 밑동까지 걸어갔을 때였다.

"여기 이것 좀 봐, 브레이든." 세라피나가 브레이든을 호출했다.

"뭘 좀 찾았어?" 브레이든이 뒤에서 다가오며 물었다.

"난 이 나무가 지난 태풍 때 썩어서 쓰러진 거라고 생각했어. 그런데 여기 좀 봐……." 나무 밑동은 전혀 썩어 있지 않았다. 강풍에 자연스럽게 꺾어진 모양도 아니었다. 단정할 순 없지만 거대한 이빨이나 도끼에 잘려 나간 모양이었다.

"여기 이 각도를 좀 봐." 브레이든이 나무 밑동의 옆구리를 가리키며 혼란스럽다는 듯이 말했다. "누군가 길을 막으려고 일부러 나무를 쓰러뜨린 거야!"

그때 기디언이 갑자기 짖는 바람에 세라피나가 놀라서 펄쩍 뛰어올랐다. 기디언이 계속 짖어 대자 브레이든이 무릎을 꿇고 손으로 기디언의 등을 쓸어 주었다. "왜 그래, 기디언?

무슨 냄새라도 맡은 거야?"

"도련님, 여기서 더 지체할 시간이 없습니다." 크랭쇼드 씨가 무뚝뚝한 목소리로 끼어들었다.

기디언이 짖어 대는 통에 크랭쇼드 씨도 겁을 먹은 것 같았다. 나무를 충분히 잘라 냈다고 생각한 크랭쇼드 씨는 도끼를 던지고 장화를 고쳐 신은 다음 나뭇가지를 단단히 움켜잡았다. 나무를 길 밖으로 끌어내려고 시도했지만 역부족이었다.

브레이든과 놀란이 달려가 거들었다. 그동안 기디언은 쉴 새 없이 짖어 댔다.

"누가 저 개 좀 때려서라도 닥치게 해!" 크랭쇼드 씨가 사방에 침을 튀기며 고함을 질렀다.

"크랭쇼드 씨, 아무래도 반대쪽으로 마차를 돌리는 게 좋을 것 같네요." 브레이든이 신경질적으로 말했다. 크랭쇼드 씨가 기디언에게 한 말 때문에 마음이 상한 게 분명했다.

크랭쇼드 씨가 브레이든의 말에 동의했다. 그 순간 와지끈 무언가 부러지는 소리가 숲속에 울려 퍼졌다. 세라피나는 언제라도 튀어 나가 공격할 수 있도록 몸을 낮췄다. 거대한 나무가 쾅음을 내면서 쓰러졌다. 마차를 돌리려던 반대쪽 길이었다.

겁에 질린 말들이 소리를 지르며 날뛰었다. 말들은 고삐에 묶여 있었고 마차에도 브레이크가 걸려 있어 바퀴가 돌아가지 않았는데도, 말 네 마리가 동시에 날뛰니 마차가 움직였다. 고삐에 묶여 있거나 말거나 본능이 도망가라고 말하고 있었다.

브레이든은 말들을 진정시키려고 달려갔다.

"안 돼, 브레이든!" 세라피나는 소리를 지르며 브레이든을 말리려고 따라갔다. 브레이든은 말들의 뒷발에 치여 죽기로 작정한 사람 같았다.

브레이든이 말들 앞에 뛰어들었다. 다행히 세라피나가 염려했던 일은 일어나지 않았다. 브레이든의 부드러운 말 몇 마디에 말들은 급속히 안정을 되찾았다. 세라피나는 브레이든이 무사한 것을 확인하고 나서 나무가 쓰러진 쪽을 훑어보았다. 그제야 세라피나는 최악의 상황이 닥쳤다는 사실을 깨달았다. 마차와 말 네 마리와, 사람 네 명과 개 한 마리가 거대한 나무 두 그루 사이에 꼼짝없이 갇히고 말았다.

크랭쇼드 씨가 도끼를 집어 들고 마차 뒤편으로 성큼성큼 걸음을 옮기며 어둠 속을 향해 고래고래 소리를 질렀다. "거기 누구냐? 모습을 보여라, 이 비열하고 더러운 돼지 새끼야!"

세라피나도 어둠 속을 응시하며 대답을 기다렸다. 하지만 돌아오는 대답은 없었다. 크랭쇼드 씨가 내지른 소리만 공허한 어둠 속으로 흩어졌다.

"크랭쇼드 씨, 우리 앞에 있는 나무를 다시 치워야 할 것 같군요. 이제 가장 안전한 길은 애쉬빌로 돌아가는 거예요." 브레이든이 단호하게 말했다.

"그럴 수 있다면 얼마나 좋겠습니까." 크랭쇼드 씨가 쿵쾅쿵쾅 걸음을 옮기며 투덜거렸다.

크랭쇼드 씨와 브레이든과 놀란이 나무를 치우는 동안 세라피나는 두 번째 나무가 쓰러진 마차 뒤편을 힐끗거렸다. 기디언도 똑같은 방향을 바라보고 있었다. 기디언의 까만 두 눈이 날카롭게 빛났다.

"네 생각은 어때, 기디언?" 세라피나가 어둠 속에서 눈을 떼지 않은 채 기디언 옆에 쪼그리고 앉아서 물었다. "저기 뭔가 있는 것 같지 않아?" 세라피나와 기디언은 이제 같은 편이었다.

세라피나는 두 번째로 쓰러진 나무가 아무래도 수상했다. 우연이 아닌 것 같았다. 누군가 일부러 자신들을 오도 가도 못 하게 가둔 것 같았다.

세라피나는 숲속을 훑어보았다. 세라피나는 뛰어난 감각을 지녔지만 기디언만큼 후각이 발달하진 않았다. 그때 기디언이 무언가 냄새를 맡은 것 같았다. 기디언은 더 이상 짖지 않았다. 다만 무언가 나타나기를 기다리듯 뚫어져라 숲속만 응시하고 있었다. 세라피나를 싫어한다는 사실을 떠나서 기디언은 용감한 경호원이었다.

그러나 세라피나는 관찰하고 기다리고 상대방에게 서서히 포위되는 이 느낌이 죽도록 싫었다. 견딜 수가 없었다. 세라피나는 방어하는 법은 알지 못했다. 오로지 공격하는 법만 알았다. 그런데 지금 이 순간 세라피나는 공격을 당하는 쪽이었다. 이 기분은 정말이지 별로였다.

세라피나는 돌아가는 상황을 관찰하려고 숲속으로 몇 발짝 내디뎠다. 공포와 흥분의 감정이 정확히 반반씩 느껴졌다. 세라피나는 자석에 이끌리듯 숲속으로 끌려가고 있었다. 본능이 더 깊이 들어가라고 외치고 있었다.

세라피나가 몇 발자국 더 내디뎠다.

기디언이 세라피나를 쳐다보며 고개를 갸우뚱했다. 마치 *'미쳤어? 거기로 가면 안 돼!'*라고 경고하는 것 같았다.

하지만 세라피나는 아랑곳 않고 발소리를 죽이며 걸어 나갔다. 나무 사이를 지나 덤불 밑에 몸을 숨겼다. 상대방의 정체가 무엇이든 당장 숲속으로 들어가 확인하고 싶었다. 세라피나가 되고 싶은 건 사냥감이 아니었다. 사냥꾼이었다.

기디언에게 마차를 지키는 일을 맡기고 세라피나는 어두운 숲속으로 깊숙이, 더 깊숙이 들어갔다. 아빠가 그토록 들어가지 말라고 신신당부했던 바로 그 어두운 숲속이었다. 크랭쇼드 씨가 유령과 악마로 가득하다고 했던 바로 그 어두운 숲속이었다.

세라피나는 침착했다. 세라피나는 원래 있어야 할 장소에 있는 거였다. 엄마가 한밤중에 숲속을 돌아다닐 수 있는 존재라면 세라피나라고 다르지 않을 것이다.

그때 바로 앞 덤불에서 발자국 소리가 들렸다. 지하실에서 쥐가 돌아다닐 때 내는 발자국 소리만큼 선명했다. 다른 점이 있다면 나뭇잎 쌓인 흙바닥 위를 움직이는 이 발자국 소리는 훨씬 컸고 훨씬 *거대했다*. 동물인지 인간인지는 알 수 없었다.

소리가 가까워질수록 세라피나는 더욱 몸을 낮추었다. 하지만 멈추진 않았다. 천천히 계속 앞으로 나아갔다. 청각과 시각과 촉각과 후각이 곤두섰다. 몸의 모든 감각과 근육 하나하나가 생생하게 느껴졌다. 세라피나는 아주 느리게, 아주 조용히 움직였다. 아무런 인기척도 내지 않으려 했다.

앞서가던 발자국 소리의 주인과 거리가 더욱 좁혀졌다. 발자국 소리의 주인이 지나는 길을 따라 가을 낙엽이 바스락 소리를 내며 부서졌다. 발자국 소리의 주인은 처음에는 걷더니 이제는 뛰고 있었다. 누군가 덤불을 헤치며 뛰어가고 있었다. 50미터쯤 떨어진 거리였다. 세라피나도 소리를 쫓아서 뛰기 시작했다. 세라피나는 달리는 쥐에게는 다른 소리가 잘 들리지 않는다는 사실을 알고 있었다.

갑자기 상대가 달리기를 멈추었다. 세라피나도 곧바로 멈추었다. 세라피나는 숨소리도 죽인 채 가만히 있었다.

상대는 세라피나의 소리를 찾고 있는 것이 틀림없었다. 그러나 세라피나는 아무런 소리도 내지 않았다.

발자국 소리가 다시 움직이기 시작했다. 세라피나도 그림자처럼 다시 움직였다.

그때였다. 발자국 소리가 멎었다. 바로 옆에서 독수리가 날갯짓을 하는 것처럼 휙 날카로운 바람이 세라피나의 얼굴과 머리로 날아들었다. 다음 순간 뒤에서도 발자국 소리가 들렸다. 세라피나를 지나 마차 쪽으로 가고 있었다. *이게 어떻게 가능하지? 상대가 한 명이 아닌가?*

숲은 순식간에 온갖 불협화음으로 가득 찼다. 나무 잎사귀가 요란하게 부딪쳤다. 나뭇가지가 부러졌다. 무언가 쏜살같이 움직이고 있었다. 세라피나는 온몸의 근육이 깨어나는 것을 느꼈다. 모든 방향에서 공격이 들어오고 있었다.

저 멀리서 기디언이 으르렁거리며 맹렬하게 짖어 댔다. 마치 혼자서 사탄이라도 상대하고 있는 듯했다.

*마차다. 마차를 노린 거였어.* 세라피나는 몸을 돌려 마차를 향해 폭발적인 속도로 뛰어갔다. 이번만큼은 달릴 때 어떤 소리가 나도 개의치 않았다. 그때 어둠 속에서 무언가가 빛의 속도로 세라피나를 스쳐 지나갔다. 하지만 무엇인지 알 수 없었다. 마차가 보이기 시작했다. 브레이든과 놀란이 보였다. 그런데 크랭쇼드 씨는 어딨지? 그나마 제일 힘이 센, 자신들을 지켜 줄 의무가 있는 어른인 크랭쇼드 씨가 보이지 않았다.

"조심해, 브레이든!" 세라피나가 외쳤다. "이쪽으로 오고 있어. 조심해!"

세라피나의 외침과 동시에 빛처럼 빠른 무언가가 브레이든을 덮쳤다. 브레이든은 아슬아슬하게 몸을 피했다. 바로 그때 검은 그림자가 믿기지 않을 정도로 빠른 속도로 몸을 돌려 브레이든을 다시 공격했다. 기디언이 이빨을 세우고 달려들었다. 놀란도 가세해 주먹을 날리고 발길질을 했다. 한데

뒤엉켜 치고받고 싸우고 고함을 지르고 그야말로 혼란의 소
용돌이였다.

세라피나가 공격에 가담할 수 있는 반경 안으로 들어서던
순간, 거대하고 검은 무언가가 세라피나 옆을 미끄러지듯 날
아서 지나갔다. 세라피나는 반사적으로 몸을 움츠리다가 나
무에 등을 박았다. 통나무에서 거대한 지네가 쏟아져 나왔
다. 땅속에서는 지렁이가 쏟아져 나왔다. 이윽고 검은 망토
를 입은 남자가 나타났다. 검은 망토를 입은 남자가 이 숲속
에 있었다. 상대는 여러 명이 아니었다. 단 한 명이었다. 치
열한 전투가 벌어지는 가운데 검은 망토를 입은 남자의 발은
공중에 떠 있었다. 피가 뚝뚝 떨어지는 썩어 가는 손이 브레
이든을 향했다. 검은 망토를 입은 남자는 브레이든을 노리고
있는 것이 분명했다. 세라피나는 친구를 지키기 위해 뛰쳐나
갔다. 기디언도 달려 나갔다. 그러나 어린 도련님을 향해 달
려드는 검은 망토에 맞서 죽을 용기를 다해 고함을 지르며
막아선 건 조그마한 놀란이었다.

검은 망토를 입은 남자가 팔을 벌려 놀란을 가슴팍으로 끌
어당겼다. 검은 망토 자락이 뱀처럼 놀란을 휘감았다. 놀란
의 고함 소리가 한순간에 비명 소리로 바뀌었다. 회색 연기
가 숲속을 가득 채웠다. 방울뱀 소리가 숲속을 뒤흔들었다.
그리고 놀란이 사라졌다.

또다시 마주한 그 장면에 세라피나는 숨을 쉴 수 없었다.
*"안 돼!"* 고통과 분노와 절망에 빠진 세라피나가 내지른 비명

이 숲 전체에 메아리쳤다.

검은 망토를 입은 남자는 그때와 똑같이 놀란을 집어삼킨 뒤 온몸을 부르르 떨었다. 곧이어 섬뜩한 빛과 함께 사방에 끔찍한 악취가 진동했다. 갑자기 주변에 있던 모든 나무에서 잎사귀가 우수수 떨어져 내렸다. 핏빛으로 변한 흙바닥에서 역겨운 냄새가 풍기기 시작했다.

검은 망토가 부풀어 올랐다. 전보다 한층 더 강해진 것 같았다. 검은 망토는 이제 브레이든 쪽으로 다가가고 있었다.

브레이든은 맞서 싸우든지 아니면 도망쳐야 했다. 그러나 눈앞에서 벌어진 광경에 충격과 공포로 제자리에 얼어붙어 버렸다. 브레이든은 손 하나 까딱하지 못하고 다가오는 검은 망토를 멍하니 바라만 보고 있었다.

세라피나는 앞뒤 재지 않고 달려 나가 검은 망토를 뒤에서 덮쳤다. 세라피나는 야생 고양이처럼 분노에 차 울부짖었고, 사나운 들짐승처럼 손과 발을 세워 검은 망토를 덮쳤다.

검은 망토를 입은 남자는 어쩔 수 없이 뒤돌아서서 세라피나와 싸워야 했다. 검은 망토는 등에 올라탄 세라피나를 떼어 내기 위해, 놀란과 클라라를 집어삼켰을 때처럼 거대하게 몸집을 부풀렸다. 하지만 그때 정신을 차린 브레이든이 뒤에서 커다란 나뭇가지로 검은 망토를 입은 남자의 머리를 내려쳤다. 기디언은 전속력으로 달려와 검은 망토를 입은 남자를 여기저기 물어뜯었다. 세라피나는 망토 자락에서 풀려나 땅바닥으로 나동그라졌다가 다시 벌떡 일어나 검은 망토에게 달려들었다. 세라피나와 브레이든과 기디언은 힘을 합쳐 검은 망토를 맹렬하게 공격했다.

검은 망토를 입은 남자가 공중으로 떠올랐다. 두 눈이 어둠 속에서 사악한 힘으로 빛나고 있었다. 이제 싸움은 삼 대 일이었고 기습 공격은 더 이상 불가능했다. 검은 망토를 입은 남자가 망토 자락을 펄럭이자 응집된 공기가 세라피나의 발치로 날아들었다. 그 엄청난 힘에 세라피나가 뒤로 날아갔다. 세라피나가 비틀거리는 사이 검은 망토를 입은 남자는 숲속으로 후퇴했다.

세라피나는 숨을 헐떡이며 다시 중심을 잡고 다음 공격에 대비했다. 그러나 검은 망토는 돌아오지 않았다.

싸움은 끝났다.

세라피나는 두 손을 내려다보았다. 손가락이 피로 미끌거렸다. 검은 망토의 썩어 문드러진 피부를 할퀴었던 손톱에는 살점이 묻어 있었다. 지하실에 떨어져 있던 장갑 안에 묻어 있던 살점과 똑같은 살점이었다. 검은 망토의 몸은 썩어서 문드러져 가고 있는 것이 분명했다.

어둠 속에서 땅바닥에 쓰러져 있는 브레이든이 보였다. 세라피나는 브레이든이 부상을 당한 줄 알고 놀라서 달려갔다. "다쳤어?" 세라피나의 목소리는 다급했다.

"난 괜찮아." 브레이든이 간신히 대답했다. 세라피나는 브레이든이 일어설 수 있도록 부축했다. "너는? 넌 다치지 않았어?"

"난 괜찮아." 세라피나가 대답했다.

"나, 나는 이해가 안 돼, 세라피나. 그게 뭐였어? 놀란에게 무슨 일이 일어난 거야?"

"나도 모르겠어." 세라피나가 절망감에 고개를 가로저으며 대답했다.

"그, 그러니까……. 놀란은 어디로 간 거야? 주, 죽은 거야?"

세라피나는 브레이든의 질문에 대한 답을 알지 못했다. 불쌍한 놀란을 생각하면 속이 메스꺼웠고 화가 치밀었고 또 무서웠다. 놀란은 온데간데없이 사라져 버렸다. 미처 도와줄 겨를도 없었다. 이로써 검은 망토와 싸운 것이 벌써 두 번째였다. 세라피나가 친구를 잃은 것도 두 번째였다.

"서둘러. 그게 또 돌아오기 전에 여기를 떠나야 해." 세라피나가 브레이든의 어깨를 다독이며 말했다.

"크랭쇼드 씨는 어떻게 된 거야?" 브레이든이 기디언과 함께 세라피나의 뒤를 따라 마차와 말들이 있는 곳으로 걸음을 옮기며 물었다.

"크랭쇼드 씨는 내내 안 보이던걸." 세라피나가 대답했다.

"그게 크랭쇼드 씨도 없애 버린 걸까?" 브레이든의 목소리에서 두려움과 혼란스러움이 느껴졌다.

"그건 아니야. 검은 망토가 누군가를 집어삼킬 때는 방울 소리가 나거든. 그런데 아까 방울 소리는 딱 한 번밖에 나지 않았어."

"너 그게 뭔지 아는구나." 브레이든이 멈춰 서서 세라피나의 팔을 잡으며 말했다. "말해 줘, 세라피나."

"어젯밤에도 봤어. 클라라 브람스도 똑같이 당했어." 세라피나가 대답했다.

"뭐라고? 그게 무슨 말이야? 어디서? 그 말은 클라라가 죽었다는 거야? 뭐가 어떻게 돌아가는 건지 하나도 모르겠네."

"나도 마찬가지야. 하지만 일단 우리는 여기를 떠나야 해." 세라피나가 말했다.

브레이든이 땅바닥에서 나뭇가지 하나를 집어 들고 저 멀리 숲속을 쳐다보았다. "그게 무엇이든 아직 저기 있을 거야……."

브레이든 말이 맞았다. 일단 싸워서 물리치긴 했지만 검은 망토를 입은 남자는 아직 저 숲속 어딘가에 있는 것이 틀림없었다. 세라피나는 브레이든을 구하기 위해 몸을 내던지던 놀란의 모습을 잊을 수 없었다. 사라지기 직전 공포에 질려 있던 놀란의 얼굴이 아직도 눈앞에 생생했다. 고개를 돌려 브레이든을 바라보자 세라피나의 심장이 쿵 하고 떨어졌다.

세라피나는 말했다. "그게 뭔지는 몰라도 놀란을 노린 게 아니었어. 너를 노리고 있었다고……."

8

"도끼가 사라졌어." 세라피나가 말했다. 세라피나는 브레이든과 함께 마차 근처를 샅샅이 뒤졌지만 도끼는 어디에도 없었다. 도끼나 누군가의 도움 없이는 길 앞뒤를 가로막고 있는 나무를 치울 방법이 없었다. 독 안에 든 쥐나 다를 바 없었다.

"말을 타면 어떨까?" 브레이든이 제안했다. 하지만 이쪽 숲에는 말을 타고 지나갈 수 없을 정도로 나무가 빽빽하게 자라 있었다. 세라피나는 오히려 안도했다. 저렇게 제멋대로 날뛰는 동물의 등에 올라타 목숨이 무사하기를 바라다니 상상도 하기 싫었다.

"걸어가는 건 어때?" 세라피나가 제안했다.

"빌트모어에서 거의 20킬로미터나 떨어진 숲속이라 걷는 건 무리야. 특히 이 밤엔……." 브레이든이 말끝을 흐렸다.

브레이든은 쉬지 않고 주변을 살피고 있었다. 어쩔 줄 몰라 하는 것이 눈에 보였다. 세라피나도 사정은 마찬가지였다. 하지만 함께 이런 일을 겪어서 좋은 점도 있었다. 브레이든은 세라피나를 같은 편이라고 생각하고 있었다. 세라피나는 왜 사람들이 어울려 지내고 함께하기를 좋아하는지 조금씩 알 것 같았다. 물론 모두가 브레이든 밴더빌트처럼 똑똑하고 친절하진 않겠지만 말이다.

"여기서 마차에 들어가 숨어 있는 것도 한 방법이야. 삼촌이 나보다 앞서 밴스가에 내 출발을 알리는 전령을 보내셨어. 아무리 기다려도 내가 오지 않으면 그쪽에서 나를 찾으러 올 거야. 그건 확실해. 그러니까 여기서 도움을 기다리는 편이 좋을 것 같아."

세라피나는 그러고 싶지 않았다. 지루하게 기다리는 것보다는 쉬지 않고 움직이는 편이 적성에 맞았다. 하지만 브레이든 말이 맞을지도 모른다고 생각했다. 브레이든이 말들에게 해 주던 말이 자꾸만 귓가에서 맴돌았다. *우리 모두 여기 있잖아. 다 괜찮을 거야.* 그 말이 이상하게 세라피나에게도 위로가 되었다.

세라피나는 브레이든이 말들에게 다가가 밤새 편히 있으라고 고삐를 풀어 주는 모습을 지켜보았다. 어차피 거대한 나무가 길 양쪽을 다 가로막고 있어서 말들도 멀리 가진 못했다. 하지만 브레이든이 고삐를 풀어 준 덕에 주변이라도 마음껏 돌아다닐 수 있을 것이다. 브레이든은 놀란이 마차 짐칸에 챙겨 온 건초와 물을 꺼내 말들을 먹였다. 세라피나는 말을 이렇게 가까이서 보기는 처음이었다. 멀리서 볼 때는 제멋대로 날뛰는 야수인 줄로만 알았다. 그런데 바로 곁에서 브레이든이 달래고 대화하고 보살피는 모습을 보니 세상에 이렇게 온순한 동물이 따로 없었다. 게다가 세라피나가 생각했던 것보다 훨씬 똑똑했다.

"말은 보통 서서 잠을 자." 브레이든이 말했다. "그리고 항상 교대로 잠을 자. 위험이 다가오면 알릴 수 있도록 최소한 한 마리는 늘 깨어 있어. 위험을 감지하면 경보를 보내는데 그 신호만 잘 알고 있으면 돼."

"대단한데! 완전 파수꾼인걸! 든든하다!" 세라피나가 브레이든의 기운을 북돋아 주려고 미소를 지었다.

브레이든도 덩달아 미소를 지었다. 하지만 여전히 두려움이 가시지 않은 얼굴이었다. 세라피나도 별반 다르지 않았다. 거센 바람 한 줄기가 나무 사이를 지나갔다. 세라피나는 검은 망토가 돌아온 줄 알고 놀라서 반사적으로 뒤를 돌아보았다.

"뭐가 보여?" 브레이든이 물었다.

"아니. 그냥 바람이야." 세라피나가 대답했다.

차가운 밤공기가 숲 전체에 내려앉아 있었다. 달빛이 나무 사이를 뚫고 군데군데 내려왔다. 숨을 내쉴 때마다 공기 중에 입김이 보였다. 저 멀리서 올빼미가 날카롭게 울었다. 어딘지 모르게 으스스한 그 울음소리에 브레이든이 소스라치게 놀랐다. 하지만 밤마다 빌트모어의 영지를 돌아다니며 살아온 세라피나는 오히려 그 소리에 마음이 안정되는 것을 느꼈다.

"그냥 올빼미일 뿐이야." 브레이든이 심호흡을 하며 말을 건넸다.

"맞아, 그냥 올빼미일 뿐이야." 세라피나가 맞장구를 쳤다.

두 사람은 다시 마차에 올라탔다. 브레이든이 문을 붙잡고 세라피나가 작은 계단을 오를 수 있도록 뒤에서 등을 받쳐 주었다. 마치 크리스마스에 춤을 추기 위해 대연회장에 입장하는 한 쌍의 어린 신사 숙녀가 된 것 같았다. 브레이든에게는 습관처럼 몸에 밴 자연스러운 행동일 뿐이었다. 하지만 숙녀 대접을 난생처음 받아 본 세라피나에게는 충격 그 자체였다. 신경이 온통 등으로 쏠렸다. 등에 닿은 브레이든의 부드러운 손길 말고는 아무 생각도 나지 않았다. 인생에서 아빠 말고 다른 사람에게 이렇게 다정하고 부드러운 손길을 받아 본 건 처음이었다. 세라피나는 차마 브레이든에게 방금 그 손길이 자신에게 얼마나 큰 의미였는지를 설명해 주진 못했다. 어쩌면 브레이든은 세라피나의 등에 손을 얹었다는 사실조차 인식하지 못할지도 몰랐다. 브레이든에게는 아름다운 드레스를 차려입은 소녀와 춤을 추고 식사를 하는 일이 일상이라는 사실을 세라피나도 알고 있었다. 애초에 브레이든이 드레스 대신 아무 옷 쪼가리나 걸친, 말도 탈 줄 모르는

— 세라피나와 검은 망토 —

148

소녀와 친구가 되고 싶어 할지도 모른다는 기대 자체가 바보 같은 생각일지도 몰랐다.

"이리 와." 브레이든이 나지막이 말하자 기디언도 껑충 마차에 올라탔다. 브레이든은 나무로 된 마차 문을 닫아걸고 잘 잠겼는지 몇 번이나 확인했다. 기디언은 마차 안을 두 바퀴 돌더니 파수꾼 노릇을 자처하듯 문 바로 앞 바닥에 자리를 잡고 엎드렸다.

"이불이 없어서 미안해. 덮고 잘 만한 변변한 망토도 하나 없네." 브레이든이 마차 안에 있는 짐칸을 살피며 말했다. 밤새도록 따뜻하게 지낼 방법을 고민하는 듯했다.

"난 망토 없이도 괜찮아. 고마워." 세라피나가 미소를 지으며 말했다. 브레이든도 살짝 미소를 지었다. 하지만 서로를 바라보는 일 말고는 달리 아무것도 할 일이 없는 좁은 마차 안에서 밤새도록 둘만 있어야 한다는 생각에 브레이든도 세라피나만큼이나 긴장한 것 같았다.

브레이든은 앉아서 자신의 옆자리를 톡톡 두드렸다. "여기 이쪽에 앉아, 세라피나. 붙어 앉으면 조금이라도 더 따뜻할 거야."

세라피나의 마음속에서 어색한 감정이 몽글몽글 피어올랐다. 세라피나는 천천히 브레이든 옆자리로 옮겨 갔다.

세라피나는 자신에게서 지하실 냄새가 나지 않길 바랐다. 화려한 드레스를 입고 다니는 아나스타시야 로스토노바나 장미 향 향수를 뿌리고 다니는 휘트니 양 같은 사람에게 익숙한 브레이든에게 세라피나한테서 나는 냄새가 향기로울 리 없었다. 어쩌면 브레이든이 코를 감싸 쥐고 기침을 콜록 거리며 이렇게 말할지도 몰랐다. *실례지만 세라피나 양, 다시 생각해 보니 기디언과 바닥에서 주무시는 게 좋을 것 같네요⋯⋯.*

하지만 브레이든은 그러지 않았다. 세라피나는 브레이든 옆에 앉았고 세상은 끝나지 않았다. 브레이든과 이렇게 가까이 붙어 앉아 있으려니 세라피나는 오만 가지 생각이 다 들었다. 예전에는 이상하다고 느끼지 못했던 것들이 혹시나 브레이든에게는 이상해 보이지 않을까 걱정이 됐다. 세라피나는 부디 브레이든 앞에서 신발을 벗어야 하는 일이 일어나질 않길 바랐다. 그러면 발가락이 네 개인 것을 들킬 테니까 말이다. 세라피나는 브레이든이 너무 가까이 다가오지 않았으면 좋겠다고 생각했다. *내가 뼈가 몇 개 없다는 걸 눈치채는 건 아니겠지?* 세라피나도 사실 자신에게 어느 뼈가 얼마나 없는지 알지 못했다. 보통 사람들은 몸에 뼈가 몇 개나 있으려나?

세라피나는 항상 좁은 공간에 비집고 들어가 혼자 있기를 좋아했다. 하지만 브레이든이 옆에 있어도 똑같은 편안함을 느낄 수 있다는 사실이 놀라웠다. 세라피나는 이제 조금 마음을 놓고 편안하게 숨을 쉬었다.

오늘 새벽 빌트모어 지하실에 있는 빨래 건조기 틈새에서 눈을 떴을 때만 해도 밴더빌트가 도련님과 그의 곁을 항상 지키는 용맹한 강아지와 함께 푹신한 마차 안에서 몸을 맞대고 이렇게 밤을 보내게 될 줄은 꿈에도 몰랐다. 기디언은 이제 세라피나를 처음 봤을 때 자신이 어떻게 반응했는지는 잊은 것 같았다. 기디언과 세라피나는 검은 망토에 맞서 같은 편에서 함께 싸웠다. 이제 둘은 아주 조금은 친해진 것 같았다. 그 우정이 얼마나 갈진 모르겠지만.

"세라피나, 나 뭐 하나만 물어봐도 돼?" 브레이든이 어둠 속에서 말했다.

"좋아." 세라피나는 그러라고 허락하긴 했지만 무슨 질문이 나올지 몰라서 불안했다.

"너는 왜 지하실에 살아?"

세라피나는 브레이든이 자신을 친구로 여기고 있는지 아니면 그냥 우연히 함께 있다가 나쁜 상황이 닥쳐 잠시 협력하는 관계라고 생각하는지 알 수 없었다. 하지만 이 모든 일을 함께 겪고 난 뒤에 브레이든에게 거짓말을 하는 건 옳지 않아 보였다. 무엇보다 그러고 싶지 않았다.

"나는 저택에서 일하는 기계공의 딸이야." 말하고야 말았다. 마침내 말해 버리고야 말았다. 그냥 그렇게. 입 밖으로. 아빠에 대한 자랑스러움과 아빠를 배신했다는 죄책감이 동시에 밀려왔다.

"난 그분이 참 좋더라. 내 말 안장도 고쳐 주셨어. 덕분에 말이 훨씬 편안해하더라고." 브레이든이 평상시와 다를 바 없는 말투로 말했다.

"아빠도 너를 좋아하셔." 세라피나가 말했다. 비록 말안장을 고치고 돌아온 날 아빠는 브레이든보다는 안장 이야기를 더 많이 하긴 했지만 말이다.

"그럼 지금까지 쭉 지하실에서 살았던 거야?" 브레이든이 놀랍다는 듯이 말했다.

"나는 눈에 띄지 않게 다니는 데는 선수야." 세라피나가 덤덤하게 말했다. 세라피나는 브레이든에게 자신이 빌트모어 대저택의 최고 쥐잡이 책임자라고 말해 주고 싶었다. 하지만 애써 말을 삼켰다. 쥐를 잡는다는 이야기에 브레이든이 어떤 반응을 보일지 알 수 없었기 때문이다. 어쩌면 브레이든은 세라피나가 언제 마지막으로 손을 씻었는지 궁금해할지도 몰랐다. 그러다가 갑자기 세라피나가 손을 씻었든 안 씻었든 브레이든이 신경이나 쓸까 하는 생각이 들었다. 세상에 이름난 부자며 유명인이 아이들을 데리고 하루가 멀다 하고 빌트모어를 방문하는 마당에 세라피나가 밤새도록 무얼 하든 브레이든이 과연 궁금해하기나 할까?

"그럼 그 검은 망토를 입은 남자를 처음 보았을 때 넌 지하실에 있었겠네……." 브레이든이 말꼬리를 흐렸다. "그 사람이 누구인 것 같아?"

"모르겠어. 심지어 인간인지 유령인지조차도 모르겠어." 세라피나가 대답했다.

"유령이라니?" 브레이든이 눈썹을 추어올리며 물었다.

"그림자, 귀신 같은 거 있잖아. 유령 말이야. 검은 망토를 입은 남자는 밤마다 숲에서 나오는 유령 같은 존재일지도 몰라. 하지만 불멸의 존재는 아닌 것 같아. 내 생각엔 빌트모어에 머무는 신사들 가운데 한 명인 것 같아."

"왜 그렇게 생각하는데?" 브레이든이 놀라서 물었다.

"새틴 코트며 구두며 걸음걸이며 화법을 보면 알 수 있어. 검은 망토를 입은 남자에게서는 뭐랄까…… 이 세상 모든 사람보다 내가 더 우월하다 이런 분위기가 있어……."

"음, 내가 만났던 어떤 사람보다 무섭다는 건 확실해." 이 말을 마지막으로 브레이든이 입을 닫았다.

검은 망토를 입은 남자가 빌트모어에 머무는 신사 가운데 한 명일 것 같다는 세라피나의 가설이 브레이든의 마음을 불편하게 만든 것 같았다.

세라피나와 브레이든은 한동안 아무 말도 없이 앉아 있었다. 세라피나는 바로 옆에서 브레이든의 체온을 느낄 수 있었고 숨소리와 심장 소리를 들을 수 있었다. 브레이든에게서는 양모 냄새와 가죽 냄새와 말 냄새가 희미하게 섞여서 났다. 마차 안에 함께 있다는 사실이 브레이든에게 의미가 있든 없든, 세라피나는 지금 이 순간만큼은 평화로움과 소속감을 느꼈다. 무엇보다 세라피나는 이 숲 한가운데서 비로소 자신이 있어야 할 곳에 있는 것 같은 기분을 느꼈다. 허무맹랑하거나 어쩌면 불가능한 소리 같았지만 실제로 그런 기분이 드는 것은 부인할 수 없는 사실이었다.

"부탁 하나만 해도 될까?" 세라피나가 조심스럽게 물었다.

"좋아." 브레이든이 대답했다.

"나랑 우리 아빠에 대한 이야기는 아무한테도 하지 말아 줘. 아빠는 일자리가 꼭 필요해. 그리고 아빠는 빌트모어에 애정을 갖고 있어."

브레이든이 고개를 끄덕였다. "이해해. 아무한테도 말 안 할게. 맹세해."

"고마워." 세라피나는 그제야 안심이 되었다.

브레이든은 신뢰할 수 있을 것 같았다. 더군다나 부엌에서 일하는 사람들 사이에서 브레이든은 사람보다는 동물 친구들과 시간을 보내기를 좋아하는 걸로 유명했다. 그 점도 이제는 믿음직하게 다가왔다.

그사이에 잠이 들었는지 브레이든의 숨소리가 일정하게 느려졌다.

세라피나는 몸은 그대로 둔 채 가만히 시선을 돌려 브레이든을 바라보았다. 매끈하고 창백한 피부가 눈에 들어왔다. 브레이든은 정말 깨끗했다. 옷도 몸에 꼭 맞았다. 입고 있는 양털 외투는 브레이든만을 위해 맞춤 제작한 것이 틀림없었다. 심지어 단추 하나하나에 브레이든 밴더빌트의 머리글자인 'BV'가 새겨져 있었다. 분명히 밴더빌트 부부가 이 단추를 주문했겠지, 세라피나는 생각했다. 그만큼 밴더빌트 부부가 브레이든을 아끼고 사랑하는 걸까? 아니면 그저 그래야만 우아한 귀족 사회에 어울리는 사람이 될 수 있기 때문일까?

언젠가 작업실에서 저녁을 먹고 잠자리에 들 준비를 하면서 아빠가 세라피나에게 밴더빌트 씨 이야기를 들려준 적이 있었다. 다른 부잣집 신사들처럼 조지 밴더빌트도 물려받은 유산으로 집을 지었다. 하지만 다른 부자들처럼 뉴욕이 아닌 노스캐롤라이나주 서쪽 깊은 숲속에 집을 지었다. 가장 가까운 도시와도 수십 킬로미터 떨어진 외딴곳이었다. 뉴욕 상류층에서는 이런 조지 밴더빌트를 가리켜 괴짜라고 했다. 뉴욕의 화려한 도시 문명에서 교육받으면서 자란 사람이 도대체 왜 아무것도 없는 이 어두컴컴한 숲속에서 살고 싶어 할까?

빌트모어 대저택을 짓는 데는 수년이 걸렸다. 하지만 저택이 완공되자 모든 사람이 비로소 조지 밴더빌트의 꿈이 무엇이었는지를 이해했다. 조지 밴더빌트는 미국에서 가장 크고 웅장한 저택을 건축했다. 아름다운 블루리지산맥에 둘러싸인 자급자족이 가능한 집이었다. 그로부터 몇 년 뒤 조지 밴더빌트는 결혼을 했다. 조지 밴더빌트와 이디스 밴더빌트 부부에게 초대장을 받는 행운을 누린 사람은 한 명도 빠짐없이 애쉬빌을 찾았다. 모두 부유하고 유명하고 권력 있는 사람들이었다. 빌트모어를 찾은 손님 가운데는 상원 의원과 주지사도 있었고 위대한 기업가도 있었다. 외국 지도자도 있었고 유명한 음악가와 예술가도 있었다. 분야를 막론한 지식인도 있었다. 아빠는 이렇게 화려한 세상 바로 밑에서 세라피나를 키웠다.

세라피나는 브레이든을 바라보았다. 이 년 전 브레이든이 처음 빌트모어에 왔던 때가 생각났다. 하인들은 쉬쉬거리며 어린 도련님에게 일어난 불행에 대해 이야기했었다. 밴더빌트 씨의 열 살 난 조카는 뉴욕에서 화재로 부모님을 여의고 삼촌 내외와 함께 살기 위해 빌트모어에 왔다고 했다. 아무도 불이 난 이유는 알지 못했다. 석유램프 때문인지 부엌에서 요리하고 남은 잔불 때문인지 그 누구도 몰랐다. 브레이든이 살던 집이 불길에 휩싸인 건 한밤중이었다. 연기로 가득한 침실에서 기디언이 가까스로 브레이든을 깨웠다. 기디언은 잠들어 있던 브레이든의 소매를 이빨로 물고 침대 밖으로 끌어냈다. 벽이며 천장이며 사방이 불길에 휩싸였다. 브레이든과 기디언은 불길을 뚫고 필사적으로 불타는 집을 탈출했다. 둘은 겨우 목숨을 건졌다. 기디언이 브레이든을 살렸다. 브레이든은 기진맥진한 상태로 연기에 콜록거리다가 그제야 부모님과 형, 누나, 동생들은 살아서 나오지 못했다는 사실을 깨달았다. 브레이든만 빼놓고 온 가족이 화재로 몰살당했다. 세라피나는 생각만으로도 몸이 떨렸다. 아빠를 잃는다는 상상만으로도 견딜 수가 없었다. 브레이든은 얼마나 슬프고 외로웠을까.

장례식에는 사회 각계각층에서 수백 명이 넘는 사람이 참석했다고 한다. 까만 말 네 마리가 끄는 까만 마차가 관 여덟 개를 싣고 묘지로 이동했다. 그 옆을 작은 소년 하나가 삼촌의 손을 잡고 걸어갔다.

세라피나는 그 소년이 처음 빌트모어에 오던 날을 떠올렸다. 그때 세라피나는 소년이 누군지 궁금했었다. 하인들은 소년이 아무런 짐도 없이 까만 말 네 마리만 달랑 데리고 왔다고 했다. 삼촌인 조지 밴더빌트가 뉴욕에서 기차로 말을 데려올 수 있도록 도와주었다.

세라피나는 브레이든에게 더 가까이 다가갔다. 아까 브레이든이 까만 말 네 마리를 가리키며 했던 말이 생각났다. *얘들이랑 나는 오랜 친구 사이야.*

소년이 빌트모어에 온 첫날부터 세라피나는 눈으로 소년을 쫓아다녔다. 소년은 아침이면 저택 바깥을 산책하곤 했다. 숲에서 새들을 바라보며 한참 시간을 보내기도 했다. 강가에서 송어 낚시도 했다. 하지만 요리사의 기대와는 반대로 번번이 잡은 물고기를 놓아주곤 했다. 집 안에서 다른 또래 친구나 어른들에게 둘러싸여 있는 모습을 본 적도 있었다. 그럴 때마다 소년은 불편해 보였다. 소년은 자기 강아지와 말을 사랑했지만 그게 다였다. 소년의 유일한 친구는 강아지와 말뿐인 것 같았다.

세라피나는 밴더빌트 부인이 빌트모어를 방문한 손님에게 하는 말을 엿들은 적이 있었다. "브레이든은 지금 힘든 시기를 지나고 있는 것뿐이에요. 곧 나아질 거예요." 밴더빌트 부인은 브레이든이 식사 자리에서 왜 그토록 조용한지, 파티에서는 왜 그토록 소극적인지를 설명하려 했다.

하지만 세라피나는 브레이든이 영원히 달라질 것 같지 않다는 느낌을 받았다.

브레이든의 삼촌과 숙모인 밴더빌트 부부에게는 호화로운

파티가 일상이었다. 하지만 멀리서 보면 알 수 있었다. 브레이든은 휘황찬란한 파티장에서 또래 소녀와 춤을 추는 것보다, 말을 타거나 날개가 부러진 매를 치료해 주는 일을 더 좋아했다. 세라피나는 어느 여름날 겨울 정원에서 저녁 무도회가 열리고 있을 때 밖에서 몰래 숨어서 구경했던 기억을 떠올렸다. 눈부신 조명 아래 화려한 드레스를 차려입은 소녀들이 아름다운 자태를 뽐내며 왔다 갔다 했다. 소녀들은 또래 소년들과 춤을 추기도 하고 무도회장 정중앙에 놓인 거대한 분수에서 탄산이 섞인 음료를 마시기도 했다. 세라피나는 언제나 화려한 드레스를 입고 빛나는 구두를 신은 소녀들 중 하나가 되기를 꿈꿨다. 오케스트라의 연주를 들으며 사람들이 웃고 떠드는 이야기를 엿들었던 기억도 났다. 창문 아래 그림자 속에 몸을 숨긴 채 웅크리고 있노라면 빌트모어 대저택을 지키는 사자 석상의 소리 없는 시선이 느껴지곤 했다.

세라피나는 브레이든이 자신을 어떻게 생각하는지 알 수 없었다. 하지만 이것 하나만은 확실했다. 세라피나는 *남달랐다*. 지금까지 브레이든이 보았던 그 어떤 소녀와도 달랐다. 다른 소녀들과 다르기 때문에 브레이든이 자신을 친구로 생각할지 적으로 생각할지는 알 수 없었다. 아무튼 세라피나는 *특별했다*.

이제 밤이 깊었다. 세라피나도 잠을 자야 했지만 전혀 피곤하지 않았다. 오늘 하루 겪었던 일로 기운이 빠지기는커녕 오히려 기운이 살아났다. 하루 만에 세라피나를 둘러싼 모든 세상이 뒤집혔다. 인생에서 처음으로 살아 있다는 사실이 생생하게 느껴졌다. 답을 모르는 질문과 풀지 못한 미스터리가 너무 많았다. 세라피나는 비록 눈앞에서 끔찍한 광경을 직접 보았지만 클라라와 놀란과 아나스타시야가 어떻게든 살아 있길 바랐다. 그래서 자신이 구해 줄 수 있길 바랐다. 세라피나는 지금이라도 당장 마차 밖으로 뛰쳐나가 검은 망토를 입은 남자에 대한 단서를 찾아 숲속을 뒤지고 싶었다.

하지만 지금은 마차 안 브레이든 옆에서 웅크리고 밤을 보내는 것에 만족하기로 했다.

조금 있으니 하늘에서 소나기가 쏟아지기 시작했다. 빗방울이 나무 잎사귀와 마차 지붕을 후드득 때렸다. 세라피나는 이보다 완벽한 소리는 없다고 생각했다.

세라피나는 맹세했다. 오늘 밤 검은 망토를 입은 남자가 다시 돌아오면 바로 알아차릴 수 있도록 눈과 귀를 열고 있겠노라고.

9

세라피나가 눈을 떴을 때는 이미 아침이었다. 따사로운 황금빛 아침 햇살이 마차 안으로 들어와 세라피나와 브레이든을 부드럽게 비추었다. 브레이든은 세라피나 옆에서 곤히 잠들어 있었다. 기디언도 발밑에서 조용히 평화로운 모습으로 엎드려 있었다.

그때 기디언이 갑자기 머리를 들고 귀를 쫑긋 세웠다. 곧 세라피나의 귀에도 말발굽 소리와 바퀴 소리가 들렸다. 마차가 이쪽으로 오고 있었다.

세라피나는 벌떡 일어섰다. 마차에 타고 있는 사람이 친구인지 적인지는 알 수 없었다. 어느 쪽이든 세라피나는 자신의 존재를 들키고 싶지 않았다. 이대로 마차 안에 있는다면 꼼짝없이 포위되고 말 것이다. 상대를 관찰하고 몸을 움직여 공격할 수 있는 공간을 확보해야만 했다.

세라피나는 브레이든을 혼자 두고 떠나기가 정말 싫었지만 어쩔 수 없었다. 세라피나는 브레이든의 어깨에 살포시 손을 얹었다. "일어나. 누가 왔어."

브레이든이 미처 눈을 뜨기도 전에 세라피나는 마차 밖으로 빠져나와 숲속으로 뛰어 들어갔다.

세라피나는 덤불과 나무 사이에 몸을 숨기고 브레이든과 기디언이 마차 밖으로 나오는 모습을 지켜보았다. 브레이든이 아침 햇살에 눈을 비비며 주위를 두리번거렸다. 세라피나가 어디로 사라진 건지 궁금해하고 있는 것이 틀림없었다.

"여깁니다! 마차를 찾았어요!" 어떤 남자가 길을 가로막고 있던 쓰러진 나무 위로 뛰어 올라와 소리를 질렀다. 빌트모어에서 브레이든을 찾아 나선 마차 서너 대와 말을 탄 남자 열댓 명이었다. 한 무리의 장정들이 거대한 톱과 도끼로 나무를 자르는 동안 밴더빌트 씨가 쓰러진 나무를 타고 넘어 브레이든에게로 달려왔다.

"하느님, 감사합니다. 무사했구나." 밴더빌트 씨가 떨리는 목소리로 브레이든을 껴안으며 말했다.

브레이든은 삼촌을 다시 만나 기쁘고 안심한 모습이었다. "찾으러 와 주셔서 감사해요."

삼촌 품에서 떨어진 브레이든은 막 잠에서 일어나 헝클어진 뒷머리를 손으로 매만지며 숲속을 훑어보았다. 그러고 나서 자신을 구조하러 온 마차와 사람들을 쳐다보았다.

세라피나는 브레이든이 자신을 찾고 있다는 사실을 눈치 챘지만 숲속에 사는 동물처럼 가만히 숨어 있었다. 진달래와 철쭉 덤불 속에 몸을 숨기고 있자니 꼭 야생 동물이 된 것 같은 기분이 들었다. 어젯밤처럼 숲이 두렵지는 않았다. 숲은 세라피나에게 은신처이자 보호자였다.

"무슨 일이 있었는지 말해 다오, 브레이든." 브레이든이 초조해하고 있다는 사실을 눈치챈 밴더빌트 씨가 물었다.

"어젯밤에 습격을 당했어요." 브레이든의 목소리가 갈라졌고 얼굴은 간밤에 느꼈던 두려움으로 어두워졌다. "놀란이 당했어요. 사라졌어요. 크랭쇼드 씨는 전투가 시작되자마자 사라져 버렸고 지금까지 보이지 않아요."

밴더빌트 씨가 혼란스럽다는 듯이 얼굴을 찌푸리면서 브레이든의 어깨에 손을 얹고 브레이든을 돌려세웠다. 그러자 브레이든의 시야에 열심히 나무를 치우고 있는 장정들이 들어왔다. 세라피나의 눈에는 하인들 말고도 아는 얼굴이 몇몇 보였다. 벤델 씨도 있었고 토른 씨도 있었고 브람스 씨도 있었다. 바로 그때 세라피나가 나지막이 숨을 들이켰다. 그중에는 크랭쇼드 씨도 섞여 있었다.

"크랭쇼드 씨 말로는 도적 떼의 습격을 받았다더구나." 밴더빌트 씨가 말했다. "혼자서 도적 떼를 물리치고 끝까지 쫓아가다가 마차와 멀어지는 바람에 차라리 빌트모어로 돌아가 구조를 요청하는 편이 낫다고 판단했다더군. 난 크랭쇼드 씨가 널 숲속에 혼자 남겨 두고 왔다는 말에 화가 머리끝까지 났지만 그래도 결국 저 사람 덕분에 우리가 여기 올 수 있었으니 어쩌면 그 판단이 옳았던 건지도 모르지."

브레이든이 삼촌 말을 듣고 어이가 없어서 크랭쇼드 씨를 쳐다보았다. 못생긴 크랭쇼드 씨는 마치 자신은 결백하다는 듯한 태도로 브레이든을 똑바로 마주 보았다.

"마차를 습격한 것이 도적 떼였는지는 확실하지 않아요, 삼촌." 브레이든이 주저하며 말했다. "제가 본 건 한 사람이 있었어요. 검은 망토를 입은 남자요. 그 남자가 놀란을 없애 버렸어요. 그런 광경은 처음 보았어요. 놀란이 그냥 사라져 버렸어요."

"놀란을 찾을 때까지 수색대를 파견해 이 산길을 샅샅이 뒤지도록 하마. 그 전에 우선 너를 집으로 데려가야겠다." 밴더빌트 씨가 말했다.

브레이든과 밴더빌트 씨가 대화하는 동안 세라피나는 크랭쇼드 씨를 주시했다. 저 늙은 쥐새끼 같은 자가 무슨 꿍꿍이속을 품고 있는지 궁금했다. 크랭쇼드 씨에게는 무언가 구린 구석이 있었다. 어젯밤 크랭쇼드 씨는 도적 떼와 맞서 싸우지 않았다. 그냥 사라져 버렸다. 그래 놓고선 지금 여기로 돌아와 거짓 영웅담을 늘어놓고 있었다.

그나마 한 가지 다행스러운 사실은 크랭쇼드 씨가 밴더빌트 씨에게 세라피나에 대해선 아무 말도 하지 않은 것 같다는 점이었다. 크랭쇼드 씨는 영웅일까? 악당일까? 아니면 그저 쥐를 닮은 겁쟁이일 뿐일까? 세라피나는 밴더빌트 씨와 크랭쇼드 씨를 비롯해 여기 모인 사람들을 번갈아 관찰했다. 세라피나는 누가 착한 사람이고 누가 나쁜 사람인지 가려내기가 얼마나 어려운지를 처음으로 깨달았다. 누구를 믿고 누구를 경계해야 하는지 알 수 없었다. 누구나 스스로를 영웅이라고 생각한다. 자기가 옳다고 믿는 일을 위해 싸우거나 혹은 하루를 그저 무사히 살아 내는 것만으로도 말이다. 그러나 스스로를 악당이라고 생각하는 사람은 아무도 없다.

기디언은 별로 너그럽지 않았다. 기디언은 크랭쇼드 씨를 향해 돌진하더니 이빨을 드러내며 마구 짖어 댔다. *어쩌면 개는 두려움의 냄새를 맡을 수 있나 봐.* 세라피나는 생각했다. *아니면 그냥 겁쟁이 냄새라도…….* 기디언은 실제로 크랭쇼드 씨를 물 생각은 없어 보였다. 하지만 순순히 놓아줄 생각도 없어 보였다. 다른 사람들이 그 모습을 낄낄거리며 구경했다. 오직 크랭쇼드 씨만 기디언의 관심이 전혀 달갑지 않은 듯했다.

"그만 좀 닥쳐, 이 멍청한 똥개 새끼야!" 크랭쇼드 씨가 고함을 지르며 도끼를 든 손을 들어 올려 기디언을 내리치려고 했다.

기디언을 도와주기에 브레이든과 세라피나는 너무 멀리 있었다. 그때 토른 씨가 크랭쇼드 씨의 팔을 잡았다. "멍청하게 굴지 마세요, 크랭쇼드 씨."

"이건 또 뭐야……. 제발 저 지저분한 털 뭉치 좀 내 눈에 띄지 않게 치워 주시오." 크랭쇼드 씨가 불만을 터뜨리며 다른 곳으로 자리를 옮겼다.

브레이든이 기디언과 토른 씨 쪽으로 달려갔다. "토른 씨, 감사합니다. 정말 감사합니다."

"무사하셔서 천만다행입니다, 밴더빌트 도련님." 토른 씨가 가죽 장갑을 낀 손으로 브레이든의 어깨를 다독이며 쾌활하게 말했다. "듣자 하니 오늘 저녁 식탁에서 모두에게 들려줄 만한 큰일을 겪으셨다더군요. 숲속 대모험 말입니다."

"혹시 여기 오시는 길에 아무도 못 보셨나요?" 브레이든이 여전히 기디언을 안은 채로 세라피나를 찾느라 두리번거리며 물었다.

"아무 걱정 마십시오. 그런 놈들은 겁쟁이라 한번 습격한 곳으로는 절대 다시 돌아오지 않습니다. 아마 지금쯤 멀리 가 버렸을 겁니다." 토른 씨가 상냥한 말로 브레이든을 안심시켰다.

그런데 토른 씨의 허리춤에 달린 우아한 단검이 세라피나의 눈에 들어왔다. 말은 저렇게 하면서 정작 본인은 도적 떼를 만날까 봐 두려웠던 걸까.

"토른 씨 말에 백번 동의하오." 밴더빌트 씨가 화가 난 목소리로 고개를 저으며 브레이든과 토른 씨를 향해 말했다. "도적 떼가 감히 겁도 없이 빌트모어와 이렇게 가까운 곳까지 습격하다니 믿을 수 없소. 경찰에게 당장 순찰을 강화하라고 요청해야겠소."

브레이든 귀에는 토른 씨와 삼촌의 말이 잘 들어오지 않는 것 같았다. 브레이든은 자꾸만 숲속을 두리번거렸다. 세라피나는 브레이든에게 나는 괜찮으니 걱정 말라고 알려 주고 싶은 마음이 굴뚝같았다. 하지만 그랬다가는 저기 있는 모든 사람이 세라피나를 보게 될 것이다. 세라피나는 자신이 누구인지 그리고 왜 어젯밤 브레이든과 함께 마차를 타고 있었는지 설명해야 하는 상황이 닥치는 건 원치 않았다. 그래서 조용히 눈에 보이지 않는 곳에 숨어 있기로 했다.

브레이든이 기디언 옆에 쪼그리고 앉았다. 기디언은 정확히 세라피나가 숨어 있는 쪽을 바라보고 있었다. "기디언, 세라피나 냄새가 나는 것 같아?" 브레이든이 속삭였다.

"뭐 하고 있니?" 그때 밴더빌트 씨가 불쑥 나타났다.

브레이든은 삼촌에게 들켰다는 사실을 직감하고 가만히 서 있었다.

"누구를 찾고 있는 거니, 브레이든?" 밴더빌트 씨가 다시 물었다.

세라피나는 헉하고 숨을 들이켰다. 올 것이 왔다. 브레이든은 누구를 찾고 있는 걸까? 세라피나와 아빠의 비밀이 탄로 나기 일보 직전이었다. 브레이든이 삼촌의 질문에 대답하는 순간 세라피나와 아빠의 인생은 끝장이었다.

브레이든이 망설이자 밴더빌트 씨가 인상을 찌푸렸다. "무엇을 숨기고 있는 거니, 브레이든? 얼른 말해 보거라."

브레이든은 삼촌에게 거짓말을 하고 싶진 않았다. 그러나 말없이 고개를 가로저으며 땅바닥만 쳐다보았다. "아무것도 아니에요." 브레이든이 기어 들어가는 목소리로 대답했다.

세라피나는 안도의 한숨을 내쉬었다. 브레이든이 약속을 지켜 주었다. 브레이든은 아무에게도 말하지 않을 것이다. *고마워, 브레이든. 고마워.* 세라피나가 속으로 말했다. 그러나 브레이든은 삼촌에게 야단을 맞고 있었다.

"당당하게 굴어야지, 아들아." 밴더빌트 씨가 말했다. "너도 이제 열두 살이잖니. 열두 살이면 네 몸은 네가 제대로 건사할 수 있어야 하는 나이다. 여기서 무슨 일이 일어날까 봐 지레 겁먹지 말아라. 네 한 몸 정도는 책임질 줄 알아야지. 남자답게 굴어라. 겨우 도적 떼일 뿐이야."

"제 생각에는 도적 떼가 아닌 것 같아요." 브레이든이 다시 말했다.

"그럼 뭐란 말이냐. 우리 밴더빌트 가문에게 이 정도는 일도 아니다. 그렇지?"

"네, 삼촌 말씀이 맞아요." 브레이든이 땅바닥을 쳐다보며 마지못해 대답했다. "그냥, 배가 고파서 그런가 봐요." 토른 씨가 브레이든을 구해 주러 끼어들었다. "그럼 뭐라도 요기를 하는 게 급선무겠군요." 토른 씨가 브레이든의 어깨를 감싸 안으며 열정적으로 말했다. "이리로 오시죠. 제가 나오기 전에 부엌을 급습해 돼지고기 샌드위치를 잔뜩 가져왔답니다. 입맛에 맞지 않으시면 산딸기 빵도 있고요."

브레이든은 숲속을 한 번 더 둘러본 뒤 몸을 돌려 토른 씨를 따라갔다.

세라피나는 브레이든이 너무나 안쓰러웠다. 자신이 여기 안전하게 있다는 실마리라도 주고 싶었다. 다른 소녀들 같았으면 몸에 지니고 있는 소지품을 남기거나 했을 것이다. 은으로 된 펜던트나 레이스 달린 손수건이나 팔찌에 달린 작은 보석 같은 물건 말이다. 하지만 야생에 가까운 소녀인 세라피나는 그런 물건 따위 몸에 지니고 다니지 않았다.

사람들이 브레이든 주변에 모여 무사해서 다행이라며 기뻐하고 있을 때 세라피나는 무리에서 떨어져 나와 길 가장자리에 혼자 서 있는 한 남자를 발견했다. 수염이 덥수룩하고 풍채가 좋은 러시아 대사 로스토노브 씨였다. 브레이든은 로스토노브 씨가 영어도 잘한다고 했다. 불쌍한 로스토노브 씨는 눈물이 가득 고인 눈으로 숲속을 멍하니 바라보고 있었다. 사랑하는 딸 아나스타시야가 저 그림자 속에 숨어 있던 무언가에게 살해당한 것은 아닐까 생각하는 것 같았다. 로스토노브 씨는 손수건을 꺼내 눈물을 닦은 다음 코를 풀었다. 로스토노브 씨와 아나스타시야는 원래 빌트모어에 며칠만 머물다가 가족들과 함께 크리스마스를 보내기 위해 러시아로 돌아갈 예정이었다. 하지만 아나스타시야가 사라져 버린 지금 로스토노브 씨는 여전히 여기 남아 딸을 찾고 있었다. 차마 아나스타시야 없이 혼자서 아내에게 돌아갈 수 없었기 때문이다. 마차 뒤편에서 남자 몇 명이 크랭쇼드 씨에게 다가가 브레이든을 찾을 수 있도록 수색대에게 길을 알려 주어 고맙다고 인사했다. 크랭쇼드 씨는 아직도 기디언 때문에 기분이

풀리지 않은 상태였다. 크랭쇼드 씨에게는 세라피나의 신경을 거슬리게 하는 무언가가 있었다. 크랭쇼드는 어젯밤 *진짜*로 무얼 하고 있었던 것일까? 검은 망토가 습격했을 때 그는 어디에 있었던 것일까? 검은 망토의 부하인가? 아니면 크랭쇼드 본인이 검은 망토인가?

세라피나는 밴더빌트 씨도 의심스럽다는 듯이 바라보았다. 세라피나는 밴더빌트 씨가 브레이든에게 이건 해라, 이건 하지 말아라, 이렇게 생각해라 하는 식의 고압적인 태도를 취하는 게 마음에 들지 않았다. 간밤에 브레이든이 무슨일을 겪었는지도 전혀 모르면서 말이다. 밴더빌트 씨도 세라피나의 아빠보다 나을 것이 없었다. 밴더빌트 씨는 도적 떼가 습격했다는 크랭쇼드 씨의 말만 철석같이 믿고 있는 것 같았다.

브레이든은 숙모와 삼촌이 다른 곳에서 하룻밤을 자고 오라고 자신을 은밀하게 보냈다고 했다. 그 말은 곧 어젯밤 브레이든이 숲길을 지나고 있었다는 사실을 아는 사람은 거의 없었다는 뜻이다. 게다가 브레이든은 삼촌이 크랭쇼드 씨를 믿고 의지한다고 했다. 그러면 밴더빌트 씨와 크랭쇼드 씨는 한패일까?

세라피나는 차근차근 생각해 보려 했다. 밴더빌트 씨가 정말로 검은 망토를 입은 남자일 가능성이 있을까? 빌트모어에 있는 모든 어린이를 집어삼켜야만 하는 끔찍한 이유라도 있는 걸까?

길에 쓰러져 있던 두 번째 나무를 치우는 작업이 끝이 났다. 놀란을 찾아 나설 수색대를 제외하곤 전부 마차에 다시 올라탔다. 마부들이 좁은 숲길에서 마차를 반대 방향으로 돌리는 어려운 작업을 시작했다. 빌트모어로 돌아가기 위해서였다.

"너는 내 마차에 타거라, 브레이든. 크랭쇼드 씨가 마차를 몰 거다." 밴더빌트 씨가 말했다.

"네, 알겠습니다." 브레이든이 대답했다. "그런데 제 말들은 집에 어떻게 데려가나요?" 브레이든의 말 네 마리는 여전히 마차에 묶여 있었지만 그 마차를 몰 마부가 없었다.

"제가 몰아서 데려가지요." 토른 씨가 나섰다. 토른 씨는 마차로 다가가 말들의 머리를 부드럽게 쓰다듬었다. 말들이 그 손길에 보답하듯 코를 마주 비볐다. 토른 씨가 빈 마부석에 올라앉아 고삐를 쥐었다.

세라피나는 브레이든이 그제야 안심하고 미소 짓는 것을 보았다. 하지만 세라피나가 보기에는 무언가 이상했다. 신사들 중에 말을 잘 타는 사람은 많았지만 마차를 몰 줄 아는 사람은 거의 없었다. 마차를 모는 것은 하인들의 일이었기 때문이다.

혈통 좋은 말을 타고 있던 벤델 씨가 토른 씨 쪽으로 다가갔다. "토른, 자네는 정말이지 가산을 탕진해도 먹고살 걱정은 없겠네그려."

"탕진할 가산이 있을 때 이야기지요." 토른 씨가 겸손하게 대답했다.

벤델 씨와 토른 씨는 한바탕 웃음을 터뜨렸다. 그러나 이내 벤델 씨의 표정이 진지해졌다. 벤델 씨는 토른 씨와 밴더빌트 씨에게 모자를 까딱 기울여 가볍게 인사하고는 놀란을 찾으러 떠나는 수색대에 합류했다.

"기다리지 말고 먼저 식사들 하시오." 벤델 씨가 저 멀리서 외치고는 말을 탄 다른 사람들과 함께 숲속으로 사라졌다.

이윽고 모든 마차가 빌트모어를 향해 출발했다.

세라피나도 저 속에 끼어 집으로 돌아가고 싶은 마음이 간절했지만 그럴 수 없다는 사실을 잘 알고 있었다. 모두가 사라질 때까지 덤불 속에 얌전히 숨어 있어야만 했다. 혼자만 남겨졌다는 사실에 두려움이 밀려왔다. 빌트모어로 돌아가는 길을 영영 찾을 수 없을지도 모른다고 생각하자 숨이 턱막혔다. 브레이든이 벌써 그리워졌다. 세라피나는 마차가 점이 되어 사라질 때까지 바라보았다. *잘 가, 내 친구.* 세라피나는 브레이든도 자신을 친구로 생각해 주길 바라며 쓸쓸해했다.

그러나 마차가 완전히 모습을 감추자 팔다리에 간질간질 힘이 들어가는 것을 느꼈다. 숲속에 홀로 남겨졌으니 보통 사람 같으면 응당 무서워했을 것이다. 세라피나는 평생을 숲 가까이에는 얼씬도 하지 말라는 말을 들으며 자랐다. 하지만 지금은 여기 이렇게 숲 한복판에 들어와 있었다. 빌트모어와 멀리 떨어진 이 깊은 숲속에. 그것도 홀로. 세라피나에게는 계획이 있었다. 그리고 그 계획에 사로잡혀 있었다. 다만 이 계획을 실행에 옮기다 길을 잃고 영영 집으로 돌아가지 못하는 불상사가 일어나지 않길 바랄 뿐이었다. 혹은 목숨을 잃거나.

※

세라피나는 모두 떠난 뒤에야 텅 빈 길로 나왔다. 길을 굽어보면서 빌트모어까지 거리가 얼마나 될까 가늠해 보았다. 아빠와 저택에서 이렇게 멀리 떨어진 곳에 혼자 있다니 기분이 이상했다. 어제 그곳에서 겪었던 한바탕 소란마저 비현실적으로 느껴졌다. 세라피나는 행여나 울면서 마차를 쫓아가는 일이 벌어질까 봐 걱정했었다. *기다려요! 기다려요! 날 두고 가지 말아요!*

하지만 세라피나는 그러지 않았다. 어른이 된 기분이었다.

어느덧 제법 높이 떠오른 태양이 나무 위로 따뜻한 빛을 내리쬐고 있었다. 새들이 지저귀고 부드러운 산들바람이 불었다. 숲속은 생각했던 것만큼 나쁘지 않았다.

그런데 나무 사이로 굽이진 길을 바라보다가 문득 집에서 20킬로미터나 떨어진 곳에 있다는 사실이 실감이 났다.

"저녁 먹기 전까지는 집에 갈게요, 아빠." 말은 그렇게 했지만 정말로 돌아갈 수 있을지는 확신할 수 없었다. 세라피나는 걷기 시작했다. 그러나 집으로 돌아가는 길은 아니었다. 집에 가기 전에 들를 곳이 있었다.

검은 망토를 입은 남자는 숲속을 매우 잘 아는 듯했다. 숲속에서 실종된 사람들 이야기가 떠올랐다. 검은 망토를 입은 남자와 빌트모어에서 손님들이 수군거리던 버려진 마을 사이에 무언가 관련이 있을지도 모른다는 의심이 들었다. 그래서 직접 그 마을을 찾아 나서기로 했다. 그곳에 무언가 단서가 있을지도 몰랐다. 왜 마을 사람들은 집을 버리고 떠나야 했을까?

사실 세라피나는 한편으로는 깊숙한 숲속으로 들어가 신비한 세상을 구경하고 싶은 마음에 안달이 나 있었다. 단지 아빠가 숲에는 얼씬도 못 하게 했기 때문만은 아니었다. 문제는 아빠가 들려준 진실 때문이었다. 아빠는 세라피나가 바로 여기 숲속에서 *태어났다*고 했다.

세라피나는 일단 길을 따라 걸어 내려가 보기로 했다. 운이 좋으면 오래된 표지판이나 길을 아는 사람을 마주칠 수도 있었다. 어느 쪽이든 마을 전체를 찾기란 그다지 어려운 일 같지 않았다.

숲길을 걸으면서도 세라피나의 생각은 계속 아빠에게로 흘렀다. 아빠에게 소식을 전해 주고 싶은 마음이 간절했다. 아빠는 지금쯤 세라피나가 걱정되어 잠도 못 자고 있을 것이다. 더군다나 아이들이 하나둘씩 사라지고 있는 상황이니 걱정은 이만저만이 아닐 것이다. 세라피나는 문득 아빠가 발전기를 고쳤는지 궁금해졌다.

발전기는 세라피나만 빼고 모든 사람에게 밤에 꼭 필요한 한 가지를 만들어 냈다. 바로 빛이었다. 도대체 누가 일부러 발전기를 망가뜨렸을까? 게다가 발전기를 고장 낼 수 있는 방법을 알고 있는 사람이 도대체 누구일까? 아빠는 빌트모어 대저택에서 발전기가 작동하는 원리를 알고 있는 유일한 사람이었다. 어쩌면 조지 밴더빌트 씨도 알고 있을지 모른다. 서재에 있는 책을 읽었다면 말이다.

세라피나는 누구나 특별한 재능이나 능력을 한두 가지씩 타고난다는 사실이 새삼 신기했다. 누구에게나 날 때부터 자기도 모르게 끌리거나 잘하는 일이 있다. 사람들은 그렇게 타고난 재능을 오랜 세월 동안 갈고닦곤 한다. 어떤 누구도 모든 것을 잘할 순 없다. 그건 불가능하다. 시간이 충분하지 않기 때문이다. 하지만 누구나 잘하는 일이 한 가지쯤은 있다. 그리고 무엇보다 세상에 똑같은 사람은 없다. 이걸 잘하는 사람이 있는가 하면 저걸 잘하는 사람이 있다. 세라피나는 어쩌면 하느님은 모든 사람이 함께일 때 하나가 될 수 있도록 제각각 다르게 만드신 건 아닐까 생각했다. 퍼즐 조각처럼 말이다.

아직도 그 기계밖에 모르는 아빠가 숲속에서 갓 태어난 아기를 데려와 지금까지 돌보고 키웠다는 사실이 잘 믿기지 않았다. 지금까지 아빠와 지하실 말고 다른 가족과 집이 있으리라고는 단 한 번도 생각해 보지 않았다. 그런데 이제 세라피나의 마음속에는 온갖 의문과 계획이 소용돌이치고 있었다. 한편으로는 한시라도 빨리 아빠가 있는 집으로 돌아가고 싶었지만 또 한편으로는 홀로 자유롭게 숲속을 거닐고 있는 이 시간이 너무 즐겁기도 했다. 원하는 곳은 어디로든 갈 수 있었다.

한 시간쯤 걸었지만 사람이라고는 코빼기도 보이지 않았다. 한 시간 동안 마주친 건 마치 세라피나를 놓고 수군거리기라도 하는 것처럼 지저귀던 큰어치 새와 쇠박새 떼, 다람쥐 몇 마리 그리고 목숨이 경각에 달린 것처럼 세라피나 앞을 가로질러 지나가던 밍크 한 마리가 다였다. 세라피나는 맞는 길로 가고 있는지조차 헷갈리기 시작했다. 하지만 이 길만 따라간다면 크게 잘못될 일은 없었다.

그때 세라피나 앞에 세 갈래 갈림길이 나타났다.

왼쪽에 난 길이 가장 넓었고 또 사람이 가장 많이 지나다니는 길 같았다. 세라피나는 무릎을 꿇고 양손으로 땅바닥을 짚은 채 울퉁불퉁한 길을 관찰했다. 마차의 바퀴 자국을 발견할 수 있을지도 모른다는 생각에서였다. 하지만 잘 보이지 않았다. 중간 길도 널찍하고 깨끗했다. 간간이 말발굽 모양으로 추정되는 움푹 패인 자국도 보였다. 둘 중 어느 길이 빌트모어로 이어지는 길인지 헷갈렸다.

세 번째 길만 달랐다. 길이라고 부르기도 애매했다. 하지만 옛날에는 길이었던 것 같았다. 오래된 전나무 두 그루가 길 한가운데에 가위 모양으로 포개져 쓰러진 채 썩어 가고 있었다. 독이 있는 담쟁이덩굴과 덩굴 식물에서 뻗어 나온 두꺼운 가지가 사방을 뒤덮고 있었다. 그 모습이 꼭 전나무

두 그루가 덩굴 식물에게 목이 졸려 죽은 것처럼 보였다. 수년 동안 이 세 번째 길로는 마차도 말도 다니지 않은 것이 분명했다. 과연 사람이 두 발로 지나갈 수 있는 길인지조차 확신이 서질 않았다.

표지판도 전혀 없었다. 그러나 오랫동안 사람의 발길이 닿지 않은 이 길을 따라가다 보면 왠지 버려진 마을이 나올 것만 같았다. 어쩌면 길이 이런 상태라 마을이 고립되었을 수도 있다. 아니면 마을 사람들이 사라지자 숲이 다시 길을 점령했을 수도 있다. 어느 쪽이든 검은 망토를 입은 남자에 대한 수수께끼를 풀려면 단서와 정보가 필요했다. 검은 망토를 입은 남자는 어디에서 왔을까? 어떤 사연이 있을까? 어떻게 막을 수 있을까?

독이 있는 담쟁이덩굴 따위는 세라피나에게는 전혀 문제가 되지 않았다. 그래도 일단 조심스럽게 줄기와 가시를 헤치고 올라갔다. 가위 모양으로 가로놓인 나무를 넘어가자 또 다른 숲이 나왔다. 온통 죽어서 썩어 가는 나무로 가득한 숲이었다. 바닥에는 도끼날처럼 날카로운 돌부리가 널려 있었다. 좁고 잡초가 무성한 길은 구불구불 바위투성이 골짜기로 이어졌다. 그 너머에는 무엇이 있는지 보이지 않았다.

어두운 숲길을 바라보고 있노라니 등골이 오싹했다. 이 길이 자신을 어디로 데려갈지 알 수 없었지만 세라피나는 일단 가 보기로 했다.

10

세라피나는 그림자가 진 길을 따라 한참 동안 걸었다. 쓰러진 나무를 넘고 가시 돋친 덤불을 헤치며 걸어가다 보니 또 다른 갈림길이 나왔다.

어느 쪽으로 가야 하나 고민하고 있을 때 나뭇가지 사이로 희미한 소리가 들려왔다. 왠지 이 세상 소리 같지 않게 으스스했다. 그냥 바람 소리일 거라고 생각하려 했지만 자세히 들어 보니 저 멀리서 사람들이 서로를 부르는 소리 같기도 했고 아이들이 뛰노는 소리 같기도 했다.

달리 소리의 정체를 알아낼 방법이 없어서 세라피나는 소리가 나는 쪽으로 가 보기로 했다. 가는 길에 혹시라도 집을 지나게 된다면 그곳에 사는 사람이 나와 길을 알려 줄지도 몰랐다.

가파른 모퉁이를 돌자 고사리로 잔뜩 뒤덮인 깊은 골짜기가 나왔다. 골짜기를 빠져나오자 이번에는 이끼로 뒤덮인 거대한 바위와 오랜 세월 바람을 따라 이리저리 구부러진 나무들 사이로 길이 이어졌다. 나무뿌리는 흙을 찾아 거대한 손처럼 바위를 얽어매고 그 아래 토양에 손가락을 깊숙이 밀어넣고 있었다.

*여기는 너무 오싹한걸.* 세라피나가 속으로 생각했다. 하지만 오로지 앞으로만 나아갔다.

햇빛을 향해 자라나는 보통 나무와는 다르게 여기 있는 나무들은 하나같이 고통에 몸부림치는 것처럼 비틀리고 일그러져 있었다. 대부분 가지만 앙상한 채로 죽어 있거나 시들어 있었다. 병에 걸렸거나 아니면 무언가 알 수 없는 힘에 공격을 받은 것 같았다. 거인이 떠밀기라도 한 것처럼 서로 포개진 채 바닥에 쓰러져 있는 나무도 많았다.

나뭇잎으로 뒤덮인 숲 바닥에서 아지랑이가 한 가닥 피어올랐다. 안개가 너무 짙어서 주변이 잘 보이지 않았다.

*이건 뭐, 앞이 안 보이니 까딱하다간 길을 잃겠는걸……*.

세라피나는 지나온 갈림길 쪽으로 고개를 돌렸지만 짙은 안개 탓에 그마저도 잘 보이지 않았다. 두려움을 떨치려고 애썼지만 마음속에서 공포스러운 마음이 자꾸 피어올랐다. 세라피나는 침을 꼴깍 삼켰다. 스산한 안개가 주위를 둘러쌌다. 이제 방향 감각을 완전히 잃고 말았다. 그냥 큰길로 갈걸 하는 후회가 물밀듯이 밀려왔다. *침착해.* 세라피나는 마음을 다스렸다. *차근차근 생각해 보자…… 집으로 가는 길을 찾아야 해…….*

그때 돌부리에 걸려 중심을 잃고 앞으로 고꾸라졌다. 나뭇잎 아래에 묻혀 있던 축축하고 끈적끈적한 무언가가 손과 얼굴에 잔뜩 묻었다. 그 정체를 확인한 세라피나가 헉하고 숨을 들이켰다. 사슴인지 뭔지 모를 커다란 동물의 피 묻은 사체였다. 누군가 내장은 전부 빼 가고 가죽만 남아 있었다. 머리와 뒷다리도 없었다. 사체의 남은 부분으로 미루어 짐작건대 누군가 일부러 여기에 숨겨 놓은 것 같았다.

세라피나는 욕지기를 느끼며 벌떡 일어섰다. 피 묻은 손을 끈적끈적한 나무껍질에 문질러 닦은 뒤 서둘러 자리를 떴다. 어서 빨리 길을 찾아야 했다.

앞쪽에서 또다시 목소리가 들렸다. 희망이 보이는 것 같았다. 세라피나는 재빨리 소리가 나는 쪽으로 걸음을 옮겼다. *어쩌면 여행객일지도 몰라.* 세라피나는 생각했다. *아니면 저기에 사냥꾼들이 쉬어 가는 오두막이 있을지도 몰라.*

조금 가다가 세라피나는 멈추어 섰다. 아까 들었던 으스스한 소리가 또다시 들려왔다. 하지만 이번에는 훨씬 가까이에서 들렸다. 귀에 거슬리는 쇳소리였지만 묘하게 사람이 내는 소리 같았다. 마치 이상한 어린이들이 숲속에서 뛰놀면서 내는 소리 같았다. 두려움이 솟구쳤다. 불안한 마음에 팔다리가 떨려 오기 시작했다. 소리는 이제 세라피나의 머리 위에서 들려오고 있었다. 하지만 아무것도 보이지 않았다.

"모습을 보여라!" 세라피나가 소리쳤다.

무언가 세라피나의 어깨를 스치고 지나갔다. 그 바람에 세라피나가 중심을 잃고 빙그르르 돌았다. 세라피나는 머리를 감싸 안고 땅바닥에 주저앉았다. 검은색 물체가 세라피나의 머리 위로 푸드덕 날아올라 나뭇가지에 앉았다. 그 날갯짓 때문에 생긴 급작스런 기류에 오스스 소름이 돋았다.

세라피나는 주위를 둘러보았다. 그리고 마침내 보았다. 한 마리, 두 마리…… 까마귀 열세 마리가 세라피나를 에워싸고 있었다. 나뭇가지 사이를 옮겨 다니며 쇳소리로 음모를 꾸미던 주인공은 다름 아닌 까마귀 떼였다. 까마귀들은 자신들만 아는 신호로 이야기하고 있었다. 그런데 아무래도 자기들끼리만 대화를 하는 눈치가 아니었다. 까마귀 떼는 세라피나를 쳐다보고 그 주위를 날아다니며 대화를 시도하고 있었다. 세라피나가 알아채지 못하자 답답했던 나머지 까마귀 몇 마리가 세라피나를 향해 발톱을 세우고 급강하를 시도했다. 세라피나를 공격하려는 걸까 아니면 경고를 주려는 걸까? 알 수가 없었다.

"날 혼자 내버려 둬!" 세라피나가 고함을 질렀다. 세라피나는 팔로 머리를 감싼 채 까마귀 떼를 피해 달아났다. 커다란 까마귀 떼가 통과할 수 없는 덤불 속으로 뛰어들었다. 세라피나는 너무 무서웠던 나머지 달리고 또 달렸다.

세라피나는 한참을 달리다 숨을 고르기 위해 멈춰 선 뒤, 아직도 까마귀 떼가 쫓아오는지 확인하려고 뒤돌아보았다.

그런데 발밑에 무언가 딱딱한 것이 밟혔다. 편평한 바닥 같았다. 고개를 숙이자 기다란 회색 바위의 가장자리가 눈에 들어왔다. *이번엔 또 뭐야?* 세라피나는 생각했다.

바위는 땅에 반쯤 파묻혀 있었다. 세라피나가 바닥에 무릎을 꿇고 흙과 나뭇잎을 털어 내자 그 밑에 있던 반들반들하고 편평한 석회암이 모습을 드러냈다.

그 위에 누군가 조각해 놓은 글씨가 보였다.

**여기에 내 피가 있으니 그대로 둘지어다.**
**죽은 자는 말이 없고 결코 울지 않으리니.**

등골이 서늘했다. 세라피나는 주변을 휘휙 둘러보았다. 불과 몇 발자국 떨어진 곳에 또 다른 편평한 회색 바위가 있었다. 세라피나는 흙을 털어 내고 그 위에 쓰인 글씨도 읽었다.

**이리 오너라, 이리 오너라. 나와 함께 눕자꾸나.**
**나를 죽인 그놈을 함께 죽이자꾸나.**
클로븐 스미스 1797~1843

*여기가 어딘지 이제 알겠네, 정말 마음에 안 드는 곳이야. 여긴 무덤이잖아⋯⋯.*

세라피나는 축축한 손바닥을 옷에 문지른 다음 몇 발자국 더 옮겼다. 덤불 아래에 더 많은 무덤이 있었다. 가도 가도 무덤이 끝없이 나올 것만 같았다. 보이는 곳마다 온통 무덤 뿐이었고 제멋대로 자라난 덩굴과 나무가 무덤 대부분을 뒤덮고 있었다.

묘비끼리 워낙 다닥다닥 붙어 있어서 그 아래 전부 시체가 묻혀 있기란 불가능해 보였다. 빌트모어에서 들었던 이야기 그대로였다. 숲속에서 실종된 사람들은 그 시체를 찾지 못해서 무덤만 만들어 놓는다고 했다. 이 공동묘지는 그저 얼마나 많은 사람이 실종되었는가를 보여 주는 표시일 뿐이었다.

그러나 버려진 공동묘지의 더 안쪽으로 들어가자 동그랗게 솟은 무덤이 나오기 시작했다. 그 밑에는 죽은 사람이 묻혀 있는 게 확실했다. 관을 누가 훔쳐 갔거나 시체가 스스로 기어 나오기라도 한 것처럼 덩그라니 빈 구멍만 남은 무덤 자리도 있었다.

세라피나는 마른침을 삼켰다. 다리가 후들후들 떨렸지만 꾹 참고 계속 앞으로 나아갔다.

어떤 무덤은 지진이라도 난 것처럼 속살을 드러내고 있었다. 그 안에 있던 관이 부서진 채 공기 중에 노출되어 썩어 갔다. 무덤 안에서 삐죽이 튀어나온 관도 있었고 나무뿌리가 뒤엉켜 있는 관도 있었다. 세라피나는 걸어가면서 묘비명을 읽었다. 나이 든 사람도 있었고 젊은 사람도 있었다. 형제자매도 있었고 친구와 적도 있었고 남편과 아내도 있었다. 지난 수백 년 동안 이 땅에 살았던 사람들이었다.

이 오래된 공동묘지의 존재는 익히 들어서 알고 있었다.

묘비가 수백 개도 넘지만 이곳에 사람을 묻었던 시절을 기억하는 사람은 아무도 없었다. 오래전부터 여기에 살았던 산마을 사람들조차 이 공동묘지에 묻힌 사람들이 전부 어디서 왔는지 알지 못했다. 한꺼번에 온 가족이 죽어서 묻힌 경우도 허다했다.

산마을 사람들은 더 이상 이 공동묘지에 사랑하는 사람을 묻지 않는다고 했다. 믿거나 말거나 지반이 불안정해서 관이 움직이고 시체가 없어진다는 소문 때문이었다. 죽어서 누울 곳이 없어진 시체가 살아생전 살던 집과 거리를 떠돌아다니는 모습을 목격했다는 이야기도 있었다.

인간이 야생 동물로 변신한다는 이야기도 있었다. 엄청난 힘을 가진 마술사와 끔찍하게 일그러진 모습으로 숲속을 기어 다니는 괴물을 보았다는 이야기도 있었다.

세라피나는 동그랗게 솟은 작은 무덤 두 개가 나란히 자리 잡고 있는 곳에 이르렀다. 무덤 두 개가 서로 너무 가까이 붙어 있어서 거의 하나처럼 보였다. 묘비는 한 개뿐이었다. 어린 두 자매가 나란히 잠들어 있는 모양이었다.

우리 침대는 사랑스럽고 어둡고 달콤하다.

이제 여기로 와서 우리와 함께 눕자.

메리 헴록과 마거릿 헴록 1782~1791

영원히 잠들어 돌아오지 않다

'돌아오지 않다'라는 글자를 읽을 때 목덜미에 난 솜털이 곤두섰다. 도대체 여기는 뭐 하는 곳이지?

오래된 마을을 찾아 나섰는데 결국에 발견한 건 이 공동묘지뿐이었다. 이 공동묘지가 유일하게 남은 오래된 마을의 흔적이라는 생각이 직감적으로 들었다.

세라피나가 걸을 때마다 발밑에서 낙엽이 바스라졌다. 묘비 사이사이에 나뭇가지가 앙상하게 뼈만 남은 시체의 손가락처럼 널브러져 있었다. 땅에 엎어져 있거나 깨져서 흩어져 있는 묘비도 많았다. 땅속 깊숙이 처박힌 묘비도 여럿이었다. 멀쩡하게 땅 위에 우뚝 서 있는 묘비는 손에 꼽았다. 그마저도 검푸른 이끼나 덩굴로 뒤덮여 있어서 거의 식별이 불가능했다.

세라피나는 또 다른 묘비명을 읽었다.

**죽음은 자연에게 갚아야 할 빚이다.**
**나는 갚았으니 이제 당신 차례다.**

다른 구역에서도 세라피나는 수없이 늘어선 십자가를 발견했다. 오랜 세월의 흔적이 느껴지는 명판에는 여기 예순여섯 개의 십자가가 한 부대 군인들의 무덤임을 나타낸다고 적혀 있었다. 부대원 전체가 어느 날 밤 한꺼번에 죽은 채로 발견되었다고 한다. 단 한 번도 전쟁에 나가 싸운 적이 없는 부대였다.

더 안쪽으로 들어가자 빈터가 나왔다. 이 작은 빈터를 둘러싸고 있는 나무들만 이상할 정도로 깨끗했다. 어떤 종류의 덤불이나 덩굴도 엉켜 있지 않았다. 공동묘지에서 유일하게 이 빈터에만 잡초 하나 없는 완벽한 풀밭이 펼쳐졌다. 빈터 중앙에는 노래하는 천사를 닮은 조각상이 서 있었다. 주변으로는 온통 안개가 자욱한데 이 빈터에만 안개가 끼지 않은 것도 이상했다. 안개를 뚫고 쏟아진 햇살이 천사 조각상의 얼굴과 머리카락과 날개를 부드럽게 비추고 있었다.

"이제야, 아름답네."

세라피나는 천사 조각상으로 가까이 다가가 그 발치에 새겨진 글을 읽었다.

우리 인격을 결정짓는 것은

전투의 승패가 아니라

우리가 용감히 맞서 싸운 전투 그 자체이다.

세라피나는 천사 조각상을 올려다보았다. 천사 조각상은 녹회색 이끼로 얼룩덜룩했다. 기다란 드레스와 아름다운 얼굴에 착색된 검은 줄무늬는 수백 년 세월의 흔적을 드러내고 있었다. 마치 거대한 슬픔을 간직한 채 뺨 위로 눈물을 흘리고 있는 것처럼 보였다. 하지만 날개는 분노에 가득 찬 듯 하늘 높이 펼쳐져 있었고 고개는 종말을 외치듯 치켜들고 있다. 마치 주변에 있는 모든 사람을 큰 전투로 불러들이고 있는 것처럼 보였다. *무슨 전투일까?* 세라피나는 궁금했다. 천사 조각상의 오른손에는 장검이 들려 있었다. 조각상 자체는 돌로 만들어졌지만 손에 든 장검만은 진짜 쇠로 만들어진 것 같았다. 혼자만 세월의 흔적을 비껴간 듯 장검이 햇빛을 받아 반짝거렸다. 세라피나는 호기심에 이끌려, 천천히 손을 뻗어 칼날을 만졌다. 그러나 곧바로 헉하며 손을 뒤로 뺐다. 손가락에서 피가 나고 있었다. 살짝만 손을 가져다 댔는데도 베일 정도로 칼날은 날카로웠다.

그때 무언가가 세라피나의 시선을 사로잡았다. 두려움으로 심장이 뛰기 시작했다. 당장이라도 달아날 채비를 하듯 근육이 조여들었다. 빈터 가장자리에는 묘비 하나가 엎어져 있었고 그 바로 옆에는 오래된 버드나무 한 그루가 쓰러져 있었다. 속살을 드러낸 버드나무 뿌리 아래로 작은 굴이 하나 보였다. 확실친 않았지만 언뜻 그 안에서 천천히 움직이는 그림자를 본 것 같았다.

그 순간 세라피나는 확실히 보았다.

오래된 무덤 옆에서 무언가가 움직이고 있었다.

　세라피나는 스스로에게 숨을 쉬라고, 침착하라고 되뇌었
다. 심장이 조여들고 숨이 가빠 왔다. 뒤돌아서서 도망치고
싶은 마음을 겨우 억누르고 가만히 지켜보았다. 호기심 때문
에 그냥 지나치긴 힘들었다.

　세라피나는 더 자세히 보려고 공동묘지를 가로질러 살금살
금 가까이 다가갔다.

　무덤에서 시체가 기어 나오는 것은 아닐까 무서웠다. 세라
피나는 창백하고 부패한 시체의 손이 흙을 파고 지표면으로
불쑥 올라오는 광경을 상상했다. 하지만 가까이 다가갔을 때
눈앞에 나타난 것은 시체와는 아주 거리가 먼, 생생하게 살
아 움직이는 동물이었다.

　조그마한 고양잇과 동물이었다. 황금빛이 감도는 갈색 털

에 군데군데 검은색 점이 있었고 꼬리가 길었다. 그게 새끼 퓨마라는 사실을 알아차리기까지는 시간이 조금 걸렸다.

갑자기 어디선가 또 다른 새끼 퓨마가 나타났다. 새끼 퓨마 두 마리는 서로에게 달려들어 엎치락뒤치락하면서 뒤엉켜 놀았다. 갸릉갸릉 울기도 하고 늑대처럼 울부짖기도 하고 서로를 장난스레 때리기도 했다. 아기 고양이 같은 기다란 수염에 까만색 털이 섞인 황금빛 얼굴이 너무나도 사랑스러웠다.

천사 조각상이 들고 있는 칼에 햇빛이 반사되었다. 그 햇빛 아래 초록색 풀밭에서 새끼 퓨마 두 마리가 서로 부둥켜안고 노는 모습을 세라피나는 미소 띤 얼굴로 지켜보았다. 방금 전까지 느꼈던 두려움이 거짓말처럼 햇빛에 녹아 사라졌다. 세라피나는 아기 고양이라면 언제나 좋았다.

세라피나는 쭈그리고 앉아서 더 가까이 다가갔다. 세라피나를 발견한 새끼 퓨마 한 마리가 귀를 쫑긋 세우고 세라피나를 뚫어져라 관찰하기 시작했다. 세라피나는 새끼 퓨마가 무서워서 도망가 버릴 거라고 생각했지만 아니었다. 새끼 퓨마는 세상에 걱정이라고는 없는 것처럼 세라피나를 향해 갸릉 하고 한 번 울더니 사뿐사뿐 다가왔다.

세라피나는 팔을 뻗어 손바닥을 가만히 펼쳐 보였다. 용감한 새끼 퓨마는 속도를 늦추는가 싶었지만 세라피나를 쳐다보며 점점 더 가까이 다가왔다. 세라피나의 손가락을 킁킁거리더니 손바닥에다가 얼굴 한쪽을 비비적거렸다. 세라피나가 소리 없이 웃었다. 하마터면 소리 내어 웃을 뻔했다. 새끼 퓨마가 자신을 무서워하지 않는다는 사실이 그렇게 기쁠 수가 없었다.

세라피나는 이제 아예 풀밭에 자리를 잡고 앉았다. 새끼 퓨마가 무릎 위로 폴짝 뛰어오르더니 앞발로 장난치듯이 세라피나의 손가락을 눌러 댔다. 세라피나는 두 팔로 새끼 퓨마를 껴안았다. 품 안에 쏙 들어오는 조그만 몸은 따뜻하고 보드라웠다. 조금도 무섭지 않은 존재가 옆에 있다는 건 기분 좋은 일이었다. 다른 새끼 퓨마도 다가왔다. 어느새 세라피나는 새끼 퓨마 두 마리에게 마음을 온통 빼앗겨 버렸다. 세라피나 주변에서 새끼 퓨마들은 뒹굴고 구르며 놀기도 하고 세라피나에게 다가와 몸을 비비며 울기도 했다.

"귀여운 아가들아, 여기서 뭐 하고 있니?"

세라피나가 물었다. 어젯밤부터 폭풍 같은 시간을 지나온 탓인지 이 조그마한 존재들에게 환영받고 있다는 사실이 이루 말할 수 없이 기뻤다. 마침내 집에 돌아온 것 같은 기분이었다.

어느새 셋은 다 함께 일어나 뛰놀고 있었다. 빈터를 돌며 술래잡기를 했다. 세라피나가 잡아먹는 시늉을 하며 새끼 퓨마들을 쫓기도 했고 반대로 새끼 퓨마들이 세라피나를 쫓아오기도 했다. 세라피나가 무릎을 꿇고 손바닥으로 땅을 짚었다. 새끼 퓨마 한 마리가 천사 조각상 뒤로 달려가 반대편으로 돌아 나오더니 세라피나를 뚫어져라 쳐다보았다. 그 퓨마는 까맣고 작은 두 눈을 깜빡거리며 세라피나의 뒤를 몰래 밟는 시늉을 하고 있었다. 그러다 갑자기 달려 나오더니 세라피나를 덮쳤다. 그러자 다른 새끼 퓨마도 달려와 세라피나의 팔다리를 물고 늘어졌다. 세라피나를 넘어뜨리려는 모양이었다. 그러더니 앞다투어 요란하게 으르렁거렸다. 사랑스러운 아기 고양이 두 마리의 가짜 공격에 세라피나는 큰 소리로 웃고 말았다.

세라피나의 웃음소리가 안개 낀 숲속에 메아리쳤다.

세라피나는 새끼 퓨마들과 시간 가는 줄 모르고 놀았다. 오랜만에 느껴 보는 순수하고 천진난만한 즐거움이었다.

그때였다. 세라피나는 등 뒤에서 엄청난 위험을 감지했다. 고개를 돌리자 안개 속에서 무언가가 세라피나를 향해 돌진하고 있었다. 처음에는 유령인 줄 알았다. 그러나 유령이 아니라는 사실을 깨닫기까지는 얼마 걸리지 않았다.

무언가 달려오고 있었다. 엄청나게 빠른 속도로. 세라피나를 향해.

공포가 등줄기를 훑고 지나갔다. 새끼 퓨마들과 노느라 정신이 팔려 엄청난 실수를 저지르고 말았다. 정말이지 치명적인 실수였다. 성난 엄마 퓨마가 세라피나를 향해 전속력으로 달려오고 있었다. 세라피나는 이제 죽은 목숨이었다.

몸이 공포에 먼저 반응했다. 엄마 퓨마가 발톱을 세우고 이빨을 드러낸 채 공중으로 훌쩍 뛰어올랐다. 세라피나는 죽을 때 죽더라도 피해 보기로 했다. 그러나 엄마 퓨마의 공격은 너무 강했다. 중심을 잃고 넘어진 세라피나와 포악한 맹수는 뒤엉켜 풀밭에 나뒹굴었다. 이빨과 발톱과 포효가 오고 갔다.

세라피나는 젖 먹던 힘까지 다해 싸웠다. 이렇게 물리적으로 강한 상대와 맞붙기는 난생처음이었다. 절대 이길 수 없는 싸움이라는 사실은 이미 알고 있었다. 이 야생 맹수에 비하면 세라피나는 아기 고양이나 다름없었다. 유일한 희망은 최대한 빨리 달아나는 것이었다. 세라피나는 되는 대로 주먹을 휘두르고 발길질을 했다. 손에 잡히는 대로 아무 나뭇가지나 집어 들고 비명을 지르며 상대를 닥치는 대로 두들겼다.

엄마 퓨마가 싸움을 끝내려고 세라피나의 목덜미를 물어뜯으려던 순간 세라피나는 주먹으로 맹수의 얼굴을 때리고 손가락으로 눈을 찌른 다음 미친 듯이 몸부림을 쳤다. 거대한 고양이가 예상치 못한 공격에 잠시 주춤하는 틈을 타 가까스로 탈출에 성공할 수 있었다. 풀려나자마자 세라피나는 불에 데인 강아지마냥 전속력으로 달아나기 시작했다.

엄마 퓨마가 세라피나를 뒤쫓았다. 세라피나는 잡히면 죽는다는 생각에 그야말로 폭발적인 속도로 내달렸다. 덤불을 헤치며 다람쥐처럼 거침없이 내달렸다. 달리고 또 달렸다. 심장이 터지기 일보 직전이었다.

바위투성이 시내를 건너, 전나무 숲을 지나, 가시 돋친 엉겅퀴와 블랙베리 덤불 속을 헤치며 달렸다. 언덕과 바위를 넘어 최대한 멀리멀리 달아났다.

마침내 세라피나는 한 걸음도 뗄 수 없을 만큼 지쳐 버렸다. 토끼처럼 덤불 속에 몸을 숨기고 추격자의 소리에 귀를 기울였더니 아무 소리도 들리지 않았다.

세라피나는 엄마 퓨마가 침입자를 쫓아 버린 것에 만족하며 새끼들이 있는 곳으로 돌아가지 않았을까 생각했다. 아마도 엄마 퓨마는 낯선 이랑 놀았다고 혼냈을지도 모른다. 세라피나는 엄마 퓨마가 새끼 퓨마를 혼내며 나무뿌리 아래 숨겨진 굴속으로 새끼들을 떠미는 장면을 상상했다.

상처 입고 지쳐서 헐떡거리는 세라피나였지만 멈출 수 없었다. 서둘러 걸음을 재촉했다. 공동묘지와 퓨마 굴이 있는 곳에서 최대한 멀어질 작정이었다. 세라피나는 그 끔찍한 장소에는 두 번 다시 돌아가지 않겠노라 다짐했다.

세라피나는 잠시 숨을 고르느라 멈춰 섰다가 주위를 둘러보았다. 너무나 낯선 곳이었다. 그제야 완전히, 그야말로 완전히 길을 잃었다는 사실을 깨달았다.

무작정 걷던 세라피나는 이윽고 자신이 바위와 나무로 뒤
덮인 산등성이의 가장자리를 따라 이동하고 있다는 사실을
깨달았다. 공포에 질려 엄마 퓨마에게서 정신없이 도망쳐 나
오느라 산을 절반도 넘게 뛰어 올라온 듯했다.

세라피나는 완전히 녹초가 되어서야 비로소 걸음을 멈추고
상처를 살폈다. 옷은 찢겨서 너덜너덜했다. 낡은 아빠 셔츠
위에 허리띠 대신 졸라매고 있던 노끈은 어디로 갔는지 사라
져 버리고 없었다. 팔과 다리는 온통 날카로운 발톱에 긁혀
엉망이었다. 머리가 지끈거렸다. 심장 주위에도 이빨 자국이
여러 개 있었다. 여기저기 상처투성이였지만 생각했던 것만
큼 심각하진 않았다.

*아프지만 죽진 않겠네. 집으로 돌아가는 길을 찾기만 한다*

면, 세라피나는 생각했다. 숲속은 아빠가 말했던 것만큼 끔찍한 곳은 아니었다. 하지만 세라피나가 상상했던 것보다 훨씬 더 어둡고 위험한 곳이었다. 지금까지 겪은 일을 생각하면 하룻밤만 더 여기서 지냈다간 살아서 돌아가지 못할 것 같았다. 그러나 지금도 세라피나는 빌트모어에서 수십 킬로미터 떨어진 여기 이름 모를 산등성이에서 길을 잃고 헤매고 있었다.

세라피나는 어둡고 구름 낀 하늘을 올려다보았다. 태양의 위치를 가늠한 뒤에 익숙한 풍경이나 단서를 찾으려 주변을 둘러보았다. 나침반도 없고 지도도 없으니 빌트모어 대저택이 어느 방향에 있는지 도무지 감도 잡히지 않았다.

빗방울이 하나둘 떨어지기 시작했다. 그 전에 이미 세라피나는 추위로 오들오들 떨고 있었다.

"맙소사, 이젠 비까지!" 세라피나가 애꿎은 구름에 대고 소리를 질렀다. "고맙습니다! 정말 친절하시네요, 이 멍청한 하늘 같으니라고!"

세라피나는 비에 젖는 것을 너무너무 싫어했다. 숲속은 정말이지 비참한 곳이었다. 집으로 돌아가고 싶었다. 아빠가 너무 보고 싶었다. 작업실에서 모닥불을 쬐며 우유 한 잔과 생선튀김 한 조각을 먹고 싶은 생각이 간절했다. 보일러 뒤편에 보송보송하고 아늑한 자신의 침대가 너무나 그리웠다. 어제까지만 해도 세라피나는 푹신푹신한 양탄자가 깔린 빌트모어 대저택의 고급스러운 방 안을 우아하게 숨어 다녔다.

그런데 오늘은 춥고 습하고 하늘이 멍청하여 비까지 내려 주는 이 숲속에서 길을 잃고 헤매고 있었다.

빗줄기가 점점 더 거세졌다. 소나무 아래로 몸을 피했지만 별 소용이 없었다. 굵은 빗방울이 머리카락과 목덜미를 적셨다. 안 그래도 처량한 세라피나의 신세가 더 처량해졌다. 발 아래로 빗방울이 물줄기가 되어 돌과 돌 사이로 흘러갔다. 비에 쫄딱 젖은 세라피나는 혹시라도 경사진 산비탈 아래로 미끄러져 떨어질세라 소나무 밑동을 꽉 끌어안았다. 어렸을 때처럼 아빠가 어디선가 사다리를 들고 '짠' 하고 나타나 구해 주었으면 좋겠다고 생각했다. 하지만 어림도 없는 생각이었다. 아빠는 세라피나가 어디에 있는지 짐작조차 못 하고 있을 것이다.

그때 땅바닥에 흘러가는 물줄기를 바라보던 세라피나에게 좋은 생각이 떠올랐다.

*물은 아래로 흘러가잖아. 아래로. 그리고 강과 합쳐지지.*

세라피나는 산등성이를 따라 여기까지 왔다. 그게 가장 쉬운 방법이었기 때문이다. 그런데 이제 다른 방법이 생각났다. 나무 밑동과 철쭉 가지를 사다리 삼아 가장 가파른 산비탈로 내려가면 어떨까? 그럼 훨씬 빨리 산 아래에 도착할 수 있을 것이다.

세라피나는 절벽 가장자리로 다가가 힐끔 밑을 내려다보았다. 아찔한 높이였다. 세라피나는 첫 번째 가지가 자신의 몸무게를 지탱할 수 있는지 보려고 과감히 손을 뻗었다. 그런데 나뭇가지를 움켜잡는 순간 젖은 나뭇잎 때문에 발이 미끄러지면서 그만 손을 놓치고 말았다. 세라피나는 산등성이 아래로 추락했다.

순식간에 온몸이 허공을 가르며 곤두박질쳤다. 발을 헛디디는 순간 입에서 저절로 비명이 터져 나왔다. 세라피나는 아무 나뭇가지나 잡으려고 손을 뻗었다. 그런데 그만 나무 밑동에 세게 부딪치고 말았다. 충격이 고스란히 전해졌다. 세라피나는 맥없이 산등성이 아래로 굴러떨어지기 시작했다. 나뭇가지에 부딪쳤다. 데굴데굴 굴렀다. 바위에 부딪쳤다. 또다시 추락했다. 그러다 갑자기 세라피나의 몸이 끝없이 공중제비를 돌기 시작했다. 세라피나가 추락한 자리를 따라 낙엽이 우수수 일어났다. 굴러떨어지는 속도와 얼굴에 부딪치는 바람 때문에 하늘을 날고 있는 듯한 착각이 들기도 했다. 그 순간 세라피나는 또 다른 나무와 충돌했다. 그 충격으로 '억' 하고 고통스러운 신음 소리가 새어 나왔다. 뒤집히고 구르기가 끝없이 이어지는가 싶더니 마침내 바닥에 쿵 떨어지고 말았다. 숨이 멎을 듯한 고통이 밀려왔다. 세라피나는 한동안 움직이지 못했다. 온몸이 욱신거렸다. 흠씬 두들겨 맞은 것 같았다.

"뭐, 이렇게 내려오는 방법도 있네." 애써 의연해지려고 하면서도 세라피나는 신음했다.

겨우 몸을 일으켜 온몸에 묻은 흙과 나뭇잎을 털어 낸 뒤 절뚝거리며 걸음을 옮겼다.

세라피나는 졸졸 흐르는 작은 시냇물을 따라 걸어갔다. 아까부터 목이 너무 말랐다. 급히 야생 동물처럼 시냇가에 납작 엎드려 맑디맑은 시냇물을 핥아 먹었다.

시냇물을 따라가다 보니 폭포가 나타났다. 거세게 떨어지는 폭포수 아래로 수심이 10미터는 되어 보이는 물웅덩이가 있었다.

*이 폭포의 이름은 뭐지?* 세라피나는 문득 궁금해졌다. 폭포 이름을 알 수 있다면 현재 위치를 가늠하는 데 도움이 될 것 같았다. 그러면 집으로 가는 길을 찾기도 수월해질 거였다. *이건 무슨 강이지?*

그런데 그 순간 세라피나는 여기가 어디인지는 중요하지 않다는 사실을 깨달았다. 강은 한곳에 머물러 있지 않았다. 강은 끊임없이 흘렀다. 세라피나는 아빠의 가르침을 떠올렸다. 아빠는 이 산에 있는 강들이 저마다 굽이굽이 복잡하게 흐르는 것 같지만 결국에는 모두 한곳으로 흘러 합쳐진다고 했다. 모든 물줄기가 흘러드는 큰 강, 바로 프렌치브로드강이었다.

블루리지산맥은 세계에서 가장 오래된 산맥 중 하나였다. 수백만 년이라는 유구한 세월 동안 강물이 굽이쳐 흐르며 오늘날과 같은 모습의 산맥이 만들어졌다고 했다. 무엇보다 프렌치브로드강은 빌트모어 대저택 바로 옆을 흘러서 지나갔다. 강이 곧 집으로 가는 길이었던 것이다.

세라피나는 폭포 가장자리에 있는 미끌미끌한 바위를 기어

오른 다음 들쭉날쭉한 강가를 따라 걷기 시작했다. 방향 감각을 되찾고 나서는 최대한 빠른 속도로 움직였다. 세라피나 걱정에 노심초사할 아빠에게 한시라도 빨리 돌아가야만 했다. 브레이든도 보고 싶었다. 한마디 말도 없이 혼자 숲속에 숨어 버린 세라피나가 브레이든을 버린 것인지 아니면 삼촌과 함께 마차를 타고 혼자 집으로 돌아가 버린 브레이든이 세라피나를 버린 것인지 아리송했다. 어찌 됐든 두 사람은 갈라지고 말았다. 그 사실이 세라피나의 마음을 아프게 했다. 시간이 지날수록 세라피나는 점점 확신이 없어졌다. 브레이든은 정말 친구일까? 아니면 밤에 몰래 쿠키를 훔쳐 먹던 심부름꾼 소년처럼 세라피나만의 상상 속 친구일까? 세라피나는 평생 혼자 친구가 있는 척 연기하면서 놀았다. 하지만 이번에는 진짜 친구가 생긴 걸까?

브레이든과 서로 알게 된 지는 얼마 되지도 않았지만 세라피나에게는 둘이 함께한 시간이 너무나 크게 느껴졌다. 세라피나의 일생에 처음으로 찾아온 우정이었다. 세라피나는 기껏 음식 부스러기만 게걸스럽게 먹어 치운 주제에 정찬을 배불리 먹었다고 착각하는 굶주린 야생 동물이 된 것 같은 기분이었다. 지금 이 순간 브레이든도 자신을 그리워하고 있을지 궁금했다.

정처 없이 몇 시간을 걸었을까. 이제는 강줄기가 넓어지고 잔잔해지는 지점에 이르렀다. 지금 옆을 흐르는 이 강이 프렌치브로드강이기를 바랐지만 확신은 없었다. 세라피나는 지쳤고 배도 고팠다. 상처도 욱신거렸다. 그저 한시라도 빨리 집에 가고픈 생각뿐이었다.

서쪽 하늘로 해가 느릿느릿 기울고 있었다. 세라피나는 속도를 내려고 애썼다. 숲속에서 또 하룻밤을 지새우고 싶진 않았다. 어둠이 내린 숲속은 엄마 퓨마와 검은 망토를 입은 남자와 공동묘지에서 기어 나온 귀신의 활동 무대였다. 하지만 이미 늦었다. 태양은 세라피나를 기다려 주지 않았다. 어느덧 새소리를 비롯해 낮에만 들을 수 있는 소리는 전부 사라지고 까만색 물감처럼 어둠이 나무 사이사이로 번졌다.

녹초가 된 세라피나는 잠깐 쉬어 가려고 멈춰 서서 숨을 골랐다. 사방이 탁 트인 곳에서 뭉그적대면 위험하다는 사실을 알고 있었다. 세라피나는 젖은 몸을 오들오들 떨면서 강가에 선 나무의 뿌리 아래에 난 구멍으로 기어 들어갔다. 그 안에서 몸을 공처럼 말고 어둠 속을 가만히 응시했다.

실패였다. 세라피나는 스스로 실패했다고 생각했다. 궁금증을 풀려고 숲속으로 들어왔지만 비참함만 맛보았다.

세라피나는 나무뿌리 아래에 난 작은 구멍을 통해 자갈밭 사이로 흐르는 강물을 하염없이 바라보았다. 주변 공기는 차가웠고 바람 한 점 불지 않았다. 하지만 물살은 거침없이 빠르게 흘렀다. 세라피나는 입술에 튄 강물을 핥았다. 깊이를 알 수 없는 어두운 강물 위로, 산 위에 떠오른 달이 은색 빛줄기를 드리웠다. 숲에서 흘러나온 아지랑이가 유령 군단처럼 강을 건너갔다.

저 멀리서 늑대 한 마리가 구슬피 울었다. 그 외롭고 기나긴 울음소리에 세라피나는 등골이 오싹해졌다. 늑대는 몇 킬로미터 떨어진 산꼭대기에 있는 것 같았다. 곧 더 가까운 곳에서 또 다른 늑대의 울음소리가 들려왔다. 세라피나는 한층 더 가까이서 들려오는 소리에 소스라치게 놀라서 자리에서 펄쩍 뛰어오를 뻔했다.

붉은 늑대를 보기란 하늘의 별 따기였다. 신화에 가까운 동물인 붉은 늑대를 실제로 봤다는 사람은 거의 없었다. 하지만 붉은 늑대는 용맹하기로 유명했다. 무리 지어 다니면서 번쩍거리는 날카로운 송곳니로 적을 찢어 죽인다고 했다.

가까이에 있는 붉은 늑대가 또다시 울부짖었다. 그러자 강 건너편에서 열댓 마리가 한꺼번에 화답하기 시작했다. 강 이쪽저쪽에서 들리는 붉은 늑대의 합창에 세라피나는 간담이 서늘해졌다. 팔에는 오스스 소름이 돋았다.

붉은 늑대 한 마리가 안개 자욱한 숲에서 천천히 걸어 나오더니 강 건너편을 바라보았다. 붉은 늑대가 확실히 맞았다. 그런데 마치 유령처럼 붉은 늑대는 아무런 소리도 내지 않았다. 세라피나는 나무뿌리 밑에서 꼼짝도 하지 않고 상황을 가만히 주시했다. 붉은 늑대에게서 나는 사향 냄새가 공기에 실려 세라피나의 코끝을 스쳤다. 달빛 아래 붉은 늑대가 내쉬는 더운 숨이 보였다.

길고 호리호리한 어린 늑대였다. 탐스러운 적갈색 털에 코는 날렵했고 귀는 뾰족했다. 오른쪽 어깨에 상처를 입었는지 털에 피가 묻어 있었다.

세라피나는 숨을 죽인 채 조용히 있었다. *늘대는 내가 여기 있다는 걸 몰라.* 세라피나는 생각했다. *나는 이 숲에 지금 혼자 있어. 그러니까 몸을 꼭꼭 숨기고 절대로 소리를 내면 안 돼.*

그런데 그때 붉은 늘대가 고개를 돌려 정확히 세라피나가 있는 쪽을 쳐다보았다. 세라피나가 지금까지 보았던 어떤 동물의 눈동자보다도 날카롭고 사물을 꿰뚫어 보는 듯한 눈동자였다.

다가올 공격에 대비하듯 세라피나의 근육에 바짝 힘이 들어갔다.

그런데 그때 붉은 늘대의 귀가 쫑긋거렸다. 세라피나도 똑똑히 들었다. 커다란 무언가가 강가를 따라 이쪽으로 다가오고 있었다.

붉은 늘대는 소리가 나는 쪽을 보았다가 다시 세라피나가 있는 쪽을 보았다. 정체 모를 무언가가 점점 가까워지는데도 붉은 늘대는 몇 초 동안 세라피나에게서 눈을 떼지 않았다. 다음 순간 놀랍게도 붉은 늘대는 강 속으로 걸어 들어갔다. 강물이 붉은 늘대의 어깨까지 차올랐다. 그 순간 붉은 늘대가 강물에 휩쓸렸다. 붉은 늘대는 고개를 빳빳이 들고 거센 물줄기에 맞서 싸웠다. 붉은 늘대는 형제자매들이 있는 강 건너편으로 헤엄쳐 가는 동시에 이쪽으로 다가오는 정체불명의 무언가를 피해 도망치고 있었다.

그 순간 세라피나는 또다시 버려진 기분이 들었다. 혼자만 위험 속에 내팽개쳐진 것 같았다.

강물이 흐르는 소리가 너무 커서 무엇이 이쪽으로 다가오고 있는지 파악하기가 힘들었다. 하지만 분명 소리는 점점 가까워지고 있었다. 나뭇가지가 우지끈 부러졌다. 발자국 소리였다. 이제 상대는 불과 한두 발자국 떨어진 곳까지 다가왔다. 붉은 늑대를 겁주어 강 건너편으로 쫓아 버린 것은 퓨마도 아니고 또 다른 늑대도 아니었다. 바로 인간이었다. 검은 망토를 입은 남자인가?

세라피나가 손바닥으로 땅을 짚자 거대하고 징그러운 지네 한 마리가 손등 위를 기어서 지나갔다. 하마터면 소리를 지를 뻔했다.

폐에 공기가 더 필요했다. 언제라도 달아날 수 있도록 두 다리에 힘이 들어갔다. 그러나 너무 늦었다. 상대는 너무 가까이 있었다. 똑똑한 토끼는 적이 들이닥쳤을 때 절대 숨어 있던 자리를 박차고 달려 나가지 않는다. 세라피나는 몸을 숨겼다. 나무뿌리 아래 더 깊숙한 곳으로 몸을 밀어 넣었다.

나무 사이로 불빛이 깜박거렸다. 덤불을 헤치는 소리, 나무껍질을 긁는 소리, 쇠붙이와 나뭇조각이 서로 부딪치는 소리가 들려왔다.

랜턴이다. 세라피나는 생각했다. *검은 망토를 입은 남자가 클라라 브람스를 집어삼키던 날에 들고 있던 것과 똑같은 랜턴이야.*

온몸이 떨려 왔다. 세라피나는 자세를 낮추고 싸울 준비를 했다.

13

덤불을 헤치고 어떤 남자가 나타났다. 남자는 랜턴을 들어
올리고 주변을 두리번거렸다. 무언가를 찾고 있는 것이 틀림
없었다. 그런데 그보다 남자는 겁에 질려 있었다. 하늘에는
거의 보름달에 가까운 둥근달이 떠 있었고 손에는 랜턴까지
들고 있으면서도 남자는 세라피나만큼 밤눈이 밝지 않은 것
같았다. 남자가 한 걸음 더 가까이 다가왔을 때 그제야 세라
피나는 눈에 익숙한 작업용 가죽 장화의 주인이 누군지 알아
보았다. 검은 망토를 입은 남자가 아니었다. 길고 어두운 갈
색 비옷을 입은 그 남자는 바로 세라피나의 아빠였다! 숲은
위험하다고 근처에는 얼씬도 하지 말라고 했던 아빠가 두려
움을 억누르고 세라피나를 구하러 이 깊은 숲속까지 들어온
것이다.

세라피나는 허둥지둥 밖으로 기어 나가서 아빠에게로 달려
갔다.

"나, 나 여기 있어요. 아빠! 여기요, 여기!"

세라피나는 울면서 아빠 품에 달려가 안겼다.

아빠는 한참 동안 세라피나를 꼭 끌어안았다. 상냥한 곰에
게 안긴 기분이었다. 세라피나는 커다랗고 따뜻한 아빠 품에
매달렸다.

아빠가 안도의 숨을 길게 내쉬었다. 그 한숨에서 아빠가
지금까지 얼마나 세라피나를 걱정했는지 고스란히 느낄 수
있었다.

"세라야, 세라야, 난…… 난 네가 다른 아이들처럼 사라진
줄 알았다."

"난 사라지지 않아요, 아빠."

세라피나는 다시 어린아이로 돌아간 것처럼 울먹였다.

희미한 랜턴 불빛 아래서도 세라피나의 상처투성이 팔과
찢어진 옷차림이 눈에 띄었다.

"도대체 무슨 일이 있었던 게냐, 세라야? 너구리랑 한바탕
하기라도 한 거야?"

세라피나는 도대체 어디서부터 어떻게 설명해야 할지 갈피
를 잡지 못했다. 처음부터 끝까지 사실대로 털어놓는다고 해
도 믿어 주지 않을 것이 뻔했다. 아빠는 세라피나가 또 터무
니없는 이야기를 지어냈다고 생각할 것이 뻔했다.

"길을 완전히 잃었어요."

세라피나가 부끄럽다는 듯 고개를 저으며 말했다. 사실이기도 했다. 눈물이 뺨을 타고 흘러내렸다.

"괜찮은 게냐? 어디서 이렇게 다친 거야?"

아빠가 세라피나를 이리저리 살피며 물었다.

"모르겠어요. 정말 집에 가고 싶었어요."

세라피나는 아빠의 망토 자락에 얼굴을 묻었다. 세라피나는 분명 아빠에게 화가 나 있었다. 출생의 비밀을 일찍 알려 주지 않은 것 때문이었다. 그 일로 아빠가 자기편이 아니라고 생각했었다. 그런데 지금 이 순간 세라피나는 그게 얼마나 바보 같은 생각이었는지 깨달았다. 이 세상에 아빠보다 세라피나에게 많은 것을 해 준 사람은 없었다. 이 세상에 아빠보다 세라피나를 더 사랑해 주는 사람은 없었다.

그때 늑대 무리가 강 건너 골짜기가 쩌렁쩌렁 울리도록 큰 소리로 울부짖었다. 그 소리에 아빠가 움찔했다.

아빠는 주변을 둘러보았다.

"난 늑대가 싫다."

아빠가 부르르 몸을 떨며 세라피나를 옆으로 끌어당겼다.

"자, 서두르자. 어서 여기를 벗어나자꾸나."

세라피나는 기쁨에 겨워 아빠를 따라나섰다. 붉은 늑대 무리는 계속해서 울부짖었다. 그런데 그 울음소리가 조금 전과는 다르게 들렸다. 협곡에 메아리치는 울음소리는 외로운 울부짖음이 아니라 잃어버린 동료를 찾은 흥에 겨운 합창이었다. 불길한 울음소리가 아니라 다시 만난 동료를 환영하는 반가운 외침이었다. *너도 제자리로 돌아갔구나.* 세라피나는 어깨에 부상을 입은 채 강을 헤엄쳐 건너가던 붉은 늑대 한 마리를 떠올렸다. *집으로 무사히 돌아갔구나.*

아빠는 랜턴 불빛에 의존해 어두운 숲길을 더듬더듬 나아갔다. 세라피나는 길을 아는 아빠가 있어서 든든했다.

"그래도 강을 따라온 걸 보니 내가 가르쳐 준 걸 까먹지 않은 모양이구나." 아빠가 말했다.

"아빠 말이 아니었으면 집에 돌아오지 못했을 거예요." 세라피나가 대답했다.

두 사람은 얼마 안 가 숲을 빠져나왔고 그 뒤로도 1.5킬로미터 정도를 더 걸었다. 커다란 강줄기 옆에 쌓인 강둑을 올라가자 마침내 저 멀리 높은 언덕 위, 달빛 아래 빛나고 있는 빌트모어 대저택이 보였다. 아직 갈 길이 멀었지만 이제 빌트모어는 눈에 보이는 곳에 있었다. 장작 타는 냄새가 차가운 겨울 공기에 희미하게 실려 왔다. 너무나도 그리웠던 집 냄새였다.

산마을 사람들은 웅장한 빌트모어 대저택을 '언덕 위의 숙녀'라고 불렀다. 오늘 밤에야 비로소 그런 별명이 붙은 이유를 세라피나는 알 것 같았다. 옅은 회색 벽과 푸른색 슬레이트 지붕, 하늘로 곧게 뻗은 굴뚝과 탑, 황동 테두리에 반사된 달빛. 빌트모어 대저택은 그야말로 동화 속에서 갓 튀어나온 것처럼 아름다웠다. 다시 만난 집이 이보다 더 반가울 수 없었다.

아빠가 세라피나의 어깨를 부드럽게 끌어당기며 세라피나의 눈을 응시했다. "세라야, 네가 본능적으로 숲에 끌린다는 거 안다." 아빠가 말했다. "넌 항상 호기심이 많았으니까. 하지만 숲에 가까이 가선 안 돼. 너 스스로 조심해야 해."

"알겠어요." 세라피나가 대답했다. 숲속이 위험하다는 아빠 말은 틀리지 않았다.

"네가 어둠 속에서도 잘 볼 수 있다는 거 안다. 밤눈 밝은 걸로는 내가 아는 사람 중에 널 따라올 사람이 없지. 하지만 세라야, 숲에 들어가고 싶은 충동을 이겨 내야 한다. 넌 내 딸이야. 널 완전히 잃는다는 건 생각만으로도 끔찍하다."

아빠 입에서 나온 '완전히'라는 말에 세라피나의 심장이 덜컥 내려앉았다. 세라피나는 그제야 깨달았다. 아빠는 세라피나가 이미 자신의 품을 얼마쯤 떠났다고 느끼고 있었다. 세라피나는 아빠의 지친 목소리에 스민 체념을 읽었다. 세라피나를 바라보는 아빠의 눈동자에 깃든 체념을 보았다. 아빠가 가장 두려워했던 게 바로 이거였다. 아빠는 세라피나가 숲에서 다치거나 죽는 것보다 야생성에 이끌려 점점 숲속의 삶에 동화될까 봐 두려워하고 있었다. 인간보다는 야생 동물에 가까워질까 봐 말이다.

세라피나는 아빠의 작은 갈색 눈동자를 올려다보았다. 그 안에 자신의 호박색 눈동자가 비쳤다. "아빠를 떠나지 않을 게요." 세라피나가 약속했다.

아빠가 고개를 끄덕이며 입가를 문질렀다. "그럼 얼른 돌아가자." 아빠가 세라피나의 어깨를 감싸며 말했다. "집에 가서 옷도 말리고 밥도 먹자꾸나."

✻

두 사람이 빌트모어에 거의 도착했을 때쯤 농장과 밭에서 일을 마친 일꾼들이 몰려나왔다. 빌트모어에 있는 문이란 문은 거의 다 굳게 닫힌 채 잠겨 있었다. 한밤중에 악령이 숨어들지 못하게 막으려는 듯 창문마다 커튼이나 블라인드가 쳐져 있었다.

지하실로 돌아가던 길에 마구간을 지나쳤다. 그런데 웬일로 마구간이 이 시간까지도 북적북적 소란스러웠다. 이전에는 없던 일이라 세라피나는 놀랐다. 마구간 주변으로 석유등이 어두운 밤을 환히 밝히고 있었다.

세라피나와 아빠는 궁금증을 이기지 못하고 발걸음을 멈추었다. 놀란을 찾아 나섰던 수색대 열두 명이 말을 달려 빌트모어 안으로 들어오고 있었다. 벽돌 길을 달리는 말발굽 소리가 요란하게 울려 퍼졌다. 수색대는 클라라 브람스를 비롯한 실종된 아이들을 찾으러 갔다가 돌아오는 길이었다. 수색대가 말에서 내리자 마구간에서 일하는 사람들이 허둥지둥 달려 나와 말들을 데려갔다. 아이를 잃어버린 부모들이 수색대 주변으로 몰려들었다.

마구간 대장장이로 일하는 놀란의 아버지도 행여나 아들의 소식이 있을까 버선발로 달려 나왔다. 하지만 수색대는 그저 고개만 가로저었다. 아무 흔적도 찾지 못한 것이다.

불쌍한 로스토노브 씨도 아나스타시야의 강아지를 품에 안은 채 러시아어가 섞인 영어로 더듬더듬 수색대에게 질문을 했다. 조그맣고 새하얀 아나스타시야의 강아지는 주인을 못 찾은 것을 꾸짖듯 애꿎은 말들에게 끊임없이 짖어 댔다.

사라진 아이들의 행방에 목을 매며 괴로워하는 로스토노브 씨와 브람스 부부와 놀란의 아버지를 보고 있자니 세라피나는 마음이 찢어지는 것 같았다. 보는 것만으로도 안타까웠다. 세라피나는 자신이 할 수 있는 일이 무엇일까 생각했다. 어서 검은 망토를 입은 남자를 찾아야 했다.

"얼른 가자." 아빠가 세라피나를 끌어당기며 말했다. "저택 전체가 난리구나. 기계는 이유 없이 고장 나고 애들은 사라지고 말이야. 악재가 겹쳤어."

아빠와 세라피나는 작업실로 돌아와서 작은 모닥불을 가운데 놓고 둘러앉아 저녁을 먹었다. 아빠가 발전기 이야기를 꺼냈다. "몇 날 며칠 발전기에 매달리고 있는데 아직도 못 고쳤지 뭐냐. 밤만 되면 위층은 온통 깜깜해. 하인들이 랜턴과 촛불을 나누어 주긴 했는데 충분치가 않아서 못 받은 손님도 있는 모양이더라. 모두 공포에 떨고 있어. 손님도 이렇게나 많은데 애들은 사라지지, 발전기도 말썽이지. 어떻게 고장이 나도 하필 이렇게 최악의 상황에 고장이 날 수가 있나 싶다……."

세라피나는 아빠의 목소리에서 괴로움을 읽었다. "그럼 어떡해요, 아빠?"

"지금 다시 고치러 가 봐야지." 아빠가 말했다. 그제야 세라피나는 아빠가 해야 할 일도 미뤄 두고 자신을 찾아다녔다는 사실을 깨달았다. "세라 너는 얼른 자거라. 오늘 밤에는 사냥도 하지 말고. 아빠 말 들어. 나다니지 말고 얌전히 있어야 한다."

세라피나는 고개를 끄덕였다. 아빠 말을 들어야 한다는 사실은 세라피나도 알고 있었다.

"사냥도 금지야." 아빠는 다시 한 번 주의를 준 다음 연장 가방을 들고 발전기를 고치러 나갔다.

지하 2층에 있는 전기실로 내려가는 아빠의 발자국 소리가 아스라이 멀어졌다. 세라피나가 혼잣말로 중얼거렸다. "아빤 반드시 발전기를 고칠 수 있을 거예요. 난 아빠를 믿어요." 이미 멀리 떨어진 아빠에게 세라피나의 응원이 들릴 리 없었지만 그래도 세라피나는 꼭 소리 내어 말하고 싶었다.

세라피나는 작업실에 혼자 남았다. 검은 망토를 입은 남자는 이틀 밤 연속으로 아이를 잡아갔다. 세라피나의 머릿속에는 발전기가 고장 난 오늘 밤, 검은 망토를 입은 남자가 얼굴에 비열한 미소를 띤 채 불빛이 사라진 깜깜한 빌트모어 복도를 활보하는 모습이 그려졌다. 어두우면 어두울수록 검은 망토를 입은 남자 입장에서는 사냥이 한결 수월해질 터였다.

세라피나는 보일러 뒤편에 놓인 매트리스에 앉았다. 산골짜기에서 비를 맞을 때만 해도 아빠가 차려 주는 밥을 먹고 보송보송 푹신푹신한 침대에 눕는 것이 소원이었다. 하지만 막상 집으로 돌아오니 세라피나는 자신이 원했던 곳이 여기가 아니었다는 사실을 깨달았다. 아빠는 오늘 밤만큼은 사냥도 하지 말고 자라고 했다. 세라피나도 머리로는 그래야 한다는 걸 알았다. 몸이 너무 피곤했고 여기저기 안 아픈 곳이 없었다. 하지만 세라피나의 마음속에서는 지금 온갖 기억과 감각과 희망과 공포가 소용돌이치고 있었다.

그날 숲속에서 일어난 일을 믿어 줄 사람은 세상에 단 한 사람밖에 없었다. 세라피나가 겪은 모든 일을 이해해 줄 사람도 세상에 단 한 사람뿐이었다. 그 유일한 사람이 지금 이 저택 2층 끝 방에 있었다. 세라피나는 브레이든이 그리웠다. 브레이든이 걱정됐다. 브레이든이 보고 싶었다.

검은 망토의 습격을 받고 마차 안에 꼼짝없이 갇혔을 때 두 사람은 함께였다. 그때만큼은 두 사람은 같은 편이었고 누구보다 가까운 사이였다. 그러나 집으로 돌아온 지금, 브레이든은 2층 자기 방에 있었고 세라피나는 지하실에 있었다. 세라피나 혼자 산에서 길을 잃고 헤맬 때보다 지금 브레이든과 훨씬 더 멀리 떨어져 있는 기분이었다. 세라피나와 브레이든 사이에는 계단과 문과 복도가 너무 많았다.

*우리와는 신분이 다른 사람들이야, 세라야.* 아빠가 했던 말이 생각났다. 세라피나는 밴더빌트 부부가 자신의 존재를 알게 되면 과연 뭐라고 할까 짐작만 해 볼 뿐이었다.

세라피나는 작업실에서 발견한 헝겊 조각에 물을 묻혀서

상처를 소독하고 최대한 깨끗이 몸을 닦았다. 비록 기름때와 연장으로 가득한 더러운 곳에 살고 있었지만 세라피나는 항상 깨끗하게 지내려고 했다. 그런데 숲속에서 한바탕 모험을 겪고 나니 비 맞은 똥강아지처럼 온몸이 진흙투성이가 되어 버렸다. 세라피나는 젖은 옷을 벗고 얼굴과 목을 닦았다. 손과 팔도 닦았다. 다리와 발까지 닦고 나서야 겨우 다시 깨끗해졌다.

몸을 다 닦은 뒤에는 마른 셔츠로 갈아입었다. 허리띠로 쓰던 노끈은 숲속에서 잃어버렸다. 작업실 선반에 있던 기계 부품으로 사용하는 낡은 가죽끈이 세라피나의 눈에 띄었다. 세라피나는 칼을 이용해 가죽끈을 적당한 길이와 폭으로 자른 다음 구멍을 뚫고 그 구멍으로 끼워 넣을 얇은 가죽끈 하나를 더 잘랐다. 그렇게 완성한 가죽끈을 허리에 두르고 잘 어울리는지 살펴보았다. 몸이 너무 말라서 가죽끈으로 허리를 두 번이나 감아야 했지만 그래도 완성된 허리띠는 마음에 쏙 들었다. 만약 아빠가 옆에 있었다면 반의 반쯤은 숙녀티가 난다며 칭찬해 주었을 것이다. 세라피나도 다른 여자아이들처럼 드레스가 입고 싶었다. 하지만 누가 입고 버린 드레스를 우연히 발견하는 행운을 누린 적은 없었고 훔칠 생각은 더더군다나 없었다. 어쨌든 지금 이 순간만큼은 새 허리띠가 생겨서 기분이 좋았다. 세라피나는 시장에서 우연히 친구를 마주친 숙녀라도 된 것처럼 우아하게 인사를 해 보았다. 그리고 웃는 얼굴로 친구에게 재미있는 이야기를 들려주는 척 연기를 하며 혼자 재잘거렸다.

얼굴에 묻은 피와 진흙을 닦아 내고 새 허리띠를 맨 뒤 요리조리 몸을 돌려 보다가 문득 이런 생각이 들었다. 무시무시한 숲에서도 살아 돌아왔고, 안개 낀 공동묘지에서도 빠져나왔고, 화가 머리끝까지 난 엄마 퓨마의 공격에서도 가까스로 탈출했으니 브레이든이 잠들어 있는 방에 몰래 들어가도 되지 않을까. 세라피나는 어떻게든 검은 망토를 입은 남자의 비밀을 알아내야만 했다. 보일러 뒤편에서 쿨쿨 잠만 자다간 그 비밀을 영영 파헤칠 수 없을 것이다. 검은 망토를 입은 남자는 오늘 밤에도 저택을 돌아다닐 것이다. 또 다른 아이를 집어삼키려고 말이다. 세라피나는 장담할 수 있었다. 게다가 검은 망토를 입은 남자가 노리고 있는 아이는 다름 아닌 브레이든 밴더빌트였다. 브레이든을 보호해야만 했다.

빌트모어 대저택은 조용하고 깜깜했다. 공기 중에 감도는 두려움이 느껴졌다. 전깃불이 없으니 밴더빌트 부부와 손님들은 모두 일찍 잠자리에 들었다. 다들 작은 벽난로가 달린 안전한 방 안에 몸을 숨겼다. 한때 그렇게 밝고 웅장했던 저택이 지금은 빛을 빼앗긴 채 어둡고 으스스한 장소로 변해 있었다.

밴더빌트 씨와 밴더빌트 부인의 방은 모두 2층에 있었다. 두 사람의 방은 떡갈나무 응접실을 사이에 두고 하나로 연결되어 있었다. 밴더빌트 부부는 매일 아침마다 떡갈나무 응접실에서 함께 아침을 먹곤 했다. 세라피나는 그 근처로는 가고 싶지 않았다. 대신 복도 왼쪽으로 꺾어 저택의 남쪽 끝까지 걸어 내려갔다. 그곳에는 정원이 내려다보이는 브레이든의 방이 있었다.

세라피나는 살금살금 수많은 문을 지나갔다. 문은 거슬릴 정도로 하나같이 너무 비슷비슷했다. 마침내 달리는 말 그림이 정중앙에 돋을새김된 문 하나가 나타났다. 세라피나는 미소를 지었다. 브레이든의 방이었다.

브레이든의 방문 앞에 쪼그리고 앉아 있노라니 세라피나는 비로소 누군가에게 들키는 것이 문제가 아니라 브레이든이 자신을 달가워하지 않을지도 모른다는 생각이 들었다. 세라피나는 한밤중에 불쑥 남의 방에 찾아온 불청객이었다. 어쩌면 브레이든은 다시는 세라피나를 만나고 싶어 하지 않을지도 몰랐다. 브레이든과 친구가 된 줄 알았는데 그게 세라피나 혼자만의 착각이면 어쩌지? 만약 브레이든이 어제 아침 숲속에서 세라피나를 없애 버려 속이 시원하다고 생각하고 있으면 어쩌지? 브레이든은 어쩌면 더 이상 세라피나와 얽히고 싶지 않을지도 몰랐다. 무엇보다 세라피나가 한밤중에 자기 방에 몰래 들어오면 싫어할 것이 분명했다.

고민하던 세라피나는 일단 들어가서 분위기가 좋지 않으면 바로 꼬리를 내리고 도망쳐 나오기로 결심했다.

세라피나는 천천히 손잡이를 돌려 방문을 열고 슬그머니 방 안으로 들어갔다. 브레이든은 담요가 겹겹이 깔린 침대 위에서 곤히 잠들어 있었다. 하얀색 베개에 뺨을 대고 팔을

머리 위로 올린 채 배를 깔고 엎드린 자세였다. 누가 업어 가
도 모를 만큼 깊이 잠들어 있었다. 세라피나는 브레이든이
세상모르고 잠들 수 있어서 다행이라고 생각했다. 기디언은
침대 옆 바닥에서 자고 있었다. 브레이든과 기디언 모두 무
사한 걸 보니 안심이 됐다.

그때 세라피나의 기척을 느낀 기디언이 눈을 뜨고 으르렁
거렸다.

"쉿." 세라피나가 속삭였다. "기디언, 나야 나……."

세라피나 목소리를 듣자 바짝 곤두섰던 기디언의 귀가 다
시 내려갔다. 기디언은 이제 으르렁거리지 않았다.

*옳지, 그래야 착한 강아지지.* 세라피나가 속으로 생각했
다. 기디언의 반응을 보니 브레이든과의 우정이 세라피나 혼
자만의 착각이 아닐지도 모른다는 희망이 생겼다. 그런데 알
고 보니 강아지만 세라피나를 친구로 생각하고 그 주인 되는
소년은 그렇지 않다면? 그런 생각을 하면서 세라피나는 혼
자 키득거렸다.

세라피나는 살그머니 문을 닫은 뒤 방문을 잠갔다. 문손잡
이를 돌리던 순간에 이런 생각이 들었다. 괴물인지 사람인지
도 모르는 정체불명의 괴한이 아이들을 잡아가는 마당에 방
문을 잠그는 것도 잊다니, 어른들이 어쩜 이렇게 멍청할 수
있지. 그런데 알고 보니 브레이든의 방문은 안에서만 잠글
수 있는 문이었다. 세라피나는 문을 잠그지 않은 브레이든에
게 화를 내야 할지 고마워해야 할지 판단이 서지 않았다. 브

레이든이 혹시 찾아올지도 모르는 세라피나를 위해 방문을 열어 두었다고 생각하면 슬며시 미소가 번졌다. 어쩌면 브레이든은 세라피나를 기다리고 있었는지도 몰랐다.

세라피나는 문 옆에 가만히 서서 방 안을 둘러보았다. 벽난로에서 타다 남은 장작불이 따뜻하게 빛났다. 붉은 떡갈나무로 된 벽에는 말, 고양이, 강아지, 매, 여우, 수달 등 온갖 동물 그림이 걸려 있었다. 책장에는 승마와 동물 관련된 책만 잔뜩 꽂혀 있었다. 방 곳곳에는 승마 경기에서 받은 상패와 파란 리본이 전시되어 있었다. 일등 상장과 리본만 따로 모아 두는 방을 하나 더 지어야 할 판이었다. 밴더빌트 가문이라면 방 한 칸이 아니라 건물 한 채를 새로 지어 줄지도 몰랐다.

세라피나는 깜깜하고 따뜻한 방에 브레이든과 함께 있다는 사실만으로도 기분이 좋아졌다. 여기는 브레이든만의 은신처였다. 하지만 세라피나는 겉으로는 안전해 보이는 이 방조차 완벽하게 안전하지 않다는 느낌을 떨칠 수가 없었다. 세라피나의 본능이 세라피나에게 잠시라도 브레이든 곁을 떠나서는 안 된다고 말하고 있었다.

세라피나는 브레이든을 깨우지 않으려고 살금살금 창가로 다가가 바깥을 살폈다. 유령의 그림자 같은 달빛이 진달래와 호랑가시나무로 만들어진 미로 정원을 비추고 있었다. 바로 저 미로 정원 속에서 아나스타시야 로스토노바가 하얗고 조그만 강아지만을 남겨 둔 채 사라졌다. 불쌍한 강아지는 홀로 남아 텅 빈 미로 속에서 아나스타시야를 찾아 헤맸다.

2층에서 달빛이 비치는 정원을 내려다보고 있자니 며칠 전 밤중에 홀로 정원을 가로질러 가서 양손에 꼭 쥐고 있던 쥐 두 마리를 놓아주던 자신의 모습이 눈앞에 보이는 듯했다.

세라피나는 고개를 돌려 침대에 누워 있는 브레이든을 쳐다보았다. 그러고 나서 다시 한 번 저 멀리 숲을 바라보았다. 올빼미 한 마리가 나무 위를 미끄러지듯 날아가더니 모습을 감추었다.

*나는 어둠의 존재야.* 세라피나는 속으로 읊조렸다.

마침내 세라피나는 고단함을 느끼고, 창가에서 물러나 벽 난로 옆으로 다가갔다. 아직 불씨가 남은 석탄에서 온기가 느껴졌다. 세라피나는 가죽 의자에 놓여 있던 담요를 가져와 서 벽난로 앞에 깔린 양탄자 위에 누웠다. 곧 고개를 대자마 자 까무룩 잠이 들었다. 정말 오랜만에 깊은 단잠에 빠져들 었다.

부드러운 브레이든의 목소리에 잠이 깼을 때는 아직 한밤 중이었다. "네가 찾아와 주길 바랐어." 브레이든이 말했다. 잠에서 깬 브레이든은 자기 방 벽난로 앞에 웅크린 채 잠이 든 세라피나를 보고도 전혀 놀라지 않은 기색이었다. "하루 종일 네 걱정 많이 했어."

"난 괜찮아." 세라피나가 대답했다. 브레이든의 입에서 나온 다정한 그 말투에 세라피나는 마음이 따뜻해졌다.

"집엔 어떻게 돌아왔어?" 브레이든이 물었다.

세라피나는 처음으로 모든 것을 털어놓았다. 비로소 숲속에서 겪었던 일이 머리로도 마음으로도 현실감 있게 느껴지기 시작했다. 한낱 꿈이나 어린아이의 공상이 아니라 전부 실제로 일어난 일이었다.

브레이든은 등을 기대고 앉아 세라피나 이야기에 귀를 기울였다. "대단하다." 브레이든은 이야기를 들으면서 몇 번이나 감탄했다.

세라피나의 이야기가 끝나고도 브레이든은 한참 동안 가만히 있었다. 머릿속으로 상상해 보는 것 같았다. 마침내 브레이든이 말했다. "세라피나 넌 정말 똑똑하고 용감하구나."

세라피나는 안도의 한숨을 내쉬었다. 그동안 느꼈던 두려움과 불안함과 무기력함이 순식간에 눈 녹듯이 사라졌다.

어둠 속에서 침묵이 이어졌다. 브레이든은 침대에서, 세라피나는 벽난로 옆에서 한동안 아무 말없이 가만히 앉아 있었다. 세라피나는 브레이든과 같은 공간에 함께 있다는 것만으로도 편안하고 좋았다.

세라피나가 천천히 몸을 일으켜 창가로 걸어갔다. 그리고 창문을 등진 채 브레이든을 마주 보고 섰다. 브레이든도 달빛 아래 서 있는 세라피나를 보았다. 세라피나는 달빛에 비친 자기가 브레이든 눈에 어떻게 보일지 생각해 보았다. 피부는 유령처럼 창백하고 머리카락은 백발에 가까운 모습으로 보이겠지.

"나 뭐 하나만 물어봐도 돼?" 세라피나가 말했다.

"물론이지." 브레이든이 침대에서 일어나 앉으며 부드럽게 말했다.

"네 눈에는 내가 어떻게 보여?"

순간 브레이든이 입을 다물었다. 침묵이 이어졌다. 마치 들어서는 안 될 질문이라도 들은 것 같은 표정이었다.

"그게 무슨 말이야?"

"네 눈에는 내가…… 내가…… 평범한 여자아이처럼 보여?"

"클라라 브람스와 아나스타시야 로스토노바가 서로 다르 듯이 그 두 사람과 너도 서로 달라. 우리는 저마다 다른 사람들이야." 브레이든이 대답했다.

"네 말이 무슨 뜻인지는 알겠어. 근데 난……." 세라피나는 적당한 말이 생각나지 않았다. "나 이상하게 생기지 않았어? 내 행동도 이상하지 않아? 이를테면 인간이 아닌 다른 종족 같다던가……."

브레이든은 곧바로 아니라고 하지 않았다. 세라피나는 충격을 받았다. 브레이든은 아무 말도 하지 않았다. 브레이든은 망설이고 있었다. 그것도 한참 동안이나. 세라피나는 일분일초가 지날 때마다 가슴에 비수가 꽂히는 기분이었다. 사실 세라피나 스스로도 이미 알고 있었다. 당장이라도 창밖으로 뛰어내려 숲속으로 달아나고픈 기분이었다. 브레이든의 반응을 보니 이제 확실해졌다. 세라피나는 누가 봐도 뒤틀리고 이상하게 생긴 것이다!

"그럼 이번에는 내가 물을게." 브레이든이 마침내 입을 열었다. "넌 살면서 친구를 많이 사귀어 봤어?"

"아니." 세라피나는 덤덤하게 대답했지만 속으로는 브레이든이 잔인하다고 생각했다. 이런 식으로 세라피나가 얼마나 괴물처럼 생겼는가를 설명해 주리라고는 예상치 못했다.

"나도야." 브레이든이 말했다. "솔직히 말하면 말들이랑 기디언 말고는 또래 친구랑 친하게 지낸 적이 없어. 내가 정말로 믿을 수 있고 기쁠 때나 슬플 때나 함께하고 싶은 그런 친구를 사귄 적은 단 한 번도 없었어. 또래 남자애들과 또래 여자애들을 많이 만나 봤고 함께 시간도 보내 봤지만……."

브레이든의 목소리가 떨렸다. 무언가 말로 설명하기가 힘든 것 같았다. 브레이든의 마음속 상처가 느껴졌다. 브레이든이 방금 면전에 대고 세라피나를 괴물이라고 했는데도 세라피나는 브레이든이 안쓰러웠다. "계속 말해 봐……." 세라피나가 부드럽게 말했다.

"나, 나도 이유는 잘 모르겠어. 하지만 나는 왠지 친구 하기가 힘들어. 그……."

"인간이랑은 말이지." 세라피나가 대신 말을 끝마쳐 주었다.

브레이든이 고개를 끄덕였다.

"이상하지 않아? 정말 내 말은 이상하지 않니? 가족을 모

두 잃은 뒤로 나는 더 이상 아무하고도 이야기하고 싶지도
않았고 함께 있고 싶지도 않았어. 다음에 또 언제 볼 수 있을
까 궁금하지도 않았어. 그냥 다 싫었어. 혼자 있고 싶었어.
물론 삼촌과 숙모는 날 정말 다정하게 대해 주셨어. 내게 친
구를 만들어 주려고 다양한 또래 친구들을 초대해 주셨지.
같이 앉아서 저녁도 먹었어. 삼촌이랑 숙모가 원하셨으니까.
또래 소녀들이랑 춤도 췄어. 삼촌이랑 숙모가 원하셨으니까.
맹세코 또래 친구들에게 못된 말을 한 적도 없고 못된 마음
을 품은 적도 없어. 걔네는 내가 무슨 생각을 하고 있는지도
전혀 몰랐을 거야. 걔네 잘못은 아무것도 없어. 이유는 모르
겠지만 난 그저 기디언과 둘만 있거나 산책하면서 새를 관찰
하거나 아니면 숲속에서 다른 새로운 동물을 찾아다니는 게
더 좋았어. 삼촌은 사촌들을 여기로 초대해 숲속에서 함께
어울릴 기회를 마련해 주기도 하셨지만 걔네들이 공놀이를
시작하면 나는 또 혼자 멀어지곤 했어. 나도 이유는 모르겠
어. 걔네한테는 아무런 잘못도 없어. 내 생각엔 나한테 문제
가 있는 것 같아, 세라피나."

"그럼 날 만났을 때는?" 브레이든을 바라보던 세라피나가
이윽고 부드러운 목소리로 다시 물었다. 사실 세라피나는 자
신이 정말로 이 질문에 답을 듣고 싶은지조차 알 수 없었다.

"음, 나…… 나는……."

"날 만났을 때도 그랬어?" 세라피나는 머릿속을 정리하려
고 노력하면서 되물었다.

"아니, 그때는…… 설명하기가 힘들어……."

"노력해 봐." 세라피나는 브레이든이 자신을 처음 만났을 때도 아무런 느낌이 들지 않았고 그저 혼자 있고 싶었다는 대답이 돌아오지 않길 바라며 다시 물었다.

"널 처음 만났을 때는 *달랐어.*"

브레이든이 마침내 대답했다.

"난 네가 누군지 알고 싶었어. 네가 계단으로 뛰어 내려가 사라져 버린 뒤로 널 미친 듯이 찾아다녔어. 모든 층을 샅샅이 뒤졌어. 옷장이란 옷장은 다 찾아봤고 침대 밑이란 침대 밑도 다 살펴봤어. 다른 사람들은 모두 클라라 브람스를 찾고 있었지만, 하느님께서 클라라와 함께해 주시길, 아무튼 나는 세라피나 *너*를 찾고 있었어. 삼촌과 숙모가 나를 밴스 가로 보내기로 결정하셨을 때 난 처음으로 벌컥 화를 냈어. 그때 삼촌이랑 숙모 얼굴을 네가 봤어야 하는데. 내가 뭐 때문에 화를 내는지 영문도 모르셨을 거야."

세라피나가 그제야 빙그레 미소를 지었다.

"그렇게 빌트모어를 떠나기 싫었어?"

여전히 미소가 가시지 않은 얼굴로 세라피나가 몇 발자국 다가가 브레이든 옆에 걸터앉았다.

"그 멍청하고 늙은 크랭쇼드 씨가 마차 출입구에서 널 잡아 흔드는 모습을 보았을 때 내 심장이 얼마나 빨리 뛰었는지 넌 상상도 못 할 거야." 브레이든이 말했다. "난 그때 속으로 저겼다! 그 애가 저기 있다! 내가 가서 구해 줘야지! 이랬

다니까."

세라피나가 소리 내어 웃었다.

"조금만 더 일찍 나타나지 그랬어! 그럼 그렇게 잡혀서 흔들리지 않을 수 있었는데!"

브레이든이 웃었다. 그 미소가 보기 좋았다. 그때 브레이든이 세라피나의 질문을 떠올리며 다시 진지한 눈으로 세라피나를 쳐다보았다.

"그런데 그때 말이야. 숲속에서 검은 망토를 입은 남자와 싸우고 마차 안에서 밤을 지새운 다음 날 아침 네가 사라져 버렸을 때, 그때 깨달았어. 내가 지금까지 만난 사람들과 세라피나 네가 얼마나 다른지를. 맞아, 세라피나 넌 달라…….아주 많이…… 어쩌면 네 말처럼 이상할 만큼……. 나도 모르겠어…… 하지만……."

브레이든이 말꼬리를 흐린 채 생각에 잠겼다.

"하지만 어쩌면 그래서 너랑 잘 맞는 걸지도." 세라피나가 머뭇머뭇 말했다. 브레이든의 마음을 알 것도 같았다.

"맞아. 난 네가 달라서 좋은 것 같아." 브레이든이 말했다. 한참 동안 둘 사이에 침묵이 이어졌다.

"그럼, 우린 친구인 거네?" 마침내 세라피나가 입을 뗐다. 브레이든의 대답을 기다리는 동안 심장이 마구 뛰었다. 방금 한 말은 질문인 동시에 선언이기도 했다. 승인을 받든지 거절을 당하든지 둘 중 하나였다. 지금까지 살면서 세라피나가 누군가에게 이런 질문을 한 건 처음이었다.

"우린 친구지." 브레이든이 고개를 끄덕이며 말했다. "좋은 친구."

세라피나가 활짝 웃었다. 브레이든도 덩달아 환히 웃었다. 세라피나는 따뜻한 우유를 마신 것 같은 기분이 들었다.

"이 말도 꼭 해 주고 싶어, 세라피나." 브레이든이 말했다. "나는 네게 문제가 있다고 생각하지 않아. 어쩌면 나한테도 아무런 문제가 없을지도 몰라. 나도 잘 모르겠어. 우린 그냥 다른 사람들과 다를 뿐이야. 너도 나도 각자 다른 면에서. 내 말 무슨 말인지 알지?"

브레이든이 침대 밖으로 나왔다. "너한테 줄 선물이 있어." 브레이든이 그렇게 말하며 침대 옆에 놓은 석유등에 불을 밝혔다. "넌 빛이 없어도 잘 보이겠지만 난 아니거든. 불을 켜지 않으면 침대에 발가락을 찧고 말 거야."

"선물? 나한테?" 세라피나는 다른 말은 아무것도 들리지 않는 것처럼 물었다.

세라피나에게 선물이란 《작은 아씨들》 같은 책에서만 읽던 것이었다. 좋아하는 사람끼리 서로 주고받는 그런 것 말이다. 세라피나는 왜 아빠가 단 한 번도 세라피나의 생일을 축하해 주지 않았는지 이유를 몰랐다. 출생의 비밀을 알고 나서야 아빠에게는 세라피나를 숲속에서 데려온 날이 잊고 싶은 기억일지도 모른다는 사실을 깨달았다. 떠올리기에는 너무 가슴 아픈 그런 기억 말이다. 아빠 사전에 쓸모없는 선물을 주는 건 죄나 다름없었다. 아빠가 세라피나에게 선물로 인형을 만들어 주려고 시도한 적이 딱 한 번 있긴 있었다. 결국 받은 건, 아빠는 끝까지 인형이라고 주장했지만 사실은 멍키 스패너(나사 따위를 죄거나 푸는 공구의 하나_옮긴이)가 아닌지 의심스러운 무언가였지만 말이다. 세라피나는 평생 동안 포장지에 싸인 진짜 선물을 받아 본 적이 없었다. 지금 선물을 받는다는 생각만으로도 신이 났다.

"왜 선물을 주는 거야?" 세라피나는 침대 쪽으로 기어가면서 브레이든에게 물었다.

"왜냐하면 우리는 친구니까. 그렇지?" 브레이든이 예쁜 포장지에 싸인 크지도 작지도 않은 가벼운 상자를 내밀었다. 선물 상자에는 상아색 벨벳 리본도 묶여 있었다. "안에 뭐가 들어 있든 네 마음에 들었으면 좋겠다."

세라피나가 브레이든을 쳐다보면서 눈썹을 꿈틀했다. "음, 불길한데. 뭔데? 설마 검은 망토는 아니겠지?"

"그냥 열어 봐." 브레이든이 웃으며 말했다.

세라피나는 리본을 풀었다. 손가락에 닿는 벨벳 리본의 감촉이 허리에 동여맨 거친 노끈과는 사뭇 달랐다. 하지만 선물을 한 번도 받아 본 적이 없는 세라피나는 포장지를 어떻게 뜯어야 하는지 알 수 없었다. 결국 브레이든이 시범을 보여 주었다.

드디어 세라피나가 선물 상자의 뚜껑을 들어 올렸다.

세라피나는 헉하고 숨을 삼켰다. 선물 상자를 여는 순간 세라피나의 심장 깊숙한 곳이 찌르르 저려 왔다. 상자 안에

든 것은 다름 아닌 아름다운 겨울 드레스였다. 벨벳으로 된 어두운 적갈색 긴소매에 허리 부분에는 짙은 회색과 검정색이 섞인 화려한 무늬가 들어가 있었다. 드레스 전체에 회색 레이스 장식이 달려 있어서 석유등 불빛이 일렁일 때마다 은색 실이 반짝거렸다.

"와, 정말 아름답다……." 드레스를 들어 올리며 세라피나가 나지막한 탄성을 내뱉었다. 손끝에 닿는 드레스의 촉감이 너무나 따뜻하고 부드러웠다. 세라피나는 드레스를 얼굴에 가져다 댔다. 이렇게 아름다운 드레스를 직접 만져 본 건 난생처음이었다.

세라피나는 선물 상자에 묶여 있던 리본으로 머리를 묶었다. 그리고 거울 앞으로 가서 드레스를 몸에 대보았다. 거울에 비친 모습이 완전 딴사람 같았다. 거울 속에는 숲에서 태어난 야생 동물이 아니라, 어딜 가도 어울릴 법한 아름다운 소녀가 서 있었다. 세라피나는 거울 속에 비친 그 소녀를 한참 동안 바라보았다.

세라피나는 새 드레스를 이리저리 살펴보며 옷의 섬세한 아름다움에 감탄했다. 그러다 문득 어두운 생각이 머리를 스치고 지나갔다. 무례하게 굴고 싶진 않았지만 세라피나는 이번에도 넘치는 호기심을 참지 못하고 브레이든 쪽으로 돌아섰다.

"네가 물어볼 줄 알았어." 브레이든이 먼저 선수를 쳤다.

"우리가 서로 알게 된 지도 며칠 안 됐는데 어떻게 나한테 선물할 드레스를 이렇게 빨리 맞춘 거야?"

브레이든은 벽에 걸린 그림으로 시선을 돌렸다.

"브레이든, 이거 어디서 난 거야?"

브레이든이 이번에는 바닥으로 시선을 떨구었다.

"브레이든……."

마침내 브레이든이 세라피나와 시선을 맞추며 대답했다.

"실은 숙모가 주문하셨어."

"나를 위해서 주문하신 건 아닐 테고."

"나한테 클라라에게 선물로 주라고 하셨어."

"아……." 세라피나가 애써 침착하게 반응했다.

"알아, 알아, 정말 미안해." 브레이든이 사과했다. "근데 맹세코 클라라가 그걸 입은 적은 없어. 보여 준 적도 없어. 난 그냥 너한테 뭔가 근사한 선물을 주고 싶은데 달리 줄 수 있는 게 없었을 뿐이야. 네 기분을 상하게 만들 의도는 아니었어."

세라피나는 부드럽게 브레이든의 팔에 손을 올렸다. "정말 아름다운 드레스야, 브레이든. 내 마음에 꼭 들어. 고마워." 세라피나가 몸을 숙여 브레이든의 뺨에 뽀뽀를 했다.

브레이든이 수줍게 웃었다.

세라피나는 브레이든이 기뻐하는 모습을 보는 것이 좋았다. 하지만 그 이야기를 들으니 또다시 클라라 생각이 났다. "근데, 브람스 가족은 빌트모어 저택에 어떻게 초대받게 된 거야?" 세라피나가 물었다.

"나도 모르겠어." 브레이든이 말했다. "내 생각엔 숙모랑 삼촌이 클라라가 영재라는 소문을 들으시고, 한번 초대해서 손님들에게 피아노 연주를 들려주면 좋지 않을까 생각하셨던 것 같아."

"클라라가 사랑스럽고 예쁘고 교양 있고 재능 있는 아이란 걸 알아보신 숙모님은 너희 두 사람이 친구가 되었으면 좋겠다고 생각하셨구나."

브레이든이 고개를 끄덕였다. "내게 친구를 만들어 주시려는 숙모의 야심 찬 계획 중에 일부지 뭐. 숙모는 클라라를 특히나 예뻐하셨거든. 하지만 난 클라라랑 서너 번밖에 이야기를 안 해 봐서 잘 몰라."

그때 누군가 이쪽으로 다가오는 소리가 들렸다. 복도를 따라 내려오는 발자국 소리였다. 세라피나는 급히 드레스를 한쪽으로 밀었다. "저 소리 들려?" 세라피나가 속삭였다. "누군가 오고 있어!"

"나도 들었어." 브레이든이 목소리를 낮추어 대답했다.

기디언이 벌떡 일어나 곧바로 닫힌 문 쪽으로 다가갔다.

"불 꺼!" 세라피나가 속삭였다.

브레이든은 세라피나가 시키는 대로 재빨리 석유등을 껐다. 순식간에 방 안이 어둠에 휩싸였다.

두 사람은 조용히 바깥에서 나는 소리에 귀를 기울였다.

신발 소리를 듣고서 세라피나는 밴더빌트 씨가 브레이든이 잘 있는지 확인하러 오는 건가 생각했다. 들킬지도 몰랐다.

여기서 들키면 끝장이었다! 구두닦이 소녀라는 변명은 이 상황에서는 통하지 않을 것이다. 세라피나는 머리를 굴리기 시작했다. 침대 밑에 숨어야 하나 아니면 밴더빌트 씨 앞에서 엉뚱한 변명을 잔뜩 늘어놓으며 주의를 산만하게 만들다가 줄행랑을 쳐야 하나 고민하던 그때, 세라피나는 또 다른 소리를 들었다. 스르르 미끄러지듯 움직이는 소리였다.

검은 망토를 입은 남자였다.

검은 망토를 입은 남자가 복도를 걸어 내려오고 있었다.

검은 망토를 입은 남자가 사냥감을 찾아 헤매고 있었다.

검은 망토를 입은 남자가 오늘 밤에도 어김없이 나타났다.

검은 망토를 입은 남자의 발소리는 거침없었다.

"비밀 통로를 알아."

브레이든이 속삭였다.

"그냥 움직이지 말고 가만히 있어." 세라피나가 말했다. "가만히."

침대 옆에 브레이든을 놔두고 어둠을 헤치며 세라피나는 문 앞에 있는 기디언 옆으로 다가갔다. 혹시나 기디언이 짖어서 상대방에게 위치를 들킬까 봐 조마조마했다. 세라피나는 무슨 일이 있어도 함께 싸울 테니 걱정하지 말라는 뜻으로 기디언의 어깨에 살포시 손을 얹었다.

발자국 소리가 점점 더 가까워졌다. 마침내 검은 망토를 입은 남자는 방문 바로 앞까지 다가왔다.

검은 망토를 입은 남자는 브레이든의 방문 앞에서 잠시 멈쳐 서더니 가만히 있었다. 방 안의 동태를 살피는 듯했다. 방 안에 누가 있는지 알고 있는 것 같았다.

검은 망토를 입은 남자의 숨소리가 들렸다. 검은 망토에게서 풍기는 악취가 문틈을 통해 방 안까지 흘러 들어왔다. 검은 망토가 느릿느릿 뱀처럼 꿈틀거리며 움직이기 시작했다.

기디언이 으르렁거렸다.

문손잡이가 천천히 돌아갔다.

## 15

　문손잡이는 4분의 1쯤 돌아가다가 짤깍 소리를 내며 멈추
었다. 세라피나가 방에 들어올 때 잠가 둔 덕분이었다. 세라
피나는 문을 열 때 느껴지던 단단하고 두꺼운 떡갈나무 문의
무게를 기억하고 있었다. 누구라도 문을 부수고 들어오기 힘
들어 보였다. 세라피나는 검은 망토를 입은 남자가 어둠의
마법 같은 것을 사용해 문을 통과하는 일만 없길 바랐다. 문
밖에서 검은 망토를 입은 남자가 내쉬는 숨소리가 고스란히
들려왔다.

　세라피나는 기디언을 붙잡고 가만히 기다렸다.

　몇 초 뒤에 문손잡이가 원래 자리로 되돌아갔다. 발소리가
복도 아래쪽으로 멀어져 갔다. 세라피나는 기디언을 붙잡고
있던 손을 놓았다. 그제야 세라피나와 브레이든과 기디언 셋

다 다시 정상적으로 숨을 쉬기 시작했다. 세라피나가 브레이든을 쳐다보았다.

"위험했어." 세라피나가 속삭였다.

"검은 망토가 오기 전에 네가 먼저 와서 다행이다." 브레이든이 말했다.

세라피나는 다시 침대로 돌아와 누웠다. 둘은 깜깜한 방 안에 누워서 누군가 도망가는 발소리나 공포에 질린 비명 소리가 들려오진 않는지 귀를 기울였다. 그러나 벽난로에서 타닥타닥 불꽃이 튀기는 소리만 들려왔다. 두 사람은 서로의 규칙적인 숨소리를 들으며 깜박 잠이 들었다.

다음 날 아침, 밴더빌트 부인이 다급하게 브레이든의 방문을 두드렸다. 그 바람에 세라피나도 놀라서 일어났다. "브레이든, 일어날 시간이다." 밴더빌트 부인이 바깥에서 외쳤다. "브레이든?"

세라피나는 침대를 빠져나와 숨을 곳을 찾아서 두리번거렸다.

"저 여깄어요……." 브레이든이 책상 밑에 있는 황동으로 장식된 환기구 뚜껑을 열어 주며 속삭였다.

"브레이든, 안에 있니?" 밴더빌트 부인이 문밖에서 물었다. "아가, 제발 문 좀 열어 보렴. 걱정이 되는구나."

세라피나가 환기구 안으로 기어 들어가자 브레이든이 뚜껑을 덮었다. 브레이든은 침대 밑에 드레스를 쑤셔 넣고 방 안을 둘러보며 세라피나가 다녀간 흔적이 남았는지 다시 한 번 확인했다. 기디언은 귀를 쫑긋 세우고 고개를 갸우뚱거리며 그런 브레이든을 흥미로운 눈길로 쳐다보고 있었다. 세라피나는 이런 모습을 환기구 안에서 지켜보았다.

"아무 말도 하지 마."

브레이든이 기디언에게 경고했다. 기디언이 알았다는 듯이 귀를 내렸다.

마침내 브레이든이 문을 열었다.

"저 여깄어요, 숙모. 전 괜찮아요."

밴더빌트 부인은 문이 열리자마자 들어와 브레이든을 껴안았다. 세라피나는 밴더빌트 부인이 브레이든을 많이 사랑한다는 사실을 깨달았다. 브레이든을 붙잡고 있는 손만 봐도 알 수 있었다.

"무슨 일 있어요?" 브레이든이 불안함이 담긴 목소리로 숙모에게 물었다.

"목사님 아들이 간밤에 사라졌단다."

※

또 다른 희생자가 발생했다는 소식을 듣자 세라피나는 창자가 배배 꼬이는 것처럼 괴로웠다. 사흘 밤 사이에 어린아이가 세 명이나 사라졌다. 무언가가 검은 망토를 입은 남자를 더더욱 몰아세우고 있다는 느낌을 지울 수가 없었다. 어젯밤까지만 해도 세라피나는 자신이 방문을 걸어 잠근 덕분에 브레이든이 검은 망토의 공격을 피할 수 있었다고 안도했더랬다. 그런데 지금 그것 때문에 다른 아이가 희생되었다는 사실을 깨달았다. 또 다른 아이가 사라졌다. 세라피나는 검은 망토를 피했지만 *막지*는 못했다.

일단은 브레이든의 방문을 통하지 않고 지하실로 돌아갈 다른 방법을 찾아야 했다. 세라피나는 환기구 통로가 어디로 이어지는지 보려고 더 깊숙이 기어 들어갔다. 환기구가 두 갈래로 갈라지는 교차로가 나왔다. 세라피나는 오른쪽 통로를 선택했다. 또다시 갈림길이 나왔다. 이런 비밀 통로가 빌트모어 전체에 거미줄처럼 퍼져 있는 것 같았다. *이래서 그동안 쥐들이 숨어 다닐 수 있었던 거였어.*

환기구를 따라 기어 다니다 보니 저택 곳곳에 있는 다양한 방을 구경할 수 있었다. 환기구는 응접실과 복도와 침실은 물론이고 화장실과도 연결되어 있었다. 환기구 틈으로 하녀들이 침대를 정리하는 모습이 보였고 잠에서 깬 손님들이 몸치장을 하는 모습도 보였다. 모두 걱정스러움과 혼란스러움이 뒤범벅된 목소리로 속닥거리고 있었다. 도대체 무슨 일이 일어나고 있는지 아무도 이해하지 못했다. 사람들은 어둠과 살인자에 대해 이야기했다. 빌트모어는 어느새 이유도 없이 아이들이 사라지는 귀신 들린 집이 되어 있었다.

그때 서둘러 복도를 내려가는 프랫 씨와 휘트니 양이 세라피나 눈에 띄었다. "아니에요, 아니에요, 휘트니 양. 이건 그

냥 평범한 살인자의 짓이 아니에요." 프랫 씨가 지나가면서
말했다.

"무슨 그런 끔찍한 말씀을!" 휘트니 양이 손사래를 쳤다.
"아이들이 죽었다고 어떻게 확신하세요?"

"허, 당연히 죽었을 겁니다. 두고 보세요. 이건 어둠의 존
재가 한 짓입니다. 지옥에서 태어난 그런 존재가요."

방금 프랫 씨가 한 말에 세라피나는 엄청난 충격을 받았
다. *어둠의 존재.* 프랫 씨는 분명히 그렇게 말했다. 문제는
*세라피나*도 어둠의 존재라는 사실이었다. 세라피나는 스스
로를 그렇게 부르곤 했다. 어둠의 존재가 사악한 존재라고?
그렇다면 *세라피나*도 사악한 존재란 말인가? 세라피나는 검
은 망토와 자기 사이에 공통점이 있다는 사실에 경악했다.

"그럼 이제 어떻게 하느냐고요? 저야말로 알고 싶네요."
프랫 씨가 소리를 지르다시피 말했다.

세라피나는 남자 어른들의 목소리가 들려오는 방향으로 기
어갔다. 환기구 틈으로 아래를 내려다보니 총기실에 신사 열
두 명 정도가 모여서 지금 벌어지고 있는 사태를 이야기하고
있었다.

"우리 힘으로 할 수 있는 건 아무것도 없습니다. 탐정에게
맡겨야 해요." 밴더빌트 씨가 말했다.

밴더빌트 씨는 누구보다 빌트모어 저택을 속속들이 알고
있는 사람이었다. 빌트모어를 설계한 사람이 바로 밴더빌트
씨였기 때문이다. 도대체 밴더빌트 씨는 왜 비밀 통로와 비

밀 공간을 이렇게 많이 만들어 놓았을까? 밴더빌트 씨는 부자였다. 하고 싶은 것은 무엇이든 할 수 있을 만한 돈과 권력을 소유하고 있었다. 게다가 밴더빌트 가문의 일원이었으므로 그를 의심할 사람은 아무도 없었다. 애초에 이 첩첩산중에 저택을 지은 이유가 무엇이었을까?

이제 밴더빌트 씨는 우리가 할 수 있는 일이 아무것도 없으니 탐정에게 모든 일을 맡기자고 제안하고 있었다. 물론 사설탐정에게 보수를 지불할 사람도 밴더빌트 씨였다. 따라서 사설탐정은 진실이 무엇이든 고용주인 밴더빌트 씨가 원하는 답을 가져올 것이다.

다른 신사들도 뾰족한 수가 없다는 듯 고개를 저었다.

"뉴욕에서 가장 유명하다는 탐정을 부르는 게 어떻겠소. 여기 시골 탐정들은 온갖 질문을 퍼부으며 사람들을 들쑤시고나 다니지 일을 제대로 하는 것 같지 않소." 벤델 씨가 제안했다.

"아니면 수색대를 한 번 더 꾸리는 건 어떨까요." 토른 씨가 제안했다.

"좋은 생각이오. 탐정들은 하인들 중에 한 명이 아이들을 납치했다고 생각하는 것 같지만 나는 이 집에 있는 그 누구라도 용의자에서 제외해서는 안 된다고 생각하오. 심지어 여기 있는 우리도 말이오." 브람스 씨가 말했다.

"그렇게 말하는 당신이 제일 의심스럽구려, 브람스 씨." 벤델 씨가 쏘아붙였다. 브람스 씨 말에 기분이 상한 것이 분명했다.

"왜들 이러십니까." 밴더빌트 씨가 두 사람을 말렸다. "우리 중에 범인이 있을 리 없으니 진정하십시오."

"여자들은 잔뜩 겁에 질려 있소." 세라피나는 처음 보는 어떤 신사가 말했다. "밤마다 아이들이 사라지니 말이오. 뭐든 대책을 세워야 하지 않겠소!"

"범인이 외부에 있는 사람인지 아니면 빌트모어 내부에 있는 사람인지도 아직 모르지 않소?" 누군가가 물었다. "어쩌면 우리가 완전히 모르는 사람 소행일지도 모르오. 아니면 의외로 잘 아는 사람이 범인일 수도 있소. 보스먼 씨나 크랭쇼드 씨 같은."

"사실 범인이 실제로 *존재하는지*조차 알 수 없소." 벤델 씨가 말했다. "아이들이 납치됐다는 아무런 증거도 찾지 못했으니 말이오. 아이들이 제 발로 집을 나갔을지 누가 알겠소!"

"범인이 없다니요!" 브람스 씨가 점점 격앙된 목소리로 반박하고 나섰다. "누군가 우리 아이들을 데려가고 있소! 우리 클라라는 절대 집을 나갈 아이가 아니란 말이오! 토른 씨 말이 맞소. 수색대를 다시 조직해야 하오."

로스토노브 씨가 러시아어와 영어를 섞어서 뭐라고 말했지만 아무도 그 말에 귀를 기울이지 않았다.

"어쩌면 지하실 같은 곳에 구멍이 있어서 아이들이 거기 빠졌을지도 모르오." 벤델 씨가 말했다. 빌트모어가 안전하게 지어지지 않았을지도 모른다는 의심이었다.

"지하실에 구멍 따윈 없습니다." 벤델 씨 말에 밴더빌트 씨가 딱 잘라 말했다.

"아니면 아이들이 발을 헛디딜 만한 우물이 어딘가에 있을지도 모르지……." 벤델 씨는 지지 않고 또 다른 의견을 제시했다.

"중요한 건 남은 아이들을 안전하게 보호해야 한다는 겁니다." 토른 씨가 말했다. "전 브레이든 도련님이 걱정되네요. 어떻게 도련님을 안전하게 보호할 수 있을까요?"

"그건 걱정 마시오." 밴더빌트 씨가 말했다. "브레이든은 우리가 안전하게 지킬 테니."

"다 좋지만 수색대는 다시 꾸려야 하오." 브람스 씨가 거듭 주장했다. "우리 클라라를 찾아야 한단 말이오!"

"브람스 씨, 죄송한 말씀이지만 수색대를 또 파견해도 그다지 소득이 있을 것 같진 않습니다." 밴더빌트 씨가 말했다. "이미 저택 전체와 주변 땅을 여러 차례 샅샅이 뒤지지 않았습니까. 무언가 더 효과적인 방법을 찾아야 할 것 같습니다. 이 끔찍한 수수께끼에도 분명히 답은 있을 테니까……."

로스토노브 씨는 도와 달라는 듯이 돌아서서 토른 씨의 팔에 손을 올렸다. *"Nekotorye ubivayut detyey."* 로스토노브 씨가 토른 씨에게 러시아어로 말했다.

*"Otets, vse v poryadke. My organizuem novyi poisk, Batya."* 토른 씨가 러시아어로 대답했다.

세라피나는 토른 씨가 러시아어도 할 줄 안다는 벤델 씨의 말을 기억해 냈다. 그래도 직접 들으니 여전히 놀라웠다. 토른 씨는 로스토노브 씨에게 무슨 이야기가 오가는지 통역해 주며 로스토노브 씨를 안심시키려 했다.

세라피나는 토른 씨가 상냥하다고 생각했다. 그런데 그때 갑자기 로스토노브 씨의 얼굴이 이상하게 일그러졌다. 로스토노브 씨는 극도로 혼란스럽다는 듯이 토른 씨를 쳐다보며 이렇게 물었다. "Otets? Batya?"

그러자 토른 씨의 얼굴이 백지장처럼 하얗게 질렸다. 자신이 엄청난 실수를 저질렀다는 사실을 깨달은 표정이었다. 토른 씨가 황급히 사과하려 했지만 그러면 그럴수록 로스토노브 씨의 표정이 더욱 안 좋아졌다. 토른 씨가 하는 모든 말이 불쾌한 기색이었다.

세라피나는 이 모든 광경을 흥미롭게 지켜보았다. 도대체 토른 씨가 뭐라고 했길래 로스토노브 씨가 저렇게 동요하는 걸까?

"여러분, 진정하십시오." 밴더빌트 씨가 말싸움을 보다 못해 중재에 나섰다. "좋습니다, 좋아요. 다시 수색대를 꾸리도록 하지요. 그게 최선이라고 생각하신다면요. 하지만 이번에는 방마다 더 많은 시간을 들여서 체계적으로 수색할 계획입니다. 그리고 수색이 완료된 방에는 경비를 세워 놓도록 하겠습니다."

너도나도 밴더빌트 씨의 계획에 진심으로 찬성했다. 마침내 의견이 모아졌다는 사실과 뭐라도 할 수 있는 일이 생겼다는 사실에 다들 안심하는 눈치였다. 할 수 있는 일이 아무 것도 없다는 무기력함만큼 견디기 힘든 감정은 없었다. 세라피나도 그 기분을 누구보다 잘 알았다.

본격적인 수색 작업에 나서기 위해 모두 방을 우르르 빠져나갔다. 가엾은 로스토노브 씨만 여전히 얼굴이 붉으락푸르락한 상태로 방 안에 남아 있었다.

세라피나가 미간을 찌푸렸다. 무언가 이상했다.

세라피나의 원래 계획은 환기구를 통해서 1층으로 내려가 지하실에 있는 아빠에게로 가는 것이었다. 그러나 계획을 바꾸었다.

세라피나는 왔던 길을 되짚어 재빨리 브레이든의 방으로 되돌아갔다. 환기구 덮개를 열고 브레이든의 방으로 들어가기 직전에 방 안에 누가 있는지를 확인하려고 귀를 기울였다. 밴더빌트 부인의 목소리는 들리지 않았다. 세라피나는 조심스럽게 환기구 덮개를 들어 올리고 안을 엿보았다. 기디언이 환기구 틈으로 코를 처박고 으르렁거렸다. 세라피나는 깜짝 놀라 고양이처럼 등을 구부리며 기디언에게 나지막이 소리를 질렀다.

"나야 이 바보 똥개야! 난 착한 편이잖아. 기억 안 나?" *적어도 난 그렇게 생각해.* 어둠의 존재는 악하게 타고났다고 확신했던 프랫 씨의 말을 떠올리며 세라피나가 속으로 중얼거렸다.

기디언이 으르렁거리기를 멈추고 뒤로 물러났다. 기디언

은 세라피나를 보고 안심한 듯 기쁜 표정을 지으며 짧은 꼬리를 흔들었다.

"세라피나!" 브레이든이 반가워하며 신나게 다가와 세라피나를 환기구 밖으로 잡아당겼다. "어디 갔던 거야? 거기서 날 기다렸어야지, 그렇게 가 버리면 어떡해! 길을 잃으면 어쩌려고! 저런 통로가 끝도 없이 이어져 있단 말이야!"

"길을 잃진 않았어." 세라피나가 말했다. "저 안이 내 마음에 꼭 들던걸."

"조심해야 돼. 또 다른 남자아이가 실종됐다는 숙모님 말씀 못 들었어?"

"너희 삼촌이 다시 수색대를 꾸리고 계셔."

"그건 어떻게 알았어?"

"너 혹시 러시아어로 'otets'가 무슨 뜻인지 알아?" 브레이든의 질문은 들은 체 만 체하고 세라피나가 다짜고짜 물었다.

"뭐라고?"

"'Otets' 아니면 'Batya'라도. 러시아어인데, 무슨 뜻일까?"

"모르겠어. 근데 지금 무슨 얘길 하고 있는 거야?"

"혹시 러시아어 잘하는 사람 알아?"

"로스토노브 씨."

"그 사람 말고."

"토른 씨."

"그 사람은 절대 안 되고. 다른 사람은?"

"몰라. 하지만 우리에겐 도서관이 있지."

"도서관이라……." 좋은 생각이었다. "우리 도서관 갈까?"

"지금 도서관에 가자고? 왜?"

"찾아볼 게 있어. 내 생각에는 중요한 문제야."

세라피나와 브레이든은 이번에는 둘이 함께 빌트모어 대저택의 비밀 통로인 환기구 안으로 기어 들어갔다. 세라피나가 앞장서고 브레이든이 뒤따랐다. 브레이든은 동물들과 친구하는 데에는 재능을 타고났지만 숨어 다니는 데에는 영 재능이 없는 듯했다. 브레이든은 마치 야생 물소 떼처럼 요란한 소리를 내며 기어 왔다.

"쉿, 좀 조용히 따라와." 세라피나가 속삭였다.

"예예, 조용한 발바닥 아가씨. 빨리 가기나 해." 브레이든이 비꼬는 투로 말하며 세라피나를 밀었다.

브레이든은 핀잔을 들은 뒤로 최대한 소리를 내지 않으려고 노력했지만 세라피나 귀에는 여전히 시끄러웠다.

"지금 이 모습을 삼촌에게 들키기라도 하면 진짜 큰일인데." 또 다른 환기구를 지나며 브레이든이 중얼거렸다.

"너희 삼촌은 덩치가 커서 여기 들어오지도 못해." 세라피나가 명랑하게 대꾸했다.

세라피나와 브레이든은 2층 거실을 지나 기다란 태피스트리 갤러리를 통과한 다음 빌트모어의 서쪽 건물에 도착했다.

"저기다!" 브레이든이 소리쳤다.

세라피나는 환기구 틈으로 빌트모어 대저택의 도서관을 내려다보았다. 아름다운 황동 전등과 떡갈나무 벽과 푹신푹신한 의자가 눈에 들어왔다. 책장마다 수천 권은 넘어 보이는 책이 빼곡히 꽂혀 있었다.

"빨리 와." 세라피나가 환기구 덮개를 밀면서 재촉했다.

둥근 아치형 천장을 떠받치고 있는 천장 가장자리에는 조각가가 일일이 손으로 새긴 문양이 들어가 있었다. 천장에는 햇빛이 비치는 구름 사이로 날개 달린 천사가 날아다니는 유명한 이탈리아 명화가 그려져 있었다. 세라피나는 튀어나온 천장 가장자리를 붙잡고 책장 맨 위쪽 선반에 발을 디딘 다음 책장을 사다리 삼아 내려가기 시작했다. 그리고 책장이 끝나는 곳에서 정교한 철제 난간을 따라 줄타기 장인처럼 재빨리 걸어갔다. 순식간에 난간 끝까지 이동한 다음에는 거대한 검은색 대리석으로 만든 벽난로 위쪽 선반으로 건너뛰었다. 마침내 푹신푹신한 페르시아 양탄자가 깔린 바닥으로 뛰어내렸다. 세라피나는 두 발로 사뿐히 착지했다.

"재밌다." 세라피나가 만족스러운 듯이 말했다.

"너한테나 재밌겠지!" 브레이든이 아직도 10미터 상공 책장 꼭대기에 대롱대롱 매달린 채로 겁에 질려 소리를 질렀다.

"거기서 뭐 해, 브레이든?" 세라피나가 이해가 되지 않는다는 듯 브레이든 쪽을 올려다보며 작은 목소리로 물었다.

"장난 그만하고 얼른 내려와."

"넌 내가 지금 장난치고 있는 걸로 보여?" 브레이든이 대답했다.

세라피나는 그제야 브레이든이 진짜로 겁에 질려 있다는 사실을 깨달았다. "왼발을 오른쪽 바로 아래에 있는 책장에 딛고 내려오면 돼." 세라피나는 요령을 알려 주었다.

브레이든은 느릿느릿 서투르게 내려왔다. 처음에는 곧잘 내려오는가 싶더니 마지막에 중심을 잃고 바닥에 쿵 엉덩방아를 찧었다. 브레이든은 안도의 한숨을 내쉬었다.

"거봐, 할 수 있잖아!" 세라피나가 브레이든의 어깨에 손을 얹으며 축하를 건넸다.

브레이든이 웃었다. "다음번에는 그냥 정상적으로 문을 이용하자, 알겠지?"

세라피나가 웃으며 고개를 끄덕였다. 세라피나는 브레이든이 벌써 다음번을 생각하고 있다는 사실에 기분이 좋았다.

세라피나는 책장을 수놓은 수많은 책을 둘러보았다. 이렇게 환한 대낮에 도서관에 와 보기는 처음이었다. 아빠가 세라피나에게 가져다준 책들이 하나하나 생각났다. 글자가 단어가 되고 단어가 문장이 되고 문장이 세라피나의 머릿속에서 생각이 될 때까지 글자를 배우던 시간들이 생각났다. 언제나 책에 목말라 있던 세라피나는 아빠가 잠든 뒤에도 한참 동안이나 혼자서 책을 읽곤 했다. 지금까지 세라피나가 읽은 책만 해도 수백 권이 넘었다. 책을 읽을 때마다 새로운 세상이 펼쳐지곤 했다. 수천 명이 넘는 작가의 생각과 목소리가 여기 이 공간을 가득 메우고 있다고 생각하니 감탄이 절로 나왔다. 세라피나와는 다른 시대 다른 장소에 살았던 사람들의 머리와 가슴에서 나온 이야기가 이 방 안에 가득했다. 고대 문명을 탐사한 사람이 쓴 책도 있었고 식물의 종류를 연구한 사람이 쓴 책도 있었고 강줄기를 공부한 사람이 쓴 책도 있었다. 밴더빌트 씨는 다양한 분야에 관심이 많아서 틈만 나면 도서관에서 책을 탐독한다는 이야기를 아빠에게 들은 기억이 났다. 밴더빌트 씨는 미국에서 책을 가장 많이 읽은 사람 중 한 명이었다. 도서관에는 책상마다 정교한 장식품이 올려져 있었고 곳곳마다 푹신푹신한 소파가 놓여 있었다. 마치 책들의 무덤 같기도 한 도서관을 둘러보고 있노라니 여기서라면 몇 시간이고 머물 수 있을 것 같다는 생각이 들었다. 구경도 하고 책도 읽고 나른한 오후의 낮잠도 즐기면서 말이다.

"이건 나폴레옹 보나파르트가 썼던 체스 세트야." 섬세한 사각판에 늘어선 아름다운 체스 말을 넋 놓고 바라보던 세라피나에게 브레이든이 말했다. 세라피나는 비록 나폴레옹 보나파르트가 누구인지는 몰랐지만 아름답게 조각된 이 말들을 사각판 끝까지 이동시켜 떨어뜨리면 너무 재밌겠다는 생각이 들었다.

"그건 뭐야?" 세라피나가 다른 수집품과 함께 책상 위에 진열되어 있는 나무 액자를 가리키며 물었다. 나무 액자 안에는 작고 어두운 유화가 들어 있었다. 하지만 너무 희미하고 낡아서 형체를 알아보기가 쉽지 않았다. 어렴풋하게나마 깊은 숲속에서 덤불 사이에 몸을 숨기고 있는 퓨마의 모습이 보였다.

"내 생각엔 고양잇과 맹수를 그린 그림 같아." 브레이든이 세라피나의 어깨 너머로 액자를 바라보며 말했다.

"그게 뭐야?"

"삼촌이 말씀하시길 오래전에 여기 산마을 사람들은 퓨마를 *산속에 사는 야생 고양이*라고 부르곤 했대. 그런데 시간이 지나면서 *야생 산고양이*라고 줄여서 부르다가 결국에는 고양잇과 맹수라는 단어가 되었다나 봐."

브레이든의 설명을 들으면서 세라피나는 그림을 더 자세히 보려고 몸을 숙였다. 잘 보이진 않았지만 덤불 뒤에 몸을 숨긴 고양잇과 맹수의 그림자는 어딘지 모르게 형체가 이상하고 흐릿했다. 겉모습은 퓨마인데 그림자는 꼭 사람 같았다. 세라피나는 몇 년 전에 들었던 옛이야기 한 토막이 어렴풋이 기억났다.

"고양잇과 맹수가 다른 모습으로 변신을 하기도 해?" 세라피나가 질문했다.

"그건 모르겠는데. 그 그림은 삼촌이 동네 상점에서 사 오신 거야. 숙모는 그림이 안 예쁘다고 갖다 버리고 싶어 하셨어." 브레이든이 말하면서 세라피나를 잡아당겼다. "이러고 있을 시간이 없어. 러시아 단어 뜻을 알고 싶다고 했잖아. 빨리 찾아보자." 브레이든이 세라피나를 구석에 놓인 커다란 황동 지구본 뒤쪽으로 잡아당겼다. "외국어 책장은 여기야." 브레이든이 음미하듯 외국어로 된 분류표를 하나하나 소리 내어 읽어 내려갔다. "*아랍어, 불가리아어, 체로키어, 독일어, 스페인어.*" 여덟 개 언어에 능통한 밴더빌트 씨가 조카인 브레이든에게도 외국어를 조금 가르쳐 준 것이 틀림없었다. 아찔한 높이에서 뛰어내려야 했던 순간이 지나고 언어와 책의 세계로 들어오니 브레이든은 비로소 평소 모습을 되찾은 듯했다. "*프랑스어, 그리스어, 인도어, 일본어, 쿠르드어, 라틴어, 맹크스어.*"

"방금 그 단어 마음에 드는데." 세라피나가 불쑥 끼어들었다. (맹크스는 고양이 품종 중 하나이기도 하다_옮긴이)

"고대 켈트족 언어일 거야, 아마도." 브레이든은 짧게 대답한 뒤 곧바로 분류표를 다시 읽어 내려갔다. "*노르만어, 오지브와어, 폴란드어, 케추아어, 루마니아어.* 찾았다! 여깄어! *러시아어!*"

"좋았어. 이제 단어를 찾아보자."

"철자가 뭐야?"

"모르겠어."

"그럼 소리로 찾아보자⋯⋯." 브레이든은 예상하는 철자가 나올 때까지 사전을 휙휙 넘겼다. "아니네, 이게 아니다." 브레이든은 다시 도전했다. "아니. 이것도 아니야. 앗, 여기 있다. '*Otets*'."

"맞아, 이거야!" 세라피나가 브레이든의 팔을 잡으며 말했다. "토른 씨가 로스토노브 씨를 이렇게 불렀어! 그랬더니 로스토노브 씨 얼굴이 붉으락푸르락하게 변했어. 엄청 심한 욕

이나 뭐 그런 거야? 이 송곳니 날카로운 악마야, 뭐 이런 건
가?"

"음……." 사전 뜻풀이를 읽던 브레이든이 미간을 찌푸렸
다. "그렇진 않아."

"그럼 무슨 뜻인데?"

"아버지."

"뭐?"

"'Otets'는 러시아어로 '아버지'라는 뜻이래." 브레이든이
고개를 갸웃거렸다. "이상한데. 네가 잘못 들은 거 아냐? 왜
토른 씨가 로스토노브 씨를 아버지라고 부르겠어?"

세라피나는 사전에 나와 있는 뜻풀이를 더 자세히 보기 위
해 몸을 숙였다.

"토른 씨 같은 분이 이런 실수를 할 리가 없는데." 브레이
든이 말했다. "정말 똑똑한 사람이거든. 토른 씨가 체스 두는
걸 네가 봤어야 하는데. 심지어 우리 삼촌도 이겼어. 아무도
못 이기는 우리 삼촌을 말이야."

"토른 씨는 뭐 다 잘하나 봐." 세라피나가 이죽거렸다.

"얄밉게 그러지 않아도 돼. 토른 씨는 좋은 사람이야."

세라피나는 브레이든에게서 사전을 빼앗아 계속 읽어 내려
갔다. 사전에는 'otets'가 '자식이 자기를 낳거나 길러 준 남
자를 다른 사람 앞에서 높여 부르는 단어'라고 나와 있었다.
하지만 가족끼리는 더 친근하게 'batya'라고 부른다고 했다.
대충 번역하면 '아빠'라는 뜻이었다.

세라피나는 도무지 이해가 되지 않아 인상을 찌푸렸다.

로스토노브 씨와 토른 씨는 나이도 비슷한 데다가 서로 아무런 연고도 없는 사람들이었다. 도대체 왜 토른 씨는 한두 번도 아니고 여러 번이나 로스토노브 씨를 '아빠'라고 불렀을까?

16

세라피나와 브레이든은 다시 환기구 안으로 기어 들어갔
다.

"브레이든, 혹시 지금 빌트모어에 머물고 있는 남자 손님
들 다 알아?"

"대부분 만나는 봤지." 브레이든이 환기구 덮개를 닫으며
말했다. "전부는 아니지만."

"그럼 그 사람들이 어느 방에 묵고 있는지도 아니?" 세라
피나가 다시 네 발로 브레이든의 방을 향해 엉금엉금 기어가
며 물었다.

"손님방은 전부 3층에 있어. 4층에는 하인들이 살고."

"그럼 누가 어느 방에 묵는지까지도 알아?"

"어느 정도는. 숙모님이 벤델 씨에게는 라파엘 방을, 브람스 가족에게는 이얼롬 방을, 로스토노브 씨에게는 몰랜드 방을 배정해 주셨어. 손님이 너무 많아서 다 말하기도 힘들어. 근데 왜?"

"나한테 좋은 생각이 있어. 만약 검은 망토를 입은 남자가 빌트모어에 머무르는 손님 가운데 한 명이라면, 검은 망토를 사용하지 않을 때는 어딘가에 보관해 둬야 하잖아. 내가 1층에 있는 옷장이랑 외투 걸어 두는 방은 전부 찾아봤거든. 침실도."

"손님들이 묵고 있는 방에 몰래 들어가자는 이야기야?" 브레이든이 곤란하다는 태도로 물었다.

"당연히 모르게 해야지." 세라피나가 힘주어 말했다. "조심하기만 하면 들키지 않을 거야."

"그래도 그렇지. 남의 소지품을 뒤지자는 거잖아……."

"맞아. 하지만 클라라랑 다른 사라진 아이들을 도와야 하잖아. 검은 망토를 입은 남자가 또다시 일을 저지르기 전에 막아야 해."

브레이든은 입술을 깨물었다. 아무래도 세라피나의 생각이 탐탁지 않은 것 같았다. "다른 방법은 없을까?"

"이건 반드시 해야 할 일이야." 세라피나가 단호하게 이야기했다.

브레이든은 어쩔 수 없다는 듯 마침내 고개를 끄덕였다.

세라피나는 브레이든을 따라 환기구 통로를 기어갔다. 밴더빌트 씨가 고용한 사설탐정들이 이제 복도 곳곳을 지키고

서 있었다. 환기구 안으로만 다닌다면 안전하겠지만 바깥에서 눈에 띄지 않고 다니기는 전보다 훨씬 어려워졌다.

수색이 재개되고 사설탐정도 수사를 시작했지만 빌트모어에 머무르는 손님들은 여전히 불안에 떨고 있었다. 손님들과 하인들 모두 희망을 잃어 가고 있었다. 세라피나는 빌트모어를 감싸고 있는 불안과 절망을 읽었다. 사람들이 서로 수군대는 이야기를 들으니 실종된 아이들이 죽었다는 쪽으로 의견이 기울고 있었다. 세라피나는 그 끔찍한 결론을 머리에서 떨쳐 버리려고 애썼다. 비록 두 눈으로 아이들이 사라지는 모습을 똑똑히 목격했지만 말이다. 아빠는 모든 사람은 어딘가에는 반드시 있다고 했다. 하다못해 어딘가에 시체라도 있다고 했다. *아이들을 찾는 일을 포기해선 안 돼.* 세라피나는 주문을 외우듯이 혼잣말로 계속 되뇌었다. 포기해선 안 돼. 그때 아이들을 찾아 나섰던 수색대가 아무런 단서도 얻지 못하고 터덜터덜 돌아왔다. 사람들은 어느 때보다도 낙심했다.

세라피나와 브레이든은 벤델 씨가 묵고 있는 라파엘 방으로 숨어 들어가 소지품을 뒤졌다.

"벤델 씨는 언제나 쾌활하신 분이야. 다른 사람을 해칠 사람 같진 않아." 브레이든이 말했다.

"잔말 말고 찾아봐." 세라피나가 작게 속삭인 뒤 검은 망토를 찾는 데 온 신경을 집중했다.

섬세한 문양이 들어간 벤델 씨의 여행 가방 안을 살펴보니 온통 값비싼 옷뿐이었다. 최신 유행하는 장갑도 한두 켤레가 아니었고 기다란 짙은 회색 망토도 한두 벌이 아니었다. 그러나 검은 망토는 눈에 띄지 않았다.

다음으로 브레이든과 세라피나는 반다이크 방으로 들어갔다. 섬세한 무늬가 들어간 벽지에 가구는 전부 어두운 마호가니 재질이었고 벽에는 그림이 잔뜩 걸려 있었다. "토른 씨는 내게 언제나 친절하셨어." 브레이든이 말했다. "절대 토른 씨가 범인일 리 없어."

세라피나는 브레이든을 무시한 채 토른 씨 방을 수색하는 일에 온 신경을 집중했다. 잠겨 있지 않은 서랍이란 서랍은 빠짐없이 전부 열어 보았다. 그러나 검은 망토는 코빼기도 보이지 않았다.

"넌 토른 씨를 너무 좋아해." 세라피나가 마호가니 침대 밑을 살펴보면서 말했다.

"그렇지 않아." 브레이든이 반박했다.

"두고 보면 알겠지."

"토른 씨는 크랭쇼드 씨가 도끼로 기디언을 죽이려고 했을 때 기디언을 구해 줬어." 브레이든이 말했다.

세라피나는 미간을 찌푸렸다. 브레이든이 기디언을 구해 준 사람을 의심할 리 없었다. 그때 누군가 이쪽으로 다가오는 소리가 들렸다. 브레이든과 세라피나는 환기구 안으로 쏜살같이 몸을 피했다.

"내 생각엔 빌트모어에 머무는 신사의 소행 같지는 않아." 다음 방으로 이동하면서 브레이든이 말했다. "범인은 분명히 우리가 예전에 얘기한 것처럼 숲에 사는 악마이거나 아니면 틀림없이 도시에서 온 외부인일 거야."

별다른 단서가 나오지 않자 세라피나는 힘이 쭉 빠졌다. 하지만 아직 적어도 열두 개가 넘는 방이 남아 있었다. 브레이든과 세라피나는 쉐라톤 방과 올드잉글리쉬 방으로 이동했다.

로스토노브 씨가 묵고 있는 몰랜드 방에서 세라피나는 여행 가방 두 개를 발견했다. 손으로 채색한 아름다운 여행 가방이었다. 세라피나는 하나씩 차례로 들여다보았다. 가방 하나에는 사랑스러운 러시아풍 드레스가 가득 들어 있었다. 세라피나의 가슴에 슬픔이 차올랐다. 이국적인 무늬에 굵은 주름이 잡힌 드레스는 눈부시게 아름다웠다.

"들어오면 안 될 곳에 들어온 기분이야." 브레이든의 목소리에는 죄책감이 가득했다.

다시 환기구 통로를 기어서 옆방으로 이동할 때 아래층 복도에서 여자들이 이야기하는 소리가 들려왔다. 브레이든과 세라피나는 그들이 누구인지 확인하기 위해 재빨리 통로를 기어갔다.

"숙모님 방이야." 브레이든이 초조한 목소리로 말했다.

"일단 조용히 하자……." 세라피나가 속닥거린 뒤에 환기구 틈새로 밴더빌트 부인의 방 안을 내려다보았다.

반짝거리는 보라색과 금색을 섞어 프랑스풍으로 꾸민 방이었다. 곡선미가 돋보이는 우아한 가구와 가장자리 장식이 화려한 거울이 눈에 들어왔다. 지금까지 보았던 방 중에 가장 아름다웠다. 밴더빌트 부인의 방은 다른 방처럼 평범한 직사각형 구조가 아니라 타원형 구조였다. 벽지도 황금색 비단인데다가 창문으로 빛이 한가득 쏟아져 들어와 방 안이 환하디환했다. 섬세하게 색칠된 방문마저도 타원 모양으로 우아한 곡선미를 뽐냈다. 침대보며 장식용 양탄자며 가구 덮개는 모조리 고급스러운 보랏빛 벨벳 소재였다. 쏟아져 들어오는 햇살 덕분에 방 전체가 반짝반짝 아름답게 빛났다. 세라피나는 밴더빌트 부인의 침대 속에 들어가 눕고 싶은 마음이 들었다. 방 안으로 내려가 보자고 말하려던 찰나 브레이든이 세라피나의 팔을 붙잡았다.

"잠깐. 여긴 숙모님 방이잖아." 바로 그때 밴더빌트 부인이 천천히 방 안으로 걸어 들어왔다. 늘 부인 곁에서 시중을 드는 시녀와 개인 집사도 뒤따라 들어왔다.

"너무 무섭고 고독한 나날이네요." 밴더빌트 부인이 슬픔에 잠겨 말했다. "아이들을 잃어버린 분들을 위해 무언가를 하고 싶어요. 모두 모여 기운을 북돋을 수 있는 그런 모임을 열었으면 해요. 오늘 저녁 일곱 시에 대연회장에서 모이도록 해요. 아직 전깃불이 들어오지 않으니 촛불과 석유등을 될 수 있는 대로 많이 모아 주세요. 주방에 이야기해서 먹을 것도 좀 준비해 주세요. 격식을 차린 저녁 만찬이나 파티가 아니라는 점 꼭 명심해 주시고요. 시기가 시기니만큼 그런 행사는 적절하지 않아요. 하지만 무언가 하긴 해야 해요."

"요리사에게 그렇게 일러두겠습니다." 집사가 말했다.

"힘든 시기일수록 서로를 위로하면서 함께 헤쳐 나가야 해요. 공포에 질려 있든, 슬픔에 잠겨 있든, 희망이 있든 없든 말이에요." 밴더빌트 부인이 말했다.

"지당하신 말씀이십니다, 부인." 시녀가 말했다.

밴더빌트 부인은 슬픔에 잠긴 가족들을 위로하기 위해 모임을 준비하는 것이었다. 세라피나는 밴더빌트 부인의 마음 씀씀이가 참 곱다고 생각했다.

밴더빌트 부인은 빌트모어의 손님이든 하인이든 그 자녀들의 이름과 얼굴까지 일일이 기억하기로 명성이 자자했다. 크리스마스가 다가오면 밴더빌트 부인은 시녀와 함께 애쉬빌과 그 근처 마을에 나가서 저택에 머무는 모든 아이들을 위해 선물을 사곤 했다. 어떤 아이가 갖고 싶어 하는 선물을 애쉬빌에서 구하지 못할 때는 뉴욕까지 사람을 보낸다고도 들었다. 그러면 마치 기적처럼 그 선물이 며칠 뒤에 기차로 빌트모어 대저택까지 배달되곤 했다. 크리스마스 아침이면 밴더빌트 부인은 빌트모어에 있는 모든 사람을 크리스마스트리 주변으로 불러 모은 뒤 아이들에게 선물을 나누어 주었다. 도자기 인형을 선물로 받은 아이도 있었고 말랑말랑한 곰 인형을 받은 아이도 있었고 주머니에 쏙 들어가는 칼을 선물로 받은 아이도 있었다. 아이들이 저마다 받고 싶어 하는 선물이 무엇인지 밴더빌트 부인이 미리 알아내서 준비한 것이었다. 세라피나는 지금껏 크리스마스 아침마다 무얼 하며 보냈나 떠올려 보았다. 지하실 계단 아래 돌바닥에 쪼그리고 앉아 위층에서 다른 아이들이 기뻐하며 웃는 소리와 선물받은 장난감을 가지고 노는 소리를 듣곤 했었다.

※

몇 시간도 되지 않아 밴더빌트 부인이 저녁에 작은 모임을 연다는 소문이 빌트모어 전체에 퍼졌다. 손님도 하인도 다들 모임 준비로 분주해졌다.

"삼촌이랑 숙모가 나도 참석하길 원해서서 가 봐야 해." 브레이든은 침울한 표정이었다. "너도 같이 가면 좋을 텐데. 너도 나만큼 배고플 텐데."

"배고파 죽을 것 같아. 대연회장에서 모이는 거 맞지? 마음만이라도 함께할게. 아무도 파이프 오르간 연주만 못 하게 좀 막아 줘." 세라피나가 말했다.

"내가 몰래 음식을 가져다줄게." 브레이든은 이 말을 남기고 떠났다.

브레이든이 방으로 돌아가 모임에 참석하기 위해 옷을 갈아입는 동안 세라피나는 대연회장에서 미리 보아 둔 장소에 몸을 숨겼다. 지난번 프랫 씨와 휘트니 양의 대화를 엿듣다가 오르간 꼭대기 뒤편에 숨겨진 비밀 통로가 있다는 사실을 우연히 알게 되었다. 칠백 개가 넘는 황동 파이프는 1.5미터에서 6미터까지 높이가 들쭉날쭉했다. 그 꼭대기에 자리 잡고 앉자 대연회장 전체가 훤히 내려다보였다.

대연회장은 세라피나가 지금까지 봤던 방 중에 가장 컸다. 둥근 천장은 매가 날아오를 수 있을 만큼 높았다. 천장에는 여러 나라의 국기와 깃발이 일렬로 줄에 매여 있어서 마치 고대 황제의 알현실을 연상케 했다. 돌로 된 벽에는 중세 기사의 갑옷과 서로 포개진 창과 화려한 양탄자가 걸려 있었다. 아주아주 오래된 물건들 같아 보였지만 세라피나는 언젠가 타고 올라가 봐야겠다고 생각했다. 대연회장 한가운데에는 엄청나게 기다란 식탁이 놓여 있었다. 양 끝에 놓인 손으로 조각한 의자 두 개는 밴더빌트 부부의 자리 같았다. 그 밖에도 빌트모어를 방문한 손님들이 둘러앉을 수 있는 의자가 예순네 개나 있었다. 그러나 오늘 밤은 식탁에 둘러앉아 식사를 하는 모임이 아니었다. 식탁에는 먹음직스러워 보이는 음식이 뷔페식으로 차려져 있었다. 구운 쇠고기, 민물송어, 오렌지 소스를 곁들인 닭고기, 갖가지 채소, 로즈메리 감자 그라탱, 초콜릿이 들어간 온갖 디저트와 과일 타르트까지 하인들이 부지런히 실어 나른 음식으로 식탁이 금세 그득해졌다. 세라피나의 눈에 호박파이는 언제나 그렇듯이 개나 좋아할 것처럼 맛이 없어 보였지만 그 위에 듬뿍 올려진 휘핑크림만큼은 보기만 해도 달콤했다.

슬픔에 젖어 지친 기색이 역력한 사람들이 대연회장 안으로 줄줄이 들어왔다. 세라피나는 사람들이 밴더빌트 부인과 몇 마디 주고받은 뒤 서로 어울려 위로를 나누는 모습을 말없이 지켜보았다. 클라라의 부모님인 브람스 부부도 애써 밝은 모습으로 들어와 음식을 먹고 다른 손님들과 이야기를 나누며 위로를 받았다. 밴더빌트 씨도 브람스 부부에게 다가가 말을 건넸다. 밴더빌트 씨가 뭐라고 했는지는 몰라도 두 사람은 그 말에 커다란 위로와 감동을 받은 것 같았다. 이어서 밴더빌트 씨는 지난밤에 아들을 잃어버린 목사님 부부에게도 다가가 따뜻한 말을 건넸다. 바로 그 옆에는 슬픔에 빠진 놀란의 부모님도 있었다. 놀란의 아버지는 대장장이였다. 사회적 지위와 관계없이 놀란의 아버지와 어머니도 이 모임에 초대를 받았다. 밴더빌트 씨는 놀란의 부모님과도 오랫동안 이야기를 나누었다. 밴더빌트 씨를 보면 볼수록 세라피나는 마음이 누그러졌다. 밴더빌트 씨에게선 손님을 대할 때뿐만 아니라 저택에서 일하는 사람들을 대할 때도 솔직함과 진정성이 느껴졌다.

한편 오늘따라 검은색 조끼와 상의를 유난히 말끔하게 차려입은 브레이든이 삼촌을 본받아 또래 친구들에게 말을 붙이려 애쓰고 있었다. 브레이든은 파란 드레스를 입고 있는 빨간 머리 소녀에게 다가갔다. 꼬마 숙녀는 주변에서 일어나는 모든 일이 무서운 듯 움찔거렸다. 다른 아이들도 두려움으로 표정이 어두웠다. 연회장에는 저택 관리인인 보스먼 씨를 비롯해 프랫 씨와 휘트니 양 등 눈에 익은 얼굴이 많았다. 불쌍한 로스토노브 씨만 눈에 띄지 않았다. 어떤 남자 하인이 들어와 로스토노브 씨는 마음이 너무 아파서 참석하지 못한다는 말을 전했다.

세라피나는 벽난로 근처에 함께 서 있는 토른 씨와 벤델 씨를 흘깃 보았다. 토른 씨는 초췌하고 지쳐 보였다. 기침이 나오기 시작하자 토른 씨는 입을 가리고 벤델 씨에게서 등을 돌렸다. 몸이 안 좋거나 감기에 걸린 것 같았다. 다른 때와는 너무도 달라 보였다. 그 외에 오늘 밤 기분이 좋아 보이는 사람은 아무도 없었다.

올 사람은 거의 다 왔다고 생각한 밴더빌트 부인이 토른 씨에게 다가가 어깨에 손을 올리며 이렇게 부탁했다. "혹시 저희를 위해 뭐든 연주해 주실 수 있으신지요……."

토른 씨는 주저하는 듯 보였다.

"부탁하네." 벤델 씨가 토른 씨를 격려했다. "우리 모두에게 작은 응원이 필요한 상황 아닌가."

"기꺼이요. 영광입니다." 토른 씨는 조용히 대답하고는 손수건으로 입을 한 번 닦더니 정신을 가다듬었다. 토른 씨는 몇 초가 흐르도록 여전히 호흡만 가다듬고 있다가 마치 영감이라도 찾는 듯이 대연회장을 한번 스윽 훑어보았다.

"하인을 시켜서 바이올린을 가져다 드릴까요?" 밴더빌트 부인이 도움이 될까 싶어 물었다.

"아닙니다, 아닙니다 부인. 감사합니다. 전 그저 저 웅장한 파이프 오르간을 한번 연주해 볼까 싶어서……." 토른 씨가 말했다.

그 말을 들은 세라피나는 까무러치게 놀랐다. 지하실에서 파이프 오르간 소리를 몇 번 들은 적이 있었다. 지하실에서 들어도 그 정도로 소리가 컸는데 파이프 사이에 웅크리고 숨어 있는 지금 그 소리가 얼마나 클지는 상상조차 되지 않았다. 아마도 고막이 찢어질 것이다! 세라피나는 서둘러 꿈틀거리며 숨어 있던 자리에서 탈출했다.

거의 동시에 브레이든이 앞으로 달려 나가 토른 씨의 팔을 잡았다. "토른 씨, 파이프 오르간 대신 피아노를 치시는 건 어때요? 저는 피아노를 정말 좋아하거든요."

토른 씨는 갑작스러운 브레이든의 접근에 놀라서 걸음을 멈추었다. "피아노가 더 좋을까요, 브레이든 도련님?"

"네, 그럼요. 토른 씨의 피아노 연주가 정말 기대되네요."

"잘 알겠습니다." 토른 씨가 말했다.

그제야 마음이 놓인 세라피나는 브레이든의 순발력에 미소를 지으며 엉금엉금 기어가서 원래 숨어 있던 자리로 되돌아갔다.

브레이든이 세라피나가 숨어 있는 쪽을 힐끗 쳐다보았다. 순간적으로 브레이든은 저도 모르게 만족스러운 듯한 미소를 지었다. 그 모습을 본 세라피나의 얼굴에도 저절로 웃음꽃이 피었다.

토른 씨는 그랜드 피아노 쪽으로 걸음을 옮겼다.

"바이올린만 연주하는 줄 알았더니." 벤델 씨가 말했다.

"최근에 피아노도 조금 만져 봤습니다." 토른 씨가 나지막이 대답했다.

토른 씨는 천천히 피아노 앞에 앉았다. 피아노를 칠 줄 모르는 사람처럼 수줍어 보이기까지 했다. 그렇게 꽤 오랫동안 피아노 앞에 가만히 앉아 있었다. 모두가 숨죽이고 기다렸다. 그리고 드디어 토른 씨가 새틴 장갑을 낀 채로 피아노를 치기 시작했다. 토른 씨의 손가락이 피아노 연주의 대가처럼 우아하게 움직이자 부드럽고 아름다운 소나타가 흘러나왔다. 토른 씨가 선택한 곡은 지나치게 슬프지도 지나치게 명랑하지도 않았지만 사랑스러웠다. 모두의 기운을 북돋아 줄 수 있는 그런 곡이었다. 세라피나는 방 안에 모인 모든 사람이 똑같은 감정을 느끼도록 해 주는 음악이 가진 마법 같은 힘에 감탄했다. 모두 진심으로 토른 씨의 피아노 연주에 푹 빠진 것 같았다. 딱 두 사람만 빼고 말이다. 브람스 씨와 브람스 부인은 토른 씨의 연주가 거듭될수록 점점 슬픈 표정을 지었다. 결국 브람스 부인이 손수건을 꺼내 들더니 흐느껴 울기 시작했다. 당황한 남편 브람스 씨가 다른 사람들에게 미안함을 표시하며 부인을 데리고 밖으로 나갔다. 다른 손님들은 토른 씨가 연주를 끝마칠 때까지 소나타를 감상했다.

"감사합니다, 토른 씨." 밴더빌트 부인이 애써 밝은 목소리로 말했다. 밴더빌트 부인이 연회장에 있는 모든 사람을 둘러보았다. "자, 간단한 음식과 음료가 준비되어 있으니 자리를 옮기실까요?"

브레이든이 토른 씨에게 수줍은 듯 다가갔다. "정말 훌륭한 연주였습니다."

"고마워요, 브레이든." 토른 씨가 옅은 미소를 지으며 화답했다. "정말 고마워요. 브레이든이 훌륭한 취향을 가진 어린 신사인 줄은 진작에 알아봤습니다."

"몇 주 전에 빌트모어에 처음 오셨을 때 세 가지 소원을 가진 소년에 관한 재미있는 이야기를 해 주셨지요."

"그랬지요?" 토른 씨가 브레이든을 쳐다보았다.

"혹시 다른 이야기도 아시나요?" 브레이든이 파란 드레스를 입은 빨간 머리 소녀와 다른 아이들을 돌아보며 토른 씨에게 부탁했다. "혹시 다른 이야기도 들려주실 수 있으세요?"

토른 씨는 멈칫하더니 밴더빌트 부인을 바라보았다. 밴더빌트 부인은 동의한다는 표시로 고개를 끄덕였다. 밴더빌트 부인의 얼굴에 다른 아이들을 생각하는 조카의 마음을 기특해하는 뿌듯함이 묻어났다. "그러면 정말 좋겠네요, 토른 씨. 모두가 좋아할 것 같아요."

"그렇다면 한번 노력해 보겠습니다." 토른 씨는 고개를 끄덕이고는 아이들을 향해 천천히 팔을 흔들었다. "모두 벽난로 가까이로 모이세요."

브레이든과 아이들이 불꽃이 너울대는 벽난로 주변으로 모여 앉았다. 토른 씨는 한껏 목소리를 낮추어 분위기를 조성하며 이야기를 시작했다.

세라피나는 파이프 오르간 꼭대기에서 이 모든 광경을 보고 듣고 있었다. 아이들은 이야기에 빨려 들어갈 듯 토른 씨 쪽으로 몸을 숙이고 집중했다. 토른 씨는 이야기 전개에 따

라 목소리의 강약을 기막히게 잘 조절했다. 어떨 때는 부드
러웠다가 어떨 때는 잔뜩 힘이 들어갔다. 세라피나도 저 아
이들 틈에 끼여서 함께 이야기를 듣고 싶은 마음이 굴뚝같았
다. 토른 씨가 들려주는 이야기 속 세상에 살고 싶었다. 세라
피나도 엄마와 아빠가 있고 형제자매가 있는 그런 세상에 살
고 싶었다. 아이들이 다 함께 환한 풀밭에서 뛰놀다가 힘들
면 언덕 꼭대기에 있는 커다란 나무 그늘에 누워서 쉬는 그
런 세상에 살고 싶었다. 세라피나도 그런 세상에 살고 싶었
다. 그런 삶을 살고 싶었다. 토른 씨의 이야기를 들을수록 엄
마 얼굴이 보고 싶어졌고 엄마 목소리가 듣고 싶어졌다. 마
침내 이야기가 끝났을 때 세라피나는 토른 씨가 여태까지 만
나 본 사람 중에 이야기를 제일 잘한다고 생각했다.

밴더빌트 부인은 다른 아이들 틈에 섞여 앉아 토른 씨를
올려다보고 있는 브레이든을 바라보았다. 밴더빌트 부인은
행복해 보였다. 브레이든이 드디어 또래 친구들과 어울리고
있었기 때문이다.

세라피나는 토른 씨를 관찰했다. 토른 씨를 바라보면 마음
이 따뜻해진다는 사실은 부정할 수 없었다. 세라피나는 토른
씨가 연주하는 음악이 좋았고 토른 씨가 들려주는 이야기가
좋았다. 게다가 토른 씨 덕분에 슬픔에 빠져 있던 사람들이
잠시나마 하나 됨을 느꼈다. 브레이든과 벤델 씨가 옳았다.
토른 씨는 다재다능한 사람이었다.

이야기가 끝나고 아이들이 모두 흩어지자 밴더빌트 부인이

다가와 토른 씨를 따뜻하게 포옹했다. "토른 씨, 오늘 정말 고맙습니다. 특히 우리 브레이든과 친구가 되어 주셔서 감사드려요. 브레이든이 토른 씨를 많이 존경한답니다."

"더 큰 도움이 되지 못해 죄송할 따름입니다. 모두 힘든 시간을 지나고 있으니까요." 토른 씨가 말했다.

"몽고메리 당신은 정말 좋은 사람인 것 같소." 밴더빌트 씨가 다가와 토른 씨에게 감사의 뜻으로 악수를 청하며 말했다. "이따 저녁 늦게 당구실에서 가볍게 코냑 한잔 하면서 시가나 피울까 하는데 괜찮다면 함께하지 않겠소. 그냥 친한 친구들끼리 모이는 자리요."

"정말 감사합니다, 조지. 저야 영광이지요. 기대하고 있겠습니다." 토른 씨가 가볍게 목례를 하며 대답했다.

세라피나는 그 모습에 왠지 모를 불편함을 느꼈다. 토른 씨는 슬픈 자리에 어울리는 안타까운 표정을 짓고 있었다. 하지만 다른 표정도 눈에 띄었다. 밴더빌트 씨와 이야기할 때 토른 씨의 표정은 주머니쥐가 정원에서 캔 고구마를 갉아먹을 때 짓는 표정과 꼭 닮아 있었다. 토른 씨는 자기 자신이 만족스러운 것 같았다. 그런데 그 자기만족이 조금 지나쳐 보였다. 완벽한 피아노 연주 솜씨와 훌륭한 이야기 솜씨에 만족한 것 이상으로 토른 씨는 조지 밴더빌트와 아주 가까운 사람들만 모이는 자리에 초대받았다는 사실이 몹시 자랑스러운 것 같았다. 브레이든은 삼촌과 토른 씨가 서로 안 지 불과 몇 달밖에 되지 않았다고 말했다. 그런데 저 두 사람 사이

에는 벌써 끈끈한 관계가 형성되고 있었다. 밴더빌트 가문은
미국 전체에서 가장 유명하고 부유하고 힘 있는 가문 중 하
나였다. 토른 씨는 방금 그런 사람과 가장 가까운 지인들만
모이는 자리에 초대받은 것이다.

브레이든도 무언가 이상한 점을 눈치채지 않았을까 싶어
서 세라피나는 브레이든 쪽을 쳐다보았다. 하지만 브레이든
은 토른 씨 쪽은 보고 있지도 않았다. 이윽고 모두 대연회장
을 빠져나가자 브레이든은 음식이 놓인 식탁으로 걸어가 조
심스럽게 닭고기를 채워 넣은 빵을 주머니에 감추었다. 스콘
접시에서 단단한 우유 크림이 든 작은 유리병도 몰래 챙겼
다. 맛있는 음식을 보자 세라피나의 입안에 저절로 침이 고
였다. 배고픔을 잠시 잊고 있었다. 세라피나가 브레이든에게
좋아하는 음식을 알려 준 적도 없는데, 브레이든은 세라피나
가 어떤 음식을 좋아하는지 정확하게 아는 것 같았다. 브레
이든은 삼촌과 숙모를 따라 대연회장 밖으로 나가면서 세라
피나가 숨어 있는 곳을 슬쩍 올려다보았다.

세라피나가 바깥에서 만나자고 손짓했다. 할 이야기가 너
무 많았다.

많은 이들이 토른 씨를 좋아했다. 그러나 세라피나 눈에는
그 재능과 친절함이 지나쳐 보였다. 딱히 말로 설명하긴 힘
들지만 토른 씨에게는 *어딘지 모르게* 지나친 구석이 있었다.
게다가 세라피나는 아직까지도 왜 토른 씨가 로스토노브 씨
를 '아빠'라고 불렀는지도 알아내지 못했다.

모든 것이 뒤죽박죽이었지만 토른 씨에게서는 확실히 수상쩍은 냄새가 났다.

17

세라피나와 브레이든은 빌트모어 대저택 뒤편에 있는 분수
대에서 다시 만났다. 주변은 깜깜했다. 두 사람은 속으로 아
무에게도 들키지 않길 바랐다. 저택에서 내려다보이는 골짜
기 사이로 프렌치브로드강이 흐르고 있었다. 저 멀리 검은색
산 그림자가 겹겹이 포개져 있었다. 골짜기 양쪽을 지붕처럼
덮고 있는 숲에서는 아지랑이가 피어올랐다. 마치 숲 전체가
숨을 쉬고 있는 것 같았다.

"토른 씨 피아노 치는 거 봤지? 어떻게 그렇게 잘하지?"
세라피나가 믿을 수 없다는 듯 말했다. "넌 토른 씨가 피아노
도 잘 친다는 거 알고 있었어?"

"아니, 몰랐어. 근데 토른 씨야 뭐, 워낙에 잘하는 게 많잖
아." 그러면서 브레이든은 주머니에서 몰래 가져온 닭고기를

꺼내 세라피나에게 건네주었다.

"네 말이 맞아. 토른 씨는 잘하는 게 많아." 세라피나가 닭고기를 씹어 삼키며 말했다. "그런데 어떻게 그게 가능하지?"

"타고난 거지." 세라피나가 단단한 우유 크림을 날름 삼키는 순간 브레이든이 말했다.

"하지만 토른 씨에 대해서 네가 뭘 알아?" 세라피나가 입가를 쓱쓱 문질러 닦으며 말했다. "내 말은, 토른 씨라는 사람에 대해서 정말로 *아는 게* 있냐는 거지."

"삼촌은 토른 씨가 우리 모두에게 영감을 주는 사람이라고 하셨어."

"그래. 하지만 토른 씨가 믿을 수 있는 사람인지 네가 어떻게 알아?"

"말했잖아. 기디언을 구해 준 분이셔. 그분은 우리 삼촌이랑 숙모도 많이 도와주셨어. 네가 왜 그렇게 토른 씨를 싫어하는지 이해가 안 돼."

"우리는 단서를 쫓아가야 해." 세라피나가 말했다.

"토른 씨는 좋은 사람이야!" 브레이든은 짜증을 내다시피 했다. "아무나 그렇게 함부로 의심하지 마. 나한테는 고맙기만 한 분이니까!"

세라피나는 알겠다는 듯 고개를 끄덕였다. 브레이든은 한번 신의가 쌓이면 잘 배신하지 않는 성격이었다. "그런데 잠깐만, 브레이든. 토른 씨가 누구라고?"

"누구긴. 벤델 씨의 친구이자 우리 삼촌의 친구지."

"그래, 어디서 오셨는데?"

"벤델 씨 말씀으로는 남북 전쟁이 일어나기 전에 토른 씨
는 사우스캐롤라이나주에 커다란 저택과 농장을 소유하고
있었대. 그런데 전쟁 통에 모두 불타서 무너졌다나 봐. 넓은
땅을 소유한 부유한 가문에서 태어났지만 하루아침에 빈털
터리 신세로 전락해 버린 거지. 그때 목숨이라도 건지기 위
해 도망 나왔다고 들었어."

"지금은 가난해 보이지 않던데." 세라피나가 혼란스러워하
며 말했다.

"벤델 씨한테 들었는데 남북 전쟁이 끝나고 토른 씨는 끼
니도 때우기 어려울 만큼 가난했었대. 집도 없고 재산도 없
고 돈도 없고 먹을 것도 없었다더라고. 술주정뱅이 노숙자
신세로 길거리를 방황하면서 지나가는 북부 신사들에게 욕
을 퍼붓곤 했다더라."

세라피나는 얼굴을 찌푸렸다. "지금 네가 하는 이야기가
그 뭐든지 잘한다는 몽고메리 토른 씨 이야기 맞아? 네 말만
들으면 내가 아는 토른 씨랑 전혀 연결이 안 되는데."

"나도 알아, 안다고." 브레이든이 벌컥 짜증을 냈다. "내
말이 그 말이야. 그렇게 힘들고 방탕한 삶을 살았는데도 스
스로 이겨 내고 지금 이 자리까지 왔잖아. 나한테는 친절하
기만 한 분이야. 나쁘게 볼 이유가 전혀 없어."

"하던 이야기나 마저 해 봐. 그래서? 어떻게 됐는데? 토른

씨는 어떻게 지금 이 자리까지 오게 된 거야?"

"벤델 씨 말에 따르면 토른 씨는 어느 날 밤에 시골 마을
에 있는 술집에서 술을 진탕 마시고 비틀거리면서 집으로 돌
아가다가 숲속에서 그만 길을 잃었대. 그러다가 아무도 사
용하지 않는 오래된 우물 안으로 굴러떨어져서 크게 다쳤는
데, 내가 기억하기로는 그 우물 안에 이틀인가 갇혀 있었다
나 봐. 아무튼 누군가 토른 씨를 발견하고 구해 줬는데 토른
씨는 그게 누군지도 기억이 안 난대. 그런데 부상에서 회복
될 무렵에 문득 자기 인생이 정말 밑바닥을 찍었구나, 이제
정신 차리지 않으면 진짜 죽겠구나 하는 생각이 들더라는 거
야. 그래서 더 나은 사람이 되어야겠다고 스스로 다짐했대."

"그게 무슨 뜻이야?" 세라피나는 전부 다 말도 안 되는 소
리라고 생각했다. 벤델 씨가 브레이든을 놀리려고 거짓말을
한 게 아닐까 의심이 될 정도였다.

"아무튼 토른 씨는 도시에 있는 공장에 취직했고 거기서
기계 다루는 법을 익혀서 관리자로 승진했대."

"기계라고? 무슨 기계?" 세라피나가 놀라서 되물었다.

"몰라, 공장에서 쓰는 기계겠지, 뭐. 그 뒤에는 변호사가
됐대."

"이건 또 무슨 소리야?" 세라피나가 물었다. 세라피나는
이 모든 이야기를 자신이 몰랐다는 사실이 믿기지 않았다.

"변호사 말이야, 법과 범죄를 다루는 전문가 있잖아."

"공장에서 일하다가 어떻게 변호사가 됐대?" 이야기는 갈

수록 수상해졌다.

"그게 대단하다는 거야. 스스로 열심히 노력해서 더 나은 사람이 된 거지. 그 뒤로 여행을 좀 다니다가 여기로 돌아와 애쉬빌에 대저택을 구입했대. 그러고 나서 주변 땅을 사들이기 시작했다고 들었어."

"설마……." 세라피나는 브레이든의 말을 정말 믿을 수 없었다. "한낱 술주정뱅이에 가난뱅이였던 사람이 하루아침에 거대한 땅을 소유한 신사가 됐다는 이야기를 지금 나보고 믿으라는 거야?"

"나도 믿기지 않는 이야기라는 거 알아. 하지만 너도 봤잖아. 토른 씨는 정말 똑똑해. 어마어마한 부자인 데다가 모든 사람이 토른 씨를 좋아해."

브레이든과는 도저히 말이 통하지 않았다. 세라피나는 답답한 마음에 고개를 절레절레 흔들었다. 전부 다 부인할 수 없는 사실이라고 해도 여전히 무언가가 마음에 걸렸다.

세라피나는 저 멀리 산골짜기에서 피어오르는 아지랑이를 응시하며 생각에 잠겼다. 토른 씨 이야기는 앞뒤가 하나도 맞지 않았다. 반은 진실이고 반은 거짓인, 약간의 반전이 있는 동화 속 이야기나 다를 바 없었다. 어쨌든 쥐를 사냥하면서 세라피나가 깨달은 교훈이 있다면, 쥐는 언제나 이것저것 뒤죽박죽인 곳에 숨어 있다는 사실이었다.

"너희 삼촌은 토른 씨를 어디서 처음 만나셨어?" 세라피나가 물었다.

"아, 두 분 다 시내에 있는 구둣방에 신발을 맞추러 갔다가 우연히 만나셨다고 들었어."

"이제야 왜 밴더빌트 씨 구두 소리가 토른 씨 구두 소리와 똑같은지 설명이 되는군……."

"뭐라고?"

"아, 아무것도 아니야. 그럼 토른 씨는 왜 항상 장갑을 끼고 있는 거야?" 세라피나는 이번엔 다른 방식으로 접근해 보았다.

"난 그건 몰랐는데."

"손에 문제가 있는 거 아냐? 피아노를 칠 때도 장갑을 끼고 있더라고. 정말 이상하지 않아? 숲에 갇힌 너를 구조하러 오던 날 아침에도 토른 씨는 가죽 장갑을 끼고 있었어. 별로 춥지도 않은데 말이야. 그런데 말이야, 네가 아까 토른 씨는 기계 전문가라고 했잖아……. 그 말은 곧 세상에서 가장 똑똑한 기계공도 못 고치도록 발전기를 고장 낼 수 있는 능력이 있다는 거네?"

"무슨 질문이 그래?" 브레이든이 혼란스럽다는 듯이 반문했다. "넌 도대체 왜……."

"아니, 그리고 남부에서 커다란 농장을 갖고 있던 사람이 러시아어는 어떻게 배웠대?"

"그거야 나도 모르지." 브레이든은 점점 방어적으로 변해 갔다.

"게다가 로스토노브 씨를 뭐라고 불렀다고?"

브레이든은 이제 세라피나의 말이라면 아무것도 듣지 않겠다는 듯이 고개를 마구 흔들었다. "내가 어떻게 알아! 세상에 완벽한 사람이 어딨겠어!"

"네가 그랬잖아. 토른 씨는 아주아주 똑똑한 사람이라고. 체스로 너희 삼촌도 이길 수 있을 만큼 똑똑하다고 말이야."

"그래, 어쩌면 내가 틀렸을지도 몰라. 하지만 로스트노브 씨를 그렇게 부른 건 단순한 실수였을 수도 있잖아."

"그럼 왜 가엾은 로스토노브 씨가 그렇게 화가 났겠어? 꼭 고슴도치랑 싸우다가 온몸에 가시가 잔뜩 박힌 오소리 같았다고. 거기다 로스토노브 씨는 그냥 화가 난 게 아니라 겁에 질린 것 같았어."

"겁에 질렸다고? 뭐 때문에?"

"토른 씨 때문에!"

"왜?"

세라피나도 고개를 저었다. 세라피나도 확신은 없었다. 머릿속이 뒤죽박죽이었다. 하지만 미스터리를 둘러싼 단서가 주변에서 소용돌이치고 있는 느낌이 들었다. 이제 남은 건 단서를 조합하는 일뿐이었다. 쥐새끼가 정확히 어디에 숨어 있느냐, 그것이 문제였다.

"네가 그랬지? 너희 숙모님은 클라라 브람스를 만나고 나서 너랑 친구가 되길 원하셨다고." 세라피나는 또 다른 방식으로 접근했다.

"그랬지."

"삼촌과 숙모는 처음에 브람스 가족을 어떻게 만나게 되셨어?"

브레이든이 어깨를 으쓱했다. "몰라. 삼촌이랑 친분이 있었나 봐."

"너희 삼촌은……." 말을 하다 말고 세라피나는 또 다른 연결 고리를 발견했다.

"무슨 말이 하고 싶은 거야?" 역시 브레이든은 방어적이었다. "우리 삼촌은 이 일과 아무런 연관이 없어, 세라피나. 그러니 이제 그만해!"

"클라라가 피아노를 잘 친다고 토른 씨에게 말해 준 사람이 누구였어? 토른 씨는 클라라를 어떻게 알게 됐대?"

"나도 몰라. 하지만 삼촌은 정말 이 일에 아무런 책임도 없어. 그건 내가 장담해."

"브레이든, 기억을 잘 떠올려 봐. 너희 삼촌에게 클라라 브람스에 대해 제일 먼저 알려 준 사람이 누구였어?" 세라피나가 물었다.

"벤델 씨와 토른 씨. 두 사람은 음악회 같은 곳에 항상 같이 다니시거든."

"그리고 클라라는 보기 드문 피아노 신동이었단 말이지……." 세라피나는 휘트니 양이 프랫 씨에게 했던 말을 떠올리며 중얼거렸다. 이제 차근차근 생각을 정리하려고 노력했다. 사냥하려는 쥐에 가까이 다가갈 때 느끼는 것과 똑같은 긴장감이 지금 이 순간에도 느껴졌다.

"맞아. 클라라 브람스가 빌트모어에 왔던 첫날 밤에 나도 연주하는 걸 들었어. 진짜 잘하더라."

"넌 토른 씨 연주도 들어 봤잖아……."

"응, 너도 들었잖아. 토른 씨도 뛰어난 연주자야." 브레이든이 순간 멈칫했다. 브레이든은 미간을 찌푸리더니 놀라서 세라피나를 쳐다보았다. "너 설마……."

세라피나는 브레이든을 가만히 응시했다. 그리고 브레이든이 자신과 같은 생각을 하고 있는지 살펴보았다.

"피아노를 잘 치는 사람은 널리고 널렸어, 세라피나." 브레이든이 단호하게 말했다.

"나는 아냐." 세라피나가 반박했다.

"뭐, 나도 아니야. 그 정도로 잘 치진 못해. 어쨌든 내 말은 피아노를 아주 잘 치는 사람은 세상에 많다는 거야."

"러시아어도 할 줄 알고 바이올린을 잘 켜는 사람도?"

"뭐, 당연하지. 차이콥스키도 있고……."

"난 그가 누군지 몰라, 만물박사 님. 토른 씨는 체스도 잘 둔다며?"

"음, 아닐 수도 있어. 그런데……."

"게다가 좁디좁은 산길에서 말 네 마리가 끄는 대형 마차도 능숙하게 몰 줄 알고 말이야?"

"넌 지금 제정신이 아니야! 도대체 무슨 소릴 하는 거야?" 브레이든이 소리를 내지르며 믿을 수 없다는 듯 세라피나를 쳐다보았다.

"나도 장담할 순 없어. 하지만 생각해 봐……." 세라피나가 한발 물러났다.

"나도 *지금* 생각이란 걸 하고 있거든?"

"그래서 네 생각은 어떤데?"

"내가 보기엔 전부 다 뒤죽박죽이야. 의미 있는 건 아무것도 없어!"

"아니야. 모든 것에는 의미가 있어. 검은 망토를 생각해 봐. 너도 네 눈으로 봤잖아……. 그 망토를 입으면 사람들을 휘감아서 죽이거나 아니면 어떤 식으로든 가둘 수 있게 되는 것 같아……."

"정말 끔찍하다!" 브레이든이 부르르 몸을 떨었다.

"어쩌면 그냥 죽이는 게 다가 아닐지도 몰라……."

"그게 무슨 말이야?"

"어쩌면 *흡수해* 버리는 걸지도 몰라."

"정말 역겹다. 그게 무슨 뜻이야?"

"어쩌면 그래서 토른 씨가 자기도 모르게 로스토노브 씨를 '아버지' 그리고 '아빠'라고 부른 걸지도 몰라. 왜냐하면 토른 씨가 아나스타시야에게서 러시아어를 할 줄 아는 능력을 흡수했으니까."

"그러니까 네 말은 토른 씨가 아나스타시야의 영혼을 빨아들였다는 거야?"

세라피나가 갑자기 팔을 갑자기 움켜잡는 바람에 브레이든은 화들짝 놀라 제자리에서 펄쩍 뛰었다.

"검은 망토를 입은 사람은 희생자의 지식과 재능과 기술을 모조리 흡수할 수 있어. 그게 무슨 뜻인지 생각해 봐. 그러면 어떻게 될지……. 충분히 많은 사람의 영혼을 흡수하면 수많은 기술과 재능을 얻게 되겠지. 이 세상에서 가장 뛰어난 사람이 되는 거야. 똑똑해지고 부자가 되겠지. 모두에게 사랑받게 될 거야. 네가 말한 것처럼 말이야."

"나는 토른 씨가 그런 짓을 할 분이라고는 생각 안 해. 그건 그냥 불가능한 일이라고." 브레이든은 온몸으로 세라피나의 말을 거부하는 것처럼 보였다.

"충분히 가능한 이야기야, 브레이든, 전부 다. 토른 씨는 영혼을 훔치고 있어. 그리고 다음 차례는 너야. 토른 씨는 널 노리고 있어."

"아니야, 세라피나. 불가능한 이야기야. 정신 나간 소리라니까. 토른 씨는 좋은 사람이야." 브레이든이 고개를 흔들며 말했다.

그 순간 저택 현관문이 끼익 열리더니 누군가 이쪽으로 다가오는 소리가 들렸다.

세라피나는 휙 몸을 돌려 언제라도 싸울 수 있도록 자세를 잡았다.

"브레이든, 아가, 밖에서 뭐 하고 있니? 이제 들어올 시간 이다." 브레이든을 찾는 밴더빌트 부인의 목소리였다.

세라피나는 안도의 한숨을 내쉬고 잽싸게 덤불 속으로 뛰어들었다. 방금 전까지만 해도 두 사람이 이야기하고 있던 자리에 브레이든만 덩그러니 혼자 남겨졌다.

"아까 누구랑 이야기하고 있었니?" 밴더빌트 부인이 물었다.

"아무도 아니에요." 브레이든이 밴더빌트 부인 앞으로 다가가 부인의 시야를 가리며 말했다. "그냥 혼잣말을 하고 있었어요."

"여기 나와 있으면 위험해. 당장 들어가서 자거라." 밴더빌트 부인이 말했다.

세라피나는 밴더빌트 부인이 그렇게 피곤하고 화난 목소리로 말하는 것을 처음 들었다. 부인은 차가운 밤공기에 기다란 검정색 외투 자락을 여몄다. 빌트모어 대저택에서 아이들이 계속 실종되자 신경이 곤두서 있는 것이 틀림없었다.

브레이든은 망설이면서 세라피나가 뛰어든 덤불 쪽을 힐끗 보았다.

"얼른 들어가자." 밴더빌트 부인의 목소리는 부드럽지만 단호했다.

"알겠어요." 브레이든이 마지못해 대답했다.

세라피나는 브레이든이 안으로 들어가고 싶지 않아 한다는 걸 알 수 있었다. 하지만 브레이든은 더 이상 숙모를 불안하게 하고 싶지 않아 보였다.

밴더빌트 부인은 브레이든의 어깨에 팔을 둘렀고 두 사람은 저택으로 걸음을 옮겼다.

"문 (쿨럭) 잠그는 거 (쿨럭) 잊지 마!" 덤불 속에서 세라피나가 손으로 입을 가린 채 기침을 반쯤 섞어 속닥거렸다.

"방금 무슨 소리 못 들었니?" 밴더빌트 부인이 걸음을 멈추고 어둠 속을 주시하며 말했다.

"그냥 숲속에서 여우가 운 것 같은데요."

브레이든이 대수롭지 않다는 듯 말했다. 하지만 세라피나는 브레이든의 얼굴에 떠오른 미소를 똑똑히 보았다. 토른 씨를 의심한 것 때문에 브레이든과 사이가 틀어질까 봐 걱정했었는데 세라피나는 그제야 안심했다.

오늘 밤이 무사히 지나가길. 세라피나는 멀어져 가는 브레이든과 밴더빌트 부인을 바라보며 속으로 기도했다.

"브레이든, 삼촌이랑 내가 상의를 좀 해 봤는데, 우린 아무래도 네가 걱정이 되는구나." 밴더빌트 부인이 말했다.

"전 괜찮아요." 브레이든이 말했다.

"그래서 말인데, 우리는 어쩔 수 없이 여기 손님들과 함께 있어야 한다 쳐도 너는 잠시 빌트모어를 떠나 있는 게 가장 좋겠다고 결정했단다. 지난번에도 그러려고 했었잖니. 지금 당장 떠나는 게 좋을 것 같구나."

"전 아무 데도 가고 싶지 않아요." 브레이든이 말했다. 세라피나는 브레이든이 자신을 염두에 두고 있다는 사실을 알았다.

"상황이 진정되고 탐정들이 무슨 일이 일어나고 있는지 알아낼 때까지만이야." 브레이든 부인이 말했다. 두 사람이 점점 멀어지면서 대화 소리도 점점 희미해졌다. "그 편이 네게 더 안전할 거야."

"알겠어요. 이해해요." 브레이든이 말했다.

"토른 씨에게 내일 아침 일찍 너를 데려가 달라고 부탁했단다. 괜찮지? 너도 토른 씨를 좋아하잖니, 그렇지? 애쉬빌에 있는 토른 씨네 저택에 가서 집 구경도 하고 며칠 지내다 오렴."

두 사람이 집 안으로 들어가고 문이 닫혔다. 세라피나는 경악했다. 브레이든은 토른 씨를 신뢰하고 있었다. 게다가 삼촌과 숙모의 말을 거스를 리 없었다.

검은 망토를 입은 남자가 마침내 원하던 먹잇감을 손에 넣었다.

*작전을 짜야 해.* 세라피나는 지하실 계단을 내려가면서 곰곰이 생각했다. *그리고 오늘 밤 당장 실행에 옮겨야 해.*

일단 세라피나는 작업실로 내려가 아빠와 늦은 저녁을 먹었다. 세라피나는 아빠에게 모든 것을 털어놓고 브레이든을 구하는 일을 도와 달라고 부탁하고 싶은 마음이 목구멍 끝까지 차올랐다. 하지만 시체나 범행 도구는커녕 아무런 증거도 나오지 않은 마당에 밴더빌트 씨가 가장 신뢰하는 손님을 범인으로 몰았다가는 아빠에게 소설은 그만 쓰라는 핀잔만 들을 것이 뻔했다. 가장 친한 친구조차 세라피나의 추리를 믿어 주지 않는 마당에 아빠가 믿어 줄 리 없었다. 하지만 무엇보다 아빠는 너무 피곤해 보였다. 하루 종일 발전기를 고치느라 아빠의 두 손은 새카맣고 거칠어졌다. 아빠는 발전기를 고쳐서 저택을 다시 환히 밝혀야 한다는 커다란 중압감에 시달리고 있었다. 그럴 만도 했다. 깜깜한 어둠에 휩싸인 저택은 악마의 놀이터나 다름없었다.

그런데 그때 세라피나는 문득 무언가를 깨달았다.

어둠은 *세라피나의* 놀이터이기도 했다.

"너 괜찮은 게냐?" 아빠가 숟가락으로 마지막 남은 감자를 긁어모으며 물었다. "밥을 입에도 안 댔네."

생각에 잠겨 있던 세라피나는 아빠의 물음에 정신을 차리고 고개를 끄덕였다. "전 괜찮아요."

"세라야, 난 오늘은 네가 얌전히 여기 작업실 안에 있었으면 좋겠구나, 안전하게. 듣고 있니?"

"네, 듣고 있어요, 아빠." 세라피나는 얌전히 대답했지만 속으로는 전혀 그럴 생각이 없었다. *아니, 그럴 수 없었다.*

두 사람은 잠자리에 들었다. 아빠가 코를 골기 시작하자 세라피나는 슬그머니 작업실을 빠져나와 바깥으로 이어진 계단을 올라갔다. 세라피나의 머릿속에는 온갖 생각과 장면과 두려움이 소용돌이치고 있었다. 아빠는 세라피나가 안전하게 자기 옆에 꼭 붙어 있길 원했다. 세라피나도 아빠 마음을 잘 알았다. 하지만 살면서 처음으로 세라피나는 지하실이 안전하지 않다고 느꼈다. 오늘 밤 지하실에만 있는 것은 곧 죽음을 의미했다. 견딜 수 없는 외로움이 찾아올 것이다. 지난 며칠 동안 지하실 안에 갇혀 있다는 느낌이 점점 강하게 세라피나를 옥죄었다. 너무 답답해서 더 이상은 참을 수가 없었다. 탁 트인 진짜 어둠 속으로 나가 자유를 만끽하고 싶었다.

세라피나는 바깥으로 나갔다. 달빛이 아름다운 밤이었다. 하늘에서 내려온 싸락눈이 잔디와 나무 위로 살포시 내려앉았다. 세라피나는 차근차근 생각을 정리했다. 무엇을 해야 하는지 알았다. 다만 어떻게 해야 할지를 몰랐다. 어떤 작전을 세워야 검은 망토를 입은 남자를 물리칠 수 있을까? 검은 망토를 입은 남자를 쥐라고 가정해 보자. 어떻게 그 쥐를 잡을 수 있을까?

세라피나는 숲 가장자리를 따라 걸어가다가 아빠가 절대 넘지 말라는 경계선에서 발길을 멈췄다. 이틀 전 세라피나가 처음으로 경험한 숲속은 험난하고 무시무시한 곳이었다.

하지만 두려웠던 기억도 잠시, 세라피나는 숲속으로 발을 내디뎠다.

세라피나는 무성한 덤불을 헤치고 숲속으로 걸어 들어갔다. 달빛과 별빛이 세라피나가 가는 길을 밝혀 주었다. 지난번에 그토록 고생을 했건만 세라피나는 여전히 숲속에 이끌렸다. 여기가 바로 세라피나가 있고 싶은 곳이었다.

하늘에서 무언가 번쩍 빛났다. 하늘을 올려다보자 별똥별 하나가 떨어졌다. 또 하나 떨어졌다. 곧이어 별똥별 열 개가 어둠을 수놓았다. 그러다 갑자기 백 개가 넘는 별똥별이 쏟아지기 시작했다. 불타는 별똥별 꼬리가 맑은 밤하늘을 가득 수놓았다. 별똥별이 한차례 떨어진 뒤 밤하늘에는 또다시 고요함이 찾아왔다. 세라피나 머리 위로 펼쳐진 무한한 공간에는 이제 별들이 조용히 반짝이고 있었다.

그때 뒤쪽에서 조그만 발자국 소리가 났다. 작은 시골 쥐 하나가 숲속을 이리저리 돌아다니다가 이젠 속이 빈 통나무 가지 아래 가족들이 기다리고 있는 집으로 돌아가고 있었다.

한밤중에도 숲은 깨어 있었다. 온갖 움직임과 소리와 생명과 빛으로 가득했다.

숲속에 들어오면 세라피나는 마음이 편안해졌다. 숲과 연결되어 있는 느낌이었다.

세라피나는 조금 더 깊숙이 걸어 들어갔다. 이끼 낀 바위와 가지를 뻗은 나무와 고사리 사이로 흐르는 반짝이는 실개천을 구경하면서 숲속을 거닐었다. 엄마는 이 숲속에서 태어난 존재일까?

세라피나가 있어야 할 곳도 여기일까?

세라피나는 *자신의* 눈에는 토른 씨가 검은 망토라는 사실이 빤히 보이는데 왜 다른 사람들 눈에는 그게 보이지 않는지 곰곰이 생각해 보았다. 브레이든조차도 그랬다. *세라피나*는 토른 씨가 검은 망토라는 사실을 믿는데 왜 다른 사람들은 믿지 못할까? 이유는 다들 언젠가는 죽는 평범한 인간이기 때문이었다. 세라피나는 아니었다. 세라피나는 인정하긴 싫지만 검은 망토를 입은 남자와 더 비슷한 존재였다. 악마에 더 가까운 존재.

세라피나는 검은 망토를 입은 남자와 일대일로 싸워서는

절대 이길 수 없다는 사실을 알고 있었다. 검은 망토는 너무 강했다. 첫 번째 싸움 때 그에게 맞서 겨우겨우 살아남았다. 그때를 생각하면 지금도 등에 식은땀이 흘렀다. 그렇지만 계속 도망 다니고 숨을 수만도 없는 노릇이었다. 어떻게든 검은 망토를 *막아야* 했다. 그러나 검은 망토가 가진 힘은 이 세상 사람 것이 아니었다. 세라피나의 생각이 맞다면 검은 망토 안에는 지금까지 흡수한 모든 사람의 재능과 능력이 응축되어 있을 것이다. 만약 세라피나가 검은 망토에게 한 번 더 기회를 준다면 검은 망토는 분명 세라피나의 영혼도 흡수하려고 들 것이다.

검은 망토를 입은 남자와 일대일로 싸워서는 절대 이길 수 없었다.

혼자서는 말이다.

세라피나는 주변을 둘러보았다. 생각이 자꾸만 불길한 쪽으로 흘렀다. 세라피나는 스스로에게 또다시 물어보았다. 검은 망토를 쥐라고 한다면 어떻게 그 쥐를 잡을 수 있을까?

그 순간 해답이 떠올랐다.

미끼를 놓아야 한다.

소화가 안 될 때 위산이 역류하는 것처럼 두려움이 꾸역꾸역 올라왔다. 세라피나는 그냥 도망쳐 버리고 싶었다. 하지만 아무리 생각해도 이 방법밖에는 없었다.

아빠의 경고가 다시 떠올랐다. *숲속 깊은 곳으로는 절대로 들어가지 말거라. 그곳엔 밤낮으로 너무 많은 위험이 도사리*

고 있어…….

*아빠 말이 맞아요.* 세라피나는 생각했다. *숲속에는 수많은 위험이 도사리고 있어요. 그런데 나도 그 위험한 존재 중 하나예요.*

숲속에 우두커니 선 세라피나는 자기 자신이 어떤 존재인지 결론을 내렸다. 예전부터 알고 있었지만 인정하고 싶지 않아 지금까지 외면했던 결론이었다. 세라피나는 아빠와 다른 존재였다. 브레이든과도 다른 존재였다. 세라피나는 인간이 아니었다.

적어도 백 퍼센트 인간은 아니었다.

그렇게 생각하자 목이 메었다. 세라피나는 끔찍한 외로움을 느꼈다. 백 퍼센트 인간이 아니라는 사실이 무엇을 뜻하는지 세라피나는 알지 못했다. 그게 무슨 뜻인지 알고 싶은지도 확신할 수 없었다. 세라피나가 사랑하는 사람들과 세라피나는 다른 존재였다. 세라피나는 숲속에서 태어났다. 검은 망토만큼이나 어둡고 공동묘지만큼이나 으스스한 바로 이 숲속에서 말이다. 세라피나도 어둠의 존재였다.

프랫 씨가 말하길 어둠의 존재는 지옥에서 태어났기 때문에 사악하다고 했다. 세라피나는 그 말을 다시금 곱씹었다. 마음속이 갈등과 혼란으로 가득 차 가시나무 덤불을 지나고 있는 기분이었다. 사악한 존재는 스스로를 사악하다고 생각할까? 아니면 옳은 일을 하고 있다고 생각할까? 사악함은 자기 마음속에 있는 것일까 아니면 다른 사람 눈에 사악해 보이면 사악한 걸까? 세라피나는 스스로가 착한 존재라고 생각했지만, 사실은 사악한 존재인데 깨닫지 못하고 있는 것뿐일까? 세라피나는 지하에 살고 있었다. 세라피나는 아무에게도 들키지 않고 어둠 속에서 몰래 숨어 다녔다. 세라피나는 다른 사람들의 대화를 몰래 엿들었다. 세라피나는 다른 사람들 모르게 그들의 방에 들어가 소지품을 뒤졌다. 세라피나는 동물을 죽였다. 세라피나는 싸움을 했다. 세라피나는 거짓말을 했다. 세라피나는 도둑질을 했다. 세라피나는 아무도 모르게 숨어 다녔다. 세라피나는 아이들이 영혼을 빼앗기는 장면을 보고만 있었다. 그런데 세라피나 자신은 아직도 살아 있었다. 심지어 아주 잘 살고 있었다. 아이들이 하나둘 사라지는 밤마다 어둠 속을 돌아다니며 체력과 지식을 키우면서 말이다.

세라피나는 가만히 서서 한참 동안 생각했다. 왜 자신만 살아남고 다른 아이들은 살아남지 못했을까? 세라피나는 스스로에게 다시 물었다. 나는 선한 존재일까 악한 존재일까? 세라피나는 어둠의 세계에서 태어나고 자랐다. 하지만 나는 어느 편이지? 나는 어둠의 편일까 빛의 편일까?

세라피나는 밤하늘의 별을 올려다보았다. 세라피나는 자신이 어떤 존재이고 어떻게 지금처럼 되었는지도 알지 못했다. 하지만 세라피나는 자신이 어떤 존재가 되고 싶은지는 알고 있었다. 세라피나는 선한 존재가 되고 싶었다. 브레이든을 구하고 싶었고 아직 살아 있을지도 모르는 다른 아이들도 구하고 싶었다. 세라피나는 빌트모어를 지키고 싶었다. 머릿속에 숲에서 보았던 천사 조각상의 발치에 새겨진 글귀가 떠올랐다.

우리 인격을 결정짓는 것은
전투의 승패가 아니라
우리가 용감히 맞서 싸운 전투 그 자체이다.

그날 숲속에서 이 글귀를 마주하던 순간에 세라피나는 결심했다. 이 글귀대로 살겠노라고. 세라피나가 어둠의 존재라는 것만큼은 부인할 수 없는 사실이었다. 그러나 *세라피나는* 어둠의 존재가 어떤 존재인지는 스스로 정의하기로 했다.

세라피나 앞에는 두 가지 선택지가 있었다. 달아나 숨느냐 아니면 맞서 싸우느냐.

그 순간 좋은 작전이 떠올랐다. 세라피나는 자신이 반드시 해야만 하는 일이 무엇인지 깨달았다.

마음 한구석에서는 이 작전을 실행에 옮기기가 망설여졌다. 이 작전으로 당장 오늘 밤에 목숨을 잃을 수도 있었다. 이제야 겨우 지하실에서 바깥세상으로 나와 친구도 사귀고 자신을 둘러싼 세상도 이해하고 세상과 연결되기 시작했는데 말이다. 세라피나는 지하실에 있는 집으로 돌아가 보일러 뒤편에 웅크린 채 숨어 있고 싶었다. 평생 그렇게 살아왔던 것처럼. 하지만 그럴 수 없었다. 가만두면 토른 씨는 계속 아이들의 영혼을 흡수할 것이다. 브레이든의 목숨도 앗아 갈 것이다. 검은 망토를 막아야 했다. 비록 세라피나 자신은 목숨을 잃을 수도 있었지만 그 말은 대신 브레이든은 목숨을 건질 수도 있다는 뜻이었다. 브레이든은 삼촌 밴더빌트 씨와 숙모 밴더빌트 부인과 말 친구들과 기디언과 함께 지금처럼 계속 살아갈 수 있을 것이다. 브레이든이 지금처럼 계속 삶을 살아가는 것, 그게 곧 세라피나가 가장 바라는 결말이었다. 세라피나는 브레이든이 살아남길 바랐다.

세라피나는 검은 망토를 입은 남자가 눈앞에 있는 아이를 누구든지 아랑곳하지 않고 전부 흡수해 버린다는 사실을 알고 있었다. 두 눈으로 똑똑히 보았다. 그러나 세라피나는 검은 망토가 다음 희생양으로 브레이든을 노리고 있다는 사실도 이미 알고 있었다. 지난번 숲속에서 검은 망토가 곧바로 공격했던 사람은 놀란이 아니라 브레이든이었기 때문이다. 브레이든에게는 토른 씨가 갖고 싶어 안달이 난 재능이 있었다. 말을 다루는 전문 지식도 필요했겠지만, 그보다 브레이든에게는 동물과 교감할 수 있는 뛰어난 능력이 있었다. 주변에 있는 모든 동물과 친구가 될 수 있고 나아가 조종할 수 있는 능력이 있다면 어떨까. 세라피나는 그 놀라움을 상상해 보았다.

그런데 세라피나가 보기에는 브레이든과 관계없이 토른 씨를 강박적으로 몰아세우는 무언가가 더 있었다. 하루도 거르지 않고 아이들을 한 명씩 흡수하지 않으면 안 되는 무언가가 말이다. 어느 아이라도 상관없었다. 세라피나는 바로 그 점을 이용하기로 했다. 세라피나가 아는 세상에서 가장 위험한 장소로 검은 망토를 꾀어내 싸울 계획이었다. 한 번에 영원히 끝장내 버릴 계획이었다. 죽을 때 죽더라도 시도는 해봐야 했다.

세라피나는 몸을 돌려 빌트모어 대저택을 바라보았다. 자정이 가까울 무렵에 작업실로 다시 내려갔다.

하루 종일 일하느라 지친 아빠는 예상대로 간이침대에서 잔잔히 코를 골며 곯아떨어져 있었다. 그런데 그때 세라피나는 보일러 뒤편 자신의 매트리스 위에 무언가 놓여 있는 것을 발견했다. 가까이 가서 보니 브레이든이 세라피나에게 선물해 주었던 드레스였다. 세라피나가 밖으로 나간 사이 브레이든이 다녀간 모양이었다. 브레이든이 남긴 쪽지도 있었다.

S에게.

숙모와 삼촌은 마음을 굳히셨어. 난 내일 아침 일찍 T와 함께 떠나. 며칠 뒤 만나자. 내가 돌아올 때까지 안전하게 잘 지내고 있어.

- B가 -

세라피나는 쪽지를 뚫어져라 쳐다보았다. 믿고 싶지 않은 상황이 벌어졌다. 브레이든이 삼촌과 숙모 말대로 정말 토른 씨를 따라갈 줄은 몰랐다.

바로 그때 브레이든이 선물로 준 드레스가 눈에 들어왔다.

이런 용도로 쓰라고 브레이든이 선물해 준 건 아닐 테지만 세라피나의 계획에 이보다 안성맞춤인 소품은 없었다. 이제 배역을 정할 차례였다.

이제 숨바꼭질은 끝났다.

딱 한 사람 눈에만 발각되면 된다.

오늘 밤이 바로 그날이었다.

최고 쥐잡이 책임자가 나설 차례였다.

20

세라피나는 브레이든이 전날 밤에 선물해 준 아름다운 적갈색 겨울 드레스를 입었다.

싸울 때 방해가 될까 걱정이 될 정도로 정교한 비단 코르셋을 꽉 조였다. 세라피나는 몸을 이리저리 돌리며 팔다리를 마음대로 움직일 수 있는지 시험해 보았다. 긴 치맛자락이 다리에 치렁치렁하게 감겼다. 몸에 감기는 그 생소한 촉감만큼이나 드레스는 단박에 세라피나의 마음을 빼앗았다. 난생처음 입어 보는 드레스는 마법 같은 느낌을 선사했다. 드레스 원단은 섬세하고 여성스럽고 부드러웠다. 지금껏 한 번도 느껴 본 적 없는 그런 촉감이었다. 마치 동화 속에 나오는 *진짜* 소녀가 된 기분이었다. 진짜 가족이 있고 진짜 형제자매가 있고 진짜 부모님이 있고 진짜 친구가 있는 그런 소녀 말이다.

세라피나는 재빨리 마른세수를 하고 머리를 단정히 빗어 내려 최대한 예쁘게 단장했다. 바보 같은 짓일 수도 있지만 부잣집 아가씨라는 배역을 잘 소화하려면 꼭 필요한 과정이었다. 세라피나는 화려한 무도회에 가는 길이라고 애써 스스로를 속였다. 아름답게 차려입은 신사 숙녀로 가득한 무도회장에서 또래 남자아이들이 세라피나에게 춤을 청하는 장면을 상상했다.

그러나 상상은 상상일 뿐이었다. 세라피나는 누구보다 그 사실을 잘 알고 있었다.

검은 망토를 유인하려는 장소와 그곳에서 마주쳤던 어둠의 힘을 떠올리자 세라피나는 막다른 절벽으로 뛰어내리는 듯한 기분이 들었다.

애써 현실을 잊으려고 노력하면서 세라피나는 떨리는 손가락으로 등 뒤에 있는 리본을 하나하나 묶었다. 엄청난 인내심이 필요한 일이었다. *이런 드레스를 저녁마다 입다니, 평범한 여자애들은 엄청 길고 유연한 팔을 가졌나 봐.* 이런 생각이 들었다.

어렵사리 모든 리본을 묶고 난 뒤에는 마지막으로 작업실을 둘러보았다. 영영 못 돌아올지도 모른다는 생각을 떨칠 수가 없었다. 세라피나는 잠든 아빠를 건너다보았다. 요 며칠 아빠는 발전기를 고치랴 세라피나를 찾아다니랴 고단하고 버거운 시간을 보냈다. 그래서 그런지 많이 지쳐 보였다.

세라피나는 어릴 때 하던 대로 아빠 품속에 파고들어 세상 모르게 쿨쿨 자고 싶었다. 하지만 그럴 수 없다는 걸 제일 잘 알고 있었다. *잘 자요, 아빠.* 세라피나는 마음속으로 아빠에게 인사했다.

마침내 세라피나가 용기를 그러모아 뒤돌아섰다. 그리고 지하실로 나가 1층으로 통하는 계단을 올라갔다.

계단 끝에서 세라피나는 잠시 멈추어 섰다. 그리고 깊이 심호흡을 한 다음 깜깜한 복도로 걸어 내려갔다.

세라피나는 일부러 아주 느리게 걸었다. 평소처럼 뛰지도 숨지도 않고 어린 숙녀처럼 복도 중앙을 천천히 걸어 내려갔다. 세라피나는 수년 동안 그림자 속에 숨어서 지켜만 보던 소녀들을 흉내 내고 있었다. 빌트모어에 묵고 있는 어떤 손님의 어리고 연약한 딸처럼 보이기 위해 혼신의 힘을 다해 연기했다. 지금 이 순간만큼은 세라피나는 사냥꾼이 아니라 약하디약한 어린아이일 뿐이었다.

주변 공기는 고요했다. 창문으로 들어온 달빛이 대리석 바닥에 떨어졌다. 현관 로비에 있는 커다란 괘종시계가 열두 시를 알렸다. 너무 늦은 시각이라 저택 복도에는 아무도 없었다. 여기저기 걸린 촛불만이 복도를 희미하게 밝히고 있었다. 하지만 세라피나는 아직까지 깨어 있는 몇몇 사람들이 내는 인기척을 느낄 수 있었다.

넓은 빌트모어의 복도에서 세라피나는 길고 풍성한 드레스 자락을 끌며 천천히 걸었다. 사냥감을 노리는 사냥꾼 입장이 아니라 사냥꾼 눈에 띄길 기다리는 먹잇감 입장이 되어 보니 기분이 묘했다. 위장이 뒤틀렸다. 근육이 움찔거렸다. 온몸이 도망가라고 아우성이었다. 세라피나는 일자로 걷는 것을 싫어했다. 느리게 걷는 것도 싫어했다. 넌 지금 평범한 여자아이야. 스스로에게 되뇌었다. *계속 숨을 쉬면서 꿋꿋이 걸어가. 넌 지금 평범한 여자아이야.* 사방이 뻥 뚫린 곳에서 일자로 걷는 일은 모든 용기를 쥐어짜 내야만 할 수 있는 일이었다.

세라피나는 검은 망토를 입은 남자와 이미 두 번이나 싸웠지만 이번에는 달랐다. 오늘 밤 세라피나는 홀로, 혼자만의 방식으로 목숨을 걸고 싸울 작정이었다.

세라피나는 유리 천장이 높은 겨울 정원 주변에서 서성거렸다. 겨울 정원을 나오면 바로 옆에 당구실로 들어가는 문이 있었다. 아까 밴더빌트 부인이 주최한 저녁 모임에서 주워들은 정보에 의하면 여기가 바로 덫을 놓기에 가장 좋은 장소였다.

갑자기 당구실 문이 열렸다. 밴더빌트 씨와 벤델 씨와 토른 씨와 다른 몇몇 신사가 가죽 의자에 앉아 이상하게 생긴 유리잔에 술을 따라 마시고 있었다. 시가 연기가 복도까지 흘러나왔다. 프랫 씨는 커다란 은쟁반을 한 손에 얹고 당구실 밖으로 나왔다가 황급히 복도를 따라 사라졌다.

세라피나는 기둥 뒤 그림자 속으로 몸을 숨겼다. 그리고 어둠의 가장자리에서 가만히 때를 기다렸다. 지금 이 순간 세라피나는 도자기 인형인 동시에 유령이었다. 그러니까 그림자 안과 밖 그 중간 어디쯤 있는 소녀였다.

마침내 벽난로 곁에 앉아 이야기를 나누던 신사들이 하나둘 자리에서 일어나기 시작했다. 밴더빌트 씨는 일어나 손님 한 사람 한 사람에게 인사를 했다. 벤델 씨도 모든 손님과 악수를 한 다음 방으로 돌아갔다. 모든 신사가 각자 방으로 돌아가고 당구실 안에는 토른 씨만이 남았다.

세라피나는 열린 문틈으로 토른 씨를 지켜보았다. 심장이 쿵, 쿵 느리고 무겁게 뛰었다. 토른 씨는 당구실을 밝힌 촛불 아래 홀로 앉아 유리잔을 홀짝이며 시가 연기를 내뿜었다. *얼른 정체를 드러내라.* 세라피나는 생각했다. *우린 서로 볼 일이 남았잖아.* 그러나 토른 씨는 홀로 승리를 만끽하는 듯 보였다. 도통 그 속을 읽을 수가 없었다. 세라피나는 토른 씨에 대해 알고 있는 정보를 조각조각 끼워 맞추면서 토른 씨가 지금 무슨 생각을 하고 있는지 상상해 보려고 애썼다.

전쟁 통에 농장과 집을 잃고 절망의 나락에 떨어진 뒤로 토른 씨는 마침내 다시 이 자리까지 올라왔다. 미국에서 가장 부유한 남자 중 한 명과 친구가 되어서 최고 상류층 신사들과 어깨를 나란히 하게 된 것이다. 토른 씨에게는 지금 이 자리가 자신이 마땅히 있어야 할 자리였다. 여기까지 오는 동안 토른 씨는 어린이 수백 명의 영혼과 재능을 훔쳤다. 그 작고 연약한 몸과 아직 다 크지 않은 영혼을 송두리째 집어삼켰다.

세라피나는 문득 의문이 들었다. 토른 씨는 왜 어른들은 흡수하지 않을까? 그게 더 어려운가? 이제 사회적으로 어느 정도 명성을 얻었으니 과감하게 어른들을 공격해도 되지 않을까? 만약 예전에는 어른과 아이를 가리지 않고 집어삼켰다고 가정한다면 왜 갑자기 어린아이들의 영혼만 탐하게 된 것일까? 도대체 토른 씨로 하여금 밤마다 아이들의 영혼을 흡수하도록 몰아세우고 있는 것은 무엇일까? 단순히 재능이 욕심나서가 아닌 것 같았다. 분명히 그럴 수밖에 없는 더 큰 이유가 있었다.

세라피나는 소파에 앉아 시가를 피우며 코냑을 홀짝이는 토른 씨를 바라보았다. 안색이 칙칙했다. 눈밑 피부는 탄력을 잃고 늘어졌고 얼굴에는 주름이 자글자글했다. 머리카락은 태피스트리 갤러리에서 토른 씨를 처음 보았을 때나 숲속에 브레이든을 구조하러 왔을 때만큼 윤기가 흐르지 않았다.

토른 씨는 빈 술잔을 협탁에 내려놓고 일어섰다.

세라피나의 근육이 긴장되는 것을 느꼈다. 마침내 때가 온 것이다.

여느 신사와 다름없이 토른 씨는 검정색 양복 차림에 넥타이를 매고 있었다. 당구실 마룻바닥 위로 가죽 구두를 신은 토른 씨의 발자국 소리가 들려왔다. 그런데 토른 씨 팔에 걸린 망토를 보는 순간 세라피나는 숨이 멎을 뻔했다. 검은 망토였다. 은은한 빛을 내는 새틴 재질의 망토는 깨끗해 보였지만 세라피나가 그토록 찾아 헤매던 바로 그 검은 망토가 틀림없었다. 오늘 밤 검은 망토도 세라피나만큼이나 본래의 모습을 감추고 있었다. 지금 검은 망토는 누가 봐도 그냥 평범하고 고급스러운 망토처럼 보였다. 토른 씨 역시 누가 봐도 그저 잠자리에 들기 전 조용히 밤 산책을 즐기려는 잘 **빼**입은 신사일 뿐이었다. 그러나 세라피나만큼은 진실을 알고 있었다. 토른 씨가 들고 있는 망토는 그냥 망토가 아니었다. 검은 망토였다. 토른 씨의 음흉한 꿍꿍이속이 마침내 드러나는 순간이었다. 세라피나가 그토록 찾아다니던 적이 바로 여기에 있었다. 맞서 싸워야 하는 상대가 바로 여기에 있었다.

드레스를 입은 몸이 바르르 떨려 왔다. 세라피나는 정말 무서워서 죽을 것만 같았다. *오늘 밤 죽더라도 최소한 예쁜 드레스를 입고 죽겠구나.* 세라피나는 생각했다.

토른 씨가 당구실 밖 복도로 걸어 나왔다. 세라피나가 숨어 있는 바로 그 복도였다. 세라피나는 가만히 숨을 죽인 채 미동도 하지 않고 숨어 있었다. 그런데 토른 씨가 당구실 문을 나서자마자 우뚝 걸음을 멈추었다. 토른 씨는 눈에 보이지 않아도 세라피나의 존재를 알아차렸다. 두 사람은 고작 몇 발자국 떨어진 거리에 있었다. 세라피나의 심장이 쿵쾅대기 시작했다. 호흡을 조절하기가 힘들었다. 검은 망토를 입은 남자가 바로 눈앞에 있었다. 혼자 세웠던 모든 작전이 바보처럼 느껴졌다. 세라피나는 주저앉고 싶었다. 달아나고 싶었다. 몰래 내빼고 싶었다. 그저 숨고 싶었다. 비명을 지르고 싶었다.

하지만 세라피나는 마음을 가라앉혔다. 아무 소리도 내지 않았다. 그리고 세상에서 가장 소름 끼치고 하기 싫은 일을 실행에 옮겼다. 세라피나는 복도로 걸어 나갔다.

21

세라피나는 토른 씨 눈에 잘 띄도록 복도에 켜진 촛불 아
래에 드레스를 입고 서 있었다.

토른 씨의 머리카락은 세라피나가 기억하는 것만큼 까맣
지 않았다. 눈앞에 있는 토른 씨의 머리카락은 거의 백발에
가까웠다. 토른 씨의 눈동자는 얼음처럼 시린 푸른색이었다.
세라피나가 기억하는 것보다 토른 씨는 훨씬 나이 들어 보였
다. 하지만 감탄이 나올 정도로 잘생긴, 남다른 인품을 가진
신사처럼 보였다. 아주 잠깐이지만 세라피나는 하마터면 그
아름다운 외모에 홀릴 뻔했다.

세라피나의 작전은 나이도 어리고 아무런 힘도 없는 부잣
집 딸처럼 위장해서 검은 망토를 유인하는 것이었다. 빌트모
어 저택을 방문한 어린이 손님인 척 말이다. 일단 쥐를 잡을

때 덫에 놓아두는 미끼처럼 손쉬운 먹잇감으로 보이는 것이 세라피나가 세운 작전의 일부였다.

완벽한 작전이라고 생각했다. 하지만 지금 세라피나는 자신의 작전이 통하지 않으리라는 사실을 깨달았다.

토른 씨와 세라피나는 서로를 마주 보고 서 있었다. 평소와 달리 아무리 아름다운 드레스를 차려입고 아무리 단정하게 머리를 빗었어도 토른 씨는 세라피나의 정체를 꿰뚫어 보았다. 표정만 봐도 알 수 있었다. 극심한 공포가 밀려왔다.

세라피나는 토른이 클라라 브람스를 흡수하던 날 밤, 그 손에 붙잡혔다가 탈출한 바로 그 소녀였다. 토른이 놀란을 집어삼키던 날 밤, 숲속에서 토른을 공격했던 바로 그 소녀였다. 랜턴도 없이 어둠 속에서 자유자재로 달리고 숨고 뛰어오르던, 믿을 수 없을 만큼 뛰어난 반사 신경을 가진 바로 그 소녀였다. 수없이 많은 재능을 가진 바로 그 소녀였다…….

바로 그 소녀가 지금 여기 눈앞에 서 있었다. 토른에게는 넝쿨째 굴러든 호박이나 다름없었다.

달아나기에는 너무 늦었다.

토른 씨 얼굴에 미소가 떠올랐다. 세라피나는 움찔했지만 그 자리에 그대로 서 있었다.

너무 무서워서 숨 쉴 때마다 통증이 느껴졌다. 드레스 안에 받쳐 입은 코르셋이 뼈만 앙상한 악마의 손가락처럼 갈비뼈를 옥죄었다. 달아나고 싶은 마음에 팔다리가 불에 덴 것처럼 화끈거렸다.

하지만 세라피나는 달아나지 않았다. 달아날 수 없었다. 그대로 있어야 했다.

세라피나는 천천히 오랫동안 숨을 깊숙이 들이쉬었다. 그리고 뒤돌아서서 걷기 시작했다.

세라피나는 달팽이처럼 느리게 복도를 걸었다. 마치 토른의 정체를 모르는 것처럼, 자신의 목숨이 위험에 처했다는 사실을 모르는 것처럼 태연히 복도를 걸었다.

뒤돌아선 세라피나는 이제 토른 씨의 모습을 볼 수가 없었다. 뒤따라오는 발소리가 들렸다. 발소리는 점점 가까워졌다. 목덜미에서 솜털이 오스스 일어났다. 두려움을 참지 못하고 팔다리가 후들거리기 시작했다. 발자국 소리가 관자놀이에서 쿵쾅쿵쾅 울렸다.

인간이 낼 수 있는 발소리가 아니었다. 검은 망토를 입은 남자만이 낼 수 있는 발소리였다. 영혼을 훔치는 자만이 낼 수 있는 발소리였다. 아나스타시야 로스토노바와 클라라 브람스와 놀란과 목사님 아들을 비롯해 셀 수 없이 많은 영혼을 집어삼킨 악마만이 낼 수 있는 발소리였다.

그 악마가 지금 세라피나 바로 뒤에 있었다.

세라피나는 복도 앞쪽에 난 쪽문까지 거리가 얼마나 되는지를 가늠했다.

*몇 걸음만 더……*. 세라피나는 걸으면서 계속 생각했다.

*세 걸음만 더……*.

세라피나는 속도를 늦췄다.

*두 걸음만 더……*.

마침내 세라피나는 쪽문 밖으로 나와 어둡고 차디찬 밤공기 속으로 재빨리 발을 내디뎠다.

뒤따라 나온 토른이 검은 망토를 뒤집어썼다.

은은한 달빛 아래 하늘에서는 싸락눈이 내리고 있었다. 세라피나는 풀밭을 가로질러 미로 정원 안으로 들어갔다. 덤불과 울타리로 만들어진 미로 정원은 꼬불꼬불 복잡하게 이어져 있었다. 그늘진 미로 안에서 한 치 앞이 보이지 않는 모퉁이를 돌다 보면 막다른 길이 나타나기 일쑤였다. 아나스타시야가 검은 망토에게 당한 곳이기도 했다. 하지만 미로 정원이라면 세라피나도 둘째가라면 서러울 정도로 훤히 꿰고 있었다.

세라피나는 미로 속을 거침없이 나아갔다. 걷는 동안 조그맣고 새하얀 강아지를 찾아 미로 속을 헤매는 아나스타시야 로스토노바의 영혼이 바로 눈앞에 있다고 상상해 보았다.

검은 망토를 입은 토른이 세라피나를 바짝 뒤쫓아 왔다.

"왜 내게서 도망치는 거니, 애야?" 토른이 흉측하고 갈라진 목소리로 물었다.

세라피나는 공포에 질려서 아무 대답도 하지 않고 앞으로만 나아갔다. 격차가 얼마나 벌어졌나 확인하려고 어깨 너머로 뒤를 돌아본 순간 자기를 바짝 쫓아오고 있는 토른을 발견했다. 토른은 검은색 긴 망토 자락을 휘날리며 꼿꼿한 자세로, 망령처럼 양팔을 앞으로 뻗은 채 공중을 낮게 날아오고 있었다. 피 묻은 커다란 손이 세라피나에게 닿을락 말락 했다.

그 광경에 숨이 턱 막혔다. 너무 무서워서 비명조차 나오지 않았다. 세라피나는 더 속도를 내 달리기 시작했다.

멈추는 순간 죽음이었다. 아직 죽기에는 너무 일렀다.

덤불 사이로 구멍 하나가 보였다. 세라피나는 그 구멍으로 뛰어들었다. 잘 다듬어진 미로 정원을 뒤로하고 세라피나는 야생 그대로인 숲속으로 내달렸다.

세라피나는 빠른 속도로 덤불을 헤치며 달렸다. 나뭇가지를 피하고 이리저리 뒤엉킨 덤불 속을 헤치며 깊고 깊은 숲속으로 들어갔다. 가장 깜깜한 어둠 속으로 달리고 또 달렸다. 검은 망토가 여전히 그 뒤를 바짝 쫓아왔다.

나무가 빽빽하게 늘어선 숲속에서 세라피나를 뒤쫓기란 검은 망토에게 여간 까다로운 일이 아니었다. 나무와 나무 사이 간격은 어른 한 명이 빠져나가기도 버거울 만큼 좁았다. 게다가 촘촘하게 뒤엉킨 가시덤불 사이를 헤치고 나가기란 거의 불가능에 가까웠다. 그러나 세라피나는 몸집이 작은 데다가 남다른 민첩성을 타고난 덕분에 좁디좁은 나무 사이를 요리조리 빠져나갈 수 있었다. 가시덤불이 나타나면 아래로 기어가거나 사뿐히 뛰어넘으며 거침없이 나아갔다. 그 날랜 움직임은 마치 한 마리 족제비를 연상하게 했다. 숲은 세라피나 편이었다.

세라피나는 검은 망토에게 잡힐까 봐 미친 듯이 두려웠지만 그렇다고 검은 망토를 완전히 따돌리기를 원치 않았다. 검은 망토가 눈길에서 자신을 놓칠 수도 있을 만큼 뒤처졌다 싶을 때면 세라피나는 일부러 속도를 늦췄다. 그렇게 깊고 깊은 숲속으로 검은 망토를 끌어들였다. 세라피나는 마음속으로 숲속 지도를 그려 보았다. 지름길로만 가고 있는데도 원하는 곳까지 가려면 아직 한참을 더 가야 했다.

한시도 쉬지 않고 다리를 놀리면서 세라피나는 브레이든과 밴더빌트 부부 그리고 아빠를 떠올렸다. 클라라와 아나스타시야와 놀란에게 일어난 일도 떠올렸다. 토른을 물리쳐야 했다. 토른을 영원히 없애 버려야 했다. 기회는 오직 한 번뿐이었다.

숨이 턱까지 차올랐다. 다리가 아팠다. 허파에 철수세미가 들어간 것처럼 숨을 쉴 때마다 고통스러웠다. 이대로는 얼마나 더 달릴 수 있을지 미지수였다. 그런데 그때 마침내 목적지가 보이기 시작했다.

오래된 공동묘지였다.

잎사귀는 다 떨어지고 이리저리 뒤틀린 오래된 겨울나무 아래로 묘비 수백 개가 은색 달빛 속에 모습을 드러냈다.

지난번에 세라피나를 공포로 몰아넣은 바로 그곳이었다. 하지만 다시 돌아와야만 했다.

세라피나는 오래된 공동묘지 사이를 달리고 또 달렸다. 수백 년 묵은 나무에서 뻗어 나온 구부러진 가지 사이로, 부식

되고 있는 묘비 사이로 음산한 안개가 피어올랐다.

세라피나는 뒤를 돌아보았다. 검은 망토를 입은 토른이 안개를 헤치며 세라피나를 향해 피 묻은 손을 뻗은 채 날아오고 있었다.

세라피나는 심장이 터지도록 뛰었다.

살해당한 클로븐 스미스의 무덤도 지났다.

나란히 누워 있는 자매의 무덤도 뛰어넘었다.

한날한시에 죽은 군인 예순여섯 명의 무덤도 통과했다.

드디어 날개 달린 천사 조각상이 있는 조그마한 빈터가 나타났다. 세라피나는 금방이라도 쓰러질 듯 숨을 헐떡거렸다.

검은 망토가 나뭇가지를 부러뜨리며 맹렬하게 이쪽으로 날아오는 소리가 들렸다. 이제 세라피나에게 허락된 시간은 단 몇 초밖에 없었다.

두려움으로 온몸의 피가 거꾸로 솟는 듯했다. 세라피나는 예전에 이곳에서 느꼈던 강력한 힘과 검은 망토의 힘을 한군데로 모을 작정이었다. 물론 그러다 세라피나가 고래 싸움에 껴서 등이 터진 새우가 될지도 모른다. 어느 쪽이 이기든 세라피나도 목숨을 잃게 될 가능성이 높았다.

달빛이 빈터를 은은하게 밝히고 있었다. 세라피나는 빈터 가장자리에 뿌리를 드러낸 채 쓰러져 있는 오래된 버드나무로 달려갔다. 한때 숲을 호령했던 거대한 버드나무는 무거운 나뭇가지를 땅에 내려놓은 채 쓰러져 있었다. 원래 버드나무가 서 있던 자리에는 두꺼운 밑동만 덩그러니 남아 있었다. 쓰러진 나뭇가지와 밑동 주변으로 안개가 유령처럼 떠다녔다. 나뭇가지에 달린 잎사귀는 어찌 된 영문인지 겨울인데도 파릇파릇했다. 그 위로 별빛이 부서져 내렸다. 커다란 호박색 눈을 한 밤의 맹수가 사냥을 나갔길 기도하며 세라피나는 나무뿌리 아래에 있는 굴을 찾아 그 안으로 엉금엉금 기어 들어갔다.

새끼 퓨마 두 마리가 겁에 질려 휘둥그레진 눈으로 세라피나를 바라보고 있었다.

"엄마는 어디 갔어?" 세라피나가 물었다.

세라피나를 알아본 새끼 퓨마들이 그제야 마음을 놓고 폴짝폴짝 뛰어올랐다. 새끼 퓨마들은 세라피나 쪽으로 다가와 냄새를 맡고 몸을 비비댔다.

세라피나는 새끼 퓨마들을 지나쳐 굴 깊숙이 기어 들어간 다음 공처럼 동그랗게 몸을 말고 앉았다.

이제 덫은 놓였다.

빌트모어 지하실에 있는 빨래 건조기 틈새에 기어 들어갔을 때처럼 세라피나는 가만히 그리고 조용히 기다렸다.

여기까지 달려오느라 터지기 일보 직전인 폐와 심장을 진정시켰다. 세라피나는 눈을 감고 숲 너머에서 들려오는 소리에 온 신경을 집중했다.

*숲속에서 사냥 중인 거 알아요. 어디쯤 있나요? 당신의 아기 퓨마들이 지금 위험에 처했다고요…….*

세라피나는 느낄 수 있었다. 어둠이 내려앉은 저 깊은 숲속 어딘가에서 엄마 퓨마가 사냥을 멈추고 침입자 두 명이 내는 소리에 고개를 갸우뚱거리고 있었다. 이 숲은 *엄마 퓨마의 영역*이었다. 새끼 퓨마들이 위험에 처했다. 엄마 퓨마는 새끼들이 있는 굴을 향해 전속력으로 달려오기 시작했다.

검은 망토를 입은 토른은 천사 조각상이 있는 빈터에서 세라피나를 찾아 두리번거렸다. "날 어디로 데려온 거니, 얘야?" 검은 망토를 입은 토른이 이끼로 뒤덮인 천사 조각상의 발치를 빙글빙글 돌면서 말했다. "내게서 숨을 수 있을 거라고 생각하니, 새끼 토끼야?" 토른이 말했다.

*난 토끼가 아니야.* 세라피나가 속으로 으르렁거렸다. 잠깐 동안 세라피나는 자신의 작전이 통했다는 생각에 우쭐했다. 검은 망토를 입은 토른은 천사 조각상이 있는 빈터에 덩그러니 혼자 서 있었다. 세라피나가 어디로 숨었는지 절대로 알아내지 못할 것이다. 세라피나는 감쪽같이 자취를 감추었다. 검은 망토를 따돌린 것이다.

그런데 문득 바깥에 눈이 쌓여 있었다는 사실이 기억났다. 미처 눈을 계산에 넣지 못했다. 눈밭에는 세라피나의 발자국이 고스란히 찍혀 있었다. 발자국은 버드나무 아래 여기 굴 속까지 쭉 이어져 있었다.

"아……." 검은 망토를 입은 토른이 세라피나의 발자국을 발견했다. "거기 있었구나……."

토른은 세라피나가 숨어 있는 굴 쪽으로 걸어왔다. 토른은 손바닥을 땅에 짚고 무릎을 꿇고 엎드려서 굴 안을 살펴보았다. "거기 있는 거 다 아니까 그만 나오거라, 사랑스러운 아이야. 내가 화를 내기 전에 말이다."

세라피나는 있는 힘껏 숨을 참았다. 검은 망토를 입은 토른이 동굴 안으로 손을 뻗었다. 피 묻은 손이 어둠 속을 휘적거렸다. 시체가 썩는 듯한 끔찍한 냄새가 풍겼다. 망토 자락이 먹이를 기다리는 뱀처럼 꿈틀거리며 굴 안으로 들어왔다.

공포에 질린 세라피나는 새끼 퓨마 두 마리를 품에 꼭 끌어안고 최대한 뒤로 물러났다. 토른의 손이나 검은 망토 자락에 잡히는 순간 굴 밖으로 끌려나가 세상에서 가장 끔찍한 모습으로 사라지게 될 터였다.

"애야, 난 널 해치지 않아……." 검은 망토를 입은 토른이 세라피나를 잡으려고 손을 뻗으며 갈라진 목소리로 음침하게 속삭였다.

바로 그 순간 숲속에서 엄마 퓨마가 엄청난 기세로 튀어나왔다. 엄마 퓨마는 굴 입구를 가로막은 침입자를 발견하고 격분해서는, 눈 깜짝할 사이에 토른의 등을 덮쳤다. 그 가공할 만한 위력에 토른이 순식간에 나가떨어졌다. 엄마 퓨마는 앞발로 토른의 등과 가슴팍을 가격한 뒤 조금도 틈을 주지 않고 날카로운 송곳니를 토른의 머리와 얼굴에 박아 넣었다.

고통스런 비명이 울려 퍼졌다. 토른은 거대한 맹수의 공격에서 벗어나려고 안간힘을 다해 저항했다. 토른이 단검을 꺼내 들었다. 그러나 엄마 퓨마가 단검을 쥔 손을 단박에 내리쳤다. 엄마 퓨마는 들끓는 분노로 포효하며 토른을 사정없이 할퀴고 물어뜯었다.

토른은 발길질과 주먹질을 총동원해 두 발로 일어서려고 애썼다. 그러나 분노에 찬 맹수가 너무 빠르고 너무 강했다. 떨어뜨린 단검을 주울 새도 없었다. 급한 대로 토른이 커다란 나뭇가지를 집어 들고 상대를 내리치려던 찰나, 엄마 퓨마가 날카로운 발톱으로 토른의 생살을 찢으며 땅바닥에 때려눕혔다. 그러더니 곧바로 땅바닥에 쓰러진 토른에게 인정사정없이 달려들어서 사슴을 사냥할 때처럼 몸무게로 짓누른 뒤 목에 송곳니를 박아 넣었다. 엄마 퓨마는 발버둥 치던 토른의 움직임이 서서히 잦아들 때까지 그 자세 그대로 움직이지 않았다.

검은 망토를 입은 토른의 팔다리가 힘없이 축 늘어졌다.

엄마 퓨마는 그제야 물고 있던 토른을 바닥에 떨어뜨렸다. 토른의 몸이 죽은 동물의 사체처럼 늘어졌다. 그 주위로 피가 흥건히 고였다.

덫이 제대로 작동했다. 기쁨과 안도감이 물밀듯이 밀려왔다. 세라피나의 작전이 성공했다! 마침내 검은 망토를 입은 남자를 물리쳤다. *해냈어!* 브레이든을 지켜 냈다. 빌트모어도 지켜 냈다. *진짜 해냈어!* 너무 기쁜 나머지 온몸이 간질간질했다. 세라피나는 어서 빨리 이 기쁜 소식을 전할 수 있게 브레이든과 텔레파시가 통했으면 좋겠다고 생각했다. 당장이라도 새로 변신해 날아갈 수 있을 것만 같은 심정이었다. 한 마리 쏙독새가 되어 구름 고리 사이를 곡예사처럼 쌩쌩어지러울 때까지 날아다니고픈 심정이었다.

부푼 마음을 안고 한달음에 집으로 달려가려고 굴 입구로 기어 나가려던 찰나였다.

잊고 있던 것이 생각났다. 하지만 이미 때는 늦었다.

죽음이 세라피나를 기다리고 있었다.

여전히 화가 머리끝까지 난 엄마 퓨마가 두 번째 침입자를 처단하기 위해 굴 안으로 들어서고 있었다.

두 번째 침입자는 바로 *세라피나*였다.

22

굴을 드나들 수 있는 입구는 하나뿐이었다. 이제 토른 다음으로 세라피나가 갈기갈기 찢겨 죽임을 당할 차례였다. 세라피나의 마지막 모습도 첫 번째 침입자와 별반 다르지 않을 것이다. 엄마 퓨마에게는 검은 망토나 세라피나나 침입자이긴 매한가지였다.

세라피나가 공포에 질려 굴 입구에서 최대한 멀리, 가장 깊숙한 곳으로 허둥지둥 달려갔다. 거칠게 숨을 들이쉬고 내쉬면서 겁을 잔뜩 집어먹은 말처럼 두 다리를 버둥댔지만 더 이상 도망칠 곳은 없었다.

엄마 퓨마가 곧바로 세라피나를 향해 돌진해 왔다. 황갈색 털 아래로 근육이 울끈불끈 움직이는 모양이 고스란히 보였다. 눈동자는 적의로 불타고 있었다. 반쯤 벌린 입 사이로 거대한 송곳니가 빛났다. 입김이 하얗게 보일 만큼 밤공기가 차가웠다. 엄마 퓨마가 입김을 내뿜을 때마다 옆구리가 오르락내리락했다. 엄마 퓨마는 온몸에서 열기를 내뿜고 있었다. 세라피나와 거리를 좁히면서 엄마 퓨마가 나지막하게 위협적으로 으르렁거렸다. 감히 자기 영역을 침범한 세라피나를 가만두지 않겠다는 결연한 의지가 담긴 듯한 으르렁거림이었다.

세라피나는 덜덜 떨면서 새끼 퓨마들을 앞세워 뒤로 숨었다. 축축한 땅굴 벽이 등에 닿았다. 정신을 똑바로 차리려고 애썼지만 온몸이 후들후들 떨리는 건 어쩔 수 없었다. 도망칠 곳이 없으니 발길질이라도 해 볼 생각으로 두 다리를 가슴팍으로 꼭 끌어당겨 안았다. 언제든지 상대를 할퀴고 때릴 수 있도록 두 주먹에도 힘을 꼭 주었다. 그런가 하면 엄마 퓨마에게 질세라 이를 드러내고 으르렁거렸다.

엄마 퓨마가 달려들어 목덜미를 물어뜯으려던 찰나 세라피나는 상대의 눈을 똑바로 쳐다보며 궁지에 몰린 스라소니처럼 이를 드러내고 온 힘을 다해 포효했다. 자신이 덩치는 작을지언정 쉽게 목숨을 내려놓을 만큼 만만한 상대는 결코 아니라는 사실을 알려 주고 싶었다.

그러나 엄마 퓨마는 움찔하는 기색 하나 없이 상대를 꿰뚫어 보는 듯한 그 커다란 호박색 눈으로 세라피나를 뚫어져라 내려다보았다. 그 순간 세라피나는 침을 꼴깍 삼켰다. 엄마 퓨마의 눈동자 색깔이 세라피나의 눈동자 색깔과 너무나도 똑같았기 때문이다.

세라피나는 맹수의 얼굴을 찬찬히 관찰했다. 바로 그 순간 엄마 퓨마의 눈에 언뜻 세라피나를 알아보는 듯한 기색이 스쳐 지나갔다.

코앞에서 맹수가 돌연 공격을 머뭇거렸다.

세라피나는 그 눈빛에서 엄마 퓨마가 자신과 똑같은 생각을 하고 있다는 사실을 알아차렸다. 둘은 똑 닮은 눈을 가지고 있었다.

둘은 맹수와 먹잇감 관계가 아니었다.

둘은 집주인과 침입자 관계가 아니었다.

둘은 서로 연결되어 있었다.

세라피나가 엄마 퓨마의 눈을 들여다보았다. 엄마 퓨마는 세라피나의 눈을 들여다보았다. 둘 사이에는 아무 말도 오가지 않았다. 아니, 오갈 수 없었다. 하지만 그 순간 둘은 서로를 *이해했다*. 둘 사이에는 어떤 유대감이 존재했다. 둘은 똑같은 존재였다. 둘 다 사냥꾼이었고 둘 다 어둠을 틈타 배회하는 존재였다.

그러나 무엇보다 둘은 핏줄로 연결되어 있었다.

23

　세라피나는 동굴 제일 안쪽 벽에, 가슴팍에 무릎을 끌어당
겨 안고 있는 자세로 등을 기대고 있었다. 세라피나는 잠시
넋을 놓고 엄마 퓨마를 바라보았다. 심장이 두근거렸다. 구
부린 자세로 온몸에 힘을 주고 있었기에 짧고 얕은 숨밖에는
쉴 수가 없었다.

　세라피나는 자신을 가만히 내려다보는 황금빛이 감도는 호
박색 눈동자에 빨려 들어갈 것만 같은 기분을 느꼈다. 어떻
게 맹수의 눈과 내 눈이 똑같을 수 있지? 머릿속으로 온갖
추측이 난무하며 또다시 혼란의 소용돌이가 일었다. 하지만
그중에 상식적으로 말이 되는 추측은 하나도 없었다.

　엄마 퓨마가 세라피나에게로 한 발짝 더 다가왔다.

　세라피나는 미동도 하지 않았다. 가능한 한 규칙적으로 숨을 쉬며 갑작스럽게 움직이지 않으려고 노력했다.

세라피나는 엄마 퓨마의 눈에 깃든 지성의 빛을 보았다. 평범한 야생 동물에게서는 찾을 수 없는, 상냥함과 이해심이 가득한 눈이었다. 세라피나는 인간의 언어가 통하지 않으리라는 사실을 알면서도 엄마 퓨마와 대화할 수 있었으면 좋겠다고 생각했다.

엄마 퓨마가 세라피나의 어깨에 코를 갖다 대고 킁킁 냄새를 맡았다. 맹수가 숨을 들이쉬고 내쉴 때마다 거친 숨소리가 바로 귓전에서 울렸다. 반쯤 벌어진 입 사이로 날카로운 이빨이 빛났다. 엄마 퓨마에게서 풍기는 냄새는 낯선 동시에 어딘지 모르게 익숙했다. 세라피나는 평생 단 한 번도 퓨마의 냄새를 맡아 본 적이 없었지만 상상했던 냄새와 똑같은 냄새가 났다.

세라피나는 어떻게든 엄마 퓨마와 대화해 보고 싶다는 마음이 세상 무엇보다 간절해졌다. 지금 이 순간 엄마 퓨마가 무슨 생각을 하고 어떤 감정을 느끼고 있는지 정말 궁금했다.

세라피나는 부드럽게 숨을 내쉬고 다시 들이마셨다. 그리고 다시 숨을 참고 떨리는 손을 천천히 들어 올려 엄마 퓨마의 머리를 쓰다듬었다.

엄마 퓨마는 세라피나를 빤히 쳐다보았다. 세라피나에게 시선을 고정한 채 움직이지도, 물거나 으르렁거리지도 않았다. 세라피나는 그제야 다시 숨을 쉬기 시작했다.

엄마 퓨마의 머리를 쓰다듬던 세라피나의 손이 목덜미를 타고 아래로 내려갔다. 엄마 퓨마가 세라피나의 몸에 어깨를 비볐다. 그 몸짓 하나에도 엄마 퓨마가 지닌 거대한 힘과 무게가 고스란히 전해졌다. 세라피나는 그 무게에 압도당해 또 순간적으로 숨쉬기를 잊었다. 그때 엄마 퓨마가 또다시 몸을 비볐고 그제야 세라피나는 제대로 호흡할 수 있었다. 힘주어 끌어안고 있던 무릎을 편하게 내려놓자 엄마 퓨마는 이번에는 세라피나의 가슴팍으로 머리를 드밀었다. 세라피나가 그 목덜미와 귀를 쓰다듬었다. 그러자 엄마 퓨마는 천천히 세라피나 옆에 배를 깔고 엎드리더니 기다란 꼬리를 양옆으로 흔들었다. 새끼 퓨마들도 엄마 주변으로 몰려들었다.

세라피나는 조그맣고 보드라운 새끼 퓨마 두 마리를 품에 꼭 끌어안았다. 자랑스러움과 행복함으로 가슴이 부풀어 올랐다. 팔다리가 간질간질했다. 새끼 퓨마들은 세라피나를 환영해 주고 있었다. *세라피나를 사랑해 주고 있었다.* 세라피나는 마침내 집에 돌아온 것 같은 기분에 휩싸였다.

세라피나는 자신이 다른 사람들과는 얼마나 다른지 생각했다. 어둠 속에서도 잘 볼 수 있는 시력, 소리 없이 이동할 수 있는 능력, 밤에 사냥할 수 있는 실력까지. 세라피나는 쫙 편 손바닥을 내려다보며 손가락 끝을 하나하나 자세히 들여다봤다. 이건 손톱일까 아니면 발톱일까? 왜 퓨마에게 동질감이 느껴질까? 왜 여기가 내가 있어야 할 곳처럼 느껴지는 걸까?

그러나 생각하면 할수록 이런 생각 자체가 우스꽝스럽게 느껴졌다. 세라피나는 인간이었다. 세라피나는 옷을 입고 있었다. 다른 수많은 사람들과 함께 빌트모어에 살고 있었다. 게다가 세라피나가 살고 싶은 곳도 바로 빌트모어였다. 세라피나는 브레이든과 아빠에게로 돌아가야 했다. 세라피나가 아는 세상으로, 세라피나가 사랑하는 세상으로 돌아가야만 했다.

세라피나는 이를 꽉 깨물고 고개를 좌우로 흔들면서 엉금엉금 굴 밖으로 기어 나왔다. 그리고 별이 빛나는 밤하늘 아래 휘청거리며 빈터에 홀로 섰다. 곧 지독한 혼란스러움에 빠져들었다.

얼른 검은 망토와 엄마 퓨마가 치열하게 싸웠던 장소로 시선을 돌렸다. 검은 망토가 땅바닥에 덩어리처럼 놓여 있었다. 그 옆에는 피투성이가 된 토른의 시체가 있었다. 토른이 입고 있던 다른 옷들은 모두 엄마 퓨마의 발톱에 갈기갈기 찢겨 있었다. 흰색 셔츠는 핏자국으로 얼룩덜룩했다. 옆구리에 난 커다란 상처에서는 아직도 피가 나고 있었다. 머리와 얼굴은 온통 날카로운 이빨 자국과 발톱 자국으로 그야말로 엉망이었다. 아직도 피가 반짝거리고 있었다. 세라피나는 쥐를 사냥하며 터득한 지식으로 알고 있었다. 반짝거리는 피는 아직 숨이 완전히 끊어지지 않았다는 뜻이라는 걸. 그러나 곧 죽을 목숨이었다. 죽어 가는 쥐의 목숨을 완전히 끊어 놓아야 할 때도 있지만 그저 시간이 흘러 알아서 죽게 내버려

두어야 할 때도 있었다.

세라피나는 천사 조각상이 있는 빈터에 서서 밤하늘을 올려다보았다. 주변을 둘러싼 숲도 둘러보았다. 세라피나가 승리했다! 검은 망토를 입은 남자를 물리쳤다! 온몸에 있는 근육 하나하나가 살아서 꿈틀거리는 것 같았다. 마음 한편에서 피어오르는 승리감에 하늘을 날아갈 것만 같았다. 그러나 다른 한편으로는 모든 것이 너무나도 혼란스러웠다. 한 가지 미스터리를 풀고 나니 또 다른 미스터리가 기다리고 있었다. 왜 이런 기분이 드는 걸까? 왜 엄마 퓨마는 세라피나를 공격하지 않았을까?

"이게 다 무슨 뜻이죠?" 답답한 마음에 세라피나가 허공에 대고 큰 소리로 외쳤다. 바닥에 쌓인 눈을 거칠게 발로 찼다. 아무것도 알지 못하는 상황이 이제는 진저리가 났다. "이게 다 무슨 뜻인지 말 좀 해 달라고요!" 세라피나가 하늘에 대고 소리를 질렀다.

날 입어……. 그때 어디선가 탁한 목소리가 들려왔다.

24

세라피나는 주위를 둘러보았다.

*날 입어⋯⋯.*

으스스한 쇳소리가 귀가 아닌 온몸으로 날아들었다. 세라
피나는 곧바로 목소리의 정체를 알아차렸다. 세라피나는 토
른 옆에 떨어져 있는 검은 망토를 가만히 쳐다보았다. 검은
망토는 토른이 엄마 퓨마의 공격을 받을 때 벗겨져 홀로 눈
속에 파묻혀 있었다.

*모든 것을 다 알 수 있다고 생각해 봐⋯⋯.*

"닥쳐."

거만한 쥐를 잡아 꾸짖듯이 세라피나는 검은 망토에게 명
령조로 말했다.

*네가 하고 싶은 모든 것을 할 수 있게 된다고 상상해*

봐…….

세라피나는 으드득 이를 갈며 고함을 질렀다.

"넌 죽었어! 그러니 이제 그만 입 다물어!"

*아무것도 두려워할 필요 없어…….*

마음속 깊은 곳에서 순수한 두려움이 피어올랐다. 온몸의
근육이 세라피나에게 도망가라고 외쳤다. 하지만 세라피나
는 너무 화가 나서 움직일 수 없었다. 세라피나는 이를 꽉 깨
물었다. 싸우고 싶었다. 이기고 싶었다.

*날 입어…….*

탁하디탁한 목소리가 또다시 들려왔다.

세라피나는 검은 망토를 내려다보았다. 검은 망토는 능력
과 지식을 가지고 있었다. 순간 살짝만 만져 보고 싶다는 강
렬한 충동이 일었다. 잠깐만 손대고 내려놓자는 생각이 들었
다. 검은 망토에게 사람을 유혹하는 능력이 있다는 사실을
알면서도 세라피나는 그 유혹에 넘어가고픈 충동이 생겼다.
세라피나도 검은 망토가 가진 능력을 갖고 싶었다.

*널 둘러싼 모든 세상을 이해하고 조종할 수 있다고 생각해
봐…….*

세라피나는 검은 망토 쪽으로 한 걸음 다가갔다.

*날 입어…….*

세라피나가 몸을 숙여 검은 망토를 집어 들었다. 새틴 재
질로 된 검은 망토가 달빛을 받아 반질반질 윤이 났다. 세라
피나는 망토를 뒤집어 보았다. 가시덤불 속을 헤치고 달려왔

는데도, 숲속을 날아왔는데도, 엄마 퓨마와 한바탕 전쟁을
치렀는데도 검은 망토는 찢어진 곳 하나 없이 멀쩡했고 먼지
한 톨 묻은 곳 없이 깨끗했다.

세라피나는 검은 망토에 숨겨진 힘의 흔적이나 상징이 있
는지 꼼꼼히 살펴보았다. 손끝에 스치는 망토의 촉감이 다른
평범한 옷들과는 달랐다. 마치 살아서 움직이는 거대한 뱀을
손에 쥐고 있는 것 같았다.

날 입어…….

검은 망토가 또다시 그 음산한 목소리로 유혹했다.

그때 망토에 달린 은색 고리 장식이 눈에 띄었다. 복잡하
게 얽힌 가시 덤불 무늬가 정교하게 새겨진 고리였다. 달빛
아래서 세라피나가 고리 장식을 손에 쥐자 가시덤불 문양 너
머로 조그마한 얼굴이 여럿 나타났다.

세라피나는 그 얼굴들이 무엇을 뜻하는지 알 수 없었다.
이제는 정말 뭐가 뭔지 아무것도 모르겠다는 생각이 들었다.
어둡고 끔찍한 외로움이 마음속에 서서히 차올랐다. 지금껏
느껴 보지 못한 괴로움이 밀려왔다. 하지만 검은 망토로 무
엇을 할 수 있단 말인가? 검은 망토는 어떻게 사용하는 거
지? 정말로 검은 망토를 입으면 세상의 심오한 지식을 깨닫
게 되는 걸까? 검은 망토가 과연 세라피나의 마음속에 휘몰
아치고 있는 질문들에 대한 답을 알려 줄 수 있을까?

세상에 있는 모든 지식과 능력을 손에 넣게 될 거야…….

검은 망토가 속삭였다.

세라피나는 너무나 혼란스러웠다. 머릿속에 뿌연 안개가 낀 것 같았다. 의지와는 상관없이 세라피나의 손가락이 망토를 움켜잡았다. 팔이 제멋대로 움직였다. 거부할 수 없는 속삭임에 이끌려 어느새 세라피나는 검은 망토를 몸에 둘렀다. 검은 망토를 입으면 과연 어떤 일이 벌어질까 확인만 하려고 했다. 아주 잠깐만 입고 바로 벗어 버리려고 했다.

세라피나가 검은 망토를 어깨에 두르자 검은 망토가 또다시 속삭였다.

*환영해, 세라피나. 난 널 해치지 않아……*

25

　검은 망토를 입자마자 세라피나를 둘러싼 주변 세상이 순식간에 변했다. 어깨에 걸친 망토의 무게가 이상하리만치 만족스러웠다. 코를 찌르는 악취나 역한 냄새도 전혀 나지 않았다. 망토를 입으니 모든 두려움이 사라졌다. 방울뱀 소리도 나지 않았다. 그저 모든 것이 좋았다.

　세라피나는 망토를 목 끝까지 채웠다. 세라피나보다 훨씬 키가 큰 토른 씨가 입었을 때도 몸을 거의 다 덮는 길이였는데 검은 망토는 세라피나의 몸에도 꼭 맞았다. 세라피나는 팔을 들고 제자리에서 한 바퀴 빙그르르 돌아 보았다. 검은 망토를 입은 자신의 모습이 매우 세련되고 우아하게 느껴졌다. 세라피나는 망토가 몸에 감기는 느낌과 휘날리는 모양을 보려고 앞뒤로 몇 발자국 걸어 보았다. 움직일 때마다 꼭 춤을 추고 있는 듯한 기분이 들었다.

"나한테 잘 어울리는데."

세라피나가 말했다. 이상할 정도로 크고 자신만만한 목소리였다.

방금 전까지 느꼈던 혼란스러움과 피곤함과 답답함이 온데간데없이 사라졌다. 아니, 세라피나는 이제 전혀 피곤하지 않았다. 푹 자고 일어난 것처럼 개운했고 뭐든지 할 수 있을 것처럼 자신만만했다. 세상이 온통 장밋빛이었다. 힘 있는 사람이 된 것 같았다. 검은 망토를 입고 있으니 무슨 일이든 할 수 있을 것 같았다. 어떤 문제든 풀 수 있을 것 같았고, 어떤 과제든 해낼 수 있을 것 같았고, 어떤 악기든 연주할 수 있을 것 같았고, 어떤 언어든 말할 수 있을 것 같았다. 시도만 한다면 심지어 하늘을 날 수도 있을 것 같았다. 정말이지 굉장한 기분이었다. 세라피나는 검은 망토를 입고 바닥에 쌓인 눈을 발로 차며 천사 조각상이 있는 빈터를 빙글빙글 돌았다.

*힘은 우리 안에 있어……*

검은 망토가 속삭였다.

세라피나는 유명해지고 인기도 많아진 자신의 모습을 그려 보았다. 모든 사람에게, 수많은 친구와 가족에게 사랑받는 모습을 그려 보았다. 여행을 다니며 전 세계를 누비는 모습을 그려 보았다. 누구보다 많은 지식을 얻게 되는 모습을 그려 보았다. 아무도 세라피나를 무시하지 못할 것이다.

*우리가 힘을 합치면……*

세라피나는 전 세계에서 가장 힘 있는 소녀가 될 것이다.

*강력한 힘을 가질 수 있어……*

검은 망토가 몸에 착 감기면서 예전에는 몰랐던 것들이 하나둘 이해되기 시작했다. 검은 망토의 역사가 환영처럼 눈앞에 펼쳐졌다.

검은 망토를 처음 만든 사람은 인근 마을에 살던 어떤 마법사였다. 마법사는 검은 망토를 이용해 여러 언어와 기술을 익힐 수 있는 재능과 지식을 얻으려고 했다. 이런 방식으로 사회를 하나로 이끄는 위대한 지도자가 되고자 했다. 그러나 막상 만들고 보니 마법사가 원래 의도했던 것과는 완전히 엇나간 결과물이 탄생했다. 지식의 보고가 아닌 영혼의 노예를 만들어 낸 것이다. 마법사는 자신이 무슨 짓을 했는지를 깨닫고는 마을에서 가장 깊은 우물에 검은 망토를 던져 버리려고 했다. 마법사는 검은 망토를 찢고 당기고 던지며 한바탕 전쟁을 치렀다. 그러나 검은 망토는 마법사를 칭칭 휘감고 결코 놓아주지 않았다. 결국 마법사는 검은 망토와 함께 우물 속으로 몸을 던졌다. 그렇게 마법사는 자신의 목숨을 희생해 검은 망토를 영원히 없애 버렸다고 생각했다. 세월이 흘러 마법사의 시체는 우물 안에서 썩어 갔지만 검은 망토는 흠집 하나 없이 완벽한 상태로 남아 있었다. 그러다가 우연히 절망의 나락에서 술에 취해 우물 안으로 떨어진 토른의 손에 들어가게 된 것이다. 검은 망토에게는 지식과 능력을 습득하는 능력과 더불어 수백 명의 재능을 단 한 사람에게 몰아줄 수 있는 능력이 있었다. 세라피나는 토른 씨가 그 능력을 어떻게 사용했는지 두 눈으로 똑똑히 보았다. 세라피나는 자신이라면 그 능력을 어떻게 사용할지 상상해 보았다. 원하는 건 무엇이든지 할 수 있을 것이다. 어디든지 갈 수 있을 것이다. 모든 것을 알게 될 것이다. 마침내 모든 의문에 대한 해답을 손에 쥐게 될 것이다.

세라피나는 손가락으로 검은 망토를 쓸어내렸다. 검은 망토가 가진 힘이 손끝을 타고 세라피나에게로 전해졌다. 그 어마어마한 힘에 감탄할 수밖에 없었다. 이 힘만 있으면 할 수 있는 위대한 일들, 세상에서 이룰 수 있는 선하고 유익한 일들이 떠올랐다. 이 힘을 쓰지 않고 낭비하는 것만큼 부끄러운 일은 없는 것처럼 느껴졌다. 누군가는 이 검은 망토를 사용해야 했다. 그 누군가가 세라피나가 되지 말란 법은 없었다.

*망토에 달린 모자를 들어 올려……*

세라피나는 기분이 좋았다. 마음속에 희망이 차올랐고 붕 떠 있는 듯한 기분이 들었다.

*모자를 뒤집어써……*

세라피나는 망토에 달린 모자에 손을 뻗어 가지런히 정리한 다음 머리에 뒤집어썼다.

그 순간 눈앞에 펼쳐지는 끔찍한 광경에 비명을 내지를 수밖에 없었다.

시야가 양옆으로 뿌옇게 흐려지더니 어둡고 구불구불한 통로가 나타났다. 눈앞에는 원래의 현실 세계가 보였고 그 가장자리로 검은 망토가 흡수한 아이들과 어른들이 서로 얼굴을 드밀었다. 죽은 아이들이 시야의 가장자리를 온통 수놓고 있었다.

금발의 한 꼬마 숙녀가 차갑고 시퍼런 시체 같은 얼굴을 들이밀며 울부짖었다. "엄마를 잃어버렸어요! 도와주세요!"

"*Pozhaluysta, skazhite Gde moi otets?*" 이번에는 까맣고 긴 곱슬머리 소녀가 세라피나에게 얼굴을 들이밀며 러시아어로 애원했다.

"절 좀 도와주세요!" 또 다른 여인이 울부짖었다. 그러나 금세 다른 두 얼굴이 여인을 밀치고 나타났다. 망토 안은 공포에 질린 어른들과 아이들로 가득 차 있었다.

"말들이 갇혔어요!" 한 소년의 얼굴이 튀어나와 소리쳤다. "조심해요!"

세라피나는 비명을 지르며 머리에서 모자를 거칠게 벗겨 냈다. 세라피나는 아무도 없는 빈터에서 몸을 떨면서 숨을 몰아쉬었다.

죽은 사람들의 영혼이 검은 망토 안에 갇혀 있었다. 검은 망토가 가진 힘의 실체는 바로 사람들이 가진 재능을 볼모로 그 영혼을 끔찍한 우리 안에 가두는 것이었다.

얼른, 꼬마야…… 우리가 힘을 모으면……

세라피나는 검은 망토의 강력한 유혹에 넘어가지 않으려고 고개를 세차게 가로저었다.

*세상을 지배할 수 있어……*.

"싫어." 세라피나가 이를 꽉 깨물며 말했다.

*모두에게 사랑받게 될 거야……*.

"싫어!" 세라피나가 고함을 질렀다. "싫다고!"

세라피나가 검은 망토의 고리를 목에서 풀어냈다. 망토를 벗는 순간 알 수 없는 힘에 밀려 바닥에 풀썩 쓰러졌다. 세라피나는 무릎을 꿇고 손바닥으로 땅을 짚었다. 갑자기 극도의 피로와 절망이 몰려왔다. 그러나 다시 마음을 다잡고 일어났다. 세라피나는 검은 망토를 땅바닥에 내팽개치려 했지만 검은 망토는 마치 살아 있는 것처럼 세라피나의 팔을 휘감고 놓아주지 않았다. 망토를 몸에서 떼어 낼 수 없었다.

*너 혼자는 힘없고 조그만 존재에 불과하지만 우리가 힘을 합치면 강해질 수 있어……*.

"싫다고 했잖아!" 세라피나가 소리를 질렀다.

세라피나는 검은 망토를 없애 버려야 한다는 사실을 깨달았다. 완전히 *파괴해 버려야* 했다. 검은 망토가 검은색 뱀처럼 꿈틀거리며 손등을 칭칭 휘감았다. 손가락으로 떼어 내려고 안간힘을 썼지만 역부족이었다. 검은 망토는 뱀처럼 쉬익 소리를 내며 세라피나의 팔과 다리를 옭아맸다.

바로 그때 발밑에서 피 묻은 손이 세라피나의 발목을 덥석 움켜잡았다.

세라피나가 비명을 질렀다.

26

"검은 망토를 망가뜨리지 마, 이 멍청한 꼬맹아!" 만신창이
가 되어 정신이 반쯤 나간 토른이 으르렁거렸다. 이제 토른
은 세라피나를 땅바닥으로 쓰러뜨려 붙잡고 늘어졌다.

"검은 망토를 없애 버리면 우린 모든 걸 잃는다고!"

세라피나는 벗어나려고 몸부림쳤다. 그러나 어디에 그런
힘이 남아 있었는지 토른은 세라피나의 팔을 붙잡고 놓아주
지 않았다.

"나랑 함께하자." 토른이 가쁜 숨을 몰아쉬며 말을 이었다.
"네 능력과 내 능력을 합치자. 모르겠니? 우리는 같은 존재
야. 같은 편이라고."

토른에게 무언가 심상찮은 일이 벌어지고 있었다. 토른의
얼굴이 칙칙하게 변하면서 망가지고 있었다. 뺨과 눈 주변으

로 피부가 녹아내렸다. 머리카락은 하얀 철사처럼 변했다. 입에서는 피가 흘러나왔다. 너무나도 역겨운 모습이었다.

세라피나는 토른을 발로 차고 손등을 깨물어 탈출을 시도했다. 그러나 토른은 세라피나를 잡은 손을 절대 풀지 않았다.

토른이 온몸의 무게를 실어 세라피나를 짓눌렀다. 세라피나는 폐에서 공기가 빠져나가는 듯한 고통을 느꼈다. 갈비뼈에 금이 가기 시작했다. 토른은 맹수에게 공격을 받아 온몸에 치명상을 입은 데다가, 검은 망토를 사용한 대가로 온몸이 녹아내리고 있었다. 그런 와중에도 검은 망토에 대한 집착으로 점점 더 강해지는 듯했다.

"난 당신에게 절대 넘어가지 않을 거야!" 세라피나가 토른의 얼굴에 대고 으르렁거렸다. "절대!"

"그럼 네 목숨을 내놓는 수밖에……."

토른이 세라피나를 더욱 강하게 짓눌렀다. 세라피나는 이제 숨을 쉴 수조차 없었다. 폐로 들어오는 공기가 막혀서 움직일 수도 없었고 생각할 수도 없었다. 토른에게서 벗어나려고 발버둥을 쳤지만 점점 몸에서 생명이 빠져나가는 것이 느껴졌다. 팔다리에 힘이 없었다. 죽음이 가까워진 듯 눈앞에 하얀빛이 뭉게뭉게 피어오르며 정신이 아득해졌다.

세라피나는 죽음에 이르는 순간 마침내 평화가 찾아올 것이라고 막연히 생각했다. 그러나 기대했던 평화는 찾아오지 않았다. 아직 살아서 할 일이 너무 많았다. 답을 듣지 못한 질문도, 풀지 못한 미스터리도 너무 많았다. 아직 끝내지 못한 일이, *하고 싶은 일이* 너무 많았다. 세라피나는 죽고 싶지 않았다. 더더군다나 이런 식으로는 아니었다. 그러나 이제 세라피나의 의식은 하얀빛 속을 떠돌고 있었다. 생명이 꺼져 가고 영혼이 빠져나가는 것이 느껴졌다.

그때 머릿속에 아빠의 얼굴이 떠올랐다. 어디선가 아빠 목소리가 들려왔다. *딸아, 옥수숫가루도 먹어라.* 아빠의 환영이 잔소리를 했다.

*옥수숫가루는 안 먹을 거예요!* 세라피나가 아빠 말을 듣지 않고 버텼다.

아빠의 환영이 토른에게 깔린 채 죽어 가는 세라피나를 내려다보며 절레절레 고개를 저었다. *딸아, 세상 어디에도 쥐가 고양이를 죽이는 법은 없단다.* 아빠가 말했다. *그건 옳지 않아.*

*쥐가 고양이를 죽이는 법은 없어.* 세라피나는 아빠 말을 되뇌면서 초인적인 정신력을 발휘해 육체를 떠나가려는 영혼을 붙잡았다. 쥐가 고양이를 죽이는 법은 없어. 다시 한 번 이 말을 되뇌자 어디선가 새로운 힘이 솟아났다. 세라피나는 일어나 다시 맞섰다. 먼저 토른에게 붙잡힌 팔을 있는 힘껏 잡아 뺐다.

바로 그때 안개 속에서 돌연 거대한 검은 그림자가 새하얀 송곳니를 드러내며 맹렬한 기세로 튀어나왔다. 처음에 세라피나는 그 검은 그림자의 주인공이 늑대라고 생각했다. 그러나 아니었다. 개였다. 도베르만이었다.

기디언이었다!

기디언이 토른의 옆구리를 물고 땅바닥으로 끌어낸 다음 다시 달려들어 물어뜯었다. 토른이 땅바닥에 떨어져 있던 단검을 주워 들어 기디언을 찔렀다. 기디언이 고통스럽게 깨갱거리며 뒤로 물러났다. 그 순간 엄마 퓨마가 굴 밖으로 뛰쳐나와 합세했다. 송곳니를 드러낸 채 귀를 머리 뒤로 바짝 눕힌 엄마 퓨마가 눈 깜짝할 새에 날카로운 발톱으로 토른을 공격했다. 토른이 아직도 살아 있다는 사실에 매우 화가 난 듯 보였다. 단검에 찔려 주춤했던 기디언이 다시 달려들어 토른의 팔을 물었다. 기디언의 공격에 토른이 단검을 떨어뜨렸다. 그러자 기디언이 어깨를 물어 토른을 넘어뜨린 다음 입으로 질질 끌고 다니며 사정없이 흔들었다.

땅바닥에 검은 망토가 떨어져 있었다. 세라피나는 재빨리 토른의 손에서 떨어진 단검을 낚아챘다. 그리고 검은 망토에 내리꽂았다. 세라피나는 이 단검이 검은 망토를 없앨 수 있는 해답이라고 확신했다. 세라피나는 검은 망토를 조각조각 찢어 버리려고 단검을 휘둘렀다. 그러나 검은 망토는 순순히 당하고만 있지 않았다. 검은 망토는 방울뱀 소리를 내면서 꿈틀꿈틀 세라피나의 손과 팔과 몸을 휘감아 조르기 시작했다. 세라피나가 아무리 애를 써도 뱀 같은 망토는 절대 잘리지 않았다.

이제 검은 망토 자락이 위로 올라와 세라피나의 목을 칭칭 휘감기 시작했다. 세라피나는 도와 달라고 외치려 했지만 한 발 늦었다. 검은 망토가 이미 세라피나의 목을 조르고 있었다. 목구멍에서는 숨넘어가는 소리밖에 나오지 않았다. 세라피나는 숨이 막혀 손으로 목을 움켜잡고 넘어지지 않으려고 안간힘을 썼다. 세라피나가 비틀비틀거리며 빈터 한가운데 있는 천사 조각상으로 걸어갔다. *스치기만 했는데도 손가락을 베였었어.* 세라피나는 재빨리 천사 조각상이 들고 있는 장검 끝으로 몸을 날렸다. 반짝이는 칼끝이 세라피나의 목을 스쳤다. 날카로운 칼끝이 검은 망토 자락을 뚫었다. 검은 망토가 쉬익거리는 소리와 함께 비명을 내질렀다. 세라피나는 곧바로 목에 감긴 검은 망토를 잡아 뜯어 양손으로 단단히 움켜잡은 다음 천사 조각상의 칼끝에 다시 내리꽂았다. 세라피나는 몇 번이고 반복해서 검은 망토를 갈기갈기 찢었다. 검은 망토가 고문당하는 거대한 뱀처럼 꿈틀대며 날카로운 쇳소리로 비명을 질렀다. 그러나 세라피나의 손길에서 자비라곤 찾을 수 없었다. 더 이상 손에 쥘 천 조각이 남아 있지 않게 되자 비로소 세라피나는 동작을 멈췄다. 천사 조각상의 발치에는 형체를 알아볼 수 없이 갈기갈기 찢긴 검은 천 조각만 이리저리 흩날렸다.

세라피나는 기진맥진 숨을 헐떡이며 주저앉아 한 손으로 목에 난 상처를 눌렀다. 아직도 피가 나고 있었다. 세라피나가 고개를 돌리자 기디언과 엄마 퓨마 아래에 깔려 있는 토른의 모습이 눈에 들어왔다. 토른은 강했지만 검은 망토 없이는 속도로 보나 힘으로 보나 기디언과 엄마 퓨마에게 적수가 되지 못했다.

승리감이 온몸을 훑고 지나갔다. 마침내 해냈다. 이제 다 끝났다. 정말 끝이어야 했다.

그런데 기디언과 엄마 퓨마가 토른에게 최후의 일격을 가하려던 순간 토른의 몸에서 지글지글거리는 소름 끼치는 소리가 뿜어져 나왔다. 흡사 불에 고기를 구울 때 나는 소리 같았다. 토른의 몸이 부르르 진동하면서 피부가 화상을 입은 듯 벗겨지고 뼈가 드러났다. 토른의 온몸이 순식간에 녹아내리면서 엄청난 연기를 내뿜었다. 마치 공기 중에서 저절로 불이 붙은 것 같았다.

기디언이 뒤로 물러나 눈앞에서 벌어지는 일이 이해가 되지 않는 듯 고개를 갸우뚱거렸다. 엄마 퓨마는 새끼 퓨마들을 보호하기 위해 굴 안으로 물러났다.

끔찍한 악취를 풍기는 검은색 액체가 흘러나왔고 연기가 빈터 전체를 가득 메웠다. 주변이 온통 숨 막히는 연기로 가득 찼다. 세라피나가 콜록거리며 팔을 휘휘 내저었다.

"이리 와, 기디언." 기디언을 부르려고 입을 여는 바람에 연기가 입안으로 들어왔다. 너무 지독해서 숨이 턱 막혔다. 세라피나는 기디언을 끌어당겼다.

연기 때문에 한 치 앞도 보이지 않았다. 그때 세라피나는 무언가에 발이 걸려 앞으로 고꾸라졌다. 처음에는 딱딱한 나뭇가지에 발이 걸려 넘어진 줄 알았다. 그런데 자세히 보니

나뭇가지가 아니었다. 사람의 다리였다. 그 사실을 깨닫고
나서 세라피나는 공포에 질려 화들짝 뒤로 물러났다. 작은
소녀의 시체가 땅바닥에 엎드려 있었다. 소녀의 팔다리는 기
괴한 각도로 구부러져 있었다.

라
피
나
와
검
은
망
토

341

세라피나는 한시라도 빨리 그 자리에서 벗어나려고 천사
조각상이 있는 빈터를 엉금엉금 네 발로 가로질렀다. 가까스
로 두 발로 일어섰지만 너무 무서워서 온몸이 후들후들 떨렸
다. 세라피나는 땅바닥에 엎어진 소녀의 시체를 다시 한 번
바라보았다. 소녀는 금발에 노란색 드레스를 입고 있었다.
노란색 드레스라면! 이게 어떻게 된 일이지?

소녀의 시체는 엎어져 있어서 얼굴은 보이지 않았다. 황금
색 머리카락과 병자처럼 창백한 다리와 말아 쥔 손가락밖에
보이지 않았다.

더 자세히 보려고 소심하게 다가서려는 순간 엎드려 있던
시체의 손가락이 움찔거렸다.

세라피나가 소스라치게 놀라 뒤로 펄쩍 물러나며 기디언을

보호하려고 끌어안았다. 기디언이 이빨을 드러내며 시체를 향해 마구 짖어 댔다. 새하얀 송곳니에서 번쩍 빛이 났다.

시체의 손이 움찔했다. 이어서 팔이 움직이더니 다리도 움직였다. 마치 무덤에서 시체가 기어 나오는 것 같은 모습이었다.

세라피나는 당장이라도 도망치고 싶은 본능을 꾹 억누르고 가만히 기다렸다.

소녀의 시체가 서서히 일어나 손바닥으로 땅바닥을 짚었다. 얼굴은 여전히 머리카락에 가려져 있었다.

세라피나는 그만 머리카락 뒤로 피가 엉겨 반쯤 썩은 시체의 얼굴을 상상해 버렸다. 온몸에 소름이 돋았다.

귀신인지 좀비인지 정체 모를 무언가가 이제는 두 발로 일어섰다.

눈앞에서 벌어지는 광경에 세라피나의 온몸은 공포로 마비된 느낌이었다. 기디언은 이리 뛰고 저리 뛰며 공격 태세를 갖추느라 야단이었다.

그런데 그때 좀비 같은 무언가가 천천히 고개를 들어 올렸다. 머리카락에 가려져 있던 얼굴이 살짝 드러났다. 썩어서 문드러진 얼굴을 상상했지만 아니었다. 대신 말짱한 얼굴과 맑고 파란 눈이 나타났다. 클라라 브람스였다. 클라라가 그 사랑스럽기 그지없는 목소리로 물었다. "제발 저를 좀 도와주시겠어요?"

세라피나는 너무 놀란 나머지 그 자리에 얼어붙었다. 클라

라가 살아 있었다! 클라라가 일요일 아침 햇살만큼이나 샛노
란 드레스를 입고 세라피나의 눈앞에 서 있었다. 검은 망토
속에 갇혀 있던 클라라의 몸과 영혼이 풀려난 것이다.

"당신이 누군지 기억나요." 클라라가 세라피나에게 말했
다. 클라라가 손을 뻗어 세라피나의 손을 꼭 잡았다. 세라피
나는 반사적으로 몸을 움찔했지만 클라라의 손에서 따뜻한
온기가 전해졌다. "당신을 봤어요." 클라라가 말했다. "제가
도와 달라고 소리를 질렀었죠. 저를 도와주러 오실 줄 알았
어요. 그냥 느낌만으로도 알 수 있었어요!"

뭐라고 대답해야 할지, 어떤 반응을 보여야 할지 몰라서
세라피나는 빈터로 시선을 돌렸다. 안개가 걷히자 빈터 바닥
에 누워 있는 수많은 아이들과 어른들이 나타났다.

검은 망토에게서 풀려난 사람들이 마치 기나긴 악몽에서
깨어난 것처럼 서서히 몸을 일으켰다. 어떤 이들은 혼란스러
운 듯 빈터 바닥에 멍하니 앉아만 있었다. 어떤 이들은 벌떡
일어나 주위를 두리번거렸다.

곱슬거리는 까만색 긴 머리에 키가 큰 소녀 한 명이 세라
피나에게 다가와 러시아어로 뭐라고 말을 걸었다. 소녀는 매
우 사랑스러웠지만 한시라도 빨리 아빠와 강아지를 만나고
싶은 듯 초조하고 불안해 보였다.

어찌 된 영문인지 갈피를 못 잡고 있는 소년도 있었다. "혹
시 제 바이올린 못 보셨나요?" 소년이 반복해서 물었다. "아
무래도 잃어버린 것 같은데……."

곱슬거리는 갈색 머리에 몸에 맞지 않는 커다란 마부복을 입은 어린 남자아이가 세라피나의 팔을 잡으며 물었다. "실례합니다, 세라피나 양. 혹시 도련님 못 보셨어요? 집으로 돌아가야 하는데. 아빠가 걱정하고 계실 거예요. 말들에게 먹이도 줘야 하고요. 혹시 빌트모어로 돌아가는 길을 아시나요?"

"놀란! 너였구나! 너도 살아 있었어!" 세라피나가 놀란을 덥석 끌어안았다. "널 다시 볼 수 있어서 정말 기뻐. 걱정하지 마. 내가 집으로 데려다줄게."

"세라피나 양, 피가 나요." 놀란이 세라피나의 목을 가리키며 말했다.

세라피나가 목에 난 상처를 만졌다. 살짝 쓰라렸지만 피는 멈춰 있었다. "난 괜찮아." 세라피나가 말했다. 사실 온몸이 상처투성이에 멍투성이였지만 세라피나는 개의치 않았다. 살아 있다는 사실만으로도 너무 기뻤다.

세라피나는 검은 망토에게서 풀려난 모든 아이들을 바라보며 심호흡을 하고 미소를 지었다. 다행스럽고 기쁜 마음에 심장이 벅차올랐다. 모두 살아 있었다. 모두 안전하게 돌아왔다. 세라피나가 이 모든 사람을 구해 냈다.

그때 금빛이 도는 갈색 머리 여인이 아직도 땅바닥에 누워 있는 모습이 보였다. 여인은 기운이 없고 혼란스러워 보였지만 어쨌든 살아 있었다.

세라피나가 여인에게로 다가갔다. 그 옆에 무릎을 꿇고 앉아 위로를 건넸다. 여인을 부축해 일어나는 것을 도와주다가 군살 하나 없이 근육만 탄탄한 몸에 살짝 놀랐다. 그러나 여인은 검은 망토에서 풀려난 사람들 가운데 제일 혼란스러워 보였다.

"내 아가들은 어딨지?" 여인이 우물우물 알아듣기 힘든 발음으로 중얼거렸다.

놀란이 다가와 입고 있던 마부복 상의를 벗어 떨고 있는 여인의 어깨를 덮어 주었다. 여인은 손가락이 뻣뻣해서 굽혀지지 않는 것처럼 손바닥을 쫙 편 채로 천천히, 어색하게 놀란이 덮어 준 옷을 쓰다듬었다.

"이제 안전해요." 세라피나가 여인을 안심시켰다. "다 괜찮아질 거예요."

여인은 머리카락을 늘어뜨린 채 땅바닥만 쳐다보고 있었다. 세라피나가 천천히 머리카락을 귀 뒤로 넘겨 주자 여인이 놀라서 세라피나를 쳐다보았다. 그 순간 마주한 여인의 얼굴은 세라피나가 여태껏 본 사람 중에 가장 사랑스러웠다. 투명한 피부는 잡티 하나 없이 맑았다. 높이 솟은 광대뼈에 살짝 길고 각이 진 얼굴이 매력적이었다. 그러나 무엇보다 호박색 눈이 가장 아름다웠다.

세라피나는 미간을 찌푸렸다. 세라피나는 믿을 수 없다는 듯 여인을 바라보았다. 이상하리만치 낯이 익은 얼굴이었다. 그러나 예전에 만난 적이 있는 것 같진 않았다.

순간 세라피나는 왜 여인의 얼굴이 이토록 낯익은지를 깨달았다. 여인의 얼굴은 세라피나가 거울 속에서 보던 자신의 모습과 똑 닮아 있었다.

세라피나가 무언가 말을 하려고 입을 벌렸지만 목소리가 떨려 왔다. 겨우겨우 한 마디가 입 밖으로 나왔다.

"누구세요?"

28

여인에게선 대답이 없었다. 그저 손등으로 눈과 얼굴을 비
비고 나서 유리처럼 맑은 눈동자로 주변을 둘러볼 뿐이었다.
숲과 천사 조각상이 있는 빈터를 바라보는 얼굴엔 여기가 어
디인지, 어떻게 여기에 오게 된 건지 이해가 되지 않는 듯 혼
란스러움이 가득했다. 여인이 버드나무 뿌리 아래에 있는 굴
입구로 비틀거리며 다가갔다.

"내 아가들은 어디 있지?" 여인은 정신 나간 사람처럼 묻
고 또 물었다.

맹수의 굴에 들어가는 것이 얼마나 위험한 일인도 모르고
여인은 겁 없이 굴 안을 들여다보았다. 자신의 아가들이 마
치 그 안에 있기라도 한 것처럼 보였다. 그 모습을 보니 세
라피나는 마음이 너무 안타까웠다. 불쌍한 여인은 검은 망토

에 갇혀 있다가 그만 미쳐 버린 것 같았다. 세라피나는 엄마 퓨마가 행여라도 공격해 올까 봐 걱정이 되어서 얼른 여인을 잡아끌었다. 그 순간 여인이 낮지만 날카로운 울음소리를 몇 차례 냈다. 그 소리를 듣고 굴 안에서 새끼 퓨마들이 구르듯이 달려 나왔다. 그제야 여인은 함박웃음을 지으며 무릎을 꿇고 새끼 퓨마들을 품 안에 꼭 끌어안았다. 새끼 퓨마들이 여인에게 어깨를 비비며 가르랑거렸다.

세라피나는 엄마 퓨마가 굴 안에서 뛰쳐나와 여인을 공격하리라 예상하고 눈을 질끈 감았다. 그러나 아무 일도 일어나지 않았다. 세라피나는 굴 안을 들여다보았다. 엄마 퓨마는 흔적도 없었다. 세라피나는 초조하게 나무 사이사이를 훑어보았다.

여전히 여인은 무릎을 꿇고 새끼 퓨마들을 품에 끌어안고서는 양손을 들어 올려 자신의 손바닥을 살펴보고 있었다. 그리고 믿을 수 없다는 표정으로 손을 오므렸다 펴기를 반복했다. 갑자기 여인의 얼굴에 환한 미소가 떠올랐다. 여인은 끔찍한 악몽에서 막 깨어나 자신의 몸이 온전한지 확인이라도 하려는 것 같았다. 더듬더듬 자신의 팔과 머리를 만지고 머리카락을 손가락으로 쓸어 보았다. 마침내 여인이 두 발로 일어서서 밤하늘을 올려다보며 길고 깊은 숨을 들이켰다. 여인은 이윽고 놀란이 벗어 준 옷이 떨어질세라 양손으로 붙잡고 제자리에서 빙글빙글 돌았다. 여인의 웃음소리가 울려 퍼졌다. 여인은 다시 고개를 젖혀 하늘을 바라보며 소리를 질렸다. "자유다!"

여인은 여전히 미소가 가시지 않은 얼굴로 주변을 둘러보았다. 여인의 눈동자에 생기가 가득했다. 여인은 공동묘지와 천사 조각상과 검은 망토에서 풀려난 다른 사람들을 차례차례 바라보았다. 그리고 마침내 세라피나와 눈이 마주쳤다. 그 순간 여인은 그 자리에 그대로 얼어붙었다. 얼굴에서 미소도 사라졌다. 여인은 꼼짝도 하지 않고 세라피나만 뚫어져라 쳐다보았다.

세라피나의 심장이 천천히, 일정한 속도로 두근거리기 시작했다. "절 왜 그렇게 보세요?"

갑자기 여인이 세라피나를 향해 폭발적인 속도로 돌진해왔다. 세라피나가 본능적으로 뒤로 펄쩍 물러났지만 여인은 너무나도 손쉽게 세라피나의 어깨를 붙잡고 그 얼굴을 뚫어져라 쳐다보았다.

"네가 그 아이구나!" 여자가 믿기지 않는다는 듯 외쳤다. "네가 정말로 그 아이야! 믿을 수가 없구나! 이렇게 컸다니!"

"저, 저…… 전 도대체 무슨 말씀을 하시는 건지……." 세라피나가 여자의 손아귀를 벗어나려고 몸을 비틀며 말을 더듬었다.

"아가, 이름이 뭐니?" 여자가 물었다. "이름을 말해 다오!"

"세라피나요." 세라피나가 놀라서 휘둥그레진 눈으로 여자를 바라보며 입안으로 이름을 웅얼거렸다.

"얼굴 좀 보자꾸나!" 여자가 세라피나를 이리저리 돌려세우며 보고 또 보았다. "이렇게 컸다니! 어느새! 정말 잘 자랐구나. 정말 잘 자랐어!"

전혀 예상치 못한 또 다른 상황에 세라피나는 머리가 어질어질했다. 도대체 이 여인이 뭐라고 하는 거지?

"누구세요?" 세라피나가 다시 물었다.

순간 여인은 멈칫하며 안쓰러움이 가득한 눈으로 세라피나를 바라보았다. "미안하구나." 여자가 부드러운 목소리로 말했다. "넌 나를 모른다는 사실을 깜박했어. 내 이름은 리앤드라야."

사실 여인의 이름을 알아 봤자 세라피나에게는 아무런 의미가 없었다. 그러나 여인의 눈동자며 목소리며 얼굴이며 모든 것이 세라피나를 사로잡았다. 마음속에서 타닥타닥 불꽃이 튀는 것 같았다.

"그래서 누구신데요?" 세라피나가 조바심이 난다는 듯 주먹을 말아 쥐며 다시 한 번 물었다.

"내가 누군지 너도 알잖니." 리앤드라가 세라피나를 찬찬히 뜯어보며 말했다.

"아니요, 몰라요!" 세라피나가 쿵 하고 발을 구르며 소리를 질렀다.

"난 네 엄마란다, 세라피나." 여인이 부드러운 목소리로 말하며 손을 뻗어 처음으로 세라피나의 얼굴을 쓰다듬었다.

세라피나는 돌처럼 굳어 버렸다. 뭐가 뭔지 도통 이해가 되지 않아 저도 모르게 인상을 찌푸렸다. 어떻게 이런 일이

가능한 거지? 세라피나는 눈앞에서 벌어지고 있는 이 상황을 이해해 보려고 여인의 얼굴을 찬찬히 뜯어보았다. 입술이 바짝바짝 말랐다. 혀로 입술을 축인 다음 입은 꾹 다물고 코로만 숨을 쉬었다. 세라피나는 여인의 머리카락과 손과 군살 없이 탄탄한 몸을 바라보면서 떨리는 호흡을 진정시키려 애썼다. 그러나 무엇보다 여인의 눈이, 그 호박색 눈동자가 이 모든 것이 진실이라고 말해 주고 있었다. 눈앞에 있는 이 여인이 바로 세라피나가 그토록 그리워하던 엄마였다.

그 사실을 깨닫는 순간 얼굴이 홧홧해졌다. 갑자기 눈앞에 있는 엄마의 모습이 흐려지면서 눈물이 차올랐다. 세라피나는 그때까지 참고 있던 숨을 내쉬면서 흐느끼기 시작했다. 흐느낌이 어느새 울음으로 바뀌었다. 눈물이 멈추지 않았다. 엄마가 다가와 세라피나를 꼭 안아 주었다.

"오, 우리 아가, 이제 다 괜찮단다." 엄마의 눈에서 흐른 눈물이 세라피나에게로 또르르 굴러떨어졌다.

마침내 울음을 그치고 무언가 말을 하려고 했지만 감정이 북받쳐 목소리가 잘 나오지 않았다. 세라피나가 들릴락 말락 한 목소리로 겨우겨우 한 마디를 뱉었다.

"어떻게 된 거예요?"

29

검은 망토에서 풀려난 아이들과 어른들이 공동묘지를 이
리저리 돌아다니기 시작했다. 여기가 어딘지, 어찌 된 영문
인지 이해하려고 서로서로 이야기를 나누는 사람도 있었다.
그러나 다들 갈피를 잡지 못하고 우왕좌왕했다. 대다수는 이
야기를 나눌 정신조차 없어 보였다. 놀란과 클라라는 세라피
나를 알기 때문인지 다른 아이들과 함께 근처에 가만히 모여
있었다. 그러나 어른들은 예전 기억을 떠올리려 애쓰며 주변
을 배회했다. 그중에 한 남자는 어떤 묘비 앞에 우두커니 서
있었다.

"이거 나잖아." 남자가 충격에 빠진 목소리로 말했다. "내
이름이야. 아내와 아이들은 내가 죽은 줄 알고 있구나……."

그제야 세라피나는 왜 시체가 없는 무덤이 존재하는지를

깨달았다. 그러나 여전히 눈앞에 있는 이 여인이 어떻게 자신의 엄마인지는 이해가 되지 않았다.

"무슨 일이 있었던 거예요?" 세라피나가 물었다.

빨려 들어갈 것처럼 아름다운 엄마의 두 눈동자가 별빛을 받아 반짝거렸다. "나는 퓨마란다, 세라피나." 엄마가 입을 열자 얼음장같이 차가운 주변 공기 탓에 하얀 입김이 공중에 흩어졌다. "내 영혼은 둘로 나뉘어 있단다."

세라피나는 천천히 숨을 들이쉬었다 내쉬면서 엄마의 말뜻을 이해하려고 노력했다. 하지만 도무지 이해할 수 없었다.

"이리 오렴." 리앤드라가 세라피나의 팔을 어루만지며 부드럽게 말했다. "여기 잠깐 앉아서 얘기 좀 하자." 두 사람은 천사 조각상 아래 바닥에 서로를 마주 보고 앉았다. "난 한때 여기 근처 마을에 살았었단다. 평소에는 평범한 인간 여자였지만 나에게는 내가 원할 때마다 퓨마로 변신할 수 있는 특별한 능력이 있었어."

세라피나는 엄마의 이야기에 빠져들었다. 차가운 공기며, 공동묘지며, 검은 망토에서 풀려난 다른 사람들이며, 다른 모든 것은 세라피나의 의식 밖으로 사라졌다. 지금 이 순간 나긋나긋한 엄마 목소리 말고는 아무것도 들리지 않았다.

"난 사랑하는 남자와 결혼을 해서 가정을 꾸리고 임신을 했단다. 남편도 변신할 수 있는 사람이었지. 우린 여기 숲속을 달리고 사냥하며 대부분의 시간을 보냈어."

이야기를 하다가 엄마는 세라피나의 머리카락에 내려앉은

눈을 애정 어린 손길로 털어 주었다. "하지만 그때는 우리 모두에게 힘든 시기이기도 했어. 어떤 사악한 힘 때문에 이 지역에 있는 숲이 말라비틀어지면서 죽어 가고 있었거든……."

세라피나가 바닥에 널브러진 검은 망토의 잔해와 까맣게 그을린 자국을 바라보았다.

"그러던 어느 날이었어." 리앤드라가 이야기를 이어 갔다. "인간의 모습으로 길을 걸어가고 있었는데 정체를 알 수 없는 어둠의 존재에게 공격을 받은 거야……."

"검은 망토를 입은 남자였군요." 세라피나가 속삭였다.

"맞서 싸우는 도중에 갑자기 검은 망토가 내 몸을 휘감았어. 목숨을 걸고 싸웠지만 상대가 너무 강했지. 남편이 내 비명 소리를 듣고 달려왔어. 하지만 우리 둘이 힘을 합쳐도 역부족이더구나. 내 눈앞에서 검은 망토를 입은 남자가 너희 아빠를 쓰러뜨렸단다. 다음은 내 차례구나 생각하니까 두려움이 밀려왔어. 나는 배 속에 있는 아가들을 잃을까 봐 겁이 났단다. 날카로운 이빨과 발톱으로 싸우기 위해 퓨마로 변신하려던 찰나, 인간일 때 내 영혼이 그만 검은 망토 속으로 빨려 들어가 버렸어. 나는 배 속에 있던 아가들을 지키고자 퓨마의 모습으로 세상 어느 엄마보다도 치열하게 싸웠어. 결국 가까스로 도망은 쳤지만 검은 망토는 나를 둘로 갈라놓고 말았단다."

"무슨 말인지 모르겠어요." 세라피나가 끼어들었다. "그게 무슨 뜻이에요? 둘로 *갈라놓다니요?*"

"검은 망토가 내 영혼을 둘로 쪼개 버리고 말았단다, 세라 피나. 원래 인간의 영혼을 흡수하도록 만들어진 검은 망토가 인간일 때 내 영혼만 흡수해 버린 거지. 검은 망토도 퓨마를 상대한 건 처음이었을 테니까."

"그래서 퓨마의 모습에 갇혀 버린 거군요……." 세라피나 는 놀라움을 감추지 못했다.

"그렇단다." 생각만 해도 목이 메는지 리앤드라의 목소리 가 갈라졌다. "난 크나큰 슬픔에 빠졌어. 너희 아빠도 어디로 사라져 버린 건지 찾을 수가 없었단다. 행여나 죽은 건 아닐 까 너무 무서웠어. 인간일 때 내 영혼과 육체뿐만 아니라 사 랑하는 사람까지 모두 뿔뿔이 흩어져 산산조각 나 버리고 말 았어. 난 더 이상 살고 싶지 않았단다."

엄마의 목소리가 속삭임에서 점점 잦아들어 침묵으로 변했 다. 세라피나는 아랑곳 않고 엄마 쪽으로 몸을 기울이며 이 야기를 재촉했다. "하지만 임신 중이셨잖아요……."

"그래 맞아." 엄마가 고개를 들며 말했다. "임신 중이었지. 그게 내가 죽지 않고 산 유일한 이유였어. 몇 달 뒤에 출산을 했는데 일이 잘못된 거야. 넷을 낳았는데 너만 유일하게 살 아남았단다. 너조차도 그날 밤을 무사히 넘길 수 있을지 확 신할 수 없었어. 내가 그 상황에서 할 수 있는 일이 뭐가 있 었겠니? 넌 인간이고 난 아닌데! 맹수의 몸으로 내가 어떻게 인간 아기를 돌볼 수 있었겠니?"

"그래서 그다음에 어떻게 됐는데요?" 세라피나가 엄마를 채근했다.

"그날 밤, 어떤 남자가 숲속으로 걸어오는 소리를 들었단다." 엄마가 말했다. "처음에는 적인 줄 알고 하마터면 죽일 뻔했었지. 어둠 속에서 주변을 빙빙 돌면서 이 낯선 남자가 어떤 사람인지 알아내려고 한참 동안 관찰했단다. 좋은 사람일까? 강한 사람일까 아니면 약한 사람일까? 목숨을 걸고 자기 가정을 지켜 낼 수 있는 사람일까? 그 사람은 너의 진짜 아빠는 아니었지만 최소한 인간이었고 당시 내게는 다른 선택지가 없었어. 결국 그 남자에게 너의 운명을 맡기기로 결심했지. 난 그 남자가 널 인간 세상으로 데려가 주길 기도했고 그곳에서 누군가 널 돌보아 주길 기도했어. 가슴이 찢어지는 것 같았지만 달리 어쩔 도리가 없었단다."

"그게 우리 아빠였군요!" 세라피나가 소리쳤다.

리앤드라가 미소를 지으며 고개를 끄덕였다. "그래, 그게 너희 아빠였단다. 그날 밤 넌 공처럼 동그랗게 몸을 말고 있었어. 사실 주변이 온통 피범벅이라 난 널 제대로 보지도 못했지. 솔직히 말하면 어디선가 네가 살아 있으리라고는 상상도 못했단다, 세라피나. 만약 운 좋게 살아남는다고 하더라도 심한 기형으로 살아갈까 봐 너무 걱정됐어. 네가 이렇게 정상적으로 성장하리라고는 생각도 못했단다."

세라피나는 한동안 말이 없었다. 침묵 끝에 세라피나는 마침내 눈을 들어 엄마를 올려다보며 기어 들어가는 목소리로 물었다. "지금 보기엔 어떤데요?"

비로소 리앤드라의 얼굴에 화색이 돌았다. 리앤드라는 세라피나를 확 끌어당겨 안으며 웃었다. "세라피나! 넌 정말 예쁘고 완벽해. 널 좀 보렴! 세상에나, 내 평생 너처럼 사랑스럽고 완벽한 소녀는 본 적이 없단다! 네가 태어나던 날 밤, 난 널 데려간 남자가 네 얼굴을 보고 놀라서 양동이에 넣고 익사라도 시키면 어쩌나 하는 걱정까지 했단다. 너무 걱정이 된 나머지 온갖 끔찍한 생각이란 생각은 다 들더구나. 하지만 널 여기서 이렇게 만나다니. 네가 살아 있었다니! 게다가 이토록 어여쁜 소녀로 자라다니."

세라피나는 하늘을 올려다보았다. 눈물이 차오르면서 밤하늘에 별들이 뿌옇게 보였다. 세라피나는 뺨을 타고 흐르는 눈물을 닦아 냈다. 지금까지 마음에 담아 두었던 감정이 북받쳐 올랐다. 세라피나가 두 팔을 뻗어 엄마의 목을 꼭 끌어안았다. 맞닿은 피부로 엄마의 체온과 강인함이, 기쁨과 행복함이 고스란히 전해졌다. 엄마도 세라피나를 꼭 끌어안았다. 서로를 얼싸안은 두 사람의 뺨에 눈물이 흘러내렸다. 비록 아빠는 다르지만 세라피나의 동생들인 새끼 퓨마 남매도 다가와 발밑에서 굴러다니며 장난을 쳤다. 온 가족이 재회의 기쁨을 누리는 순간이었다.

"너희 아빠가 널 참 잘 키우셨구나, 세라피나." 엄마가 끌어안았던 팔을 살짝 풀고 세라피나의 얼굴을 들여다보며 말했다. "여기 공동묘지에서 널 처음 봤을 때 난 네가 침입자인 줄 알고 본능적으로 공격을 했었지. 검은 망토에게 인간일 때 영혼을 빼앗긴 지도 어언 십이 년이 흘렀으니 난 그저 동물이나 다름없는 상태였단다. 가까이에서 네 눈동자를 들여다보기 전까지는 말이야. 오늘에서야 비로소 난 네가 누군지 서서히 알아보기 시작했어. 그리고 지금 여기 내 눈앞에 네가 있구나! 게다가 세라피나 네가 날 검은 망토에서 구했어. 십이 년 만에 네가 내 영혼을 치유해 줬단다. 실감이 나니? 네 덕분에 난 다시 완전해졌어. 팔도 돌아오고, 손도 돌아오고, 다시 웃을 수 있게 되고, 너에게 뽀뽀도 해 줄 수 있게 됐어! 네가 날 살린 거야. 게다가 네 모습을 좀 보렴! 마음은 용맹하고 발톱은 날카로운 데다가 빠르고 아름답기까지, 정말로 이보다 더 완벽하길 바랄 수 없을 정도로 훌륭하게 자랐구나."

엄마의 칭찬에 세라피나의 두 뺨은 빨갛게 달아올랐고 가슴속은 자랑스러움으로 벅차올랐다. 그러다 문득 세라피나는 자신을 기다리고 있는 아이들 쪽으로 시선을 돌렸다.

"이 모든 게 검은 망토가 한 짓이었군요." 세라피나가 말했다.

"그렇단다." 엄마는 잔뜩 겁을 집어먹은 얼굴로 무덤 사이에 모여 있는 아이들을 바라보며 말했다. "저 아이들은 무슨 일이 일어난 건지도 모르는 모양이구나."

"엄마는 아시는군요……." 세라피나가 리앤드라를 바라보며 말했다.

리앤드라가 고개를 끄덕였다. "난 내 영혼의 반쪽만 검은 망토 안에 있었으니까."

"상상만 해도 정말 끔찍해요." 세라피나는 상상하고 싶지
도 않다는 듯 말했다. "그런데 검은 망토는 요즘 왜 아이들만
노렸던 거예요?"

"토른도 이 지역에 오래 살았단다. 원래는 정체를 들키지
않으려고 정말로 탐이 나는 재능을 가진 사람이 있을 때만
그 영혼을 집어삼켰었지." 엄마가 말했다. "그런데 어느 순
간부터 검은 망토가 토른을 좀먹기 시작했어. 토른은 하루가
다르게 급속도로 늙어 갔단다. 죽어 가고 있었던 거지."

"그럼 장갑에 붙어 있던 살점이……." 세라피나가 숨을 들
이켰다.

"그때부터 토른은 어린아이들의 영혼을 훔치기 시작했어.
아이들의 재능도 재능이지만 무엇보다 어린아이들은 토른에
게 가장 절실하게 필요했던 것을 가지고 있었거든."

"젊음이군요……." 세라피나가 말했다. "그런데 엄마는 이
모든 걸 어떻게 알고 계신 거예요?"

갑자기 엄마가 자리에서 일어났다. 세라피나도 덩달아 일
어섰다. "우리 앞으로 할 얘기가 많겠구나, 세라피나." 엄마
가 말했다. "하지만 우선 저 아이들을 엄마 아빠 품으로 데려
다줘야 할 것 같구나."

"그렇지만……." 세라피나는 엄마와 더 이야기를 하고 싶
었다. 궁금한 것이 한두 가지가 아니었다. 그리고 무엇보다
엄마가 또다시 어디론가 사라져 버릴까 봐 너무너무 겁이 났

다.

"걱정 말렴." 엄마가 세라피나의 얼굴을 부드럽게 쓰다듬었다. "이건 신기루가 아니란다. 지금 여기 네 눈앞에 완전한 모습으로 있잖니. 앞으로는 엄마로서 네게 가르쳐 줄 수 있는 모든 것들을 차차 가르쳐 줄게. 그러니 너도 내가 인간 세계에 다시 적응할 수 있도록 해 주면 좋겠어. 네가 어떻게 살아왔고 또 살고 있는지 전부 말해 다오. 난 인간 세계를 너무 오래 떠나 있었잖니. 우린 이제 함께란다, 세라피나. 우린 한 가족이고 한 핏줄이야. 그 무엇도 우리 사이를 두 번 다시 갈라놓을 수 없단다." 눈물이 엄마의 뺨을 타고 굴러떨어졌다. "지금 당장은 무엇보다 내가 널 얼마나 사랑하는지 알아주었으면 좋겠구나. 사랑한다, 세라피나. 단 한순간도 널 사랑하지 않은 적이 없었어."

"나도 사랑해요, 엄마." 두 팔로 엄마를 껴안으며 세라피나가 말했다. 목이 메어 목소리가 갈라졌다. 세라피나는 엄마 품에서 펑펑 울었다.

　세라피나는 숲 가장자리에서 나무 뒤에 몸을 숨기고 빌트
모어 대저택을 바라보았다. 하늘은 구름 한 점 없이 맑고 푸
르렀고 떠오르는 아침 햇살에 저택 정면이 황금빛으로 물들
었다.

　수많은 어른들이 저택 바깥에 함께 모여 있었다. 서 있는
사람도 있었고 말을 타고 있는 사람도 있었다. 신사와 숙녀
도 있었고 하인과 일꾼도 있었다. 움직임에서 긴박함이 느껴
졌다.

　*수색대를 꾸리고 있구나.* 세라피나가 생각했다.

　밴더빌트 부부의 모습도 보였다. 또 다른 어린이가 실종됐
다는 소식에 두 사람의 얼굴에는 먹구름이 드리워져 있었다.
브람스 부인도 수색을 떠날 채비를 하고 있는 남편 곁에 서

있었다. 로스토노브 씨도 아나스타시야의 강아지를 품에 안은 채 서 있었다. 하인 휘트니 양과 프랫 씨를 비롯해 수석 요리사, 집사와 그 밑에서 조수로 일하는 소년, 빌트모어에서 일하는 하인 대다수와 마구간에서 일하는 마부들까지도 모두 나와 있었다.

"만약 세라피나를 찾으면 재빨리 움직여야 합니다." 브레이든이 군더더기 없이 깔끔한 동작으로 말등에 재빨리 올라타며 큰 소리로 지시했다.

브레이든을 보는 순간 세라피나의 마음이 부풀어 올랐다. 그리고 그제야 세라피나는 깨달았다. 수색대를 조직한 사람은 바로 *브레이든*이었다. 수색대가 숲속으로 들어가 찾으려는 사람은 다름 아닌 *세라피나* 자신이었다.

"여러분, 모두 모여 주세요." 브레이든이 말에 올라타 수색대를 진두지휘하고 있었다. 세라피나는 그토록 대담하고 결단력 있는 브레이든의 모습은 처음 보았다. 부유하건 가난하건 손님이건 하인이건 브레이든은 개의치 않고 모든 사람을 하나로 모았다. 그 모습을 보고 있노라니 춥고 지친 몸에 온기가 돌았다.

그때 아빠의 모습이 눈에 들어왔다. 아빠는 아침에 자고 일어나 세라피나가 없어진 것을 알아차렸을 것이다. 아빠는 세라피나의 존재와 지하실에 몰래 숨어 살고 있다는 사실을 들킬 각오를 하고 밴더빌트 부부를 찾아가 도움을 요청하였을 것이다.

브레이든이 몸을 돌려 사냥개를 데리고 있는 개 훈련사들에게 손짓했다. "개들에게 이걸 주세요." 브레이든이 천 조각을 하나 건넸다. 세라피나가 원피스처럼 입고 다니던 낡은 티셔츠 조각이었다. 얼룩덜룩한 사냥견 플롯 하운드 네 마리가 너구리 사냥이라도 나서는 것처럼 사납게 짖어 댔다.

"함께 수색을 나가자 청하려고 토른 씨를 찾았건만 어디에도 보이질 않소." 혈통 좋은 말에 올라탄 벤델 씨가 말했다.

*찾지 못할 거예요.* 수색대가 모여드는 모습을 바라보며 세라피나는 속으로 만족스럽다는 듯 중얼거렸다. *영원히.*

"벤델 씨, 괜찮으시다면 저쪽에 있는 수색대를 이끌고 동쪽으로 가 주시겠어요?" 브레이든이 말했다. "삼촌은 하인들을 데리고 서쪽으로 가 주세요." 브레이든이 이번에는 개 훈련사 무리에게로 돌아서서 말했다. "기디언에게 세라피나의 냄새를 따라가게 했더니 곧장 북쪽으로 갔어요. 그러니 우리는 그쪽을 수색할 거예요……." 브레이든은 안장에 앉은 채 손가락으로 북쪽을 가리켰다.

그때 브레이든이 멈칫했다.

숲속에서 세라피나가 걸어 나오고 있었다.

브레이든은 제 눈을 믿지 못하겠다는 듯 말을 탄 채 고삐를 들어 올려 제자리에서 한 바퀴 돈 다음 잔디밭 너머 숲속을 다시 바라보았다. 세라피나가 확실했다. 비로소 브레이든의 얼굴에 미소가 번졌다. 브레이든의 얼굴에 번지는 안도감과 행복감이 멀리서도 똑똑히 보였다.

"누구니?" 밴더빌트 씨가 혼란스러워하며 물었다.

"저 아이가 우리가 찾으려던 아이니?" 밴더빌트 부인이 물었다.

그 자리에 있던 모든 사람이 일제히 몸을 돌려 숲 가장자리에 너덜너덜한 드레스 차림으로 서 있는 세라피나를 바라보았다. 오늘만큼은 세라피나는 숨지 않았다. 모두가 세라피나를 바라보고 있는 지금과 같은 상황은 태어나서 처음이었다. 세라피나는 가만히 서서 사람들이 상황을 제대로 인지할 때까지 기다렸다. 사람들의 표정에서 하나둘씩 놀라움이 떠올랐다. 세라피나는 혼자가 아니었다. 그 옆에는 커다란 퓨마 한 마리가 함께 서 있었다. 세라피나는 맨손으로 맹수의 목덜미를 쓰다듬고 있었다. 퓨마는 그냥 거기 있던 것이 아니라 세라피나와 함께 있었다. 말없이 강인한 모습으로 세라피나의 옆을 지키고 서 있었다.

세라피나의 또 다른 옆자리에는 검은색 도베르만 한 마리가 버티고 서 있었다. 기디언이었다. 기디언의 한쪽 어깨는 칼에 깊게 베인 상처로 피범벅이었다. 그러나 기디언은 전투에서 싸워서 이겼다는 자랑스러움이 가득한 얼굴로 늠름하게 서 있었다.

브레이든이 미소를 지었다. "너라면 찾아낼 줄 알았어, 기디언." 브레이든이 혼잣말로 나지막이 중얼거렸다.

바로 그때 헐렁한 마부복을 입은 어린 소년이 숲속에서 튀어나와 세라피나 옆에 섰다. 수색대의 얼굴에 놀라움과 기쁨의 빛이 번져 나갔다. 곧이어 금발 머리 소녀가 나타났다. 실종됐던 아이들이 하나둘씩 차례차례 모습을 드러냈다. 순식간에 숲 가장자리에는 세라피나와 두 동물 친구들 옆으로 사라졌던 모든 아이들이 늘어섰다.

31

시간이 멈춘 듯 움직이는 사람도, 말을 하는 사람도 없었다. 아무도 눈앞에서 벌어진 광경을 믿지 못했다.

그런데 그때 정적을 깨고 하얗고 조그만 강아지 한 마리가 바닥으로 뛰어내려 쏜살같이 앞으로 달려 나갔다. 로스토노브 씨가 안고 있던 강아지였다. 모두 놀란 눈으로 지켜보는 가운데 강아지는 너무나도 기쁜 듯 왈왈 짖으며 잔디밭을 가로질러 한 소녀의 품으로 뛰어들었다. 흑발 소녀가 까르르 웃으며 강아지를 끌어안고 입맞춤을 퍼부었다.

"아나스타시야!" 로스토노브 씨가 목 놓아 딸의 이름을 불렀다.

아나스타시야 로스토노바가 아빠에게로 달려갔다. 두 사람은 부둥켜안고 서로의 뺨에 입을 맞추며 기쁨의 눈물을 흘렸다. 마침내 잃어버렸던 딸과 재회한 로스토노브 씨의 모습을 보고 세라피나는 환호성이라도 지르고 싶은 심정이었다.

"저기 우리 아들도 있어요!" 놀란의 아버지가 손가락으로 놀란을 가리키며 소리를 질렀다. "사라졌던 아이들이에요! 무사하네요! 다들 무사하네요!" 놀란의 아버지가 다른 사람들에게 말했다.

놀란이 달려가 아빠를 끌어안았다. 다른 마부들도 그 주위를 둘러싸고 놀란의 등을 두드리며 무사히 돌아온 것을 축하했다. 세라피나는 놀란이 무사하다는 사실에 브레이든이 얼마나 기뻐하고 있는지 느낄 수 있었다.

클라라 브람스도 엄마 아빠에게로 달려가 두 사람의 목을 동시에 끌어안았다.

"오 아가, 오 우리 아가, 드디어 돌아왔구나." 브람스 부인이 작디작은 딸아이를 꼭 끌어안으며 눈물을 흘렸다. "널 얼마나 찾아 헤맸는지 몰라."

잃어버렸던 아이들과 부모들이 재회의 기쁨을 나누는 동안 세라피나는 퓨마로 변신한 엄마와 함께 숲 가장자리에 그대로 서 있었다. 엄마는 너무 오랫동안 숲속에서만 살았기 때문에 인간 세계로 돌아갈 준비가 되지 않았다. 더군다나 숲속에는 아직 엄마 손길이 한창 필요한 새끼 퓨마들이 기다리고 있었다. *내 동생들.* 세라피나는 속으로 새끼 퓨마 남매를 떠올리며 미소 지었다. 세라피나는 고개를 돌려 대저택을 바라보고 있는 엄마를 보았다. 그 앞에 모인 사람들과 강아지와 말을 찬찬히 관찰하던 엄마가 고개를 돌려 세라피나를 바라보았다. 세라피나는 엄마가 무슨 생각을 하고 있는지 알 것 같았다. 엄마 퓨마가 세라피나에게 코를 들이밀었다. 세라피나는 엄마를 껴안고 입을 맞추며 그 강인한 어깨를 쓰다듬었다. "곧 다시 만나요, 엄마." 세라피나가 말했다. "숲속에 있는 굴로 찾아갈게요." 엄마 퓨마는 세라피나와 작별 인사를 한 뒤 덤불 속으로 자취를 감추었다.

세라피나는 빌트모어 대저택을 다시 한 번 바라보았다. 브레이든이 말을 타고 이쪽으로 오고 있었다. 그 모습을 보고 세라피나는 저도 모르게 숨을 들이켰다. 브레이든은 말에서 내려 고삐를 내려놓았다. 브레이든과 세라피나는 서로를 마주 보고 섰다. 그대로 시간이 얼마나 흘렀을까, 브레이든은 한마디 말도 없이 세라피나를 가만히 바라만 보았다. 세라피나는 지금 자신의 몰골이 말이 아니라는 사실을 알고 있었다. 머리카락에는 나뭇잎과 나뭇가지가 잔뜩 뒤엉켜 있었고 얼굴과 목은 상처투성이에 피범벅이었다. 브레이든이 세라피나에게 선물한 사랑스러운 드레스는 흙과 피로 얼룩진 채 여기저기 찢겨 있었다. 그러나 브레이든에게 그런 사실 따위는 하나도 중요하지 않다는 걸 세라피나는 알 수 있었다. 따뜻한 아침 햇살에 비친 브레이든의 표정이 모든 걸 말해 주고 있었다. 브레이든은 그저 세라피나를 다시 볼 수 있게 됐다는 사실만으로 이루 말할 수 없이 기뻐 보였다.

"드레스 멋진데." 브레이든이 말했다.

"올해 유행할 스타일이야." 세라피나가 말했다.

둘은 웃음을 터뜨렸다. 그리고 서로에게 다가가 포옹을 했다. "집에 돌아온 걸 환영해." 브레이든이 말했다.

"돌아와서 너무 기뻐." 세라피나가 말했다. 마주 안은 브레이든은 따뜻하고 듬직하고 든든했다. 세라피나가 오랫동안 꿈꾸어 왔던 모습 그대로였다. 이야기를 나누고 비밀을 공유할 친구가 생긴다는 것이 바로 이런 것이었다. 미래에는 또 어떤 일이 닥칠지 몰라도 세라피나는 지금 이 순간 브레이든 같은 친구가 있다는 사실이 마냥 기뻤다.

이윽고 세라피나는 간밤에 일어났던 모든 일을 떠올렸다. 브레이든에게 처음부터 끝까지 이야기해 주고 싶었지만 잠시 미뤄 두고 다음번에 둘만 있을 때를 기약하기로 했다.

"다 끝났어." 세라피나가 말했다.

"정말 토른 씨가 범인이었던 거야?" 브레이든이 물었다.

세라피나가 고개를 끄덕였다. "검은 망토는 없앴고 토른 씨도 죽었어."

브레이든이 세라피나를 쳐다보았다. "넌 정말 대단해, 세라피나. 널 믿지 않았던 거 사과할게."

혼자만 환영 인사에서 소외됐다고 생각했던지 기디언이 옆에서 짖어 댔다. 브레이든이 무릎을 꿇고 기디언을 꼭 끌어안았다. 기디언이 행복한 듯 몸을 이리 꿈틀 저리 꿈틀거렸다. "잘했어, 기디언." 브레이든이 기디언의 머리를 쓰다듬으며 칭찬해 줬다.

"기디언을 보내 줘서 고마워." 세라피나가 브레이든 옆에 쪼그리고 앉으며 말했다.

"기디언이라면 널 찾아낼 줄 알았어."

"때마침 꼭 필요한 순간에 기디언이 날 찾아냈지 뭐야. 싸울 때 기디언은 꼭 챔피언 같았어." 세라피나는 검은 망토와의 전투에서 기디언이 보여 준 영웅적인 활약을 떠올리며 말했다. 그러고 나서 다시 브레이든을 쳐다보았다. "우리가 해냈어, 브레이든." 세라피나가 말했다. "너랑 기디언이랑 내가 검은 망토를 입은 남자를 잡아서 무찔렀어."

"우리는 좋은 팀인 것 같아." 브레이든이 동의했다.

그러다 세라피나는 저 멀리 혼자 서 있는 아빠를 발견했다. 아빠는 놀라움과 다행스러움과 불안함이 뒤범벅된 눈으로 세라피나를 바라보고 있었다. 아빠는 적잖이 충격을 받은 듯했다. 세라피나는 아빠가 자신을 바라보며 지금 무슨 생각을 하고 있는지 짐작할 수 있었다. 평생 동안 다른 사람 눈에 띄지 않게 지켜 온 딸이 환한 대낮에 모두가 지켜보는 가운데 서 있었다. 그토록 들어가지 말라고 신신당부했던 숲속에도 깊숙이 들어가더니 웬 퓨마 한 마리와 함께 나왔다. 그리고 지금 다시 집으로, 아빠에게로 돌아왔다. 사라졌던 아이들도 숲속에서 전부 찾아서 데리고 왔다. 게다가 지금 밴더빌트 가문의 도련님과 가장 친한 친구 사이라도 되는 것처럼 이야기를 나누고 있었다.

세라피나는 아빠를 바라보면서 지금까지 아빠가 자신을 위해 해 준 모든 일을 떠올렸다. 아빠가 세라피나를 위해 무릅쓴 모든 위험과 아빠가 세라피나에게 가르쳐 준 모든 것을 떠올렸다. 세라피나는 세상 무엇보다 아빠를 사랑했다.

"아빠가 말한 그대로였어요." 세라피나가 아빠에게로 다가가며 말했다. "아빠 말처럼 세상은 밤이나 낮이나 미스터리로 가득한 곳이었어요."

세라피나가 두 팔로 아빠를 껴안았다. 아빠는 넓디넓은 가슴팍으로 세라피나를 끌어당겨 꼭 안아 주었다. 그러다가 아빠는 세라피나를 들어 올려 커다란 원을 그리며 제자리에서 돌기 시작했다. 세라피나가 소리 내어 웃으며 즐거운 비명을 질렀다.

마침내 아빠는 세라피나를 다시 바닥에 내려놓고 눈을 들여다보며 손을 맞잡았다. "눈에 넣어도 안 아픈 우리 딸, 얼마나 걱정했는 줄 아느냐. 그래도 장하다, 장해."

"사랑해요, 아빠."

"나도 사랑한다, 세라야." 아빠가 세라피나의 눈을 들여다보며 말했다. 아빠가 고개를 돌려 시끌벅적한 사람들 쪽을 한 번 바라보았다가 다시 세라피나를 바라보았다. "이제 와서 무슨 소용이겠냐마는 드디어 발전기를 고쳤단다." 아빠는 뿌듯한 목소리였다. "그리고 발전기가 있는 전기실 문에도 강력한 자물쇠를 달아 놓았다."

"소용이 있죠, 아빠. 소용이 있고말고요." 토른 씨가 발전기를 망가뜨려 밤마다 빌트모어를 칠흑 같은 어둠 속에 빠뜨렸던 것을 떠올리며 세라피나는 기쁜 표정을 지었다.

"선생님, 실례합니다만 따님을 잠시 빌리겠습니다." 어느새 브레이든이 다가와 세라피나의 손을 잡아끌며 정중하게 말했다.

"날 어디로 데려가는 거야?" 세라피나는 긴장한 목소리였다. 세라피나는 브레이든에게 이끌려 사람들이 잔뜩 모여 있는 저택 앞으로 나아갔다.

"숙모, 삼촌, 여기 제가 말했던 친구예요." 브레이든이 세라피나를 끌고 간 곳은 밴더빌트 부부 앞이었다. "얘가 세라피나예요. 우리 지하실에 몰래 숨어서 살고 있고요."

세라피나는 믿을 수가 없었다. 브레이든이 밴더빌트 부부 앞에서 자기 이름이며 사는 곳까지 죄다 일러바치고 있었다!

세라피나는 최악의 전개를 예상하며 천천히 고개를 들어 밴더빌트 씨를 바라보았다.

"만나서 정말 반가워요, 세라피나." 밴더빌트 씨가 미소 띤 얼굴로 쾌활하게 인사하며 악수를 청했다. "오늘만큼은 이 꼬마 숙녀가 나의 위대한 영웅이라는 말을 꼭 해야겠어요. 세라피나 양은 내 다이애나(고대 로마 신화에 나오는 달의 여신_옮긴이)이자 숲의 여신이자 사냥의 여신이에요. 빌트모어가 내려다보이는 저 언덕 꼭대기에 세라피나 양의 동상을 만들 계획입니다. 나도 못 해낸 일을 세라피나 양이 해냈어요. 경찰도 사설탐정도 못 해낸 일을 세라피나 양이 해낸 거예요. 실종된 아이들을 모두 찾아서 집으로 데리고 오다니, 그저 감탄밖에 나오지 않는군요, 세라피나 양! 훌륭해요!"

"감사합니다." 세라피나가 얼굴을 붉히며 말했다. 일찍이 밴더빌트 씨가 그렇게 누군가를 칭찬하는 모습은 본 적이 없었다. 세라피나는 한때나마 구두 때문에 밴더빌트 씨가 모든 악의 뿌리라고 의심했던 자신이 우스웠다.

"그래서 무슨 일이 있었던 건지 듣고 싶군요, 세라피나 양." 밴더빌트 씨가 말했다. "대체 어떻게 아이들을 어떻게 찾았나요?"

세라피나는 밤마다 사냥한 쥐를 주인님에게 보란 듯이 자랑하려고 현관문에 가져다 놓는 고양이처럼 밴더빌트 씨에게 자초지종을 모두 털어놓고 싶은 심정이었다. 하지만 그 순간 검은 망토와 공동묘지를 비롯해 간밤에 일어났던 모든 일이 떠올랐다. 밴더빌트 부부는 어른이고 또 인간이었다. 아마도 세라피나가 쥐를 어떻게 죽였는지 따위의 징그러운 이야기는 자세히 알고 싶어 하지 않을 것이다.

"아이들은 숲속에 있었습니다." 세라피나가 말했다. "찾기만 하면 되는 거였어요."

"하지만 도대체 어디에?" 밴더빌트 씨가 물었다. "모든 곳을 찾아봤다고 생각했는데."

"오래된 공동묘지에 있었습니다." 세라피나가 대답했다.

밴더빌트 씨가 미간을 찌푸렸다. "아이들이 어떻게 거기까지 간 거지? 왜 돌아오지도 않고?"

"오래된 공동묘지에 덤불이 무성하게 자라서 이제 미로나

다름없었어요. 우연히라도 들어섰다가는 너무 어둡고 복잡
해서 빠져나오기가 힘든 곳이에요.”

“하지만 세라피나 양은 빠져나왔잖아요.” 밴더빌트 씨가
고개를 갸우뚱거렸다.

“저는 어둠 속에서도 잘 다니거든요.”

“하지만 다쳤잖아요.” 밴더빌트 씨가 세라피나의 목에 난
상처와 몸 여기저기에 난 상처를 가리키며 말했다. “마치 악
마라도 만나 한판 붙고 온 행색이군요.”

“아닙니다, 아니에요. 그래서 생긴 상처가 아니에요.” 세
라피나가 밴더빌트 씨의 눈길을 의식해 목에 난 상처를 가렸
다. “가시덤불 속을 헤치고 달려 나가느라 생긴 상처예요. 금
방 나을 거예요. 하지만 실종됐던 아이들은 제가 발견했을
때 굶주리고 겁에 질려 있었어요. 매우 혼란스러워했고 악몽
을 꾼 듯 귀신과 괴물 이야기에 사로잡혀 있었고요. 공포에
떨고 있었어요.”

“들어 보니 정말 끔찍한 일을 겪은 것 같군요.” 밴더빌트
씨의 목소리에는 세라피나를 측은히 여기는 마음과 존경하
는 마음이 가득 묻어났다.

“네, 맞아요. 앞으로 빌트모어를 방문하시는 손님들께는
절대 그쪽으로는 가지 말라고 단단히 주의를 줘야 할 것 같
아요.” 세라피나는 엄마와 동생들이 살고 있는 버드나무 아
래 굴을 생각하며 말했다. “오래된 공동묘지에는 얼씬도 하
지 않는 것이 제일 좋을 것 같아요.”

"그래요, 그게 좋겠네요." 밴더빌트 씨가 동의했다. "앞으로 방문객들에게 오래된 공동묘지 쪽으로는 가지 말라고 단단히 주의를 줄게요. 너무 위험하니까."

"그게 좋을 것 같아요."

"어쨌든." 마침내 밴더빌트 씨가 안도의 한숨을 내쉬며 세라피나를 바라보았다. "내가 무슨 일이 일어난 건지 다 이해했다고는 할 수 없지만 영웅이 내 눈앞에 있다는 것만큼은 알겠군요."

"여걸을 말씀하시는 거겠죠." 밴더빌트 부인이 끼어들었다. 밴더빌트 부인은 몸에 밴 귀족 부인의 몸짓으로 세라피나에게 손을 내밀었다. 세라피나는 이럴 때 꼬마 숙녀들이 어떻게 했는지 재빨리 기억을 더듬었다. 그리고 최대한 기억 속에 있는 모습을 흉내 내 악수를 했다. 밴더빌트 부인의 손은 비단같이 보드랍고 깨끗했다. 세라피나의 손과 너무 비교됐다. 마르고 단단한 엄마의 손과도 너무나 달랐다.

"드디어 만나게 돼서 정말 반가워요, 꼬마 아가씨." 밴더빌트 부인이 미소를 머금으며 말했다. "브레이든 인생에 새로운 인물이 등장한 것 같다고 짐작은 했었어요. 그게 누군지는 도저히 알 수 없었지만요."

"저도 만나 뵙게 되어서 기쁩니다, 밴더빌트 부인." 세라피나는 한껏 예의를 차린 숙녀처럼 말하려고 노력했다.

"브레이든에게 듣기로는 지하실에서 살고 있다던데, 사실인가요?" 밴더빌트 부인이 상냥하게 물었다.

고개를 끄덕인 세라피나는 그다음에 무슨 말이 나올까 가
슴을 졸였다.

"지하실에서 맡은 일이 있나요, 세라피나 양?" 밴더빌트
부인이 물었다.

"네." 세라피나가 자랑스럽게 대답했다. "저는 C.R.C.예
요."

"사랑스런 꼬마 아가씨, 미안하지만 그게 무슨 뜻인지 물
어봐도 될까요?"

"저는 빌트모어 대저택의 최고 쥐잡이 책임자입니다."

"어머나, 세상에!" 밴더빌트 부인이 놀라서 남편과 세라피
나를 번갈아 쳐다보았다. "빌트모어에 그런 일을 하는 사람
이 있는 줄은 꿈에도 몰랐네요!"

"오랫동안 해 왔답니다." 세라피나가 대답했다. "제가 여섯
인가 일곱 살이었을 때부터 이 일을 시작했으니까요."

"내가 보기엔 굉장히 중요한 일인 것 같소." 밴더빌트 씨가
말했다.

"네, 그렇습니다. 저도 진지하게 일하고 있어요." 세라피나
가 말했다.

"그럼요, 두말하면 잔소리지요." 브레이든이 장난스레 맞
장구쳤다.

세라피나가 팔꿈치로 브레이든의 옆구리를 찌르며 웃음을
꾹 참았다.

"음, 아무튼 고마워요, 세라피나 양." 밴더빌트 부인이 따

뜻하게 말했다. "우리 모두 세라피나 양에게 감사하고 있어요. 이렇게 작은 소녀가 그 작은 몸으로 어떻게 이런 일을 해낼 수 있었는지는 아직도 잘 이해되지 않아요. 하지만 중요한 건 세라피나 양이 사라진 아이들을 모두 집으로 데리고 돌아왔다는 사실이에요. 고마워요. 덕분에 빌트모어에서 웃음소리를 다시 들을 수 있게 됐어요. 정말이지 너무 행복하네요."

"아멘." 밴더빌트 씨가 고개를 끄덕이며 말했다. 그러고 나서 몸을 돌려 세라피나의 아빠에게로 다가갔다. "거기 계신 선생님, 이런 따님을 지금까지 어디다가 숨겨 두신 겁니까?"

"세라피나는 착한 아이입니다." 아빠가 앞으로 한 걸음 내딛으며 말했다. 아빠의 목소리에서는 세라피나를 자랑스러워하는 마음과 세라피나를 지키려는 마음이 동시에 묻어났다. 세라피나는 아빠의 눈에서 밴더빌트 씨가 어떻게 반응할지를 걱정하는 마음을 읽을 수 있었다.

"물론 그렇겠지요." 밴더빌트 씨가 웃으며 말했다. "아버지께서 다 잘 키우신 덕분이라고 생각합니다, 저는."

"감사합니다." 밴더빌트 씨가 보인 호의적인 반응에 아빠의 태도가 한결 누그러졌다. 밴더빌트 씨가 아빠에게 악수를 청했다. 아빠가 세라피나를 힐끗 바라보았다. 아빠는 비로소 안심한 듯한 표정이었다.

이어서 밴더빌트 씨가 조카인 브레이든을 바라보며 물었다. "그리고 거기 계신 신사 분은 이 새로운 친구를 지금까지 어디다가 숨겨 두신 겁니까?"

"여기저기요." 브레이든이 히죽 웃으며 말했다. "진짜랍니다. 세라피나를 숨기기란 식은 죽 먹기거든요."

"뭐, 이것만큼은 분명하구나, 브레이든." 밴더빌트 씨가 다정하게 브레이든의 어깨에 손을 올리며 말했다. "네가 친구보는 눈이 있다는 건 인정하마. 세상을 살면서 그것보다 중요한 능력은 많이 없지. 잘했다, 잘했어."

브레이든의 얼굴 위로 미소가 번져 갔다. 세라피나는 그 미소가 참 보기 좋다고 생각했다.

밴더빌트 부인이 세라피나에게 손을 내밀어 잡아끌었다. "꼬마 아가씨, 나랑 함께 잠시 안에 들어가요."

브레이든과 아빠와 다른 몇몇 사람들과 함께 저택 안으로 걸어 들어가면서 세라피나는 이게 꿈인지 생시인지 헷갈렸다. 평생 동안 빌트모어 대저택의 지하실에서 살았지만 버젓이 정문으로 걸어 들어가는 것은 난생처음이었기 때문이다. 마치 구름 위를 걷는 기분이 들었다. 이제야 진짜 사람이 된 것 같은 기분이었다.

"이제 우리 여자들끼리만 이야기를 나누고 싶은데, 잠시 자리 좀 비켜 주시겠어요?" 밴더빌트 부인이 세라피나의 어깨에 팔을 두르며 말했다. "솔직하게 말해 봐요, 세라피나 양. 아빠랑 지하실에서 사는 거 괜찮나요?"

"네 괜찮습니다, 부인. 저희는 괜찮은데 혹시 부인께선 괜찮지 않으신가요?"

"글쎄, 보통은 지하실에서 살지 않으니까요. 게다가 꼬마 숙녀가 살기에도 매우 불편할 것 같고요. 덮고 잘 만한 이불은 있나요?"

"없습니다, 부인." 세라피나가 기어 들어가는 목소리로 대답했다. "전 보일러 뒤편에서 자거든요."

"아, 그럴 줄 알았어요." 밴더빌트 부인은 상상만 해도 끔찍하다는 듯이 말했다. "내가 그보다는 나은 환경을 만들어 줄 수 있을 것 같은데. 푹신푹신하고 괜찮은 매트리스와 침대를 두어 개 내려보낼게요. 침대보와 이불도요. 물론 베개도 함께 보낼게요. 어때요?"

"너무 좋습니다, 부인." 세라피나가 기대에 부풀어 눈을 반짝반짝 빛내며 대답했다. 세라피나는 밴더빌트 부인이 지금 말한 일을 얼른 실행에 옮겨 주면 좋겠다고 생각했다. 이 모든 일을 겪고 나니 지금은 머릿속에 온통 푹신푹신한 침대 위에서 일주일쯤 잠만 자고 싶다는 생각뿐이었기 때문이다.

"좋아요, 그럼 그렇게 할게요." 밴더빌트 부인이 기쁜 표정으로 말하며 남편인 밴더빌트 씨를 돌아보았다.

"완벽한 계획인 것 같군요." 밴더빌트 씨가 고개를 끄덕였다. "우리 C.R.C. 님을 소홀히 대할 수는 없지요. 더군다나 이 근처에 있는 쥐는 잡기도 아주 까다로운 종류인 것 같은데."

밴더빌트 씨가 진실을 얼마간 알고 하는 말처럼 들려서 세라피나는 의미심장한 미소를 지었다.

다 같이 저택 안으로 들어서면서 세라피나는 고개를 돌려 저 멀리 숲이 우거진 산을 쳐다보았다.

세라피나는 이제 세상에는 지금껏 상상도 못했던 어둠의 힘이 존재한다는 사실을 알게 됐다. 그러나 그만큼 밝은 힘이 존재한다는 사실도 알게 됐다. 세라피나는 비록 자신이 속한 세상이 어디인지, 자신이 해야 하는 역할이 무엇인지는 정확히 알지 못했다. 그러나 어느 쪽이든 세라피나도 이 세상의 일부이며 방관자가 아니라는 사실은 알게 되었다. 더불어 운명은 어디서 어떻게 태어났느냐에 따라 결정되는 것이 아니라 세라피나가 어떤 결정을 내리고 어느 편에 서서 싸우냐에 따라 결정된다는 사실을 알게 되었다. 발가락이 여덟 개인지 열 개인지는 중요하지 않았다. 눈동자가 호박색인지 파란색인지는 중요하지 않았다. 중요한 것은 무엇을 하며 사느냐였다.

세라피나는 앞으로 엄마가 무엇을 가르쳐 주실까 하는 기대감에 가슴이 두근거렸다. 이제 낮에는 빌트모어 대저택을, 밤에는 숲속을 돌아다니면서 어떤 새로운 기술을 배우고 어떤 새로운 것을 보게 될까.

세라피나는 빌트모어 정문 바로 앞을 지키고 서 있는 사자상을 바라보았다. 세라피나는 일개 최고 쥐잡이 책임자가 아니었다. 침입자와 사악한 영혼에 맞서 빌트모어를 지키는 파수꾼이었다. 빌트모어 대저택의 경호원이었다.

빌트모어 대저택의 사냥꾼이자 수호자였다.

소녀의 이름은 세라피나였다.

먼저 세라피나의 성공을 믿어 주고 원고를 개선할 수 있도록 통찰력을 보태 주었을 뿐만 아니라 세라피나가 최고의 모습으로 세상에 나올 수 있도록 헌신을 아끼지 않은 편집자로라 슈라이버와 에밀리 미핸 그리고 에이전트 빌 콘타르디께 깊은 감사를 드린다.

세라피나 이야기를 창작하고 다듬는 데 중요한 역할을 한아내 제니퍼와 두 딸 카밀과 제네비브에게도 고맙다는 말을전하고 싶다. 비록 책 표지에는 내 이름만 올라가겠지만 이책은 우리 가족 모두의 사랑과 수고로 이루어진 결과물이다.이 책을 쓰기 시작할 때부터 함께해 준 두 남동생 폴과 크리스에게도 고마움을 전한다.

《세라피나와 검은 망토》를 위해 지원을 아끼지 않으신 빌트모어 대저택을 관리하는 직원 및 경영진께도 이 자리를 빌어 감사를 드린다. 미국 역사에서 중요한 한 부분을 차지하는 빌트모어 대저택을 대중들이 즐길 수 있도록 노력해 주셔서 감사하다는 인사도 드리고 싶다.

마지막으로 내가 더 나은 작가가 될 수 있도록 도와주신 모든 분들께 감사 인사를 드리고 싶다. 우정과 조언을 아끼지 않은 〈네러티브〉 잡지사 톰 젠크스와 캐럴 에드거리언, 편집뿐만 아니라 방향을 안내해 준 앨런 린즐러, 초고 작업을 도와준 앨리슨 이터리를 비롯해 《세라피나와 검은 망토》를 집필하는 동안 조언을 아끼지 않으신 모든 편집자와 독자 여러분께 깊은 감사를 드린다. 내가 글을 쓸 수 있었던 건 모두 여러분 덕분이다.

ROBERT BEATTY

아르볼 N 클래식

# 세라피나와 검은망토

**1판 1쇄 발행** 2018년 10월 10일 | **1판 3쇄 발행** 2020년 6월 30일

**글** 로버트 비티 | **옮김** 김지연
**펴낸이** 권준구 | **펴낸곳** (주)지학사
**본부장** 황홍규 | **편집** 전해인 문지연 김솔지 | **디자인** 이혜리
**제작** 김현정 이진형 강석준 방연주 | **마케팅** 송성만 손정빈 윤술옥 이예현
**등록** 2010년 1월 29일(제313-2010-24호) | **주소** 서울시 마포구 신촌로6길 5
**전화** 02.330.5297 | **팩스** 02.3141.4488 | **이메일** arbolbooks@naver.com
ISBN 979-11-6204-035-5 04840
      979-11-6204-034-8 04840(세트)
잘못된 책은 구입하신 곳에서 바꿔 드립니다.

이 도서의 국립중앙도서관 출판예정도서목록(CIP)은 서지정보유통지원시스템 홈페이지(http://seoji.nl.go.kr)와
국가자료종합목록 구축시스템(http://kolis-net.nl.go.kr)에서 이용하실 수 있습니다.(CIP제어번호: CIP2018029268)

SERAFINA AND THE BLACK CLOAK by Robert Beatty

Copyright ⓒ 2015 Robert Beatty.
All rights reserved.
Copyright for artwork ⓒ Alexander Jansson
Translation copyright ⓒ 2018 김지연
Korean translation copyright ⓒ 2018 by Jihaksa Publishing Co., Ltd.
Korean translation rights arranged with BRANDT & HOCHMAN LITERARY AGENTS, INC.
through EYA(Eric Yang Agency).

이 책의 한국어판 저작권은 EYA(Eric Yang Agency)를 통한 BRANDT & HOCHMAN LITERARY AGENTS와의
독점계약으로 ㈜지학사가 소유합니다.
저작권법에 의해 한국 내에서 보호를 받는 저작물이므로 무단전재 및 복제를 금합니다.

 제조국 대한민국   **사용연령** 10세 이상
KC마크는 이 제품이 공통안전기준에 적합하였음을 의미합니다.

 아르볼은 '나무'를 뜻하는 스페인어. 어린이들의 마음에
담긴 씨앗을 알찬 열매로 맺게 하는 나무가 되겠습니다.

**홈페이지** www.jihak.co.kr/arb/book | **포스트** post.naver.com/arbolbooks